QUAND TU VERRAS SADIE

L'édition originale de ce livre a été publiée pour la première fois
au Royaume-Uni en anglais
par Puffin, une marque des éditions Penguin Random House Children's,
sous le titre *Wicked Little Deeds*.

Loi n° 49-956 du 16 juillet 1949 sur les publications destinées à la jeunesse,
modifiée par la loi n° 2011-525 du 17 mai 2011.

ISBN : 978-2-09-501359-2
Dépôt légal : février 2023

Kat Ellis

QUAND TU VERRAS SADIE

Traduit de l'anglais par Julie Lopez

Nathan

CHAPITRE 1

Un an après ma (presque) mort

Je déambule dans les couloirs pleins d'échos du manoir. On se croirait dans une tombe – et je sais de quoi je parle.

Je pénètre dans chaque pièce pour m'assurer que je n'ai rien oublié. Pas les meubles ni les peintures ; ni le piano à queue dont je n'ai jamais eu la patience d'apprendre à jouer : tout ça est parti depuis longtemps – vendu, ou emporté par les déménageurs. Non, ce sont les détails de chaque pièce, de chaque recoin de cet endroit où j'ai grandi que je suis en train de cataloguer, de cartographier. Pour tous les fixer dans ma mémoire, comme si je la scellais avec de la cire. Le manoir Thorn, la demeure de mes parents, et de tous les Thorn qui les ont précédés.

Là, c'est la chambre de mes parents, avec son papier peint couvert d'oiseaux, et la grande bow-window où maman passait ses dimanches à lire, car « c'est là que la lumière est la plus belle ».

Là, le bureau de papa : officiellement, cette zone m'était interdite, mais il gardait toujours un paquet de bonbons dans le tiroir du haut de son grand bureau en noyer, pour les fois où je venais le voir. Cette pièce est une coquille vide, désormais. Même ses posters de grunge des années quatre-vingt-dix ont disparu, ne laissant que de vagues traces sur les murs bleus.

Voilà ensuite le bureau de grand-père. Je me rappelle le fauteuil vert qui veillait à côté de la cheminée en chêne sombre, et cette odeur de fumée de pipe et de pommes qui caractérisait mon grand-père, et qui flotte toujours dans la pièce. Maman aurait dit que c'était son fantôme

– et « il y a toujours de la place pour un fantôme de plus au manoir Thorn ».

Il reste encore quelques cartons dans la chambre d'oncle Ty et de Carolyn – les dernières affaires à apporter dans le nouveau cottage. C'est d'ailleurs presque l'heure de partir. Tous les trois, nous serons donc les derniers de la longue lignée des Thorn à avoir vécu dans cette maison. Je n'y mettrai plus jamais les pieds. Et ça, ça craint vraiment.

Je continue d'avancer, plus rapidement. Par moments, j'ai l'impression d'entendre des pas qui me suivent, de voir du coin de l'œil une deuxième ombre à côté de la mienne. Mais ce n'est que le plancher qui craque, et la lumière de fin d'après-midi.

Tu en es sûre ? Je vois presque le sourire de maman (taquin, mais pas seulement) et je secoue la tête. Il n'y a pas de fantômes ici, même si, parfois, je le regrette.

L'aile ouest a été presque entièrement condamnée après le décès de grand-père, alors je ne m'y attarde pas. Je descends l'escalier avec galerie et traverse le salon, la véranda, la bibliothèque. La salle du petit déjeuner (où personne n'a jamais petit-déjeuné, pour autant que je m'en souvienne) donne sur l'orangerie où oncle Ty a installé – *avait* installé – son atelier d'artiste. De petites traces de peinture maculent encore le sol, incrustées depuis trop longtemps pour partir au nettoyage. C'est le problème des nouveaux propriétaires, je suppose.

Je débouche dans la cuisine, pour ensuite remonter dans ma chambre. Mais, alors que j'y pénètre, mes yeux se posent sur la porte de la cave. Je sais que je devrais y descendre pour terminer mon tour. Surtout que c'est la seule pièce encore pleine – la réserve de Liqueur de pommes sanguines Thorn a été vendue avec la maison, sur demande spéciale.

Mais c'est aussi la seule pièce du manoir que je déteste. Depuis toujours.

Je fais demi-tour et retourne à l'étage.

Il ne reste qu'un carton dans ma chambre, perdu tel un radeau au milieu de la banquette devant la fenêtre. Il contient toutes mes fournitures d'art et mes carnets à dessin. Je jette un coup d'œil dehors en le ramassant. Ma chambre donne sur le verger – la source de la Liqueur Thorn, la richesse grâce à laquelle on a pu construire cette demeure. Au milieu des arbres se dresse le toit pointu du vieux pavillon, ce qui me rappelle qu'il me reste encore quelque chose d'important à faire avant de partir.

Derrière les arbres, je distingue la rivière qui fonce à la rencontre de Burden Bridge, le pont des Tourments, avant de jaillir en une cascade de vingt mètres de haut.

Et il y a quelqu'un sur le pont.

Ça ne peut pas être un simple promeneur qui admire la vue, car le pont est sur notre propriété – pour quelques heures encore, du moins. Mes poils se dressent, comme à chaque fois.

Est-ce que ça pourrait être…

Je retiens mon souffle en me rapprochant de la fenêtre. Mais non, ce n'est qu'oncle Ty, appuyé contre le garde-corps fixé au muret de pierre, en train de contempler la brume qui s'élève de la cascade.

Calant le carton sur ma hanche, je salue ma chambre d'un hochement de tête stoïque, puis je descends et sors rejoindre Bessie. Bessie, c'est ma vieille voiture, autrefois verte, désormais d'une couleur délavée que je ne peux qualifier que de boueuse. Comme la banquette arrière est déjà remplie jusqu'au plafond, je pose le dernier carton sur le siège à côté du mien, puis démarre et emprunte le chemin gravillonné en direction du verger.

Je suis debout sur un escabeau, dans le pavillon, un rouleau à peinture à la main. J'ai retiré mes éternels gants noirs – difficile de peindre avec – et les derniers assauts de l'hiver qui se faufilent par la fenêtre réveillent douloureusement mes cicatrices. Je fléchis mes mains, l'une après l'autre, et regarde mes paumes. Les zébrures d'ordinaire roses sont toutes rouges, même si elles ne risquent plus de s'ouvrir, maintenant. Une année, c'est largement assez pour qu'un corps se ressoude.

Le mur qui me fait face est recouvert d'images qui se fondent les unes dans les autres, comme un tatouage. Elles représentent tous mes mauvais souvenirs, les souvenirs de l'accident qui a tout changé, et de ce qui a suivi. Ceux que le Dr Ehrenfeld m'avait conseillé de noter dans un journal, comme si ça allait les enlever de ma tête. Mais je n'ai jamais beaucoup aimé écrire. Je ressemble à mon oncle, de ce côté-là. Notre truc, c'est l'art. J'ai donc peint mes souvenirs sur les murs du pavillon, là où moi seule pourrais les voir. Sauf que maintenant, la maison a été rachetée, et je ne veux pas qu'un inconnu tombe sur cette petite tranche de mon cœur.

Hier déjà, j'avais apporté le pot de peinture noire pour recouvrir ma fresque. Mais je ne me sentais pas encore prête. Aujourd'hui, je n'ai plus le choix.

Soudain, j'ai l'impression d'entendre quelque chose. Une voix ? Je jette un coup d'œil par la fenêtre, même si le verger est trop dense pour que j'y distingue quoi que ce soit. Il est devenu sauvage depuis l'année dernière, depuis qu'une maladie s'est emparée de lui et a rendu ses branches noires nues et rabougries. Je sens pourtant encore l'odeur des pommes sanguines. La tavelure a frappé en même temps qu'une vague de froid anormale en mai dernier, laissant derrière elle des arbres chargés de parfaites pommes fantômes dans de petites cages de glace.

Un cri retentit non loin, ou plutôt un juron, même si je ne distingue pas les mots. C'est oncle Ty. Oncle Ty, qui était sur le pont.

Merde.

Mon rouleau tombe par terre lorsque je saute de l'escabeau et me mets à courir. Je me fraie un passage entre les branches enchevêtrées qui me griffent, et j'arrive enfin à sortir du verger. Comme je fonce vers le pont, j'entends à nouveau mon oncle. Les gros mots qu'il lance forment des nuages autour de lui.

Je le distingue enfin. Il va bien. Il est bourré, je pense, mais il va bien.

Quand il avait dix-sept ans, il a invité des copains du lycée au manoir, un été. Je me rappelle que je les espionnais, ces grands ados qui semblaient si adultes à mes yeux de petite fille de sept ans. Ils ont pris deux bouteilles dans la cave de grand-père et sont sortis se soûler. Je les ai regardés depuis une fenêtre de l'étage pendant un moment, trop timide pour essayer de me joindre à eux, mais j'ai vite trouvé ça barbant. Un peu plus tard, oncle Ty est revenu en courant et en hurlant qu'un de ses copains, Jerome, était tombé du pont, que grand-père devait venir vite…

Que grand-père se dépêche ou non n'allait rien changer. Même à l'époque, je savais que personne ne pouvait survivre à une telle chute.

Le garde-corps a été ajouté au petit mur de pierre dès le lendemain, et oncle Ty n'a plus jamais ramené personne au manoir. Jusqu'à Carolyn, sa femme. De temps à autre, je le vois ici, en train de parler à la brume, et je me demande s'il murmure ses tourments pour que l'eau les emporte, comme le veut la légende, ou s'il parle à Jerome.

Je le rejoins. Burden Bridge vrombit sous mes pieds, secoué par la puissance de la cascade.

Oncle Ty est voûté dans le froid, appuyé contre le garde-corps. Ses cheveux touffus et sombres tombent devant son visage. Papa disait toujours pour le taquiner qu'il ressemblait à un ado boudeur quand il se tenait comme ça, et il n'avait pas tort. Oncle Ty a vingt-sept ans – presque dix de plus que moi –, mais il semble à peine sorti de l'adolescence. Peut-être parce qu'il est petit et mince, comme s'il n'avait pas fini de grandir. Tous les membres de notre famille sortent du même moule. Les gens du coin ne nous appellent pas « ces sanguins de Thorn » parce que nous sommes des bagarreurs. Plutôt parce que personne n'a envie de nous chercher des noises. Du moins, pas à mes parents, ni à grand-père avant eux.

– Oncle Ty ?

Je parle fort pour qu'il m'entende par-dessus le fracas de la cascade, mais pas au point de le faire sursauter. Je n'ai pas envie qu'il tombe à cause de moi.

Il sursaute quand même, mais ses yeux clairs m'indiquent qu'il n'est pas aussi soûl que ce que je pensais.

– Ava ? Oh, j'ai laissé tomber ma… J'ai laissé tomber quelque chose dans la cascade, explique-t-il avec un geste vague.

Je suis presque sûre de savoir ce qu'était ce « quelque chose ». Depuis plusieurs jours, mon oncle picole encore plus que d'habitude. Et je sais par expérience que l'humidité ambiante rend les bouteilles glissantes.

– Tu espères que l'eau emportera tes tourments ? je demande, ne plaisantant qu'à moitié.

Il hausse les épaules.

Je doute que balancer une bouteille d'alcool du pont puisse résoudre quoi que ce soit pour lui.

– Tu te souviens quand tu m'as amenée ici pour m'apprendre à cracher ? je demande en m'appuyant contre la rambarde.

Je me lance dans une démonstration, crachant assez haut et loin pour que ma salive ne soit pas avalée par la cascade avant de toucher le bassin en contrebas.

– Tu t'es entraînée, commente-t-il, vaguement impressionné – il n'a jamais su rester de mauvaise humeur très longtemps. En fait, c'est ton père qui m'avait appris.

– C'était juste avant que tu partes à la fac, non ? je demande, un sourire gagnant lentement mon visage. La première fois que tu es revenu à la maison, tu avais des pattes, tu parlais avec l'accent de Boston et tu insistais pour que tout le monde t'appelle *Tyler*.

– Ne m'en parle pas, grommelle-t-il.

– *Tyler* était trop bien pour faire des concours de crachats avec sa nièce préférée. *Tyler* portait des richelieux. *Tyler* pensait pouvoir se laisser pousser la moustache.

Il éclate de rire. *Ouf.*

– Papa disait qu'il avait rencontré des tranches de bacon plus poilues que moi, renchérit oncle Ty. Il m'a carrément suivi jusque dans la salle de bains pour s'assurer que j'allais bien la raser.

Grand-père n'avait pas la langue dans sa poche.

– Ça y est, tu as fini de contempler l'abîme ? je demande en m'écartant du garde-corps pour croiser les bras, faussement impatiente.

Il se redresse, m'adresse un salut militaire – allez savoir pourquoi –, puis il se tourne en direction du manoir. Mais quand il passe devant moi, laissant derrière lui un sillage alcoolisé, je remarque un truc qui bouge entre les arbres, à l'autre bout du pont.

– Ava ? Je croyais que tu étais venue pour me ramener à la bergerie.

– Ouais, j'arrive...

Je scrute les ombres quelques instants de plus, mais il n'y a rien.

CHAPITRE 2

Une heure plus tard, on est enfin prêts à quitter le manoir en voiture pour la dernière fois, dans le soleil couchant. Carolyn et oncle Ty descendent bruyamment l'allée en premier, dans leur voiture de sport. Bessie m'attend patiemment, bourrée à craquer.

Les fenêtres du manoir sont toutes sombres et vides, son architecture imposante se fond dans le crépuscule, tel un souvenir déjà flou. C'est nul de partir comme ça. Je ne suis pas prête. Mais on n'a pas le choix, je le sais bien. Après la mort de mes parents, on s'est rendu compte que la santé financière de la distillerie familiale était très mauvaise. Oncle Ty et Carolyn ont fait de leur mieux pour la sauver, mais on a fini par devoir vendre la propriété.

Le vieux cottage que Carolyn a loué, un ancien moulin, n'est pas loin. En regardant vers le sud depuis Burden Bridge, on aperçoit son mur rond au bord de la rivière, à un petit kilomètre en aval.

Carolyn klaxonne gaiement quand ils atteignent le portail en fer au bout de l'allée. Même sans la voir, je sais qu'elle arbore un sourire déterminé en s'engageant sur le chemin menant à Red Road. Ce n'est pas son style de regarder en arrière. Ni celui d'oncle Ty, d'ailleurs, mais lui, c'est parce qu'il n'en est pas capable.

Je monte à bord de Bessie et murmure l'habituel « Ave Lucifer » quand elle démarre du premier coup. Au moment de franchir le portail, je m'arrête. J'essaie d'imaginer les nouveaux propriétaires faire le chemin inverse, demain – mais je n'y arrive pas.

Une lumière clignote dans l'un des cottages d'en face, de l'autre côté du chemin. Elle s'allume et s'éteint encore trois fois, dans une succession rapide. Je vois alors, suspendue à la fenêtre, une bannière faite à la main avec les mots : ADIEU, CONNASSE. Et au-dessus, souriant, mon meilleur ami – mon meilleur ami garçon, en tout cas : Ford. Je secoue la tête et baisse ma vitre.

– T'es vraiment trop con ! je crie.

Il m'adresse une révérence sophistiquée en guise de réponse, puis il disparaît. Mais comme toujours, sa crétinerie fait des miracles : je souris lorsque je remonte ma vitre, me barricadant contre le froid, et suis Carolyn et oncle Ty jusqu'à notre nouvelle maison.

Sur Red Road, un panneau matérialise la limite occidentale de la ville. « VOUS QUITTEZ BURDEN FALLS – revenez vite ! », annonce-t-il d'un côté. De l'autre, il vous informe que 9 504 habitants y résident et montre une fille aux cheveux noirs, de dos, en train d'admirer la cascade. Rien n'indique que cette fille est morte, mais tous les gens d'ici le savent. C'est la mascotte non officielle de la ville.

Je tourne en direction du centre-ville et regarde le panneau rapetisser dans mon rétroviseur. Si vous vous représentez Burden Falls comme un visage vu d'en haut, le manoir en est l'œil gauche et Red Road s'incurve juste au-dessus, comme un sourcil. En allant vers le sud, elle rejoint River Road, formant le nez. Je la suis avant de tourner après la station-service où je travaille certains soirs et presque tous les week-ends, puis de m'engager sur le sourire composé de minuscules cottages en dessous. Celui le plus à gauche est l'ancien moulin – notre nouvelle maison.

Carolyn et oncle Ty sont déjà à l'intérieur quand je me gare. Je n'ai encore jamais mis les pieds dedans. Je crois qu'une partie de moi se raccrochait à l'idée que, si je l'ignorais, le déménagement n'aurait peut-être pas lieu. La politique de l'autruche, bla bla bla.

Le cottage est carré, relié par un garage à la tour ronde de l'ancien moulin, sur la berge. La maison est mignonne, avec ses toutes petites fenêtres éclairées d'une lumière chaleureuse. Je prends mon carton de fournitures d'art et entre.

La porte est arrondie au sommet, comme dans une maison de Hobbits.

– Coucou !

Personne ne répond, mais des voix étouffées me parviennent depuis l'escalier étroit, alors je monte à l'étage. Trois portes donnent sur le palier : une salle de bains, un grand placard (ou du moins je le suppose, vu qu'il n'y a pas de lit, rien qu'une pile de cartons contenant les vêtements de Carolyn), et...

– Te voilà !

Carolyn est debout dans l'embrasure de la troisième porte.

– Je commençais à croire que tu t'étais perdue, poursuit-elle, taquine.

Derrière elle, oncle Ty est en train de faire le lit.

– Où est-ce que je pose mes affaires ? je demande en indiquant le carton, qui commence à peser.

– Attends, je vais te montrer ta chambre. Je pense que tu vas l'adorer !

Elle me prend le carton des mains et commence à descendre l'escalier. Je la suis dans la cuisine, puis dans cette étrange extension servant de garage, jusqu'à l'autre partie du bâtiment. L'espace a été divisé en deux demi-lunes. La première est remplie de cartons, mais la deuxième est apparemment ma chambre. Il y fait froid, et ça sent la peinture fraîche.

C'est... sympa. Ce moulin doit avoir bien plus d'un siècle, comme le manoir, donc je m'y sens un peu comme chez moi. Et une minuscule fenêtre, ronde comme le hublot d'un bateau, surplombe la rivière. Un courant d'air s'insinue en sifflant doucement par une fissure dans le cadre de fenêtre.

Mon lit est déjà fait, et ils ont peint les murs dans un bleu apaisant, exactement comme dans mon ancienne chambre, au manoir. Carolyn pose le carton sur mon bureau, près de la fenêtre.

– Elle est plus grande que cette petite pièce défraîchie à l'étage, et elle a sa propre salle de bains, comme ça Ty et toi ne vous disputerez pas pour aller à la douche en premier. Et puis, au cas où tu aurais envie, disons, d'aller et venir en douce la nuit, tu pourras le faire sans nous réveiller, ajoute-t-elle avec un clin d'œil en me donnant un petit coup de coude. Elle te plaît ?

– Ouais. C'est super.

Son visage se décompose.

– Oh non, tu la détestes, c'est ça ? Bon sang, Ty m'avait conseillé de t'en parler avant. Mais je voulais te faire la surprise – un espace rien que pour toi. Je pensais que ce serait sympa à la fin d'une journée difficile. (Elle reprend le carton, l'air complètement déprimée.) Désolée, je vais t'installer tout de suite à l'étage.

– Non, Carolyn, sérieux, c'est parfait, j'insiste en récupérant le carton et en le remettant sur le bureau.

Je m'en veux d'avoir fait la gamine ingrate après tout ce qu'elle a dû organiser et accomplir aujourd'hui. Je me force à penser à des choses gaies et heureuses dans l'espoir de faire apparaître ne serait-ce que cinq pour cent de « carolynerie » sur mon visage.

– Je suis fatiguée, c'est tout, alors mon cerveau n'arrive pas à tout absorber.

Elle marque une pause, m'observe.

– Tu es sûre ? Parce qu'on peut t'installer sans problème dans la petite pièce à côté de notre chambre…

– Je suis bien ici, vraiment. J'adore cette chambre. Promis.

Oncle Ty ne dit pas un mot de tout le dîner. Il foudroie du regard la boîte à pizza qui se vide rapidement, comme s'il lui reprochait notre situation actuelle. Pourtant, le pepperoni n'a jamais fait de mal à personne.

– Ça fait bizarre, hein, d'imaginer des inconnus dans le manoir ? je demande, plus pour compatir que pour remuer le couteau dans la plaie.

Le couteau et la fourchette de Carolyn (car c'est la seule de nous trois à manger sa pizza avec des couverts) retombent bruyamment dans son assiette.

– Sérieusement, Ty ? Tu ne lui as toujours pas dit ?

Je manque de m'étrangler.

– Pas dit quoi ?

Le morceau à moitié mâché se loge avec hésitation dans mon ventre, attendant d'être rejoint par une mauvaise nouvelle. J'ai peut-être pris un peu trop vite la défense du pepperoni.

Oncle Ty inspire profondément, décoche un regard accablé à sa femme, puis se tourne vers moi.

– Je voulais te le dire plus tôt, mais ce n'était jamais le bon moment, et tu as déjà eu tellement de choses à gérer cette année…

Merde. C'est sûrement pire que mauvais. On dirait qu'il a répété ce laïus des centaines de fois devant son miroir.

– Accouche, Ty, l'encourage doucement Carolyn. Tu ne vois pas que tu lui fiches la trouille ?

Il soupire.

– C'est Madoc Miller qui a acheté le manoir. Il y emménage demain avec sa famille.

Quelque chose d'humide atterrit sur ma joue, et je m'aperçois vaguement que j'ai lâché ma part de pizza sur la table, projetant de la sauce tomate partout.

– Tu… tu as vendu le manoir… à Madoc Miller ?

C'est une blague – une blague perverse. Il ne peut pas réellement m'annoncer qu'il a vendu notre maison à l'homme qui a tué mes parents. Qui a failli *me* tuer, putain !

Pourtant, au lieu de se fendre d'un grand sourire, du genre « je t'ai bien eue ! », oncle Ty se contente d'écarter les mains en signe d'impuissance. Puis, comprenant sans doute que ça n'arrange rien – *mes* mains à moi sont couvertes de cicatrices, grâce à Madoc Miller –, il les joint devant lui.

– On n'avait qu'une seule offre sur la table.

– Je ne te crois pas, dis-je en regardant Carolyn, à la recherche d'un soutien.

Elle se contente de soupirer et tend la main, comme pour toucher la mienne, mais je vois alors qu'elle me tend une serviette, pour éponger la sauce de la pizza. Je l'ignore.

– Comment aurais-tu pu lui vendre le manoir ?

Même si oncle Ty était passé outre le fait que nos familles se haïssent depuis des générations, il n'aurait jamais accepté l'argent de Madoc Miller après l'accident. C'est l'argent d'un meurtrier.

– Je n'avais pas le choix, OK ? lâche-t-il en se levant brusquement de table, avant de prendre la dernière tranche de pizza et ses clés de voiture. Je sors.

– Où est-ce que tu…

La question de Carolyn est interrompue par la porte qui claque.

– Je suis vraiment désolée, Ava, dit-elle après un long silence gêné. Mais il a raison : il n'avait pas le choix. La banque aurait tout saisi si on n'avait pas vendu au moment où on l'a fait.

Quelque part dans mon esprit, je sais qu'elle dit vrai. Oncle Ty n'aurait jamais fait affaire avec cet homme s'il y avait eu une autre option. Mais je suis encore sous le choc alors que j'imagine Madoc Miller, sa femme imbue d'elle-même et leurs deux rejetons venimeux *dans notre maison.*

Carolyn prend une grande inspiration, puis elle va chercher un verre de jus de pomme et un de mes cafés glacés préférés dans le réfrigérateur.

– Au moins, on peut trinquer à notre nouvelle maison toutes les deux, pas vrai ? demande-t-elle en levant son verre.

Je décèle de la fragilité dans sa voix. Je n'ai pas le droit de passer mes nerfs sur elle. Ni sur oncle Ty. C'est juste le genre de trucs horriblement injustes qui nous arrivent désormais.

– *Home sweet home*, dis-je d'une voix monocorde, et je bois.

Malgré ma fatigue, je ne dors pas bien cette nuit-là. La rivière murmure sans cesse derrière ma fenêtre. Dès que j'y pense, ça me donne envie de faire pipi. Et je rêve – ou plutôt, je me souviens – de l'accident. Je revis tout : l'impact, la peur. Ramper, seule, pour sortir de l'épave. Madoc Miller, debout à côté de sa voiture à peine égratignée.

À environ une heure du matin, un cri perçant retentit à l'étage, sous le toit du moulin, et me réveille en sursaut. L'espace d'un instant, je ne comprends pas du tout où je suis ni ce qu'était ce hurlement mais, lentement, tout se met en place.

Je suis au cottage, et personne ne s'est fait assassiner sauvagement : c'est juste une chouette effraie – sans doute celle que je voyais parfois dans le parc du manoir.

Et mes parents sont toujours morts.

Je laisse échapper un bruit étranglé, retenant mes sanglots. Petit à petit, ma respiration s'apaise. Le cri de la chouette m'est aussi familier que les craquements du plancher de mon ancienne maison, ou ces courants d'air glaciaux qui semblaient surgir de nulle part – ces petites choses qui font battre mon cœur un peu plus vite, mais qui n'ont rien de sinistre, en fait, même si ma mère déclarait les lieux hantés. Elle aussi avait grandi avec les rumeurs et les superstitions à propos de Burden Falls. J'ai passé toute ma vie dans le manoir ; ses grincements et chuintements – et ses cris perçants, à l'occasion – font simplement partie de son charme.

Il semblerait que le vieux moulin ait également son charme à lui.

Je me tire du lit et gravis l'échelle branlante qui mène à l'étage. La lumière de mon téléphone projette des ombres inquiétantes dans les combles, mais ce maudit oiseau reste invisible. Tout est immobile et silencieux.

Quelque chose crisse sous mon pied. J'ai un mouvement de recul, craignant que ce soit un cafard, mais ce n'est qu'une pelote de réjection – ce que les chouettes recrachent après avoir mangé une petite créature.

Elles contiennent généralement tous les morceaux dont le volatile n'a pas besoin : les os, la fourrure. Celle-ci est ancienne, elle a séché et blanchi et vient de se désagréger sous mes pieds. Apercevant un petit crâne parfaitement conservé, je me penche un peu plus et braque ma lumière sur lui. Je pense d'abord que c'est un crâne de souris, mais je remarque alors les dents pointues, les canines allongées. Un écureuil, peut-être.

En tout cas, il est plutôt cool. Ou du moins, il le serait si je l'avais trouvé sans me mettre du vomi de chouette séché entre les orteils. Je reviendrai demain matin et je verrai si je peux nettoyer les os. Ça ferait joli sur le rebord de ma fenêtre.

Après m'être lavé le pied, je retourne dans ma chambre. Je sais que je n'arriverai plus à dormir. Je suis trop à cran. Je m'assieds donc à mon bureau pour gribouiller sur un carnet à dessins. Mais mon regard ne cesse de revenir à la fenêtre, à la courbe argentée de la rivière vers le nord, à la cascade, à Burden Bridge et au manoir.

Chez moi.

Sauf que ce n'est plus chez moi. Aucune lumière ne brille là-bas. Le manoir forme à peine une tache sur le paysage. Pendant un bref instant, je jurerais voir quelque chose sur le pont ; ce n'est qu'un point lointain, mais j'ai l'impression que quelqu'un est en train de le traverser. Je me rapproche de la fenêtre, et mon souffle embue légèrement la vitre.

Est-ce que c'est elle ?

Lorsque j'essuie le verre avec ma manche pour mieux y voir, la silhouette a disparu.

CHAPITRE 3

Mon amie Daphné travaille presque tous les week-ends avec moi au Pump'N'Go. C'est bien une station-service, au cas où vous vous poseriez la question, même si ça sonne plutôt comme le nom d'un bordel. C'est peut-être pour ça que certains de nos clients se comportent comme des porcs.

Son père, l'agent Chavez, la dépose sur le parking, au volant de sa voiture de police. Il est probablement sur le chemin du boulot. Lorsqu'elle ouvre la porte de la station, il déclenche brièvement la sirène, comme toujours, et éclate de rire lorsqu'elle pousse un couinement apeuré. Elle entre en tapant des pieds et en secouant la tête. Sa peau marron foncé a rougi, et pas seulement à cause du froid.

– Ça marche à tous les coups, grommelle-t-elle en prenant place derrière le comptoir.

Je sais que les blagues de son père ne la dérangent pas vraiment. Elle est très proche de lui, comme je l'étais du mien.

– J'ai marché dans une flaque, à cause de lui ! Regarde l'état de mes bottes préférées !

Je baisse les yeux sur ses bottes froncées en cuir brun clair. Effectivement, elles sont foutues.

Pour être juste envers son père, *toutes* ses bottes sont « ses préférées ». J'ai néanmoins l'intelligence de ne pas le lui faire remarquer. Daphné adore donner une nouvelle vie aux fringues qu'elle trouve dans des friperies ou sur Internet. Elle les associe pour composer des tenues rétro improbables, mais qui fonctionnent toujours. Aujourd'hui, par exemple, elle porte une robe fourreau orange années soixante, des collants en laine rouge à grosses rayures et ses bottes adorées. Ses cheveux, fraîchement noués en torsades à deux brins, sont retenus par un foulard en soie vert. Daphné fabrique aussi ses propres bijoux, et arbore aujourd'hui trois colliers dont je sais qu'ils ont commencé leur existence en tant que composants d'un sablier, d'un ukulélé et d'une lampe. Je sais qu'à côté d'elle, habillée tout en noir, avec mon eye-liner en aile de chauve-souris et mes ongles au vernis noir écaillé, j'ai tout de la gothique blafarde.

Le Pump'N'Go est drôlement animé ce matin : pas moins de trois clients s'arrêtent dans l'heure suivant l'ouverture. Ça justifierait presque d'avoir deux caissières.

– Comment s'est passée ta première nuit dans la nouvelle maison ? me demande Daphné.

Elle et Carla – le troisième membre de notre triade, et la petite amie de Daphné – ont déjà pris des nouvelles hier soir *via* notre discussion de groupe. Elles savent donc pour les Miller, et étaient toutes les deux outrées pour moi, comme il se doit.

– C'était…

Le tintement de la cloche au-dessus de la porte m'interrompt. Liam Walsh, un étudiant qui travaille à mi-temps à la bibliothèque municipale, sur River Road, entre et tape des pieds pour faire tomber la neige de ses bottes. C'est un type blanc, grand et sec, avec des cheveux trop bien coiffés qui lui donnent l'air plus jeune qu'il ne l'est. Il me salue de la tête.

J'ai passé beaucoup de temps à la bibliothèque, ces dernières semaines, notamment du fait qu'on nous avait coupé le wifi au manoir, bien que je ne lui aie jamais avoué que c'était pour ça. Je ne le connais pas bien, mais j'avais peur qu'il se montre méprisant.

Il choisit une barre chocolatée et un journal, qu'il pose sur le comptoir.

– J'ai entendu dire que tu avais dû quitter le manoir, dit-il. Ça craint, non ?

Je sens mes mâchoires se crisper. Ça ne m'étonne pas qu'il soit au courant. Tout Burden Falls doit commérer sur la déchéance financière de ma famille.

– Ouaip.

– Comment est ta nouvelle maison ? Elle n'est pas loin d'ici, je crois ?

– Ça peut aller, je réponds, pas pour être froide, mais parce que je n'ai pas envie d'en parler. Tu as besoin d'autre chose ?

Je lui décoche un sourire que j'espère amical. En voyant la grimace de Daphné, je déduis que c'est raté.

Quand Liam s'en va, je surprends mon amie à le suivre de ses yeux plissés.

– C'est quoi, ce regard ?

Elle secoue la tête.

– Il y a quelque chose chez ce mec qui me dégouille.

Ça fait plus d'un an qu'on est amies, et c'est la première fois que j'entends employer le mot « dégouille ». Cela dit, je n'ai aucun mal à deviner ce qu'elle veut dire par là. Elle fait la même tête que quand un hétéro à l'air vicieux lui demande s'il peut « regarder » en apprenant qu'elle a une copine. En ce qui me concerne, ça justifierait largement un coup de poing à la gorge, mais Daphné réussit à anéantir la plupart d'entre eux d'un seul regard. C'est franchement impressionnant. Elle dit qu'elle a hérité ça de son ancêtre sorcière – plus précisément l'une des sorcières de Red Road, un groupe de femmes ayant fui le Massachusetts à l'époque des procès de sorcières. Cinq d'entre elles sont parvenues jusqu'à Burden Falls et s'y sont installées, dont une femme noire du nom de Dorcas Dane – ou, comme Daphné aime l'appeler, mamie Dorcas.

Personnellement, je pense que le regard cinglant de mon amie n'appartient qu'à elle. Sans compter que presque tout le monde ici prétend descendre d'une des sorcières de Red Road.

– Bref, je sais comment te remonter le moral, dit-elle en sortant son jeu de tarot. Laisse-moi te tirer les cartes. Ça fait une éternité qu'on ne l'a pas fait.

Je m'affale sur le comptoir d'un air théâtral. Mais tout ce que j'y gagne, c'est d'avoir ses cartes sous le nez.

Le jeu en lui-même est vraiment cool, de mon point de vue très partial. C'est moi qui le lui ai fabriqué pour son anniversaire, en novembre dernier, juste après qu'elle a commencé à s'intéresser au tarot. J'ai illustré chaque carte à la main dans les tons chatoyants que Daphné adore, avec le symbole du mauvais œil dans chacun des quatre coins. Il se compose de cercles concentriques : la pupille noire, l'iris bleu, le cercle blanc et le contour bleu foncé. On dirait presque une cible ou un outil pour hypnotiser quelqu'un.

Pour moi, demander conseil à un jeu de cartes sinistre revient à secouer un nid de guêpes dans l'espoir d'en voir couler du miel. Après quelques tentatives, tous mes tirages ne pouvant être résumés que par « MORT ET DESTRUCTION PARTOUT, TU VAS MOURIR DE MANIÈRE HORRIBLE », j'ai décidé de faire l'impasse.

– Mélange et pose ta question, poursuit Daphné avec espoir, ignorant ma mine renfrognée. Allez ! Tu sais bien que tu n'es pas *vraiment* maudite.

– Va dire ça à tous les habitants de cette ville, je marmonne.

Les rumeurs sur ma famille ne manquent pas, à Burden Falls. Apparemment, la malédiction est liée à la cascade, et à la terrible malchance qui semble nous coller à la peau – surtout depuis ce qui est arrivé à mes parents. Mais moi, je ne crois pas aux malédictions. Je suis convaincue que, chaque fois que les choses ont mal tourné pour moi, c'était la faute de Madoc Miller. Si je passais en revue l'histoire de ma famille, je pourrais sans doute mettre tous les épisodes merdiques sur le dos d'un Miller ou d'un autre. Chez eux, être de vrais connards est une longue tradition familiale.

– Alors, c'est oui ? demande Daphné en poussant le jeu de tarot dans ma direction.

Avant que je puisse réitérer un « pas question », la porte de la station s'ouvre. Carla apparaît, époussetant ses vêtements couverts de neige.

– Salut, bande de scélérates.

C'est nouveau, ça. La semaine dernière, on était des « diablesses », Daphné et moi, même si je pense que Carla s'inclut aussi dans les surnoms qu'elle nous donne. J'ai l'affreux sentiment qu'elle espère que l'un d'entre eux prendra, et qu'on deviendra une sorte de bande de filles version emo.

Carla est une fervente partisane des jeans boyfriend et des sweats à capuche à la gloire de groupes de rock, et elle porte des lentilles de contact de couleurs différentes presque tous les jours. Aujourd'hui, son sweat délavé trouvé en friperie arbore la couverture d'un album d'un groupe des années quatre-vingt-dix, The Flys. Ses yeux normalement bleus sont noir pour l'un, violet pour l'autre, et ses cheveux décolorés blond-blanc, rasés sur les côtés, sont relevés en deux chignons hauts, lui donnant l'air d'une Minnie Mouse punk.

– Vous n'imaginez pas ce que j'ai dû endurer à la maison ce matin ! lance-t-elle en fondant sur nous, comme si c'était notre faute, mais elle s'adoucit quand elle se penche par-dessus le comptoir pour embrasser Daphné.

– Corey essaie encore d'apprendre à jouer du glockenspiel ? je demande en faisant semblant de ne pas voir le sourire niais qu'elles échangent.

L'expression de Carla redevient orageuse.

– Il s'est mis au violon.

Son petit frère Corey n'est pas aussi brillant que sa sœur, qui sera bientôt sacrée major de promo. Il est convaincu d'être un prodige de la musique incompris – il faut juste qu'il trouve le bon instrument. Je pense qu'il en a essayé huit ou neuf rien que cette année. Ça n'a pas vraiment aidé Carla à réviser chez elle ni à améliorer sa mauvaise humeur habituelle. Mais ses pères refusent de « brider l'expression de Corey », ou un truc dans le genre. À leur place, j'interviendrais avant que sa sœur ne la bride en lui plaquant un oreiller sur la figure.

– Oh non… fait Carla en voyant le jeu de tarot sur le comptoir.

Daphné lui décoche son sourire le plus charmeur.

– Je n'arriverai jamais à m'améliorer si vous ne me laissez pas m'entraîner.

– Pour moi, c'est non, répond fermement Carla. Demande à Corinne. Elle aime bien ce genre de conneries.

Corinne est la cousine de Daphné, qui les conduit toutes les deux au lycée presque tous les matins. Et elle aime effectivement « ce genre de conneries ».

Le tarot est l'un des rares sujets qui nous mettent d'accord, Carla et moi, bien que ce soit pour des raisons différentes. Carla est une sceptique pure et dure face à tout ce qu'elle ne peut pas mesurer ou expliquer ou résoudre avec les maths. Alors que moi, j'aimerais simplement que les cartes changent un peu d'attitude.

– Et pourquoi tu tires une gueule de six pieds de long, toi, au juste ? demande-t-elle en se tournant vers moi, les yeux plissés. Tu boudes encore à cause de ton anniversaire ?

Je trouve cette question un peu dure, même venant de Carla, mais elle n'a pas tout à fait tort.

– Je ne boude pas. Je ne veux pas le fêter, c'est tout.

– Mais c'est tes dix-huit ans ! proteste Daphné, comme si ça changeait quelque chose.

– Je viens de quitter ma maison, je n'ai pas d'argent et...

Mes parents sont morts.

– ... et je n'ai pas vraiment envie de faire la fête.

Daphné n'a pas dit son dernier mot. Je jette un regard assassin à Carla, que je soupçonne d'avoir abordé ce sujet pour détourner l'attention de Daphné du tarot.

– On va organiser une *danse*[1], insiste mon amie, ce qui m'arrache un grognement. Tu n'auras rien d'autre à faire que venir et t'amuser.

Depuis le covid, les *danses macabres* sont devenues une tradition à Burden Falls. Comme ils ne pouvaient plus se réunir en intérieur, les jeunes se sont mis à organiser des *danses macabres* en extérieur pour

1. En français dans le texte.

marquer des événements importants comme une mort ou parfois un anniversaire, si la personne est populaire. Ce sont des fêtes masquées, qui ont généralement lieu dans les bois ou au cimetière, et tout le monde s'habille comme si c'était Halloween, mais en plus sophistiqué. Comment faire la fête avec un masque, sinon ?

– S'il te plaît, non, dis-je, ravie que la sonnerie de mon portable mette un terme à cette conversation.

C'est un message de Ford, à qui j'ai aussi envoyé des textos rageurs hier soir pour lui raconter l'invasion de ma maison par les Miller. Bon sang, je n'arrive toujours pas à croire qu'oncle Ty la leur a vendue.

Ford : Les Miller sont en train d'emménager. Déjà quatre camions.

Ma gorge se serre. Ils sont réellement en train de s'installer dans ma maison. Mon *ancienne* maison.

Ava : Les jumeaux sont arrivés ?

Dominic et Freya Miller ne sont pas vraiment jumeaux, mais tout le monde les appelle comme ça parce que Freya – qui est prétendument une sorte de génie, même si je n'en ai jamais vu aucune preuve – a sauté une classe pour se retrouver dans le même niveau que son frère. C'était quand ils sont arrivés au lycée de Burden Falls, l'année dernière, juste avant l'accident. Ils sont donc malheureusement tous les deux dans ma promo, si bien que je me prends une double dose de Miller dans la gueule presque tous les jours.

Si Daphné, Carla et moi jouissons d'une certaine notoriété au lycée, les jumeaux Miller et leur clique, eux, sont carrément des célébrités.

Tous les quatre – Dominic, Freya et deux autres garçons, Mateo Medel et Casper Jones – sont les stars de *Haunted Land*, une web-série bien naze, sorte de plagiat de l'émission *Most Haunted*. Dans ces vidéos, on les voit courir dans des bâtiments abandonnés, crier dans des puits ou s'enfermer mutuellement dans des pièces sombres. C'est hyper cheap, et pourtant ils ont plus d'un million d'abonnés, toutes plateformes confondues, et ils reçoivent des propositions de rôles et de mannequinat et plein d'autres trucs grâce à ça. En plus, comme leurs parents dirigent une entreprise de repérage de lieux de tournage, les jumeaux pensent déjà avoir un pied à Hollywood.

Ford : J'ai vu Freya, mais pas Dominic.

Ava : Dans quelle chambre elle s'est installée ?

J'ai aussitôt envie d'effacer ce message. Je ne veux pas savoir si cette vipère dormira dans mon ancienne chambre. Mais Ford répond qu'il n'en sait rien, évidemment : il lui faudrait un super téléobjectif pour voir l'intérieur du manoir.

Ford : Ma mère veut m'obliger à leur apporter une tarte. Passe tout à l'heure, je te ferai un rapport complet.

Je reconnais bien là la mère de Ford : Mme Sutter offrirait une part de tarte au seigneur des ténèbres lui-même s'il se présentait à sa porte. Je voudrais juste qu'elle modère un peu sa gentillesse quand il est question des Miller.

Je me demande ce que Ford va trouver là-bas. La maison est sûrement bourrée à craquer de meubles de mauvais goût. Après tout, ils ont réussi à défigurer leur ancienne maison – une jolie demeure victorienne en briques rouges – en remplaçant les bow-windows par une bande grise de verre teinté sans aucun charme, allant du sol jusqu'au toit. Voilà tout ce que vous avez besoin de savoir sur leurs goûts. J'ai pu faire la visite (virtuelle) de la maison quand ils ont diffusé en live leur fête du Nouvel An.

Depuis combien de temps les jumeaux Miller savent-ils qu'ils vont emménager au manoir ? Ils l'ont forcément appris avant moi.

D'ailleurs, je suis étonnée qu'ils n'en aient pas profité pour remuer le couteau dans la plaie. Mais bon, ils ont encore le temps pour ça.

J'imagine Freya dans ma chambre, en train de superviser des larbins repeignant les murs en doré. Et soudain, une terreur glacée se déverse sur moi.

Repeindre les murs…

Merde !

J'ai oublié de finir de recouvrir la fresque dans le pavillon. Toute mon histoire intime sanglante s'étale sur ces murs. S'ils la voient, les Miller vont croire que j'ai perdu la tête. Mais surtout, ils risquent de réaliser une de leurs affreuses petites vidéos de fantômes pour montrer au monde entier l'intérieur de ma tête.

Non. Je ne peux pas les laisser faire ça.

Il faut que j'y retourne.

CHAPITRE 4

Quand je rentre au cottage après le travail, je passe la tête dans le salon et trouve oncle Ty en train de regarder *Jeopardy!*.

« Une ville d'Afrique du Sud surnommée "la ville des jacarandas". »

– Qu'est-ce que Le Cap ? tente-t-il sans quitter l'écran des yeux, même s'il a dû m'entendre arriver.

– Qu'est-ce que Prétoria, plutôt.

Voilà qui lui fait relever les yeux.

– Ah ouais ?

Son sourire suffisant m'indique qu'il pense que j'ai tort, mais aussi qu'il a oublié ce qu'il s'est passé hier soir, la bombe lâchée, le départ en furie. Tant mieux pour lui.

« Qu'est-ce que Prétoria ? », répond le participant.

« Bonne réponse ! »

Je me détourne, et oncle Ty lance un coussin dans ma direction en riant.

– Hé, tu seras là pour le dîner ? Je vais faire un risotto.

Je marque une pause. Ça fait un bail qu'il n'a pas pris la peine de cuisiner ; or c'est un cuisinier exceptionnel.

– En quel honneur ? je demande, sur mes gardes.

– Pour me faire pardonner la révélation merdique d'hier soir. Je suis désolé que tu l'aies appris comme ça.

Il n'a pas oublié, tout compte fait. Je hoche la tête. Je suis encore furieuse, mais la situation est pourrie pour tout le monde, j'imagine.

– D'accord, je me forcerai à avaler un peu de ton horrible risotto. Mais j'irai chez Ford après le dîner, si c'est OK.

– Je ne suis pas ton boss, répond-il avant de me chasser d'un geste de la main, de nouveau absorbé par son jeu télévisé.

Le givre craque sous mes pieds, et les étoiles semblent briller dix fois plus que d'habitude. J'essaie de me convaincre que c'est une belle soirée pour marcher, même si, en réalité, il fait un froid de canard et que je préférerais largement être dans ma voiture. Mais Bessie n'était pas d'humeur, ce soir, et puis j'ai besoin de me dépenser après avoir englouti deux portions de risotto.

Le chemin qui longe la rivière est le plus direct jusqu'à chez moi – jusqu'au manoir, je veux dire. Il suit le cours d'eau pendant un petit kilomètre avant de rejoindre la route, plus haut, puis le chemin sur lequel donnent le manoir Thorn et la maison de Ford.

J'atteins un chêne sur le tronc duquel est gravé un mauvais œil presque effacé par les ans. Cet arbre marque l'endroit où la rivière s'élargit autour de trois énormes rochers. Le barrage de Copper Bell, le barrage de la Cloche en cuivre. Difficile de dire s'ils ont été placés là intentionnellement, pour ralentir le courant, ou simplement déposés par dame Nature. En tout cas, on dirait qu'ils sont là depuis la nuit des temps. Passer à cet endroit, c'est comme pénétrer dans un monde pas tout à fait réel, dont l'arbre sculpté serait la frontière invisible.

C'est un endroit ténébreux, même quand le soleil brille. Ce soir, alors que crépite le givre qui envahit peu à peu les arbres, il me rend nerveuse. Comme si je n'étais pas seule. Les pas que j'entends sont simplement un écho qui se répercute sur l'eau ou les rochers. Il n'y a personne, mais je me surprends quand même à accélérer.

On raconte que les sorcières de Red Road se réunissaient ici pour jeter des sorts, en agitant leurs cloches en cuivre au-dessus de l'eau pour tenir le mal à distance. Certaines personnes continuent d'y croire et suspendent des cloches aux branches des arbres qui surplombent la rivière, ou gravent le symbole du mauvais œil sur leurs troncs.

De toute manière, il y a des yeux partout à Burden Falls, gravés sur presque toutes les surfaces possibles. Il y en a même un dans le manoir, caché dans un recoin sombre de la cave. J'ignore comment cette tradition a commencé, mais presque tout le monde la perpétue. On ne les remarque même plus, quand on habite ici.

Je presse le pas jusqu'à gravir la pente menant au manoir. Je frotte mes mains en parcourant les derniers mètres jusqu'à la maison de Ford. Les cicatrices sur mes paumes protestent vivement.

Le cottage de Ford se trouve juste en face du portail est du manoir, et je suis contente de voir des lumières briller à ses fenêtres.

– Ava, ma chérie ! s'exclame sa mère en m'ouvrant la porte, comme si ça faisait des années qu'on ne s'était pas vues.

– Bonsoir, madame Sutter. Comment allez-vous ?

Malgré ses yeux fatigués, elle m'adresse un sourire chaleureux. Elle est toujours comme ça. Ford aussi, d'ailleurs, maintenant que j'y pense, même si sa fatigue à lui est due aux nuits passées devant les jeux vidéo et à un joint occasionnel, plutôt qu'à de longues heures de travail.

– Oh, comme d'habitude, tu sais ! Maman était dans un bon jour, aujourd'hui, cela dit, alors c'était agréable.

Mme Sutter est infirmière. L'année dernière, elle a quitté son poste à l'hôpital pour travailler dans la maison de retraite où venait d'être placée sa mère, pour qu'elles puissent avoir plus de temps ensemble. Ford n'aime pas en parler, mais j'ai l'impression que sa grand-mère n'en a plus pour longtemps.

– Par contre, Ford n'est pas à la maison, ma puce. Il savait que tu venais ?

– Oui, mais je ne lui avais pas donné d'heure précise, je réponds en essayant de dissimuler mon agacement.

Après tout, si Ford était fiable, ça se saurait.

– Vous savez où il est ?

– Il est chez toi… (Elle s'interrompt, l'air mortifiée, avant de se corriger.) Désolée, je voulais dire au manoir. Je lui ai demandé d'apporter une tarte de bienvenue.

– Mais ça fait plusieurs heures, non ?

– Je suppose qu'il traîne avec les enfants Miller. Mais je suis sûre qu'il ne va pas tarder, s'il sait que tu viens. Tu veux l'attendre à l'intérieur ?

Il me faut un moment pour formuler une réponse. Mon cerveau bloque sur le fait que Ford – *mon* Ford – a apparemment passé toute la journée à s'éclater avec mes pires ennemis.

Non. Il est sans doute allé ailleurs ensuite. Il n'a pas prévenu sa mère, voilà tout.

– Non, c'est bon. Je le verrai demain au lycée.

– Très bien, je lui dirai que tu es passée.

J'attends qu'elle ait refermé la porte avant de traverser le chemin jusqu'au portail du manoir. Cette ferronnerie ouvragée affichant le nom de ma famille m'a toujours paru si accueillante. Elle me donnait l'impression que nous faisions partie des lieux, que nous serions là pour toujours. Mais maintenant, les pans du portail se dressent devant moi, menaçants dans le clair de lune.

Reprends-toi, Thorn.

Je n'hésite qu'un instant. L'objectif luisant de la caméra au-dessus du pilier de droite me rappelle que je ne suis pas censée être ici. Mais c'est sans doute ma dernière chance de recouvrir cette maudite fresque avant qu'un des Miller ne la trouve. Si ce n'est pas déjà fait. Mais elle n'est pas encore apparue sur la page de *Haunted Land,* alors mon instinct me souffle que ce n'est pas trop tard.

Un haut mur de briques ceint presque toute la propriété. Je le suis jusqu'à un endroit à l'abri sous les arbres, hors de portée des caméras, où j'entreprends de l'escalader. Je prie pour que Madoc Miller n'ait pas renforcé le système de sécurité.

La forêt de chênes rouges d'Amérique ne me dissimulera que jusqu'au pont. Je devrai le traverser à toute vitesse pour aller m'enfoncer dans le verger, en espérant que personne ne regardera par une fenêtre de l'étage au mauvais moment.

Je ne peux pas me faire prendre ici, en train de rôder dans ce lieu qui, hier encore, m'appartenait. J'ai beau y avoir passé tellement d'heures de ma vie, je me rends compte que tout a changé, et que je ne regarde plus le manoir de la même manière.

Peut-être parce que je sais qu'il est infesté de ces charognards de Miller. Ou alors, peut-être que je suis devenue en vingt-quatre heures à peine l'Ava du vieux moulin plein de courants d'air au lieu d'Ava, la dernière fille de ces sanguins de Thorn.

Je marche rapidement, attirée par le fracas familier de la cascade. J'ai beau savoir qu'il est vital que personne ne me voie ici, je m'arrête un moment au milieu du pont. C'est là que j'ai cru voir quelqu'un hier soir – là où je me tiens à cet instant.

Un froid soudain s'enfonce jusque dans mes os. J'avoue que ça peut être un peu flippant ici, la nuit, sur ce pont où tant de gens prétendent avoir vu des fantômes. Pourtant, j'ai toujours aimé cet endroit. Quand j'étais petite, je pensais pouvoir contempler le monde entier, d'ici. Il s'est avéré que c'était vrai – du moins, la partie du monde qui m'importait.

Je regarde le torrent qui se déverse vingt mètres plus bas, dans le bassin bouillonnant. Si je reste là, ma peau va se couvrir de gouttelettes d'eau, comme si une créature froide et fantomatique me soufflait dans le cou. J'ai vu plus d'un visiteur se mettre à frissonner sur ce pont et devoir être écarté du bord.

Je ne m'attarde pas. La brume s'écarte de moi tandis que je m'éloigne et pénètre dans le verger obscur. Je n'ai le temps de faire que quelques pas avant de repérer une silhouette qui se dirige vers moi, suivant la lisière des arbres.

Ma bouche s'assèche.

C'est… Je sais que c'est impossible, mais je pense vraiment que c'est *elle*.

Mais alors, un rayon de lune éclaire un carré court et blond, et je réalise que c'est encore pire qu'un fantôme.

Lucille Miller – la femme de Madoc. Et, avec elle, leur énorme chien, Pilot.

Je me plaque contre le tronc d'un pommier. L'écorce pourrie me mord la joue, mais je demeure parfaitement immobile. Je ne crois pas que Lucille m'ait remarquée, par contre, Pilot remue ses oreilles dans ma direction.

Il n'y a rien à voir, gentil chienchien. Je ferme les yeux, comme si ça pouvait m'aider à lui télégraphier cette pensée. *Continue d'avancer.*

Il laisse échapper un bref grondement, puis un aboiement. J'ouvre les yeux, mais il ne regarde pas dans ma direction – il renifle le sol. Va-t-il sentir mon odeur ? À moins qu'elle se confonde avec celle de sa nouvelle maison ? Ça fait si longtemps que je n'ai pas eu de chien que je ne me rappelle plus comment ils fonctionnent.

– Du calme, Pilot, roucoule Lucille. On ne chasse pas les écureuils ce soir, OK ?

Il jette un dernier regard méfiant à l'arbre derrière lequel je me cache, puis s'avance avec sa maîtresse sur le chemin en gravier qui dessine un cercle tout autour du manoir.

J'attends quelques minutes avant de me décoller du tronc, par mesure de sécurité. Une fois certaine que Lucille et Pilot sont bien partis, je me retourne et fais exactement deux pas avant d'entendre une nouvelle voix.

Merde, elle est revenue sur ses pas !

Sauf que ce n'est pas Lucille : c'est Freya. Je reconnaîtrais n'importe où ce ton insupportable. Elle semble marmonner quelque chose. Est-ce qu'elle parle toute seule ?

Je la repère alors, appuyée contre un petit pommier, une main contre l'oreille. Elle est au téléphone.

J'attends, espérant qu'elle va terminer son appel et foutre le camp, et pas nécessairement dans cet ordre. Il faudrait juste qu'elle s'éloigne un peu pour que le bruit de la cascade l'empêche de m'entendre. Mais elle n'en fait rien, évidemment. Je manque de jurer à voix haute lorsqu'elle se déplace et s'arrête pile de l'autre côté du tronc derrière lequel je me suis planquée. Elle est si proche que je sens son shampooing parfumé à l'orchidée. (Elle doit vraiment s'en badigeonner pour que ça sente aussi fort.)

– ... je me doutais bien que cette dernière photo te plairait... Hein ? Je parie qu'il y a d'autres parties de mon corps que tu trouverais *adorables* aussi. (Elle glousse, et je vomis un peu dans ma bouche.) Mmh mmh... Je l'ai prise au lycée, en pensant à toi, si proche... Bien sûr que j'ai fait attention. Mais j'en ai marre d'envoyer des photos coquines. On va bientôt se voir, hein ? Je suis pas le genre de fille qui attend éternellement.

On pourrait croire qu'elle plaisante, mais la dureté dans sa voix me laisse penser que la personne à qui elle parle ferait mieux de la prendre au sérieux.

Je n'ai pas envie d'entendre ça. Je n'ai pas besoin de savoir ce qui se passe entre Freya et son... son partenaire de sextos ?

– Bien sûr que je te crois. Je veux juste qu'on soit ensemble pour de vrai, tu comprends ? Et mes parents partent mercredi matin pour le travail, alors on pourrait avoir tout l'après-midi... Vraiment ? OK. J'ai hâte.

Elle raccroche et pousse un petit cri de joie. Ça ne lui ressemble tellement pas que je sais qu'elle serait dégoûtée de savoir que je l'ai entendue.

Son écran de téléphone s'allume et projette l'ombre de l'arbre sur la neige devant moi. Si je bouge ne serait-ce que d'un centimètre, je serai éclairée comme une star de Broadway.

Je retiens mon souffle, craignant que Freya se retourne et m'aperçoive. Mais non : elle range son portable dans sa poche, se baisse pour éviter les branches grêles et quitte le verger. Je l'observe regagner le manoir, éclairée par la lueur des fenêtres, en priant pour qu'elle se dépêche afin que je puisse aller m'occuper de ma fresque.

Lorsqu'elle entre par la porte principale, ses longs cheveux se balançant dans son dos, mes doigts se crispent sur le tronc.

C'est pas ta maison !

Et pourtant si, ça l'est, techniquement. Je jure lorsqu'un de mes ongles se retourne douloureusement contre l'écorce. Mes yeux s'embuent, et je dois cligner plusieurs fois des yeux pour chasser les larmes. Je remarque alors trois silhouettes dans mon ancienne chambre. Dont celle de Dominic Miller. Ce qui veut sans doute dire, et mon estomac se soulève rien qu'à cette idée, qu'il s'agit de *sa* chambre désormais. Son père Madoc se tient à côté de lui ; on dirait qu'il rit. Il n'a pas le droit d'être *là*, en train de *rire.*

Mais ce qui me fait vraiment un choc, c'est de voir la personne à côté de lui : Ford.

Qu'est-ce que mon meilleur ami fout là, avec ceux qui m'ont volé ma vie ?

J'ai envie de foncer à l'intérieur pour lui poser la question. Et d'ailleurs, c'est ce que je vais faire – que les Miller aillent se faire voir.

Évidemment, je ne peux pas. Les Miller feraient un scandale, penseraient sûrement que je suis venue briser leurs vitres, ou un truc du genre. Ils pourraient même appeler la police.

Juste au moment où je décide de ne pas me comporter comme une hystérique, Madoc quitte la pièce, et Dominic se penche par la fenêtre ouverte pour montrer quelque chose à Ford.

Non, pas quelque chose. *Quelqu'un.*

Moi.

Merde.

Je remonte la capuche de mon manteau – une précaution inutile, puisque mes cheveux sont déjà très sombres – et je pars en courant.

L'air froid me brûle les poumons à chaque inspiration, mais je ne ralentis pas. Je ne me retourne qu'une fois arrivée au pont. Dominic vient de sortir du manoir et scrute le verger. Il ne m'a pas encore repérée sur le pont, mais il suffirait qu'il tourne la tête.

Soudain, Ford déboule derrière lui en criant quelque chose qui m'échappe, et Dominic se tourne vers lui.

C'est maintenant ou jamais.

Je n'ai pas le temps de retourner au mur d'enceinte. Du moins, pas sans me faire voir. Sans compter que Dominic court sans doute beaucoup plus vite que moi. Et ce serait bien son genre de se balader avec un Taser.

Je n'ai aucune envie de me prendre une décharge ce soir.

J'arrive au bout du pont et plonge dessous, laissant le rugissement de l'eau avaler le bruit de ma respiration haletante. Les cicatrices sur mes mains me piquent à cause du froid.

Quelques secondes plus tard, j'entends des voix au-dessus de moi – Dominic et Ford, je suppose, à moins que Madoc n'ait décidé de se joindre à la battue.

Je n'arrive pas à distinguer ce qu'ils disent. Leurs voix s'atténuent comme ils traversent le pont en direction du mur d'enceinte – pile la direction que je dois prendre pour ficher le camp d'ici. *Typique.* Mais ensuite, je les entends faire demi-tour en direction de la maison.

J'attends encore quelques minutes dans le noir, tel un troll des cavernes, tandis que la brume glacée humidifie ma peau, juste pour être sûre que Dominic ne va pas revenir avec des renforts. Mais soudain, il me vient à l'esprit qu'il est peut-être en train de visionner les vidéos de télésurveillance du manoir ou, pire, d'appeler la police pour signaler une intrusion.

Je ne pense pas que les caméras puissent capter une image claire de moi, de nuit et à une telle distance, reste que ce n'est pas une bonne idée de traîner dans les parages. Je sors donc de ma cachette et sprinte jusqu'au mur d'enceinte. D'un mouvement rapide, je l'escalade, saute de l'autre côté et repars vers ma nouvelle maison.

C'est seulement une fois arrivée au barrage de Copper Bell que ça me revient : je n'ai toujours pas recouvert cette foutue fresque.

CHAPITRE 5

Oncle Ty est déjà parti pour une réunion de profs matinale lorsque je me mets en route pour le lycée le lendemain. Je tourne la clé dans le contact, m'attendant presque à ce que Bessie m'envoie promener, mais, pour une fois, elle démarre comme un chaton qui ronronne, indifférente au froid ambiant.

Daphné et Carla ne sont pas à leurs casiers, mais ça ne me surprend pas trop. Corinne, leur chauffeuse attitrée, n'est pas du genre à « mener sa vie en fonction de l'emploi du temps de qui que ce soit », de sorte que mes amies ont tendance à débarquer juste avant la dernière sonnerie.

Je les attends donc dans le couloir. En général, ça ne me dérange pas, car j'en profite pour discuter avec Ford. Mais aujourd'hui, je suis en colère contre lui, et j'ai de quoi.

Il a le dos tourné quand je m'approche, et ses épaules se crispent dès l'instant où il entend le bruit de mes pas. Il se retourne vers moi en me décochant son grand sourire ridicule.

– C'était quoi ce bordel, hier ? je crache. Tu me lâches pour les *jumeaux Miller* ?

Il grimace. C'est un beau mec, même s'il n'est pas mon genre. Un peu comme le dentifrice : ça a bon goût, mais je n'ai pas pour autant envie d'en manger. Avec ses cheveux châtains bouclés, sa peau pâle qui se couvre de taches de rousseur dès qu'elle voit le soleil et le minuscule grain de beauté au-dessus de sa lèvre, il a un côté un peu trop angélique. Son anneau nasal atténue l'effet, mais pas assez.

– Je suis désolé, dit-il d'une voix basse, comme s'il tentait d'amadouer un tigre en colère. J'ai complètement oublié l'heure… Tu savais que Nic Miller a une collection incroyable de…

– *Nic* ? Tu l'appelles Nic, maintenant ?

J'ai carrément un haut-le-cœur.

Il change de tactique et me regarde d'un air malheureux.

– Je sais, je suis le pire ami au monde. Mais je t'ai apporté un petit quelque chose pour me faire pardonner.

Je ravale ce que je m'apprêtais à lui balancer.

– Un cadeau ? Mais il reste encore deux semaines avant mon anniversaire.

Vu son air satisfait quand il désigne mon casier, il sait qu'il a capté mon intérêt.

J'entre mon code et entrouvre la porte, méfiante. Rien ne jaillit du casier – ni n'en dégouline – et je ne sens aucune odeur nauséabonde. Jusque-là, tout va bien.

Quelques secondes passent avant que mes yeux ne se posent sur un bout de papier. Je le ramasse, et quatre portraits de Ford me rendent mon regard.

C'est une de ces séries de clichés un peu nunuches qu'on prend dans un Photomaton : il fixe l'objectif tout en déboutonnant sa chemise, un bouton de moins à chaque cliché jusqu'au dernier, sur lequel il essaie sans grand succès de lécher son propre téton.

Je regarde mon ami en me mordant l'intérieur de la joue pour ne pas pouffer.

– Un petit quelque chose pour votre collection d'accessoires de masturbation, *milady*, dit-il avec un clin d'œil.

Le mélange de son accent à la Mary Poppins et de son impudence absurde est trop pour moi. J'ai beau essayer de continuer à le foudroyer du regard, c'est peine perdue. Un éclat de rire m'échappe, et je suis fichue.

– Elles vaudront une fortune quand je serai un célèbre acteur hollywoodien, ajoute-t-il quand je finis par me calmer.

– Je ne te pardonne toujours pas ton coup d'hier, je marmonne, même si je ne le pense pas vraiment.

On est déjà passés par là un nombre incalculable de fois, Ford et moi. Par exemple la fois où il m'a raconté qu'il était trop malade pour aller faire du roller pour mon dixième anniversaire et où j'ai découvert qu'il n'avait en fait pas réussi à se détacher de sa nouvelle console de jeux. Ou la fois où il m'a emprunté mon vélo, au collège, et où celui-ci s'est retrouvé dans la rivière. Ou celle, le mois dernier, où il m'a demandé d'aller le chercher après une audition en ville et a oublié de me prévenir qu'elle avait été annulée.

– Vous avez raison, ma reine, comme toujours. C'était impardonnable.

– Et j'aurai besoin d'un rapport complet sur l'horrible déco des Miller.

– Naturellement.

Je soupire.

– Dans ce cas, j'accepte ton offrande de paix bizarre et flippante.

Il réussit toujours à m'avoir en faisant l'idiot. Et comme une imbécile, je me laisse faire. Mais c'est comme ça, avec les amis, non ? On tolère leurs bêtises.

Ford en a toléré un paquet de ma part après la mort de mes parents. Il a continué de m'inviter à faire des trucs – aller à des fêtes ou voir un film – même si je refusais tout le temps. Souvent, il laissait alors tomber tous ses plans pour rester avec moi et jouer en silence à *Rocket League* dans sa chambre. Et il répondait toujours au téléphone quand j'avais besoin de parler, même à trois heures du matin en pleine semaine.

Il ne changera jamais, pour le meilleur ou pour le pire. Je dois faire avec, et accepter ses drôles de cadeaux d'excuse.

Je m'apprête à ranger les photos dans mon sac quand il me les prend des mains et les colle à l'intérieur de mon casier avec le chewing-gum qu'il vient de sortir de sa bouche.

– C'est dégoûtant.

– Comme ta tronche, réplique-t-il.

Je lui donne un coup de poing sur le bras, pas assez fort pour lui faire mal, mais je m'attends quand même à ce qu'il en fasse des tonnes et se frotte le bras. Au lieu de ça, il passe son pouce sur ma joue. Je m'écarte.

– Euh…

– Une tache de mascara, explique-t-il. Au fait, qu'est-ce que tu foutais dans le verger hier soir ?

Merde.

– Tu savais que c'était moi ?

– Évidemment. Qui d'autre rôderait par là-bas sans lampe de poche ?

– Dominic aussi sait que c'était moi ?

– Non, je t'ai couverte, répond-il, pas peu fier. Je lui ai dit qu'il avait dû voir le fantôme officiel du manoir. Pas la peine de me remercier.

– Merci, dis-je en lui adressant un sourire reconnaissant.

Il ne manquerait plus que je me retrouve avec les Miller sur le dos pour violation de propriété privée.

– Tu n'as pas répondu à ma question, petite maligne. Qu'est-ce que tu faisais là-bas ?

– Je vous espionnais. J'étais follement jalouse que tu traînes avec les jumeaux Miller.

Même s'il y a une pointe de vérité, je prends un ton suffisamment sarcastique pour qu'il lève les yeux au ciel. Je ne veux pas qu'il sache, pour la fresque. Je ne lui en ai jamais parlé. D'abord, parce que ça me gênait d'avouer que c'était un devoir à la maison donné par ma psy. Ensuite, parce que c'est tout simplement trop personnel. Je sais que je peux me confier à Ford si quelque chose me tracasse, mais je n'en ai pas toujours *envie*. Je ne veux pas devenir l'amie qui se repose toujours sur les autres. Celle qui ne parle que de ses problèmes.

– Je voulais juste…

Je cherche une excuse plausible, même si Ford sait généralement quand je mythonne.

– Dégagez, la populace !

Relevant les yeux, je vois Carla qui montre les dents à de malheureux secondes tout en se dirigeant vers moi d'un pas décidé, avec Daphné. Aujourd'hui, ses cheveux forment une douzaine de petits cônes entortillés, et son ombre s'étire devant elle, aussi pointue et découpée qu'un écureuil volant.

– Je crois qu'il est temps pour moi de filer… marmonne Ford en se retournant vers son casier ouvert.

Il ne voit donc pas mon expression contrariée : je déteste sa façon d'éviter Carla et Daphné.

– Tu as révisé pour le contrôle ? lance Carla sans prendre la peine de dire bonjour.

– Bien sûr, je réponds, mais on sait toutes les deux que je n'ai pas assez bossé.

Les maths, pour moi, c'est obscur. Et puis c'est barbant. Mais pas pour Carla, apparemment. Elle aime tellement ça qu'elle a rejoint le club des matheux.

– Il ne reste que quelques mois avant la remise du diplôme, me rappelle-t-elle.

– J'en suis bien consciente.

– Et tu comptes l'obtenir ?

– Et toi, tu comptes aller te faire foutre ? je rétorque.

Elle n'a pourtant pas tort. M. Hamish, le conseiller d'orientation, a fait quelques allusions inquiétantes à des cours de rattrapage pendant l'été, voire à un possible redoublement. Il semblerait qu'il y ait un délai maximal d'un an pour faire le deuil de ses parents, et que perdre la maison où j'ai passé toute ma vie ainsi que l'entreprise familiale ne suffise pas pour qu'on me lâche un peu la grappe avec les notes. Malgré ça, je n'arrive pas à me concentrer sur les cours, à part celui d'arts plastiques.

– Ava, dit Ford en tirant sur mon bras. Tu entends ça ?

Je remarque alors que plusieurs élèves se sont attroupés dans le couloir autour de Mateo Medel, l'un des membres de la petite bande Miller.

Mateo est le capitaine de l'équipe de foot. Il est latino, avec une peau cuivrée foncée, un sourire Colgate et aucune coordination en dehors du terrain de football. (Sa camionnette est plus cabossée que Bessie, qui a pourtant mené une vie longue et mouvementée.)

Avant, je le trouvais pas mal – pour un sportif –, mais il s'est transformé dès qu'il a commencé à traîner avec les jumeaux Miller et à aspirer à la célébrité.

Apparemment, il est en train d'annoncer quelque chose à ses fans en faisant de grands gestes avec les bras.

Casper, le dernier membre de la troupe Miller, se tient tranquillement à côté de lui, comme toujours. Ils sont ensemble, paraît-il, mais je ne sais pas si c'est un fait ou de simples bruits de couloir. Je ne lui ai jamais vraiment parlé, si bien que je ne le connais que par leurs vidéos de chasseurs de fantômes, dans lesquelles il est celui qui « perçoit » soi-disant des choses sur les lieux de tournage. Il est mince et mignon, dans le genre grunge, avec des cheveux blonds décoiffés et des yeux noisette – imaginez un Timothée Chalamet blond peroxydé – et je l'avais toujours cru timide avant qu'il ne rejoigne l'équipe de *Haunted Land*.

– ... au début, elle flottait là, sur le ventre, mais quand il l'a retournée, il a tout de suite su qu'elle était morte...

– De quoi il parle ? je chuchote à Ford.

– Son père a trouvé le cadavre d'une fille au pied de la cascade en promenant son chien ce matin.

– Un *cadavre* ? Qui ça ?

Mateo continue de dérouler son récit devant son public captivé.

– Il a dû écarter ses cheveux de son visage, et c'est là qu'il a vraiment flippé, parce qu'elle n'avait pas d'yeux ! Genre, ils avaient complètement disparu. Il n'y avait plus que deux orbites vides qui le regardaient.

Je frémis, comme si un souffle glacé avait caressé ma nuque. Je ne crois pas une seconde à cette histoire d'yeux. Il invente. N'empêche que tout le monde murmure le nom de Dead-Eye-Sadie.

C'est le nom que les gens d'ici ont donné au fantôme censé hanter le domaine du manoir Thorn – et en particulier la cascade. Une jeune fille errant sur la propriété à la recherche de ses yeux disparus. D'après la rumeur, elle a été assassinée près de la chute d'eau, et ses yeux ont été arrachés au cours d'un rituel grotesque qui a attaché son esprit au manoir. J'éprouve une sorte d'instinct de protection à son égard, comme si son histoire m'appartenait – un sentiment semblable à celui que m'inspire le manoir lui-même. Pourtant, elle n'existe pas, quoi qu'en pensent les gens du coin.

Quoi qu'en ait pensé maman.

– Mateo m'a envoyé une photo que son père a prise, poursuit Ford. Une fille blanche avec de longs cheveux blonds. Je ne l'ai pas reconnue. Tu veux la voir ?

– Berk ! Carrément pas. Et pourquoi Mateo t'envoie des photos, d'abord ?

Ils ne sont pas amis, pour autant que je sache. Ford hausse les épaules, comme s'il n'y avait rien de plus normal.

– Je parie que c'est l'impact de la cascade qui a fait sauter ses yeux, intervient soudain Carla, rationnelle, comme toujours. Enfin, à supposer que ce soit vrai. Mateo a sans doute inventé ce détail pour ajouter du gore.

– Mais quand même… murmure Daphné, et nos regards se croisent.

– Sadie n'est qu'une légende, j'interviens en secouant la tête.

– Ou alors, c'est un animal qui a fait ça, continue Carla comme si nous n'avions rien dit. Vous vous souvenez de ce qui est arrivé aux agneaux de M. Hayes ?

Je m'en souviens, et c'était dégueulasse. C'était la saison de la mise bas et M. Hayes – l'éleveur le plus proche – avait déjà environ une douzaine de petits. Un matin, en allant voir son troupeau, il s'est rendu compte que tous les agneaux s'étaient fait picorer les yeux. Les corbeaux les avaient attaqués. Le vieil homme a eu un tel choc qu'il a fait une crise cardiaque et qu'il est mort au beau milieu de son champ.

– Tout le monde a murmuré le nom de Sadie à ce moment-là aussi, conclut Carla d'un air entendu.

– Je sais, dis-je, même si quelque chose en moi me souffle que cette situation est différente.

Ce quelque chose en moi se souvient d'une histoire que ma mère m'a racontée : un de nos ancêtres aurait vu Sadie juste avant de mourir. Lorsque mon père a secoué la tête au-dessus du journal qu'il ne lisait pas, elle s'est contentée de nous regarder tour à tour, lui et moi, et d'ajouter : « On verra. » Je n'ai jamais su si ce « on » désignait elle et mon père, ou elle et moi, ou nous trois.

– Vous ne trouvez pas que ce serait une énorme coïncidence qu'un corps sans yeux soit remonté à la surface juste à côté du manoir Thorn ? intervient Daphné. Après tout, c'est là où Sadie est censée... enfin, pas *vivre*, mais... traîner...

– Arrête, réplique Carla, dont la patience est presque à zéro. Quand on meurt, ce sont toujours les yeux qui partent en premier : soit ils se font manger par la vermine, soit ils pourrissent. Ou, dans ce cas précis, ils sont expulsés du crâne par une chute de vingt mètres de haut dans un bassin plein de rochers.

– Berk, fait Daphné.

Elle n'a pas tort. Mon estomac clapote désagréablement.

– *Et*, ajoute Carla en me regardant, si Dead-Eye-Sadie assassinait vraiment les gens et leur volait leurs yeux, pourquoi ne s'en serait-elle pas prise à toi pendant toutes ces années où tu vivais au manoir ? Tu étais à portée de main, et puis, soyons honnêtes, tu ne cours pas très vite.

– Bien vu. J'aurais été une proie facile pour un fantôme-tueur, dis-je d'un ton pince-sans-rire, ce qui ne m'empêche pas de sursauter lorsqu'un seconde m'effleure pour se rapprocher de Mateo, au milieu de l'attroupement.

– C'est qui, cette fille, à votre avis ? demande Daphné. Ou plutôt *c'était* qui ?

Je m'apprête à leur dire pour Ford et la photo, mais Carla est plus rapide.

– Claire Palmer, bien sûr.

Il me faut un moment pour replacer ce nom. Puis je me souviens de sa photo aux infos locales : une fille souriante avec de longs cheveux blonds et un appareil dentaire.

– Celle qui a disparu la semaine dernière à Kinnerton ?

Elle avait brièvement fait la une de tous les journaux, jusqu'à ce qu'un sénateur du coin se fasse prendre en plein adultère, après quoi plus personne n'avait parlé d'elle.

– Elle n'a pas simplement disparu, précise Carla d'un ton parfaitement neutre. Elle est sortie promener son chien le long de la rivière et elle n'est jamais rentrée chez elle. Elle a dû tomber à l'eau et être entraînée par le courant. Je crois même qu'un témoin l'a vue essayer de récupérer la balle de son chien dans l'eau.

– Mais c'était il y a plus d'une semaine, dis-je. Elle serait sûrement réapparue plus tôt, non ?

Carla hausse les épaules.

– Ça fait peut-être une semaine qu'elle fait des tonneaux sous l'eau au pied de la cascade. En tout cas, la durée de sa disparition confirme mon explication sur ses yeux, *si* c'est vrai.

Soudain, Daphné se racle la gorge. Relevant les yeux, je m'aperçois que les jumeaux Miller se rapprochent du cercle autour de Mateo et Casper. En passant à côté de moi, ses longs cheveux roux flamboyant derrière elle, Freya m'ignore. Comme toujours, sauf quand elle a décidé de me faire chier.

Passant un bras sous celui de Mateo, elle se penche vers lui pour lui chuchoter quelque chose à l'oreille. Je me demande si c'est à lui qu'elle parlait au téléphone hier soir. Je pensais qu'il était gay, mais il est peut-être bi, après tout.

Quoi qu'il en soit, ça ne me regarde pas.

Alors que je me retourne vers Ford, mon regard s'arrête sur Dominic, un peu en retrait : visage pâle, sérieux, cheveux noirs, sérieux. Le col de son manteau de laine bien coupé est remonté, soit pour le protéger du froid, soit pour mettre en valeur son menton affûté comme une lame de rasoir. Si j'y passais un doigt, je parie que je me couperais. Beaucoup au lycée diraient que toucher Dominic Miller vaut bien quelques gouttes de sang, mais pas moi. Les jumeaux Miller sont peut-être jolis à regarder, mais c'est aussi le cas de nombreuses créatures venimeuses.

La première fois que j'ai croisé le regard de Dominic, quand ils sont arrivés à Burden Falls, j'avoue avoir éprouvé une *toute petite* pointe de désir absolu. Plus tard, cette même journée, je les ai vus en train de regarder une peinture accrochée devant la salle d'arts plastiques. Mlle Shannon leur a dit qu'elle était de moi.

« C'est bien le genre des Thorn de marcher sur mes plates-bandes, a marmonné Freya après que la prof s'était éloignée. Tu trouves que ses œuvres sont meilleures que les miennes ? »

« Ça va pas, non ? », a répondu Dominic avec un sourire suffisant.

Toute l'attirance, par ailleurs complètement superficielle, que j'avais pu éprouver à son égard a aussitôt péri brutalement.

Depuis ce jour-là, Freya saisit la moindre occasion de me chercher des poux – loin des regards adorateurs des autres, bien sûr –, ça a même empiré depuis l'accident qui a coûté la vie à mes parents. Dominic, lui, se contente de m'ignorer, tel le connard arrogant qu'il est. J'ai donc décidé que s'ils voulaient perpétuer la querelle qui oppose nos familles, ça m'allait très bien.

Les Miller essaient d'entuber ma famille depuis des générations. Mon père m'a raconté qu'ils ont régulièrement fait des tentatives pour nous piquer notre entreprise ou notre terre et, comme ils n'y arrivent pas, ils foutent le bordel. Dans les années soixante-dix, le grand-père de Dominic et Freya a fait campagne pour faire fermer la distillerie Thorn, et je sais que Madoc Miller a tenté de faire virer mon père du conseil municipal il y a des années pour des conneries de permis. Je n'ai jamais rien vu de mes propres yeux, puisque Madoc et Lucille Miller ont quitté Burden Falls avant ma naissance, mais j'ai entendu plein d'histoires sur eux et, maintenant, j'ai la joie de me coltiner leurs enfants tous les jours. Ils colonisent comme un champignon tous les aspects de ma vie.

Mes doigts se replient douloureusement contre mes paumes abîmées. Depuis combien de temps Dominic et Freya savaient-ils qu'ils allaient emménager au manoir ? Des jours ? Des semaines ?

Depuis combien de temps rient-ils dans mon dos ?

Je foudroie Dominic du regard, comme si cela pouvait me donner la réponse.

Il doit le sentir, car ses yeux croisent brusquement les miens. Il ramène en arrière les cheveux sombres qui tombent artistiquement devant son visage pour me décocher son regard le plus féroce. Ça ne dure qu'une fraction de seconde, puis il tourne les talons et s'éloigne, manifestement lassé par les descriptions de plus en plus gores que fait Mateo du cadavre de cette pauvre fille.

C'était quoi, ce regard ? Est-ce qu'il m'a reconnue au manoir, hier soir ?

Non. S'il savait que c'était moi, il aurait à coup sûr appelé les flics.

Peut-être qu'il était simplement dégoûté par le show de Mateo. Comme moi. Même si je doute que Dominic soit facilement écœuré, étant donné qu'il passe son temps à faire des vidéos sur des gens morts.

Merde.

Avec ce cadavre apparu juste à côté de la propriété, il est impossible que Dominic n'exploite pas ça dans un épisode de *Haunted Land*. Et il en profitera forcément pour faire un exposé sur Dead-Eye-Sadie – et le manoir qu'elle hante.

CHAPITRE 6

Un devoir d'algèbre raté plus tard, je suis en cours d'arts plastiques, en train de travailler sur un croquis pour mon projet final, quand je pose les yeux sur Freya Miller, qui vient de se planter devant moi.

– Salut, Morticia, lance-t-elle.

Elle a une de ces voix qui tapent sur les nerfs, quoi qu'elle dise.

– Quoi ? dis-je, aussitôt sur mes gardes.

– Je me demandais juste ce que c'est censé représenter. Une fusée ? Un cigare ? Un objet phallique indéterminé ? C'est difficile à dire.

– Une tour, je réponds, impassible.

En réalité, c'est la toute première vignette d'une BD que je devrais avoir presque terminée, sauf que je n'arrive pas à aller plus loin que cette première case. Elle représente une fille – seulement une silhouette, en fait – qui regarde l'horizon depuis le sommet d'une tour en pierre, sur une colline, encerclée par des rangées de pierres tombales évoquant des dents de requins. Des mains noueuses sortent des tombes telles des fleurs de chair pourrissante.

J'ai déjà posté la version numérique de cette image sur mon portfolio en ligne, sous le titre *Plus ou moins mort.* Oncle Ty et Mlle Shannon, la directrice du département d'art, pensent que je travaille sur la suite, qui sera mon projet final. Sauf que l'histoire refuse obstinément de venir. J'ai beau improviser des croquis, rien ne colle avec celui-ci.

En d'autres termes, je suis dans la merde. Mais je n'ai pas l'intention de dire ça à Freya Miller. Je lâche donc plutôt :

– Va te faire foutre.

Elle fait semblant de prendre un air horrifié et regarde si l'un de ses fervents admirateurs a entendu, mais personne ne nous écoute. Ses amis sont tous agglutinés à l'autre bout de la pièce, sans doute encore en train de spéculer sur la fille retrouvée dans la rivière. Je me demande si c'était vraiment Claire Palmer.

Et si ses yeux avaient vraiment disparu...

Oncle Ty est assis à son bureau, à l'avant de la classe, les yeux rivés sur l'écran de son ordinateur portable, en train de « noter des devoirs », ce qui signifie sans doute regarder les résultats des dernières courses en ligne. Avant que je puisse réagir, Freya me prend mon carnet. Le tenant à bout de bras, elle l'examine en plissant les yeux.

– Je te demandais simplement sur quoi tu travailles. C'est un peu... basique, tu ne trouves pas ?

– Arrête de me prendre la tête, Freya, je soupire. Rends-le-moi.

Mais elle le tient hors de ma portée, ignorant ma demande.

– Tu sais, j'ai entendu dire qu'ils vont bientôt nominer l'élève qui participera au programme estival d'art.

Je me penche en avant malgré moi. Tous les ans, le programme estival d'art de Mme Bisset à Indianapolis permet à un élève de chaque lycée de l'État d'obtenir une bourse d'étude complète pour suivre les cours d'été. Une guerre féroce oppose toujours les terminales voulant y participer. Mais le fait que Mme Bisset soit autrice de romans graphiques, comme je veux le devenir... eh bien, j'espère que ça me fera gagner quelques points. Ce programme est *la* chose positive sur laquelle je me suis concentrée toute l'année, et je suis tout près du but.

C'est Mlle Shannon qui choisit la personne nominée pour le lycée de Burden Falls. Freya et moi sommes au sommet de la liste, même si je suis sûre que celle-ci ne s'est présentée que pour m'emmerder. Elle ne renoncerait jamais aux contrats d'actrice et de mannequin qu'elle a obtenus pour cet été.

– Qui t'a dit ça ? je demande, car oncle Ty ne m'en a pas dit un mot.

Il n'est pas autorisé à participer à la sélection, évidemment. Choisir entre moi, sa seule et unique nièce, et Freya Miller, la fille insupportable de l'homme qui a tué son frère et sa belle-sœur… Non, ça ne le ferait pas trop.

– Un petit oiseau, répond Freya avec un sourire de chat.

Sur ce, elle laisse tomber mon carnet par terre et elle rejoint sa place au fond de la salle. Je me penche pour le ramasser et soupire en voyant qu'elle a fait exprès de marcher dessus, si bien qu'il y a maintenant une empreinte de chaussure sale en plein sur mon dessin.

– Connasse, je marmonne.

– *Ava.*

Oncle Ty me lance un regard sévère par-dessus son ordinateur. Je dois l'avoir sorti de sa partie de *Minecraft* ou je ne sais quoi.

– Désolée, monsieur Thorn.

Je retourne à ma place, fixant toujours mon dessin abîmé lorsque je m'affale sur ma chaise.

Et je sens quelque chose d'humide s'infiltrer par l'arrière de mon jean.

– C'est quoi ce truc ?

Je me lève d'un bond. Il y a une trace rouge – de la peinture, j'espère – sur ma chaise. Et maintenant sur mon jean gris. Je fais volte-face et croise aussitôt le regard de Freya, à côté de Mateo et Casper, qui m'observe avec une délectation absolue. L'un des deux garçons doit avoir peint sur ma chaise pendant qu'elle détournait mon attention avec ce foutu carnet.

– Tu n'es qu'une garce, Freya, je crache.

La pièce animée sombre dans le silence, mais je m'en moque. Un « *oooooh* » collectif s'élève dans la classe, et je comprends instantanément que les gens ne sont pas de mon côté.

– Oh, c'est bon, putain ! dis-je en levant les yeux au ciel.

Oncle Ty bondit sur ses pieds.

– Que se passe-t-il, Ava ?

Je lève la main maculée de rouge avec laquelle j'ai tenté en vain d'essuyer la peinture sur mes fesses. L'espace d'un instant, je suis de retour dans l'épave de la voiture, du sang giclant de mes mains blessées, tout mon monde détruit.

Ploc, ploc, ploc…

– Oh… euh… tu as besoin d'aller à l'infirmerie ? me demande-t-il, me ramenant brusquement à la réalité.

– L'infirmerie ?

– Est-ce que tu es… euh… indisposée ?

Un ricanement parcourt la pièce.

– C'est de la peinture, je réplique sèchement. Donc *non*, je n'ai pas besoin d'aller à l'infirmerie.

– Baisse d'un ton, lance oncle Ty, dont les narines se dilatent.

– Mais c'est elle qui a fait ça ! j'insiste en pointant du doigt Freya, qui ne pourrait pas avoir l'air plus innocente s'il lui avait poussé des ailes et un halo.

Et je suis soudain très consciente du fait que tout le monde me dévisage.

– En fait… commence quelqu'un.

Je me retourne vers Yara, une fille qui s'assied parfois à côté de moi en cours d'arts plastiques, qui tient à la main un tube écrasé de peinture à l'acrylique.

– J'ai dû m'appuyer là-dessus et… tu sais… en envoyer sur ta chaise. Désolée.

– C'était *toi* ?

Elle hausse les épaules, penaude.

– Mais…

J'étais *certaine* que Freya avait manigancé tout ça.

Oncle Ty nous regarde tour à tour, Yara et moi, puis secoue la tête.

– Va te nettoyer, Ava.

– Vous n'allez pas lui demander de me présenter des excuses, monsieur Thorn ?

Il suffit d'une phrase pour que la voix insupportable de Freya ravive ma rage.

Mon oncle soupire.

– Ava ?

Je le regarde en clignant des yeux. Il plaisante, j'espère ? Présenter mes excuses à une Miller ? Il ne le montre peut-être pas aussi ouvertement que moi au lycée (il enseigne ici, après tout), mais il déteste cette famille autant que moi. Il ne croit quand même pas que je vais m'excuser auprès de cette sale petite garce ? Même si elle n'a pas orchestré le coup de la peinture, elle a détruit le croquis sur lequel je travaillais.

– La voilà, ton excuse, dis-je en faisant un doigt d'honneur à Freya.

– Ça suffit ! beugle oncle Ty.

Je blêmis. Il ne m'avait encore jamais crié dessus. Surtout pas en public.

– Va te nettoyer et, ensuite, rends-toi *directement* dans le bureau de la proviseure.

– Mais...

– Tout de suite !

Ça me vaut une autre série de « *ooooh* » de la part de la classe.

– Silence ! tonne oncle Ty. À moins que vous ne vouliez aussi aller voir la proviseure ? Non, c'est bien ce que je pensais. Et Mateo Medel, tu n'es même pas dans ce cours. Fiche le camp, ou tu iras rejoindre Ava.

Malheureusement, ce dernier me rejoint bel et bien lorsque je sors de la classe comme un ouragan. Je tente de tenir mon sac de façon à couvrir la tache rouge sur mon jean, mais je ne pense pas que ça fonctionne.

Mateo se penche vers moi juste quand on sort dans le couloir.

– Je crois que je comprends pourquoi on vous appelle ces *sanguins* de Thorn, maintenant.

Je m'écarte de ce porc, mais il s'éloigne déjà en sautillant. Je dois serrer les poings pour me retenir de lui courir après et de lui en coller une. Ce n'est pas vraiment lui que j'ai envie de frapper.

Je remâche mon ressentiment pendant tout le trajet jusqu'au bureau de la proviseure, tous les cours de la journée et jusqu'à la fin de mon heure de colle.

CHAPITRE 7

Daphné : Le corps a officiellement été identifié, c'est bien Claire Palmer. Trop triste, ils ont trouvé son chien qui l'attendait sur la berge à Kinnerton. Ça a tout l'air d'une noyade accidentelle.

Je pousse un soupir soulagé. Entre Mateo qui racontait ces histoires au lycée et tout le monde qui murmure le nom de Sadie, une minuscule part de moi commençait à… enfin, pas vraiment à y *croire*, mais à se poser des questions.

Idiote.

Maintenant que je sais qui est la victime et qu'elle est décédée à des kilomètres d'ici – en promenant son pauvre petit chien, en plus –, ça devient très réel. Très éloigné de ces histoires de fantômes.

Heureusement que Daphné se débrouille toujours pour obtenir des infos en avant-première grâce à son père.

Il n'y a que Carolyn à la maison quand je rentre après les cours. Assise à la table de la cuisine, une pile bien nette de papiers devant elle, elle tape sur une calculatrice. Ses cheveux blonds sont parfaitement coiffés, comme toujours, elle porte un jean et un pull tout simples, genre BCBG, mais elle a l'air fatiguée.

– Salut, dis-je en jetant ma veste sur le dossier d'une chaise. Tu fais quoi ?

– Les comptes.

Elle fait ça chaque semaine depuis la mort de mes parents, s'efforçant de trouver un moyen pour qu'on ne meure pas de faim.

Elle travaille dans une pharmacie en ville, et sa paie n'est pas super. Malgré le salaire de prof d'oncle Ty, ils ont du mal à payer les factures. Je leur donne la moitié de ce que je gagne au Pump'N'Go, mais ça ne couvre sans doute même pas ma facture de café.

Il y a encore un an, l'argent ne faisait pas partie de mes préoccupations. Il y en avait toujours, si j'avais besoin de quoi que ce soit. Quand j'y repense, j'ai un peu honte. Mais bon sang, je déteste que l'argent prenne toute la place quand on n'en a pas – il vous tient en étau jusqu'à ce que vous ne pensiez plus qu'à ça.

Carolyn sourit. Ce soir, elle a l'air d'avoir beaucoup plus que vingt-trois ans.

– Je m'assure juste qu'on est dans les clous.

Je prends un café glacé dans le frigo et m'oblige à ne pas grimacer en voyant qu'il est décaféiné. Ça fait un moment que Carolyn menace de me sevrer et, apparemment, elle ne plaisantait pas.

– Tu as entendu parler de la fille qui a été retrouvée dans la rivière ce matin ? je demande avant de prendre une gorgée méfiante.

– Ouais, c'est affreux, répond-elle, encore à moitié concentrée sur sa paperasse, avant de relever brusquement les yeux. Pardon, Ava. Tu la connaissais ?

Je secoue la tête.

– C'est la fille dont ils ont parlé aux infos, Claire Palmer. Celle qui est tombée dans la rivière et a été emportée par le courant la semaine dernière. C'est le père de Mateo Medel qui l'a trouvée. C'est super bizarre, pour ses yeux, non ?

– Quoi donc ?

– Apparemment, elle n'en avait plus.

Elle fronce les sourcils.

– Étrange, en effet. C'est horrible.

– Ça ne te rappelle pas…

Je ne vais pas plus loin, espérant qu'elle verra où je veux en venir sans que j'aie à prononcer ces mots un peu dingues.

– Quoi… ton père ? demande-t-elle.

Ce n'est pas ce que j'avais en tête, et cette allusion inattendue me frappe en plein ventre. Je pose mon café, m'agrippant au plan de travail pour ne pas m'effondrer.

Et merde.

Je pensais que j'avais fait des progrès, que je me dominais. Ou du moins que je faisais mieux semblant.

– Je… Non, je voulais dire, ça ne te fait pas penser à Sadie ?

J'ai forcé ces mots à sortir. Je force l'air à revenir dans mes poumons. Je force mes doigts à se décrisper.

Carolyn bat des paupières, surprise.

– Sadie ? Ah, oui… c'est vrai. D'ailleurs, c'est bizarre, comme timing, non ? On vient à peine de déménager que quelqu'un meurt d'une manière qui *pourrait* être interprétée comme l'œuvre de notre fantôme attitré. Elle est peut-être en colère qu'il n'y ait plus de Thorn au manoir Thorn, ajoute-t-elle avec un faible sourire.

– Mais pourquoi ça l'énerverait ? Elle n'était pas de la famille, si ?

Je n'ai jamais entendu personne dire que c'était une Thorn, même si j'admets m'être posé la question quand j'étais petite. Il y avait un arbre généalogique encadré sur le mur du bureau de mon grand-père, et je l'ai étudié maintes fois pour voir s'il mentionnait une Sadie. En vain. Le plus proche que j'aie trouvé, c'est une Sarah Thorn, morte en 1882. Grand-père, qui était pourtant un Wikipédia sur pattes quand il s'agissait de la famille et de son histoire, est resté muet lorsque je lui ai posé la question. « Va jouer », m'a-t-il simplement dit. Même à six ans, je savais que c'était sa façon de me faire comprendre que je lui tapais sur le système.

– Honnêtement, je n'en ai aucune idée, répond Carolyn, mais son expression pensive me laisse entendre qu'elle envisage cette possibilité.

Je baisse les yeux sur les papiers posés devant elle, prise d'un accès de culpabilité.

– Je t'ai détournée de tes comptes. Je vais aller commencer mes devoirs.

– Attends, j'ai failli oublier. Ty m'a appelée tout à l'heure pour me raconter ce qui s'est passé au lycée. Ça n'avait pas l'air cool. Est-ce que ça va ?

Je m'arrête dans l'embrasure de la porte menant au garage.

– Oh, le truc en cours d'arts plastiques ? Qu'est-ce qu'il a dit ?

– Qu'une élève a accidentellement renversé de la peinture sur toi, que tu l'as insultée et qu'il a dû t'envoyer chez la proviseure, répond-elle avant de grimacer en voyant mon expression outrée. Ce n'est pas ce qui s'est passé ?

J'ouvre la bouche, prête à tout déballer mais, alors que les mots se forment dans ma tête, je me rends compte qu'ils sont aussi pathétiques que la version d'oncle Ty. Je me suis laissé atteindre par Freya, puis je me suis humiliée devant toute la classe. Sans compter que j'ai dû me balader toute la journée avec un pull emprunté attaché autour de la taille pour qu'on ne voie pas la tache rouge délavé sur mes fesses.

– Oncle Ty aurait quand même pu prendre mon parti, je marmonne, et Carolyn hausse les sourcils d'un air dubitatif, sans rien dire. Bon, d'accord, il ne pouvait pas. N'empêche que ça craint qu'il m'ait hurlé dessus devant toute la classe.

– Ouais, je suppose qu'il aurait pu gérer ça un peu mieux, reconnaît-elle. Mais je pense que vous devriez être indulgents l'un envers l'autre en ce moment. C'est une période difficile pour vous deux, avec l'anniversaire qui arrive dans deux jours.

Ma main se resserre autour de mon gobelet de café. Je le pose avant qu'il ne se fende. J'ai assez taché mes vêtements pour aujourd'hui.

– Est-ce que tu arrives à croire qu'une année entière est passée ? je demande doucement. Je sais que c'est différent pour toi – tu venais juste d'emménager au manoir quand ils sont morts, et tu n'avais pas vraiment eu l'occasion d'apprendre à les connaître. Mais tu n'as pas l'impression que c'est arrivé hier ?

Carolyn tend le bras et me serre la main, et ce geste me rappelle brièvement maman. Puis je me rends compte que c'est juste pour m'empêcher de frotter mes cicatrices, comme je le fais souvent.

– C'est l'impression que tu as, toi ?

Des larmes me brûlent les yeux, mais je me force à respirer calmement par le nez.

– L'impression que j'ai, c'est qu'on m'a volé ma vie et que je ne sais plus qui je suis.

– Bien sûr que si, répond-elle en se laissant aller en arrière, les bras croisés. Tu es une sanguine de Thorn, pas vrai ?

Je me rappelle la première fois que j'ai entendu quelqu'un traiter ma famille de « sanguins de Thorn ». C'était à l'enterrement de mon grand-père, et j'avais huit ans. Mon père a utilisé cette expression dans son éloge funèbre, comme si c'était une blague connue de tous. Assise au premier rang, je regardais papa brosser de grand-père un tableau irréprochable, irréaliste, typique des funérailles. « Toujours un mot gentil pour les inconnus… donnait aux communautés défavorisées… n'a jamais lâché un pet de sa vie… » Et laisser de côté la réalité, comme s'il voulait le faire passer pour un saint. Puis il a lâché : « Comme vous le savez tous, c'était un sanguin de Thorn, un vrai de vrai et, s'il était là, il se mettrait à tapoter sa montre, parce que je parle depuis trop longtemps. »

« Qu'est-ce que ça veut dire, un "sanguin de Thorn" ? » j'ai chuchoté à maman.

Elle m'a pressé la main, sa façon de me dire « chut », mais elle m'a quand même répondu.

« Ça veut dire qu'on sait ce qu'on veut et qu'on ne laisse personne se mettre en travers de notre chemin. »

Elle m'a jeté en regard en coin, particulièrement efficace avec son eye-liner en aile de papillon.

« Ne l'oublie pas, Ava. »

On sait ce qu'on veut, et on ne laisse personne se mettre en travers de notre chemin. Voilà qui résumait bien grand-père. Et papa. Et maman.

Mon père est revenu s'asseoir sur le banc, et oncle Ty l'a remplacé au pupitre. C'était la première fois que je le voyais en costume.

Ça faisait bizarre, comme si l'habit était trop grand pour son corps de dix-sept ans, alors qu'il avait été taillé sur mesure.

Je ne sais pas pourquoi, mais j'ai senti avant même qu'il ne prenne la parole qu'il allait dire une bêtise. Peut-être à sa façon de desserrer sa cravate, juste un peu. Ou à l'infirme courbure aux coins de sa bouche.

« Papa m'appelait toujours son "rêveur", a-t-il commencé. Le fils qui voulait devenir artiste. Qui n'allait pas suivre le chemin de son grand frère et devenir un grand homme d'affaires. Qui n'était pas vraiment un "sanguin de Thorn", je suppose. Mais il le disait toujours en souriant, et il ne m'a jamais empêché d'étudier l'art. Il ne voulait pas me *payer* une école d'art, mais il ne m'a pas non plus *interdit* d'y aller. Je suppose que c'est le plus marrant, quand on est le fils de rechange – on ne vaut pas vraiment l'investissement. »

Il a marqué une pause, comme s'il s'attendait à ce que les gens rient, mais il n'y eut qu'un silence gêné.

« Mon père était un sacré rêveur, lui aussi, non ? Je suis sûr que beaucoup d'entre vous ont entendu ses histoires, au cours des derniers mois, sur la façon dont le verger se nourrit du sang des Thorn. Ou sur ses nombreuses visions de Dead-Eye-Sadie juste avant qu'il… »

« Ty, l'a interrompu mon père, sa voix grave portant facilement jusqu'au pupitre. Conclus, maintenant. »

Oncle Ty lui a adressé un sourire tendu.

« Bien sûr, grand frère. Comme tu voudras, a-t-il dit avant de se retourner vers son public. J'aimais beaucoup mon père. Et j'ai hâte de beaucoup mieux m'entendre avec lui désormais. »

« Ty ! », a aboyé mon père, mais son frère descendait déjà du pupitre.

Et au lieu de revenir s'asseoir avec nous, il a arraché sa cravate et l'a déposée dans le plateau pour la quête, près de la porte de l'église, en sortant.

Après le service, de retour avec mes parents dans le manoir où résonnait encore le silence de l'absence de grand-père, je leur ai demandé ce qu'oncle Ty avait voulu dire.

« Pourquoi il a raconté que grand-père voyait Sadie ? »

J'avais déjà entendu parler d'elle avant ce jour-là, bien sûr. Mais c'était la première fois qu'on me disait que quelqu'un que je connaissais l'avait *vue*.

Maman a répondu d'une voix basse et calme, mais j'ai remarqué que le bout de ses doigts avait blanchi autour de son verre à vin.

« Il existe une superstition dans la famille Thorn selon laquelle nous voyons tous Sadie avant de mourir. »

Papa n'a rien dit. Il regardait le verger par la fenêtre du salon, comme s'il n'écoutait pas, mais il m'a décoché un regard quand j'ai poursuivi :

« Tu veux dire qu'elle nous *tue* ? »

J'avais haussé le ton, et maman est venue s'asseoir à côté de moi et m'a serrée contre elle en riant doucement.

« Pas du tout, a-t-elle répondu d'un ton léger. Elle apparaît pour prévenir d'un danger imminent, mais elle est inoffensive. Ce n'est qu'une fille à qui il est arrivé quelque chose de mal. Ça n'en fait pas quelqu'un de mauvais pour autant. »

Mon père s'est alors détourné de la fenêtre et m'a adressé un sourire crispé à la Thorn.

« Ton oncle a seulement dit ça parce qu'il est en colère que grand-père soit parti avant qu'ils aient pu régler leurs problèmes. »

« Mais grand-père n'a pas choisi de mourir, si ? »

« Non, a-t-il répondu d'une voix faible. Il n'a pas eu le choix. »

CHAPITRE 8

Allongée dans mon lit, j'écoute siffler le vent qui s'engouffre dans les fentes autour du hublot de ma chambre. Si la chouette effraie est encore cachée dans le grenier, elle reste discrète. Cependant, comme le vent change de direction, quelque chose là-haut se met à cogner avec force, à un rythme déplaisant.

– Qu'est-ce que vous avez contre le sommeil ? je marmonne, ne m'adressant à personne en particulier.

Je m'extirpe de mon lit et, me rappelant la pelote de réjection de samedi soir, j'enfile mes bottes. Le crâne de belette que j'ai trouvé cette nuit-là, désormais lavé et poli, me sourit de son air sournois depuis le rebord de ma fenêtre. D'après Carolyn, il donne du « caractère » à la pièce. Je suis plutôt d'accord, même si ça me donne surtout envie d'avoir un animal de compagnie à moi. Vivant, et avec de la fourrure, je veux dire.

L'autre pièce du moulin, qui accueille pour le moment tout notre bazar, est sombre et sent le moisi. Je contourne les piles de cartons pour atteindre l'échelle menant au grenier et me cogne un orteil contre l'un des poids d'oncle Ty, qu'il n'utilise jamais. Je commence à croire que ce moulin est hanté par un fantôme qui ne m'aime pas beaucoup. Ou alors je suis juste empotée.

J'allume la lampe torche de mon téléphone pour éviter de marcher sur d'autres vomissures de chouette. La petite fenêtre ronde – la jumelle de celle de ma chambre – est ouverte et se balance sur ses gonds, heurtant le cadre à intervalles irréguliers. Je me précipite vers elle en espérant que la vitre n'est pas déjà complètement brisée.

Il y a bien assez de courants d'air dans ce moulin sans y ajouter une fenêtre ouverte en permanence.

Des grêlons me martèlent le bras lorsque je sors la main pour attraper le loquet. Je tire dessus, luttant contre le vent. Juste au moment où j'arrive à refermer la fenêtre, la vitre, intacte par je ne sais quel miracle, est vivement illuminée par un éclair. Je distingue alors plusieurs symboles du mauvais œil gravés dans la pierre autour de la fenêtre. Il y en a sept, qui forment un cercle complet.

Une sensation glacée m'envahit. Je crois n'en avoir jamais vu autant au même endroit. Je sais bien que ce n'est qu'une vieille superstition, censée protéger du mal ou je ne sais quoi ; de nombreux gens du coin en ont chez eux, gravés au-dessus de leur porte d'entrée. Dans une ville où la plupart des bâtiments sont vieux de plusieurs siècles, on s'attend à trouver des trucs bizarres comme ça. Mais voir autant d'yeux rassemblés comme ça, c'est franchement flippant.

Surtout quand une fille morte vient d'être retrouvée sans les siens...

De retour dans ma chambre, cette sensation de malaise persistante me conduit jusqu'à ma fenêtre. Je me penche au-dessus de mon bureau pour inspecter le pourtour en pierre, à la recherche des mêmes symboles que dans le grenier. Au début, je ne vois rien. Mais là, sous une épaisse couche de peinture pour façade, je distingue alors sept yeux légèrement incrustés. Je passe un doigt sur l'un d'entre eux et sursaute lorsqu'un autre éclair fend le ciel. Alors que des points noirs dansent dans mon champ de vision, j'imagine un instant voir quelqu'un debout sur le pont au loin, telle une tache sombre sur le trait d'encre qui surplombe la cascade.

Mais lorsque ma vision s'éclaircit, je m'aperçois qu'il n'y a pas de silhouette sombre. Juste Burden Bridge, tel qu'il a toujours été.

Être convoquée à la première heure par M. Hamish n'est jamais bon signe, et pourtant une partie de moi espère qu'il va me donner de bonnes nouvelles concernant le programme estival d'art.

Ce n'est pas le cas.

Âgé d'une trentaine d'années, c'est le genre de conseiller d'orientation qui porte des pantalons beiges moulants et a installé dans son bureau des fauteuils poires que personne d'autre que lui n'utilise jamais. Le genre qui trace au rasoir une raie centrale dans sa moustache et y pose le doigt quand il vous écoute.

Quand je frappe à sa porte, il sourit et écarte les bras comme pour m'étreindre puis, comme je ne bouge pas, il désigne les poufs.

Je vais m'asseoir à côté de son bureau, sur une vraie chaise. Il fronce les sourcils, déçu, et se laisse tomber en face de moi.

– Comment vas-tu, Ava ? J'ai entendu dire que tu avais eu quelques ennuis hier, que tu avais été collée. Je pensais qu'on avait dépassé tout ça.

Bien que ce ne soit pas une question, il penche la tête sur le côté, comme s'il attendait une réponse.

– Un simple malentendu, dis-je en me forçant à ne pas serrer les mâchoires.

C'est la phrase qu'oncle Ty m'a conseillé d'utiliser. Enfin, je dis « conseillé », mais c'était plus un ordre qu'un conseil.

– Ça ne se reproduira plus, j'ajoute.

– Mmh, mmh, fait-il en hochant la tête avec enthousiasme, son index trouvant sa place sur la raie centrale de sa moustache, mais seulement un instant. J'avoue m'être demandé si c'était lié à cette malheureuse jeune femme qui a été retrouvée hier… Cela doit certainement avoir éveillé des souvenirs pénibles chez toi.

Je fronce les sourcils.

– Si vous parlez de mes parents, pas vraiment. Ils ne se sont pas noyés ; ils sont morts dans un accident de voiture.

Il le sait parfaitement. Tous les profs, et même tous les élèves de l'établissement, savent ce qui est arrivé à mes parents. Dans les grandes lignes, du moins.

– Bien sûr, bien sûr. Je suis heureux d'apprendre que la tragédie d'hier n'a pas fait remonter tout ça. Cependant, je dois admettre que certains de tes professeurs s'inquiètent pour tes notes, ces derniers temps. Ils s'inquiètent même beaucoup. Il semblerait que tu n'aies pas la moyenne en algèbre et en chimie, et que tu sois vraiment en retard sur ton projet artistique de fin d'année.

Je reste bouche bée alors que j'absorbe tout ça. Parce que ça fait beaucoup.

– Je suis loin de la moyenne ? je demande finalement.

– Oh oui, confirme-t-il avec désinvolture. Mais ça ne doit pas te surprendre, si ? Je regrette vraiment que tu n'aies pas suivi mon conseil et engagé un professeur particulier avant les vacances de Noël.

Et pourtant, si, je suis surprise. Je ne sais pas quand je suis passée de « tes notes chutent » à « tu n'as pas la moyenne » et, maintenant, c'est comme si un Klaxon retentissait dans ma tête.

Ce que M. Hamish m'avait suggéré, en réalité, c'était de l'embaucher, *lui*, en tant que professeur particulier. Et, pour être honnête, même si on avait eu les moyens à ce moment-là, ce n'est pas lui que j'aurais choisi. Il y a quelque chose de franchement… peu académique chez M. Hamish. Et puis je doute que ce soit très éthique de la part d'un conseiller d'orientation de faire sa propre pub auprès des élèves.

En tout cas, l'idée d'échouer maintenant, à seulement quelques mois de la remise des diplômes, ça change la donne. Je n'ai pas pu mettre de côté beaucoup de ce que je gagne au Pump'N'Go, vu les besoins en carburant de Bessie, mais j'ai de quoi me payer quelques heures de soutien scolaire.

– Je vais rattraper mon retard, dis-je.

Il m'adresse un regard plein de pitié, comme si je venais d'annoncer que je savais voler ou un truc dans le genre.

– Je suis conscient que tu as eu une année difficile, mais il s'agit de ton année de *terminale*. Tu n'as plus vraiment le droit à l'erreur, Ava.

Le droit à l'erreur. Parce que c'est ce qu'on obtient quand nos parents meurent sous nos yeux.

– Je vais trouver une solution, c'est promis.

Je suis déjà en train de me demander ce que je vais devoir faire pour convaincre Carla de me donner des cours particuliers. Elle n'a absolument aucune patience pour expliquer des trucs. Or je vais avoir besoin qu'on m'explique des tonnes de trucs… Ouais, je suis quasiment sûre qu'elle va m'éviter jusqu'à après la remise des diplômes. Peut-être que Daphné pourrait la convaincre ?

– Il te reste encore des options, reprend M. Hamish en haussant les épaules. Après tout, tu pourrais redoubler. Ou suivre des cours de rattrapage cet été.

– Mais il y a le programme d'art, cet été…

– Ah, oui… Je ne placerais pas *tous* mes espoirs là-dedans, si j'étais toi.

Je sens un gouffre affreux s'ouvrir sous ma chaise. Mes doigts blanchissent sur les accoudoirs tandis que le conseiller d'orientation me pousse joyeusement dans le vide.

– Mlle Shannon travaille en collaboration avec moi pour décider quel élève mettre en avant pour le programme. Il ne peut y en avoir qu'un, donc c'est une décision importante.

Il dit ça comme s'il s'agissait de *sa* décision.

– Nous examinons ta candidature uniquement au regard de tout le talent et le potentiel dont témoignent tes œuvres passées, mais je dois dire que vu ton dossier scolaire, tu ne devrais vraiment pas te faire d'illusions. Et, de toute manière, tu dois voir sur le long terme. Le programme ne dure que six semaines. Et après ?

J'ignore cette question, puisque j'ignore complètement comment y répondre.

– Mais si j'améliore mes notes, j'aurai encore une chance, non ?

Il se laisse aller en arrière et fait mine de joindre ses doigts devant lui, mais comme ses bras sont trop courts, il finit par les poser sur son ventre.

– Ce serait un début, bien sûr. Tu es une fille intelligente. Créative. Quand tu auras compris à quel point tu as envie d'obtenir ton diplôme en même temps que tes amis, je pense que tu sauras quoi faire.

– Tu ne trouves pas que ça ressemble un peu à du chantage ? me demande Daphné au déjeuner, après que je lui ai rapporté cette conversation en attendant l'arrivée de Carla.

J'espérais qu'elle me proposerait de négocier pour moi des cours avec Carla. Elle seule a accès à la générosité *extrêmement* bien cachée de sa petite amie.

– Comment ça, du chantage ? je demande, décontenancée.

– *Est-ce que tu en as vraiment envie, Ava ? Une fille comme toi sait se montrer créative, non ?* dit-elle en prenant une voix grave, vicieuse.

– Il ne l'a pas dit *comme ça*.

– Tu en es sûre ? Parce que c'est comme ça que je l'ai entendu, et tu sais que tu souffres d'une espèce de… de bug cognitif qui t'empêche de voir quand tu plais à quelqu'un.

– N'importe quoi.

– Qu'est-ce qui est n'importe quoi ? demande Carla en se glissant à côté de moi, dans des effluves déplaisants de macaronis au fromage.

– Pas vrai qu'elle ne remarque jamais quand elle plaît à quelqu'un ?

Carla hoche la tête sans hésitation.

– Jamais ! Tu te rappelles quand Yara Almasi a essayé de choper son numéro pendant cette fête, en décembre ?

– Attends, quoi ? je l'interromps, bien qu'elles semblent ravies de poursuivre sans moi cette conversation à mon sujet. Yara « Je-te-peins-le-cul » en pinçait pour moi ?

Elles émettent un « ouais » à l'unisson.

– J'en reviens pas de n'avoir rien capté.

– Tu n'as aucun instinct, et pourtant tu te reposes beaucoup trop dessus, renchérit Carla. Et donc, qui est-ce qui la drague maintenant ?

– M. Hamish, répond Daphné en faisant la grimace.

– Sérieux ? réplique-t-elle en me lançant un regard en coin. Même toi, tu peux faire mieux que ça.

– Je te déteste, dis-je et, à cet instant, je le pense vraiment.

Son regard dérive jusqu'à l'autre bout de la cafétéria, où Freya

Miller est en train de rire avec ses amis. Pendant une seconde, j'ai la certitude qu'ils se moquent de moi, mais je suis sans doute parano. De leur groupe, seul Dominic est vaguement tourné dans notre direction, son air renfrogné en puissance maximale. J'ai l'impression qu'il arbore constamment cette expression pour ne pas avoir à développer une vraie personnalité.

Soudain, Mateo fait mine d'arracher les yeux de Casper en hurlant « Sadie va t'attraper » assez fort pour que tout le monde s'arrête et le regarde. Ça me rappelle qu'ils prévoient probablement de tourner un épisode spécial Sadie au manoir.

Pourquoi a-t-il fallu que je peigne cette maudite fresque ?

Et pourquoi je ne l'ai pas recouverte avant de partir ?

De toute manière, je n'ai pas le choix : il faut que je la fasse disparaître ce soir. Je ne pourrai peut-être pas les empêcher de transformer mon ancienne maison en décor de film d'horreur, mais pas question qu'ils utilisent ma peinture.

– J'ai vu Freya sortir du bureau de Hamish en venant, reprend Carla. Elle n'avait pas l'air contente. Cela dit, je suis sûre qu'elle le défoncerait s'il tentait quoi que ce soit avec elle.

Malgré ma haine pour Freya Miller, je dois admettre que Carla a raison. Mais toute cette conversation est partie de mon intuition franchement douteuse en matière de drague, et je dois clarifier les choses avant que ça ne prenne des proportions délirantes.

– Écoutez, M. Hamish ne m'a pas draguée, OK ? C'est sûrement moi qui ai donné l'impression sans faire exprès que ce qu'il a dit était pervers.

Carla pointe sur Daphné sa fourchette pleine de macaronis.

– Elle n'a pas tort. Ava n'est pas douée avec les mots.

– La ferme.

– *Ferme-la*, plutôt, réplique-t-elle.

J'ai l'impression qu'elle vient de me donner une leçon, même si je ne sais pas trop laquelle.

D'ailleurs, en parlant de leçon…

– Au fait, Carla, qu'est-ce que tu dirais de donner des cours particuliers à ta mauvaise élève préférée ? Algèbre et chimie ? Je peux te payer…

– Non, répond-elle aussitôt en continuant à manger son repas répugnant. As-tu la moindre idée de la quantité de devoirs qu'on nous donne, dans les cours avancés ? J'ai à peine le temps de faire mon propre travail, surtout avec Corey et son nouveau thérémine de malheur. On dirait que quelqu'un essaie d'étrangler le thème de Star Trek dans sa chambre. Et, de toute façon, je finirais par avoir envie de te tuer. Tu ferais mieux de demander à Carolyn.

– Carolyn ?

À vrai dire, c'est une excellente idée. Carolyn a étudié la chimie à la fac. J'ai tendance à oublier qu'elle est trop qualifiée pour son job à la pharmacie du coin ; il n'y a pas vraiment d'emplois pour les scientifiques, à Burden Falls.

En vérité, si je ne m'étais pas donné autant de mal pour leur cacher mes mauvaises notes, à elle et à oncle Ty (ce qui n'est vraiment pas facile, étant donné qu'il est prof dans le même lycée), elle m'aurait sans doute déjà proposé de m'aider.

– Oui, je vais faire ça, merci, dis-je en reprenant mon plateau vide. Je vais aller travailler sur mon projet artistique avant le prochain cours. À plus.

Je suis en train de taper un message à Carolyn après avoir déposé mon plateau lorsque je remarque Dominic Miller qui approche. Il veut sans doute m'engueuler pour être allée au manoir l'autre soir, même si Ford m'a promis qu'il m'avait couverte.

– Thorn, attends une…

– Ferme-la.

C'est mieux comme ça, Carla ?

Je me dépêche de sortir de la cafétéria, sentant le regard noir de Dominic Miller entre mes omoplates.

CHAPITRE 9

Sur le chemin du cottage, je m'arrête à la bibliothèque municipale. C'est un vieux bâtiment en briques rouge et blanc, avec une tourelle ronde à une extrémité - imaginez celle de *Raiponce* en mode petit budget.

J'entre et me dirige directement vers la section « Histoire locale », une petite pièce à l'écart où je peux m'asseoir et me servir du wifi sans que personne ne me fasse les gros yeux. Je sors mon carnet à croquis et quelques stylos pour faire semblant (même s'il faudrait *vraiment* que je travaille sur mon projet de fin d'année), puis je prends mon téléphone et commence à télécharger le film que Ford a choisi pour qu'on le regarde tout à l'heure. Je suis bien obligée, vu que lui non plus n'a pas internet chez lui.

En attendant, je lis des articles sur Claire Palmer. Il n'y a pas grand-chose de nouveau. Et rien sur ses yeux. Une sensation de malaise insidieuse m'envahit alors que je l'imagine en train de tourbillonner sans cesse au pied de la cascade, les orbites vides...

Comme Sadie.

Je referme le navigateur et feuillette mes dessins, mais j'ai la tête ailleurs.

De quoi Freya a-t-elle pu parler avec Hamish tout à l'heure ? Pourquoi l'a-t-il convoquée *après* moi ? Si elle n'était pas contente, comme l'a dit Carla, il ne peut pas lui avoir annoncé qu'elle était la favorite pour le programme d'art... Je ne souscris pas non plus à l'analyse de Daphné concernant Hamish – même moi, j'aurais capté un truc louche venant de lui. Il reste que Freya est presque aussi bonne élève que Carla, alors pour quelle raison aurait-elle été convoquée par le conseiller d'orientation ?

Je sursaute lorsqu'une alerte sur mon téléphone m'avertit de la mise en ligne d'un nouvel épisode de *Haunted Land*. Je clique avant d'avoir le temps d'hésiter, priant tout ce qui est sombre et impie pour qu'il ne soit pas trop tard, qu'ils n'aient pas filmé ma fresque.

« Salut, les chasseurs de fantômes ! », braille la voix de Freya, aussi forte que si elle parlait dans un mégaphone. Je baisse frénétiquement le volume de mon téléphone. On ne voit qu'elle dans le cadre, ses lèvres assorties à ses cheveux roux flamboyant, telle une méchante sorcière de Disney. « Je viens juste vous prévenir que notre prochain épisode sera le plus ÉNORME qu'on ait jamais sorti ! Ne le ratez SURTOUT pas. Il arrive dans quelques jours seulement, alors gardez les yeux bien ouverts ! Bisous ! » La vidéo se termine sur un clin d'œil vert et brillant.

Pas besoin de me creuser la tête pour savoir quel sera le sujet de leur prochaine vidéo. Dès que les jumeaux ont emménagé dans le manoir, j'ai eu l'horrible pressentiment qu'ils allaient se concentrer sur Dead-Eye-Sadie, et le drame autour de Claire Palmer constitue une parfaite entrée en matière.

Je lâche mon téléphone et laisse tomber ma tête entre mes mains. Pourquoi a-t-il fallu qu'ils achètent le manoir ? Pourquoi a-t-il fallu que je peigne cette foutue fresque ? Et pourquoi ai-je mis Sadie dedans ?

Je relève la tête en entendant quelqu'un entrer dans la même section que moi et réprime un juron quand je vois qui c'est.

Dominic Miller.

Il ne m'a pas vue : il regarde derrière lui, dans le passage voûté menant à la salle principale de la bibliothèque, comme s'il s'attendait à voir arriver quelqu'un. Puis il traverse la pièce à grands pas et s'arrête près d'une porte marquée « PRIVÉ ». Elle est nichée entre les rayonnages, et je ne lui ai jamais prêté beaucoup d'attention. Il actionne la poignée, vérifiant qu'elle n'est pas fermée à clé, puis marque une pause pour jeter un dernier coup d'œil autour de lui.

C'est alors que nos regards se croisent, et ce moment s'étire au point que ça devient super bizarre. Il m'adresse un petit sourire narquois avant de se retourner vers la porte qu'il n'est pas manifestement pas censé ouvrir, et de se glisser dans l'embrasure.

Je fixe la porte, assise dans mon coin. Il l'a laissée entrouverte, comme pour me mettre au défi de le suivre. Mais ce n'est évidemment pas le cas. Non, c'est juste un signe de sa foutue arrogance : il se fiche de se faire prendre.

Qu'est-ce qu'il fabrique là-dedans, d'abord ?

Les pièces s'assemblent dans ma tête avec une lenteur presque douloureuse.

Leur nouvelle vidéo. Il est sans doute en train de fouiller dans de vieilles archives municipales. Je sais que les documents sur les familles locales sont conservés là-dedans, à l'abri des regards indiscrets, des commères du voisinage. Je parie que Dominic cherche des ragots sur Sadie, sur le manoir et sur les Thorn pour leur série débile.

Je me lève et me dirige vers la porte.

– Hé, Ava !

Je me retourne, les yeux écarquillés. Liam m'observe, de l'autre côté du passage voûté.

– Il me semblait bien t'avoir aperçue.

– Je… euh… je travaillais sur mon projet artistique. Un roman graphique, je précise en désignant vaguement la table où j'ai laissé mon carnet à croquis. Je voulais juste me dégourdir un peu les jambes en pensant à la prochaine case. Et toi, qu'est-ce que tu fais ?

J'avoue que c'est la première fois que je lui adresse autant de mots à la suite. Je ne devrais peut-être donc pas m'étonner de le voir s'appuyer contre le rayonnage le plus proche, comme s'il se préparait à une longue conversation.

– J'essaie surtout de ne pas rester dans les pattes de M. Maitland. Je me tape une *énorme* gueule de bois et, comme par hasard, il a choisi ce jour pour me donner une tonne de travail.

Vu son haleine de bière rance, Liam a effectivement dû se prendre une bonne cuite. D'ailleurs, il en a l'air excessivement fier. Après avoir vécu un an avec oncle Ty et *ses* gueules de bois, je devrais peut-être prévenir Liam que ce n'est pas très séduisant. Mais il ne m'en laisse pas l'occasion.

– Alors tu es branchée bande dessinée ? J'aurais pas parié là-dessus. Quel genre ?

– Surtout de l'horreur, je réponds, espérant mettre un terme à la conversation, mais je ne réussis qu'à le faire sourire.

– Oui, je vois. Pas étonnant, avec ton look gothique. Ça te va bien, d'ailleurs.

OK, intuition pourrie ou non, il est temps que je mette les voiles. Je grimace d'un air théâtral en regardant par-dessus son épaule.

– Oh, oh, je crois que M. Maitland vient par ici…

– Où ça ? demande Liam, sourcils froncés, en scrutant la bibliothèque sensiblement vide.

– Oh… Il était là il y a une seconde. Bon, je ferais mieux de me remettre au travail.

Sans attendre de réponse, je retourne dans mon coin et fixe intensément mon carnet jusqu'à être sûre que Liam est bien parti. J'entends alors des pas qui approchent, et je relève les yeux – très haut – sur Dominic Miller. Il est vraiment inutilement grand.

Il range son téléphone dans la poche de son manteau gris.

– Merci d'avoir géré ce connard, lâche-t-il en lançant un regard perçant à Liam, qui est manifestement en train de se cacher derrière un rayonnage de romans à l'eau de rose. Je te revaudrai ça.

– Je…

Mais il n'attend pas la réponse cinglante que j'avais pourtant sur le bout de la langue, je peux vous l'assurer. Il se contente de s'éloigner d'un pas décidé, en jetant sans doute des regards noirs autour de lui.

Après le dîner, je suis la rivière vers le nord pour aller chez Ford. La nuit est claire, et je ne veux pas que ma voiture me trahisse quand j'entrerai en douce dans le parc du manoir. Et puis, une certaine curiosité morbide me pousse à vouloir m'approcher du bassin au pied de la cascade, juste pour voir si l'endroit me semble différent de quand j'y suis passée il y a quelques jours. Si ça se trouve, Claire Palmer était déjà là, à quelques mètres du sentier, coincée sous la glace en train de fondre.

J'entends bientôt les cloches qui tintent au niveau du barrage de Copper Bell. Le sentier est givré et les feuilles mortes crissent sous mes pieds.

La nature est immobile ce soir. Rien ne remue – ni ne crie – dans les branches au-dessus de ma tête. Même la rivière murmure à peine en coulant à côté de moi. J'inspire profondément dans l'espoir que cette tranquillité emplisse mes poumons. Calme mon sang.

Par habitude, j'effleure du bout des doigts le mauvais œil gravé dans l'arbre près du barrage. Ça me rappelle les yeux que j'ai découverts hier soir autour des fenêtres du moulin, qui donnent toutes les deux sur la rivière. Et l'endroit vers lequel je me dirige : Burden Bridge. Le manoir.

Je me tourne instinctivement vers le pont, mais il est invisible de l'endroit où je me tiens – il y a trop d'arbres. Je hâte le pas, soudain effrayée par ce silence. Au lieu de longer le bassin, je dévie pour prendre River Road vers le nord, jusqu'à Red Road et la maison de Ford.

Il fait si froid que ma respiration, laborieuse après la montée pour rejoindre le chemin, embrume l'air tout autour de moi. Au bout de quelques pas, quelque chose attire mon regard. Une lumière vacille au-dessus du mur d'enceinte du manoir, sur ma gauche. On dirait qu'elle vient du pont mais, avec tous ces arbres qui me bloquent la vue, je ne peux pas l'affirmer. Je m'arrête et l'observe pendant un moment. Je devrais l'ignorer et aller chez Ford, comme prévu. Ce n'est sans doute qu'un des jumeaux Miller qui se promène – peut-être Freya qui passe encore un coup de fil en douce. Peut-être même qu'elle essaie de convaincre Hamish de lui donner ma place dans le programme d'art en lui promettant du sexe.

J'essaie de chasser cette horrible pensée de mon esprit. Mais sur une impulsion tordue, voilà que j'escalade le mur, juste pour voir si c'est bien elle.

J'atterris sans un bruit de l'autre côté et avance furtivement jusqu'à pouvoir distinguer l'endroit d'où provient cette lumière. Il y a en effet quelqu'un sur le pont, et ce n'est pas Freya. Je ne sais pas ce qui projette cette lumière, mais la silhouette qu'elle éclaire a des cheveux noirs, pas rouge pompier.

Dominic.

Il contemple la cascade, appuyé contre le garde-corps. Il ne peut pas être en train de téléphoner, ce serait impossible d'entendre quoi que ce soit avec le fracas de l'eau qui s'écrase en contrebas.

Je m'apprête à faire demi-tour, me fichant bien de savoir ce qu'il fabrique ici, quand je vois bouger une ombre. Une autre personne se tient juste à la lisière des arbres qui longent le sentier. Je ne la distingue pas très bien depuis ma cachette, mais elle semble observer Dominic, elle aussi.

Je suis recouverte de chair de poule lorsque la silhouette sort de l'ombre. Je remarque au clair de lune son espèce de cape ou de long manteau qui se gonfle légèrement tandis qu'elle marche vers le pont – lentement, mais avec l'assurance de quelqu'un qui sait qu'il n'a pas été repéré. Je me sens de plus en plus nerveuse.

Qui que soit cette personne, Dominic doit l'attendre, non ? C'est sans doute pour ça qu'il est venu ici. Sauf que personne ne porte ce genre de cape, à part pour Halloween. Même pas moi, qui suis une publicité ambulante pour le style gothique chic.

Non, les seules personnes qui portent des capes sans occasion particulière sont des tordus. Et à la place de Dominic, je ne voudrais pas qu'un tordu s'approche dans mon dos alors que je suis penchée au-dessus d'un gouffre de vingt mètres.

Mais si ce n'était pas une personne bizarre ? Et si c'était… ?

Je ne prends conscience du fait que je me dirige vers le pont qu'au moment où une brindille craque sous ma botte. En réponse, un cri perçant retentit dans les branches au-dessus de moi. Le cœur battant à tout rompre, je regarde l'inconnu pour voir s'il m'a entendue, mais il doit être trop proche de la cascade désormais pour percevoir quoi que ce soit. Dominic n'entend rien, c'est sûr, car il ne s'est toujours pas retourné. Et la façon dont se déplace la personne à la cape ne me plaît pas du tout.

Je m'approche encore. Je suis à la limite des arbres désormais. Si je cours, je pourrai probablement atteindre Dominic avant que l'autre ne le touche. Miller ou non, il faut que je fasse quelque chose.

La silhouette lève les bras et ses manches glissent, révélant de longs doigts minces. Sans que je puisse le contrôler, mon esprit esquisse le visage invisible derrière la capuche – sa bouche béante, les trous noirs à la place de ses yeux.

C'est comme si tout ralentissait : mon cœur, mon souffle, même la cascade. Tout se déforme, aspiré par ces deux trous noirs.

Les doigts crispés comme des griffes se tendent vers Dominic. Il n'a toujours pas senti sa présence. Comment est-ce possible ? Tous les nerfs de mon corps poussent des cris de panique.

Je n'ai plus le choix.

– Dominic ! Cours !

CHAPITRE 10

Je crie ces mots en sortant de l'ombre à toute vitesse, espérant que Dominic m'entendra. Qu'il n'est pas trop tard.

Pour toute réponse, il pousse un hurlement lorsque les doigts crochus de Sadie s'enfoncent dans ses yeux. Il se cabre, essayant de se dégager, mais ne parvient qu'à se pencher plus en arrière, par-dessus la rambarde. Je pousse Sadie sur le côté et tends les deux mains vers Dominic.

Mais c'est trop tard.

Mes doigts se referment sur de la vapeur. Dominic bascule et disparaît dans le vide mugissant.

– Mais qu'est-ce que tu fous ? T'as complètement gâché la prise !

Une fille m'agrippe brusquement les épaules, mais ce n'est pas celle que je m'attendais à voir.

Bien sûr.

C'est Freya Miller qui me foudroie du regard. Des mèches de faux cheveux noirs collent à son visage mouillé par la brume. Ses yeux, d'habitude d'un vert éclatant, sont entièrement noirs, et ses orbites, recouvertes d'un épais maquillage tout aussi sombre. Hébétée, je comprends qu'elle porte des lentilles de contact. C'est un costume. Elle s'est déguisée en Dead-Eye-Sadie – version farces et attrapes.

Tandis que j'absorbe tout ça, les lèvres de Freya s'incurvent vers le haut.

– Oh mon Dieu, Thorn, je pensais que tu déconnais, mais tu m'as vraiment prise pour un fantôme, pas vrai ? demande-t-elle en riant, d'une voix assez forte pour que je l'entende clairement par-dessus le rugissement de la cascade. T'es trop bizarre.

– Mais… Ton frère…

J'ai vaguement conscience que d'autres personnes nous rejoignent : Mateo, un projecteur sous le bras ; Casper, son téléphone à la main, sans doute en train de filmer ma réaction. Et, derrière eux, Ford, les mains dans les cheveux, comme s'il s'apprêtait à les arracher. Il est le seul des quatre à ne pas afficher de sourire narquois.

Sentant quelque chose bouger dans mon dos, je me retourne juste à temps pour voir Dominic se hisser par-dessus le garde-corps. Je ne remarque que maintenant la corde accrochée à sa taille – et au garde-corps.

Mon Dieu. Comment est-ce que j'ai pu être aussi longue à la détente ? Ils sont en train de filmer leur épisode spécial Sadie. Je *savais* que c'était prévu. C'est justement pour ça que je suis venue.

Mes joues s'embrasent. Je n'en reviens pas d'avoir réellement cru que Dominic Miller était attaqué par un fantôme. Et de m'en être *soucié.*

– Ava ? crie-t-il. Qu'est-ce que tu fais ici ?

Je pose brièvement les yeux sur le verger, de l'autre côté du pont, et sur le pavillon presque caché derrière. Mais, juste à ce moment-là, Ford s'avance.

– Elle me cherchait, explique-t-il. Je n'ai pas vu l'heure… On était censés se retrouver chez moi pour mater un film.

À côté de moi, Freya fait une drôle de tête. Peut-être qu'elle lève les yeux au ciel ; impossible à dire, avec ses lentilles. Mais ça me fait flipper de la voir comme ça, alors je me concentre sur Ford.

– Qu'est-ce que tu fabriques ici, *toi* ?

Avec eux, j'ajoute dans ma tête, mais je suis quasiment sûre qu'il entend ces deux derniers mots, et l'accusation qu'ils contiennent.

Il me prend par le coude et m'entraîne vers le mur d'enceinte. Quand on s'est suffisamment éloignés, il se penche vers moi.

– C'est pas ce que tu crois ; je t'expliquerai tout plus tard. Je dois rester encore un peu, mais je te retrouve chez moi, OK ? Je ne laisserai pas Casper se servir des images qu'il vient de filmer, juré. Fais-moi confiance. Juste une quinzaine de minutes, promis.

– Tu avais aussi *promis* que tu ne me planterais plus jamais pour les Miller.

Il a le culot de prendre un air blessé. Il espère réellement que je vais l'attendre comme un petit mouton bien docile ?

Je me retourne vers le pont. Freya, Casper et Mateo se bousculent en riant. Freya fait mine de griffer Casper avec de grands gestes théâtraux, et il la repousse en l'aveuglant avec le flash de son téléphone.

Mais Dominic a les yeux rivés sur moi. Il me regarde intensément, sourcils froncés, comme s'il essayait d'élucider un problème. Ce regard me déstabilise plus que les conneries de Freya et de sa clique.

– Ils s'amusent, c'est tout, reprend Ford. Si tu n'étais pas aussi sensible, peut-être que…

– Ferme-la, Ford, je le coupe avant qu'il me fasse complètement péter les plombs. Je ne veux pas le savoir.

Je me détourne et me dirige d'un pas lourd vers le mur. Je réussis à l'escalader sans me casser la figure. Que le seigneur des ténèbres et tous ses petits laquais en soient remerciés – le téléphone de Casper traque sans doute encore le moindre de mes gestes, dans l'espoir de capter une autre séquence hilarante.

Juste au moment où je vais sauter de l'autre côté, je sens qu'on me touche le bras. Je me raidis, pensant que Ford vient me demander pardon, ou du moins s'expliquer, mais c'est Dominic. Il tient fermement la manche de mon manteau, comme s'il voulait réaliser une arrestation citoyenne.

– Pourquoi tu es venue, en vrai ? demande-t-il avec rudesse.

Je pousse un soupir exaspéré – et gêné, aussi, bien sûr.

– Écoute, je t'ai couvert tout à l'heure à la bibliothèque, non ?

Techniquement, c'est faux, mais il ne relève pas.

– Et tu as dit que tu me revaudrais ça. Si tu le pensais vraiment, ne mêle pas ma famille à ta série, OK ?

Il fronce les sourcils et laisse ma manche glisser entre ses doigts, mais il ne dit rien. J'aurais dû me douter qu'essayer d'en appeler à ses bons sentiments ne servirait à rien. De toute évidence, il n'en a pas – après tout, c'est un Miller.

Je dégringole à moitié du mur et m'éloigne sans me retourner.

Non seulement mon meilleur ami est un sale traître, mais, une fois de plus, je n'ai pas réussi à régler le problème de cette fichue fresque murale. Je bouillonne encore, dans ma chambre, lorsque mon téléphone sonne, un peu plus tard. Ford, bien sûr. Je ne réponds pas. La sonnerie s'arrête quand mon répondeur s'enclenche, mais reprend une seconde plus tard. Cette fois, je l'envoie directement sur répondeur.

Le signal des textos retentit.

Ford : Ava, si tu ne réponds pas, je vais venir.

Ava : J'ai pas envie de te parler. Arrête d'appeler.

Mon portable reste silencieux pendant quelques minutes. Ford a dû comprendre le message. Mais soudain, il tinte de nouveau. Et, quand j'ouvre le texto, c'est carrément un roman.

Ford : Ne sois pas aussi têtue, laisse-moi t'expliquer ! Je traîne avec les Miller pour qu'ils ne mettent pas de saloperies sur toi dans leurs vidéos mais, quand Freya m'a demandé de rejoindre l'équipe, j'ai pas pu refuser. Ils reçoivent plein d'offres d'emplois et de pubs grâce à ça. Tu savais que Freya a même eu un petit rôle dans un film ?! Ça va passer sur Netflix l'année prochaine. Imagine si on me propose un truc pareil ! Tu comprends pourquoi j'ai dit oui, hein ? Et désolé d'avoir été en retard pour notre soirée film. J'ai vraiment pas vu le temps filer. J'ai besoin d'une montre, OK ? S'il te plaît, ne sois pas en colère. Je suis pas beau quand je rampe à tes pieds. Ça me met vraiment pas en valeur. Tu me pardonnes ?

Je pousse un gros soupir. Parce que oui, je comprends pourquoi Ford a accepté d'apparaître dans les vidéos stupides des jumeaux Miller. Il veut devenir acteur, et ce genre d'opportunité ne court pas les rues, par ici. Et il ne pourra jamais se payer une école d'art dramatique – surtout pas une de ces écoles tendance à New York. N'empêche qu'il aurait pu m'en parler *avant* que je me tape la honte comme ça. Je n'étais peut-être pas là-bas parce que je le cherchais, mais ça, il ne le sait pas.

Je le laisse mariner un petit moment – ça, c'est pour son commentaire sur ma trop grande sensibilité. Il ne sort pas souvent des conneries misogynes mais, sur ce coup-là, il n'en était pas loin.

Mes yeux dérivent jusqu'à une photo encadrée sur mon bureau, que j'ai déballée tout à l'heure. Mes parents et moi le jour de mes seize ans, au manoir. Je ne suis pas fan des gros anniversaires, alors la fête était plutôt sobre : cocktails sans alcool et robes habillées. Mes parents aussi s'étaient mis sur leur trente-et-un pour l'occasion, même s'ils ne sont restés que le temps de la photo avec moi, avant de courtoisement mettre les voiles.

Sur ce cliché, je porte une robe rouge sang et, en pendentif, la superbe pomme en rubis que ma mère m'avait offerte ce matin-là.

« Ton père me l'a donnée le jour de ta naissance. Maintenant, elle est à toi, ma splendide fille. »

Je suis là, rayonnante, entre mon père dans son costume élégant et ma mère en robe bleu canard, loin de me douter que ce serait le dernier anniversaire que je fêterais avec eux. Ils sont morts quelques jours avant mes dix-sept ans. La semaine prochaine, j'en aurai dix-huit. Et demain, un an pile se sera écoulé depuis l'accident de voiture.

J'ai pourtant l'impression que c'était hier qu'on souriait à l'objectif. Comment est-ce possible ? J'étais tellement ignorante, à l'époque. Je ne savais pas ce que ça faisait de tout perdre.

Presque tout.

Je prends mon téléphone, ravalant la boule brûlante dans ma gorge.

Ava : C'est bon, crétin. On est plus fâchés.

CHAPITRE 11

Avant

Le trajet était tendu. Papa se sentait vaseux, et maman était énervée de devoir conduire.

– Tu ne te sentirais peut-être pas « vaseux » si tu n'avais pas bu ce cocktail avec ton frère, a-t-elle marmonné sèchement, et papa a fait semblant de ne pas l'entendre. Tu sais que je déteste conduire dans la neige.

– Je peux prendre le volant, ai-je proposé depuis la banquette arrière et, cette fois, c'est maman qui a fait semblant de ne rien entendre.

La seule chose qui lui déplaisait plus que conduire dans la neige, c'était la perspective que je le fasse, moi. C'était l'une des raisons pour laquelle elle avait repoussé toute l'année le moment de m'acheter ma propre voiture, malgré sa promesse.

« On a décidé que ce serait mieux que tu économises toi-même pour te l'acheter », avait ajouté papa quand ils m'avaient donné la petite boîte à bijoux pour mon anniversaire.

Ne vous méprenez pas : j'adorais mon pendentif en forme de pomme. Moins le fait que mon père m'explique que je devais « apprendre l'importance de travailler pour obtenir ce qu'on veut » – comme si le job de livreur de journaux qu'il avait eu gamin avait changé sa vie. Il voulait que je trouve un boulot à temps partiel. Mais quand aurais-je le temps de profiter de ma voiture achetée avec mon argent si je passais mes week-ends à faire la serveuse ou à m'intoxiquer avec la fumée des pots d'échappement à la station-service du coin, comme Daphné ? Sa logique ne tenait pas la route. Je m'étais dit que si je continuais à le travailler au corps, il finirait par céder.

– J'aimerais bien que Ty ralentisse un peu, a repris ma mère d'une voix tendue, les doigts crispés sur le volant, tout blancs.

On se rendait à un dîner chic pour fêter l'emménagement d'oncle Ty dans le manoir avec sa nouvelle femme, Carolyn. Ça me faisait toujours bizarre de penser qu'il était marié. Les jeunes époux étaient devant nous, dans l'élégante voiture de sport d'oncle Ty dont les phares arrière rapetissaient à vue d'œil. Il conduisait un peu trop vite vu les conditions météo. *J'aurais dû monter avec eux. Ils s'amusent sûrement plus que nous*, ai-je pensé.

Comme si elle avait lu dans mes pensées, maman a tourné son attention vers moi, ce que je n'ai pas remarqué tout de suite, parce que j'étais sur mon téléphone.

– Je t'ai demandé de laisser ça à la maison, a-t-elle dit en me lançant un regard aussi tranchant que le ton de sa voix. Donne-le à ton père. Tout de suite.

– Je suis au milieu d'une conversation, ai-je répondu raisonnablement, de mon point de vue.

Je n'avais commencé à traîner avec Daphné et Carla qu'à la fin du collège, et notre amitié était encore neuve, hésitante. Je ne voulais pas passer pour une lâcheuse simplement parce que ma mère était de mauvaise humeur.

– Blake, prends-lui son téléphone.

– Sérieusement ? Je ne suis plus une gamine, maman ! ai-je protesté, mais, de toute manière, mon père n'a pas détourné le regard de l'étendue neigeuse et boisée.

Nous étions en train de contourner l'extrémité nord de notre propriété. Comme la neige était épaisse et la nuit claire, la lumière des étoiles était suffisamment vive pour nous permettre d'apercevoir brièvement le manoir entre les arbres nichés contre la berge. Ils avaient tous perdu leurs feuilles et tendaient vers le ciel leurs branches pareilles à des rayures d'encre sur une page blanche. J'aurais préféré me balader en laissant de grosses empreintes dans la neige plutôt qu'être coincée dans cette voiture avec mes parents.

C'était la toute dernière fois que je souhaiterais une chose pareille, mais ça, je l'ignorais encore.

– Pourquoi est-ce que tout doit toujours se transformer en disp…, a commencé maman, avant que papa ne la coupe.

– Je la vois.

– Quoi ?

Maman semblait exaspérée. Je savais que c'était seulement parce qu'elle était à cran, mais j'ai quand même trouvé ça agaçant.

– Tu vois qui ? a-t-elle insisté.

– Dans les bois… C'est *elle*.

J'ai jeté un coup d'œil par la fenêtre. Il y avait bel et bien quelqu'un dehors – une silhouette pâle se découpait sur la masse noire des arbres.

– Elle n'arrête pas de bouger comme…

Il s'est tu brutalement, mais ses lèvres continuaient à remuer, je le voyais dans le reflet sur sa vitre.

– Papa ? Ça va ?

Il n'a pas répondu.

– Mon Dieu ! a sifflé maman.

Je me suis tournée vers elle juste au moment où une chouette fondait sur nous dans la lumière des phares. Elle a poussé un cri perçant en survolant la voiture.

Papa s'est mis à trembler en tirant sur sa ceinture de sécurité. Quelque chose ne tournait pas rond.

Je n'avais plus peur de la chouette ni de vexer Daphné et Carla. Je savais que quelque chose de grave était en train de se passer. Ma ceinture s'est enfoncée dans ma poitrine quand je me suis penchée en avant pour agripper un peu trop fort l'épaule de maman.

– Maman, arrête-toi. Je crois que papa fait une crise d'épilepsie.

– Une crise d'épilepsie ? a-t-elle répété en me regardant dans le rétroviseur, les sourcils froncés.

Mais ça fait des années qu'il n'en a pas fait, l'ai-je presque entendue penser.

– Blake ? Chéri ? Est-ce que ça…

Un coup de Klaxon a retenti. De la lumière a inondé la voiture, trop vive pour qu'on puisse voir quoi que ce soit d'autre.

Les pneus ont crissé et dérapé sur la route glacée.

Ma bouche s'est ouverte et refermée, aussi silencieusement que celle de papa.

L'impact a été rapide, mais d'une précision terrible.

Maman a hurlé quand le Hummer nous est rentré dedans. Notre véhicule a quitté la route et fait cinq ou six tonneaux – j'ai eu du mal à compter. Du verre volait dans tous les sens, me tranchant la peau, et j'ai senti un craquement brutal lorsque ma clavicule s'est brisée contre ma ceinture de sécurité tendue à fond.

J'ai perdu connaissance.

Quand j'ai rouvert les yeux, tout était sombre. Silencieux. Mais je ne m'en rendais pas encore compte, car mes oreilles bourdonnaient. Et puis j'ai distingué un son – un étrange *ploc, ploc, ploc*.

– Papa ?

J'ai senti la forme de ce mot, mais j'avais l'impression qu'il était prononcé par quelqu'un d'autre, loin de moi.

– Maman ?

J'ai scruté l'obscurité à leur recherche, et les ombres se sont transformées à mesure que ma vision s'ajustait. Mon sang vrombissait derrière mes oreilles. Ma ceinture me maintenait en place, tel un fer chauffé à blanc contre ma clavicule cassée. Je me suis vaguement rendu compte que j'avais la tête en bas.

Finalement, j'ai vu maman qui me regardait depuis le siège du conducteur. Le toit (qui était maintenant le sol) de l'avant de la voiture était beaucoup plus enfoncé qu'à l'arrière, si bien que sa tête pressée contre lui formait un angle bizarre. Elle me fixait, les yeux écarquillés.

– Maman ? ai-je réessayé.

Soudain, ma ceinture s'est détachée et je suis tombée sur un lit de verre brisé. J'ai hurlé. Quand j'ai levé mes mains en l'air, elles étaient recouvertes de profondes entailles. Un rai de lumière argenté se reflétait sur un long morceau de verre enfoncé dans ma paume gauche. À cause du sang qui suintait tout autour, j'ai eu du mal à l'agripper. Je l'ai retiré en gémissant.

Maman n'avait toujours pas bougé. Elle devait être en état de choc, ou quelque chose comme ça. Elle se contentait de me regarder en silence par-dessus son épaule. J'ai tendu la main vers elle, laissant une trace de sang sur sa joue.

C'est alors que j'ai remarqué que son cou était complètement tordu vers l'arrière. Ma bouche s'est ouverte, mon cri coincé tout au fond de ma gorge.

La voix de mon père, faible et embrumée, m'est parvenue depuis le siège passager.

– Je l'ai vue… Je l'ai vue.

Lentement, ne réalisant plus vraiment ce qui se passait, je me suis tournée vers lui. Et cette fois, j'ai bel et bien crié.

Son visage était un masque de sang. Les coupures causées par sa fenêtre brisée rayaient ses joues. Et ses yeux…

Ploc, ploc, ploc…

Je ne distinguais même plus l'endroit où ses yeux étaient censés être. Il y avait trop de sang.

– Je l'ai vue, a-t-il répété.

J'ai secoué la tête, même s'il ne pouvait pas me voir. Je ne pouvais pas penser à autre chose qu'à tout ce sang. Mon Dieu, tout ce sang. C'était tout ce que je voyais. Tout ce que j'entendais.

Quelque chose a bougé derrière moi, et j'ai sursauté. Je me suis retournée trop vite, et mes bouts d'os cassés ont frotté les uns contre les autres. Ma peau déchirée s'est ouverte.

Oncle Ty regardait à travers le pare-brise arrière éclaté, le visage tout blanc, épouvanté.

– Oh mon Dieu… Oh mon Dieu… Merde. *Merde.* Qu'est-ce que je fais ? Qu'est-ce que je…

Je n'avais jamais entendu le son que j'ai émis alors – un horrible cri de souffrance, comme un animal à l'agonie. Cela a sorti oncle Ty de sa stupeur, et puis il a vu maman.

– Oh mon Dieu…

Il a tendu le bras et pris ma main dans la sienne. Ça m'a fait mal, mais je l'ai à peine remarqué.

– Viens, Ava. Continue de ne regarder que moi, d'accord ? Où est ton père ? Blake ! Blake, *aide-moi* !

Je ne pouvais pas bouger. J'en étais littéralement incapable. Tant que je ne bougerais pas, tout ça ne pourrait pas exister. Ça ne serait pas réel.

À l'aide de sa manche, oncle Ty a poussé le plus gros des bris de verre sur le côté, puis il a rampé dans la voiture pour me rejoindre. Mais il s'est figé quand il a vu le visage de papa.

– Oh, putain… ses *yeux* !

Il s'est positionné de façon à me le cacher. Mais c'était trop tard. Je savais déjà.

Un horrible grincement s'est fait entendre dehors. Pas loin du tout.

– Ty ? s'est écriée Carolyn. Est-ce qu'ils vont bien ? Je crois qu'il faut que vous vous dépêchiez…

Mon oncle a penché la tête sur le côté, comme si cela pouvait l'aider à voir, à travers la carcasse broyée de la voiture, ce qui produisait un tel son. On a de nouveau entendu ce bruit, suivi par un craquement retentissant.

– Sors par la fenêtre en rampant, Ava, a-t-il ordonné d'une voix tendue. Allez.

– Mais…

– Je m'occupe de ton père. On sera juste derrière toi. Il faut qu'on sorte.

– Je…

– On doit tous ramper, a dit papa, d'une voix si basse que je l'ai à peine entendue.

J'ai obéi. Je me suis mise à ramper. Chaque mouvement envoyait une décharge cuisante dans ma clavicule cassée, mais les mots de mon père résonnaient encore dans ma tête.

On doit tous ramper on doit tous ramper on doit tous ramper ON DOIT TOUS RAMPER !

Sauf que ce n'était pas seulement dans ma tête – papa répétait ces mots comme une psalmodie, il braillait désormais, encore et encore et encore.

J'ai rejoint la fenêtre la plus proche, mes cheveux se sont pris dans le métal tordu tandis que des éclats de verre m'attaquaient par en dessous. Des odeurs âcres ont assailli le fond de ma gorge – celles du sang et de l'essence. Des odeurs si mauvaises, si affreuses. L'épave a grogné et s'est resserrée autour de moi, comme si elle ne voulait pas me laisser partir.

– ON DOIT TOUS RAMPER.

J'ai réussi à me traîner dans la neige écrasée et, bon sang, ce que j'étais contente de ne plus entendre l'horrible chant de mon père. J'ai remonté le talus à quatre pattes et me suis aussitôt retrouvée dans les bras de Carolyn. Je suis restée là, raide, immobile. Je ne connaissais pas bien Carolyn, à l'époque, et j'étais déstabilisée – *pourquoi cette personne me serre dans ses bras ?* Je voulais juste voir où en étaient oncle Ty et mon père.

Lorsque je me suis dégagée, elle a regardé, horrifiée, les empreintes de main sanglantes que j'avais laissées sur sa jolie robe jaune. Pardessus son épaule, j'ai vu l'avant de la voiture écrasé contre un arbre.

J'ai scruté le spectre des bois, où j'avais aperçu la silhouette... L'avais-je réellement vue ? Ou n'était-ce qu'un reflet sur la vitre de la voiture ?

Il n'y avait plus personne désormais.

De l'autre côté de la route, une autre voiture était en travers de la chaussée, en biais sur les deux voies. De la fumée s'échappait de son capot. J'ai vu quelqu'un émerger du véhicule et agiter la main pour la chasser comme si c'était une mouche importune.

Madoc Miller.

Je l'ai reconnu immédiatement, même si je ne l'avais vu qu'une ou deux fois depuis que sa famille s'était installée à Burden Falls.

Les Miller ne nous apporteraient que des ennuis, papa l'avait toujours dit. « Notre famille et la leur… c'est une longue histoire. »

Nous nous sommes tous retournés vers la voiture en entendant un crissement assourdissant. L'arbre se penchait de plus en plus au-dessus de l'épave.

– Oncle Ty ! ai-je hurlé.

Je me suis laissée glisser sur le talus. Quand je suis arrivée en bas, mon oncle s'extrayait du véhicule. D'un pas titubant, il a remonté avec moi le chemin maculé de sang que j'avais tracé dans la neige, jusqu'à l'endroit où Carolyn était en train d'appeler les secours, son téléphone éclairant les horribles empreintes de mes mains sur sa robe.

J'ai de nouveau regardé en bas du talus, attendant que papa apparaisse.

– Où il est ? ai-je demandé d'une voix brisée.

Oncle Ty a passé un bras autour de mes épaules, toujours haletant, mais je l'ai repoussé.

– *Où il est ?*

– C'est trop tard, Ava.

Carolyn parlait au téléphone, ses mots sortaient à toute vitesse alors qu'elle regardait l'autre voiture en travers de la route.

– Il faut qu'on le sorte de là, ai-je insisté. L'arbre…

– Il est déjà parti. Ils sont partis tous les deux.

Sa phrase a été ponctuée par un horrible crissement métallique.

L'arbre est tombé presque au ralenti. Il s'est écrasé sur la voiture dans un bruit de fin du monde.

– *Papa !*

J'ai tenté de courir vers la voiture pour le sauver, mais oncle Ty m'a retenue de toutes ses forces, même s'il tremblait, lui aussi.

– J'ai vu exactement ce qui s'est passé, c'était la faute de l'autre conducteur, disait Carolyn d'une voix catégorique à son interlocuteur.

En entendant des bruits de pas qui se dirigeaient vers nous, j'ai retenu mon souffle, pensant dans un moment de délire qu'un de mes parents s'en était sorti, tout compte fait.

– Bon sang, ces routes glacées me font vraiment chier. Tout le monde va bien par ici ?

J'ai relevé les yeux sur le visage de Madoc Miller. Ses yeux gris acier sont passés sur moi, oncle Ty, Carolyn, puis se sont plissés lorsqu'il a vu l'épave en contrebas.

– Je suppose que non, a-t-il dit.

CHAPITRE 12

Je me réveille à bout de souffle. Le cauchemar, encore frais sur ma langue, essaie de s'insinuer dans ma gorge pour aller s'entortiller autour de mon cœur. Sadie entre les arbres ; le crissement des pneus mêlé au cri de la chouette. Le *crac* explosif de la fin du monde ; la voiture qui fait des tonneaux, encore et encore…

Je fais souvent ce rêve. Au début, quand j'étais à l'hôpital, les mains bandées, il revenait chaque nuit. Parfois, je le revivais même éveillée. Assise en cours, le lent *tic-tac* de l'horloge me berçait et me ramenait dans cet espace mental où le rêve reprenait brutalement vie, et je revoyais la scène, encore et encore. Je sentais chaque fois l'air qu'on arrachait de mes poumons quand on me disait que mes parents étaient partis.

Aujourd'hui, ça fait une année entière qu'ils ne sont plus là.

Le Dr Ehrenfeld – ma psy spécialiste du deuil – m'a dit que les cauchemars finiraient par disparaître. C'est vrai, d'une certaine manière. Je n'en ai plus *toutes* les nuits désormais. Elle a aussi dit que ça pourrait m'aider d'écrire un journal, comme une confession ou je ne sais quoi. Juste pour que ça *sorte*. Mais je n'ai jamais été très douée avec les mots. Alors, dès que mes mains ont été suffisamment guéries pour pouvoir tenir un pinceau, je me suis servie de mon art. J'ai recréé la scène encore et encore, dans le moindre détail. Voilà ce qui se trouve dans le pavillon. Ce sur quoi Dominic et Freya vont sans doute se concentrer dans leur série stupide. Parce que j'ai aussi peint Sadie, telle que je l'ai vue ce soir-là, debout entre les arbres.

Je sais bien qu'elle n'était pas vraiment là. Puisqu'elle n'existe pas.

Je sais…

Je passe une main sur mon visage, comme pour effacer ces images.

Et voilà. J'ai vécu une année sans mes parents.

Je m'habille tout en noir, comme d'habitude, j'enfile le long manteau que je mets aux enterrements, et puis je vais dans la cuisine. Carolyn me serre avec force dans ses bras.

– Oncle Ty est prêt à aller au cimetière ?

Je ne les ai pas vus hier soir, quand je suis rentrée, après ce merdier avec Ford, mais voilà ce qu'on avait prévu de faire pour l'anniversaire : nous rendre tous ensemble au cimetière, déposer des fleurs fraîches, peut-être faire une promenade avant le début des cours.

Carolyn soupire et finit par me relâcher.

– Désolée, Ava. Il est au lit…

– Encore une gueule de bois ? je la coupe brusquement. *Aujourd'hui ?*

– Non, il a de la fièvre. Il a été malade toute la nuit, le pauvre.

À en juger par les cernes noirs sous les yeux de sa femme, il n'est pas le seul à avoir mal dormi. Je me sens nulle d'avoir imaginé le pire.

– Je vais prendre ma journée pour pouvoir m'occuper de lui, ajoute-t-elle. Il a vraiment l'air mal.

– Oh. OK.

– Je pense qu'il vaudrait mieux qu'on aille au cimetière cet après-midi, quand tu rentreras à la maison. Avec un peu de chance, Ty se sentira mieux à ce moment-là. Qu'est-ce que tu en dis ?

Ce n'est pas idéal. Je voulais y aller avant les cours pour ne pas passer la journée à redouter ce moment. Mais je ne vais pas piquer une crise et exiger qu'elle le sorte du lit.

– Bien sûr, pas de problème, dis-je, et elle me sourit avec reconnaissance. Au fait, je voulais porter le pendentif en forme de pomme de maman aujourd'hui, mais je ne l'ai pas trouvé dans ma boîte à bijoux. Est-ce qu'il a été rangé dans le coffre-fort ?

– Non, je ne pense pas… à moins que tu l'y aies mis, toi ?

– Non, je réponds alors qu'une sensation nauséeuse s'empare de moi. Tu pourrais... Tu veux bien aller vérifier pour moi ?

Le coffre est dans leur chambre.

Elle monte à l'étage et revient une minute plus tard avec une expression inquiète sur le visage.

– Il n'est pas dans le coffre, et Ty ne l'a pas vu. Tu ne l'aurais pas rangé ailleurs pour le déménagement ?

Je secoue la tête, la bouche sèche. Je l'ai toujours gardé dans ma boîte à bijoux, mais je n'ai même pas pensé à vérifier s'il y était encore avant qu'on déménage. Je ne le porte que pour les grandes occasions. À vrai dire, ça fait des semaines que je ne l'ai pas vu. Je voulais vraiment le mettre aujourd'hui.

– Tu veux que je t'aide à le chercher ? me propose Carolyn.

– Non, c'est bon. Je m'en occuperai ce soir.

Lorsque je passe devant la station Pump'N'Go en allant au lycée, je vois la Porsche clinquante à la con de Dominic Miller sur le parking.

Il vient juste de se mettre à neiger – de gros flocons, lents et trop paresseux pour obéir à la gravité. On annonce quelques centimètres de neige, mais rien de délirant, Dieu merci. Je suis tellement contente que le printemps arrive enfin (je sais, je sais, on risque de me retirer mon badge de fille gothique d'un jour à l'autre). Au moins, je n'aurai bientôt plus à penser aux routes glacées, aux bottes de neige ou aux lèvres gercées.

Je m'attarde près de la station-service, repensant à ce regard que m'a lancé Dominic quand j'ai quitté le domaine hier soir – comme si je l'avais insulté en lui demandant de laisser les Thorn en dehors de leur émission spéciale. Est-il égocentrique au point de ne pas pouvoir imaginer ce que ça me ferait de voir l'histoire de ma famille déballée sur les réseaux sociaux ?

Peut-être que je devrais lui expliquer, alors.

Juste au moment où j'enclenche le clignotant pour me garer derrière sa voiture, Freya Miller sort de la station et traverse le parking.

Apparemment pressée, elle monte à la place du conducteur sans même un coup d'œil dans ma direction et démarre dans un crissement de pneus.

Pourtant, la Porsche n'est pas sur le parking du lycée à mon arrivée. Il est encore hyper tôt, cela dit. Peut-être que Dominic et elle devaient se rendre quelque part avant les cours.

La salle d'arts plastiques n'est pas encore ouverte à cette heure matinale, et les couloirs sont déserts, pleins d'échos. Je me trouve un coin dans la bibliothèque pour travailler sur ma BD pendant une heure.

Je sais que la prochaine case de *Plus ou moins mort* doit expliquer ce que la fille fabrique en haut de cette tour, mais j'ai encore du mal à trouver une intrigue qui colle. Est-elle coincée ? Est-ce une sorte de gardienne de cimetière ? La seule chose qui me semble solide, c'est cette première image : l'héroïne qui regarde depuis la fenêtre de la tour, entourée par toutes ces tombes.

Je griffonne un gros plan de la fille, sauf que je n'arrive pas à finir son visage – le nez et la bouche sont presque terminés, mais je ne parviens pas à me décider sur le genre d'yeux que je vais lui donner. Pour le moment, il n'y a donc qu'un espace vide à leur place.

– Il me semblait bien t'avoir vue cachée là.

Je lève les yeux sur Dominic Miller qui me regarde d'un air mauvais, aussi incroyablement parfait que toujours, avec ses cheveux ébouriffés et son menton ciselé à peine obscurci par une barbe de trois jours. Il est si proche que je suis obligée d'inspirer l'odeur de son eau de Cologne de luxe – c'est discret, comme s'il cherchait à pousser des victimes trop confiantes à se pencher vers lui. Quelqu'un devrait lui expliquer que les garçons de dix-huit ans sont censés sentir la sueur aromatisée au déo et les cornflakes.

Ses yeux d'un vert profond, un peu plus foncés que ceux de Freya, semblent rivés sur mon carnet à croquis. Je pose brusquement mon crayon dessus et hausse un sourcil.

– Et alors ? Ta famille possède aussi la bibliothèque du lycée, maintenant ?

Il ferme brièvement les yeux, comme pour prier qu'on lui accorde de la force.

– Je voulais te parler… de ce que tu as dit hier soir. Je crois que tu n'as pas bien compris ce qu'on faisait.

– Vous n'étiez pas en train d'enregistrer un épisode sur Dead-Eye-Sadie ?

– Si, mais…

– Et vous n'avez pas fait de recherches sur l'histoire du manoir – que ma famille a construit – pour votre série ?

Il pince les lèvres, ce qui est une réponse en soi.

– Dans ce cas, je pense que j'ai très bien compris.

– Écoute, Ava, je ne vois vraiment pas où est le problème. Oui, je veux parler de l'histoire du manoir, mais on n'est pas obligés de mentionner le nom de ta famille. Et je n'ai absolument pas l'intention de salir qui que ce soit. Cet endroit ne m'intéresse que parce que c'est là qu'on aperçoit habituellement Sadie, près de la cascade.

Je réfléchis un moment. Ça ne me plaît toujours pas.

– Et pourquoi faire absolument un épisode sur Sadie, d'abord ? Vous ne pouvez pas enquêter sur d'autres fantômes ?

– Ça fait un moment que j'ai envie de parler de Dead-Eye-Sadie, répond-il en se penchant vers moi, comme s'il partageait un secret. Avec toutes ces histoires autour de la cascade qu'elle hanterait, ses yeux disparus et tout ça, c'est un personnage super intéressant… D'ailleurs, on a déjà filmé quelques scènes pour l'épisode. Tu en as vu une hier soir.

Je me crispe.

– Quels autres endroits vous avez filmés ?

– Seulement le verger, répond-il, et soudain, je vois sur son visage qu'il a compris. Si tu as peur qu'on filme ton… ton graffiti, dans cette petite cabane en pierre dans le verger, tu peux te détendre. J'ai repeint par-dessus.

– C'est un pavillon, je le corrige calmement. Attends… C'est vrai ?

– Bien sûr.

Il agite la main comme si ce n'était rien, puis remarque mon expression très dubitative.

– Je t'ai vue rôder dans le parc l'autre soir, après notre emménagement, ajoute-t-il. Quand j'ai trouvé le pot de peinture que tu avais laissé, j'ai fait le rapprochement. Je l'aurais recouvert dans tous les cas, tu sais. Tu crois que je voudrais que des gens voient mon père tel que tu l'as peint ? En train de regarder l'épave de la voiture de tes parents en riant ?

Il secoue la tête, comme si tout cela était absurde. Sauf qu'il n'était pas là quand ça s'est produit. Il n'a peut-être pas envie d'admettre que son père est un salaud diabolique, mais je sais à quoi m'en tenir. Je l'ai vu : la seule chose qui le préoccupait, c'étaient les rayures sur son Hummer.

Selon la version officielle, c'était une collision accidentelle, en partie due au fait que ma mère était distraite par la crise d'épilepsie supposée de mon père. Sauf que ça ne s'est pas passé comme ça. C'est Madoc Miller qui conduisait comme un abruti, se fichant bien de heurter quelqu'un avec le tank ridicule qui lui servait de voiture. Mais les gens de cette ville préfèrent raconter que les Thorn sont maudits plutôt que prendre des mesures contre le criminel qui continue de se pavaner en ville. Ils trouvent les Miller *glamours*.

Tous des connards.

Cela dit, si Dominic a vraiment recouvert ma fresque pour que personne d'autre ne la voie, il n'est peut-être pas aussi con que ce que je pensais. Peut-être seulement à quatre-vingt-dix-neuf pour cent.

– Voilà, c'est ce que je voulais te dire, reprend ce dernier pour conclure son petit discours. Et aussi te demander : pourquoi est-ce que tu ne m'aiderais pas dans mes recherches ? Comme ça, tu pourrais mettre ton veto sur ce que tu ne veux pas voir dans *Haunted Land*. Dans la limite du raisonnable, bien sûr. Et tu pourrais me donner certains détails qui me manquent sur l'histoire de Sadie.

Je n'arrive pas vraiment à me concentrer sur ce qu'il dit parce qu'il n'arrête pas de regarder mon croquis d'une façon très perturbante, comme s'il voulait me le piquer.

– Je ne pense pas que ce soit une super idée.

Comme il continue d'observer mon dessin, je l'éloigne en le faisant glisser sur la table. Je me rappelle encore le jour où Freya et lui se sont moqués d'une de mes peintures, peu après leur arrivée au lycée.

– Tu voulais me dire autre chose ?

– J'ai déjà vu ça sur Internet.

– Quoi ?

– La fille dans la tour.

Je fais la moue, ne sachant quoi répondre. Car, s'il n'est pas impossible qu'il ait vu *Plus ou moins mort* sur Internet – mon book en ligne est public –, il y a peu de chances qu'il soit tombé dessus par hasard. C'est peut-être Freya qui le lui a montré, sans doute en soulignant à quel point il était « basique ».

– Ce sont des croquis pour mon projet artistique de fin d'année, dis-je platement. Je fais une bande dessinée.

– Alors elle était de toi, la version que j'ai vue en ligne ? lance-t-il en se penchant vers moi, les mains posées sur le bord de la table, l'air bizarrement… enthousiaste. Incroyable !

– Ce n'est pas un plagiat, si c'est ce que tu insinues.

– Pas du tout, répond-il en secouant la tête. C'est inspiré par Sadie, non ?

– Euh, non…

Il me lance un regard dubitatif.

– Mais elle n'a pas d'yeux.

– Pas encore, je précise.

Il prend une expression que je ne lui avais encore jamais vue – il semble sincèrement intéressé.

– Tu sais, j'ai carrément fait un rêve après avoir vu cette image. La fille dans la tour était là pour surveiller tous les zombies du cimetière, s'assurer qu'ils n'allaient pas sortir de leurs tombes. Mais, bien sûr, ils sortaient quand même, alors elle abaissait un levier sur lequel il était écrit « SEULEMENT EN CAS D'URGENCE ».

Il marque une pause, attendant manifestement une réaction de ma part, et je me rends compte que je me suis penchée vers lui pendant qu'il parlait, comme une de ses groupies. Je me laisse aller en arrière, les bras croisés.

– Et qu'est-ce qu'il s'est passé quand elle a abaissé le levier ?

– La tour a commencé à s'enfoncer dans le sol comme un tire-bouchon, ou un ascenseur tournant menant aux enfers. Et tous les zombies sont entrés par les fenêtres, et la fille a dû les combattre jusqu'à ce que la tour atteigne sa destination et qu'elle puisse ouvrir la trappe dans la cave pour les laisser sortir.

À mesure qu'il prononce ces mots, ils se transforment en images dans ma tête. Je vois tout si nettement – j'ai envie de dessiner. Maintenant.

– Les laisser sortir *où* ?

– En enfer, peut-être ? répond-il en haussant les épaules. C'est à ce moment-là que je me suis réveillé.

Je visualise la scène, mais ce n'est pas l'enfer que j'imagine au bout.

Il y a une trappe dans la cave du manoir, qui mène à ce qu'on appelait « la fosse » – elle servait sans doute de chambre froide avant l'apparition des réfrigérateurs. C'était le seul endroit du manoir que je trouvais flippant. Et voilà qu'il se métamorphose dans mon cerveau en portail conduisant vers l'enfer de Dominic. Je pourrais me baser là-dessus pour…

Zut ! Pourquoi est-ce que ce n'est pas moi qui rêve de ma bande dessinée ? Je ne peux pas me servir de ce qu'il vient de me raconter. Si mon histoire ressemble ne serait-ce que vaguement à celle de Dominic, on pourrait m'accuser de plagiat.

– Alors, qu'est-ce qui se passe ensuite, en vrai ? demande-t-il en se glissant sur la chaise en face de la mienne.

Il semblerait donc que je sois maintenant en train de *bavarder* avec Dominic Miller dans la bibliothèque vide.

– Je n'en sais rien.

Encore ce froncement de sourcils agaçant.

– Tu n'es pas censée rendre ton projet bientôt ?

– Dans deux semaines, je réponds avec raideur. J'ai du mal à trouver une bonne intrigue.

Il garde le silence pendant un long moment, et je me surprends à faire tourner mon crayon entre mes doigts, imitant le mouvement de tire-bouchon de la tour s'enfonçant dans le sol.

– Sers-toi de mon rêve, s'il te plaît, suggère-t-il finalement.

Je ne dis rien.

– Il te plaît ?

– Je ne peux pas prendre ton idée pour mon projet. C'est contraire au règlement de recevoir de l'aide extérieure.

– Seulement pour la réalisation graphique, non ? Pas de l'aide pour l'histoire.

Je suppose qu'il a raison. Après tout, personne d'autre n'invente de scénario pour son projet. Je ne serai même pas notée là-dessus.

– Si tu m'aides à faire des recherches sur Sadie, je t'aiderai même à trouver une fin, reprend-il, une esquisse de sourire au coin des lèvres.

Si je ne savais pas à quoi m'en tenir, je croirais presque qu'il est content.

Et c'est ce qui me ramène brutalement à la réalité. Parce qu'un Miller ne fait jamais rien de gentil pour une Thorn. Et je n'ai pas l'intention de l'aider à fouiner dans l'histoire de ma famille.

– Ouais, mais non. Je vais me débrouiller toute seule.

Je commence à ranger mes affaires.

– Allez, Thorn. J'ai vu tes œuvres. Je pense qu'on pourrait faire une BD géniale ensemble.

– Tu es en train de me dire que tu trouves que mes œuvres sont *bonnes* ? je réplique brusquement, m'attendant à ce qu'il réponde « ça va pas, non ? », comme à Freya ce jour-là, quand ils regardaient mon tableau devant la salle d'arts plastiques.

– Je ne te proposerais pas qu'on travaille ensemble si je ne les trouvais pas bonnes.

Je me lève, rouge d'agacement.

– Et pourquoi tu voudrais travailler avec moi, d'abord, *Miller* ?

Il ne se laisse pas démonter par mon ton cassant. Un sourire couve toujours au coin de ses lèvres. *Pourquoi est-ce que je regarde ses lèvres, au fait ?*

– J'ai toujours voulu écrire un roman graphique, explique-t-il. Mais je ne sais pas dessiner, et je n'ai pas encore trouvé le bon partenaire.

Je cligne lentement des yeux.

– Pourquoi tu ne demandes pas à Freya ?

L'espace d'une seconde, son sourire faiblit.

– Ce n'est pas son truc.

En toute franchise, je suis étonnée que ce soit son truc, à lui. Mais quand même…

– Ce n'est pas une bonne idée.

– Pourquoi ?

Il est sérieux, là ?

– Parce qu'on se déteste.

– Peut-être que *toi*, tu me détestes, rétorque-t-il. Moi, je n'ai pas de sentiments particuliers à ton égard.

– Ce n'est pas le cas de Freya.

– Et alors ? De ce que j'en ai vu, tu le lui rends bien.

– Écoute, tu… tu ne peux pas mettre la main sur le moindre aspect de ma vie, OK ?

– Ce n'est pas moi qui ai acheté ta maison, répond-il, comme si cette discussion l'ennuyait, puis il se lève et passe son sac sur son épaule. Penses-y. Je reviendrai après les cours, au cas où tu déciderais de réussir ton projet.

Et sur ce, il sort d'un pas décidé.

Ce connard ne m'a même pas laissée partir la première.

CHAPITRE 13

L'agacement suscité en moi par l'impatience et l'assurance démesurée de Dominic me distrait pendant toute la journée. J'accepte avec reconnaissance tout ce qui peut détourner mes pensées de mes parents, même si ça vient de Dominic Miller.

Pendant la dernière heure de cours, je raconte toute notre conversation à une Daphné captivée, qui reste figée, le pinceau en l'air au-dessus du tableau sur lequel elle travaille. Un autoportrait dans lequel sa tête, détachée de son corps, flotte au-dessus d'une mer de billes en verre bleues, et où un chat roux dort dans un coin, au-dessus de sa tempe gauche. Elle l'a intitulé *Paix intérieure*. Grâce au mélange chaleureux des couleurs – les bruns de sa peau, de ses yeux, de ses cheveux, et le bleu et le turquoise des billes qui évoquent un océan tropical –, cette œuvre dégage en effet quelque chose d'étrangement paisible, malgré la décapitation.

– Alors, qu'est-ce que je devrais faire, à ton avis ? je conclus.

– Tu sais pourquoi tu me demandes mon avis, pas vrai ?

– Parce que j'ai pas envie de tout t'expliquer plus tard par texto ?

Elle secoue la tête.

– Il t'a proposé de travailler avec toi sur ta BD ce matin. Tu as sans doute passé toute la journée à chercher de bonnes raisons de refuser son aide alors que ses suggestions te plaisent. Et, maintenant que tu es à court d'excuses pourries, tu veux que je t'en trouve d'autres. Mais tu es déjà en train de dessiner ces nouvelles cases, non ? Après une seule conversation avec lui !

C'est Mlle Shannon qui surveille le cours aujourd'hui, et elle a eu l'air super contente quand elle a vu que j'avançais enfin sur mon projet. Avec un peu de chance, elle prendra ça en compte au moment de décider qui nominer pour le programme d'art de cet été.

– En plus, si tu l'aides à écrire l'épisode de *Haunted Land* sur Sadie, tu auras ton mot à dire sur le contenu. Comme ça, au moins, pas de mauvaises surprises.

Je lance un regard plein de ressentiment à ma planche de dessins.

– Mes excuses pour ne pas travailler avec lui ne sont pas « pourries ». Son père a tué mes parents. C'est dur de dépasser ça.

– Je sais, répond mon amie en me souriant d'un air compatissant, mais Dominic n'est pas son père. Et s'il peut t'aider...

Elle n'a pas besoin d'enfoncer le clou. Je sais qu'elle a raison. Si je veux avoir le moindre espoir d'obtenir mon diplôme, sans parler d'être choisie pour le programme, il va falloir que je fasse ami-ami avec Dominic Miller.

Quand je vais à la bibliothèque à la fin de la journée, Dominic n'est pas là. Je voulais juste lui dire que je ne pouvais pas travailler sur la BD aujourd'hui, mais apparemment, il a déjà changé d'avis.

Et merde. Quelle idiote d'avoir fait confiance à un Miller – ne serait-ce qu'une seconde.

Le parking est quasiment vide lorsque je le quitte en dérapant – dans ma mauvaise humeur, j'ai oublié la couche de neige fraîche. En une minute, toutes les vitres de Bessie se couvrent de buée. Je mets le clignotant et me gare sur le bas-côté en attendant qu'elle se dissipe. Mes phares se posent alors sur une personne assise sur une souche d'arbre. De grands sapins bordent cette portion de route, et le crépuscule tombe déjà, trouble et gris. Cette personne risque l'hypothermie.

Sans doute un psychopathe espérant attirer une imbécile bien intentionnée pour l'assassiner sauvagement, me dis-je en ouvrant ma portière.

Et ainsi mourut Ava Thorn.

Quand je descends de voiture, je m'aperçois que l'inconnu, voûté, tient son visage entre ses mains.

– Euh, salut… Est-ce que ça va ?

La neige craque sous mes bottes alors que je me dirige vers l'inconnu qui marmonne quelque chose, trop bas pour que je comprenne.

– Comment ?

Il ne répond pas, mais je comprends à sa façon de couvrir ses yeux que les phares le gênent. Je me dépêche d'aller les éteindre. Il relève lentement la tête. Il a le teint gris, et ses yeux sont bizarres. Il a l'air défoncé.

– ÉTEINS LA LUMIÈRE !

Ce beuglement me fait sursauter, et je suis à deux doigts de rejoindre ma voiture en courant quand je reconnais cette voix.

– Dominic ? Mais qu'est-ce que tu fous ici ?

– Qu'est-ce qui t'arrive ? Et pourquoi tu es assis ici ?

– J'ai une migraine.

Il a les dents qui claquent, et je ne l'avais jamais entendu parler d'une voix aussi rauque. Ça lui apprendra à me crier dessus.

– Monte dans la voiture. Je vais te ramener chez toi.

Les vitres se sont désembuées. Il attache sa ceinture, les mains tremblantes. Je mets le chauffage au maximum.

– Tu es là depuis longtemps ? je demande en regagnant la route.

Chaque fois qu'une voiture passe en sens inverse, il ferme les yeux en gémissant.

– Je ne sais pas trop, répond-il au bout d'un moment.

Je fais la grimace, mais pas de commentaire. Il aurait pu mourir de froid.

– Pourquoi tu n'as pas appelé quelqu'un pour qu'on vienne te chercher ?

– Je ne voyais pas mon téléphone.

– Tu n'as pas prévenu quelqu'un que tu partais du lycée ? Pourquoi tu n'as pas…

– Moins fort, dit-il, presque dans un grognement. *S'il te plaît.*

J'obtempère uniquement parce qu'il a vraiment l'air de souffrir. Je devrais me réjouir de voir un Miller dans cet état, mais il faut croire que je ne suis pas aussi sanguine que l'auraient voulu mes ancêtres.

Quand nous parvenons au portail du manoir, le ciel est d'un gris ardoise pesant, prêt à lâcher de la neige fraîche dans la soirée. *Quelle bande de menteurs, à la météo.*

– OK, bon…

J'attends que Dominic descende de voiture mais, au lieu de ça, il sort de son sac la télécommande pour ouvrir le portail. Celui-ci arbore encore le nom de ma famille ; je suppose que Madoc n'a pas eu le temps de le faire changer. Va-t-il le renommer le *manoir Miller* ?

Dominic ne bouge toujours pas, m'obligeant à rompre à nouveau le silence.

– Je ne pense pas que ce soit une super idée que je te conduise jusque devant chez toi. Ça risque de stresser tes parents, non ?

– Ils ne sont pas là, répond-il d'une voix un peu plus forte, bien que sa peau soit encore d'une vilaine teinte grise. Freya non plus. Il n'y a personne à la maison.

Voilà qui explique pourquoi il était sur le bord de la route.

Je m'engage lentement dans l'allée. Mes pneus crissent avec hésitation sur le chemin en gravier.

Je ressens soudain une envie écrasante de faire demi-tour et d'enfoncer l'accélérateur. Je ne suis plus chez moi ici. C'est comme retrouver votre pull préféré au fond du placard et vous rendre compte qu'il ne vous va plus.

Pour couronner le tout, les Miller ont repeint le manoir dans une couleur que je qualifierais de pistache pâle.

– Sérieux ? je marmonne.

– Quoi ?

– Rien. Au fait, pourquoi ta voiture n'était pas au lycée ? je demande, plus pour penser à autre chose que par réelle envie de le savoir.

– Freya me l'a empruntée. Elle devait faire une séance photo pour un catalogue à…

Il ne finit pas sa phrase. Je pense d'abord que l'horrible vert du manoir a relancé sa migraine, mais il regarde en fronçant les sourcils quelque chose devant nous. Alors, je la vois aussi : sa Porsche noire reluisante, garée devant le manoir.

– Elle a dû trouver une autre façon d'y aller, dit-il.

Peut-être avec le petit copain secret dont tu ignores l'existence, je pense. N'était-ce pas aujourd'hui qu'elle avait son rendez-vous chelou avec la personne à qui elle parlait l'autre jour au téléphone ?

Mais ça ne me regarde pas, et je n'ai pas envie d'expliquer comment je suis au courant.

J'observe le manoir avec méfiance, m'attendant à voir le visage mesquin de Freya me jeter un regard noir depuis l'une des fenêtres, mais il est plongé dans le noir. Il semble n'y avoir personne.

– Est-ce que ça va aller ?

Dominic hoche rapidement la tête et ouvre la portière. Une bouffée d'air glacé s'engouffre dans la voiture.

– Le pire est passé. Il faut juste que je dorme. Merci, Thorn. Et désolé de ne pas t'avoir prévenue que je ne pourrais pas te retrouver à la bibliothèque après les cours. Je voulais t'envoyer un texto, mais je me suis rendu compte que je n'avais pas ton numéro. Ça pourrait être bien, si on veut travailler ensemble sur ce roman graphique. Et sur mes recherches à propos de Sadie.

– Je n'ai jamais dit que j'étais d'accord, ni pour l'un ni pour l'autre, je lui fais remarquer, mais il se contente de sourire d'un air suffisant.

– L'autre jour, à la bibliothèque, j'ai trouvé plusieurs articles sur Sadie, et sur deux de tes ancêtres, je crois… Tu aimerais les voir ?

– Oui, dis-je en soupirant.

– Tiens. Entre ton numéro.

Il me tend son téléphone. Pendant une fraction de seconde, je me demande s'il contient la vidéo de moi me ridiculisant hier soir sur le pont – je suis tentée de vérifier, pour voir s'il l'a partagée avec quelqu'un. Mais je n'en fais rien. Je rentre mon numéro et je lui rends son portable.

– Salut, Pomona, ricane-t-il.

– C'est mon deuxième prénom. *Avalon Pomona.*

Mes parents voulaient tous les deux me donner un prénom en rapport avec les pommes, en référence à l'entreprise familiale, mais comme ils n'arrivaient pas à se décider, j'ai eu droit aux deux. (Et à presque dix-sept ans des blagues de mon père sur « le fruit de mes entrailles ».)

– Je me suis dit que tu n'aurais pas envie que quelqu'un voie mon prénom apparaître sur ton écran, j'explique.

– Mes parents trouveraient sûrement ça un peu bizarre, mais ils ne se fâcheraient pas, dit-il avant de froncer les sourcils en voyant mon expression franchement dubitative. Freya, par contre…

Pas besoin qu'il aille au bout de sa pensée.

Néanmoins, je suis quasiment sûre qu'il se trompe à propos de ses parents – après tout, Madoc aurait eu une année entière pour nous tendre la main, à oncle Ty et moi, s'il avait voulu enterrer la hache de guerre.

Dominic m'envoie aussitôt une série d'images sur WhatsApp. On dirait des articles de journaux.

– Comme ça, tu as mon numéro. Je n'ai pas de deuxième prénom, par contre. Sous quel nom tu vas m'enregistrer ?

– Je suis sûre de trouver quelque chose.

Il entre dans la maison. Je dois attendre que mes vitres de nouveau embuées s'éclaircissent *trèèès* lentement.

Mes yeux dérivent en direction du verger. La silhouette vague et floue des arbres se découpe, sombre, sur le ciel lourd de neige.

Dominic prétend avoir recouvert ma fresque. Je le crois, mais ça ne coûte rien de vérifier, si ?

Sans me laisser le temps de changer d'avis, je suis déjà en train de marcher à grands pas sur le sentier gravillonné.

Même si les pommiers sont morts – et, de toute manière, ils seraient normalement à peine en train de bourgeonner –, j'ai l'impression qu'ils ont entrelacé leurs branches nues comme un bouclier pour m'empêcher d'entrer dans ce verger qui ne m'appartient plus. Mâchoires serrées, je me fraie un chemin jusqu'au pavillon. Il y a de petites taches rouges au sol, par endroits – là où les fruits tombés des arbres ont saigné à mort, année après année. Je sens encore leur odeur, comme si c'étaient des cadavres en décomposition.

Je regarde l'heure sur mon téléphone avant de le ranger dans ma poche. J'arriverai un peu en retard à la maison, mais pas trop. Si je rentre directement après ça, oncle Ty et Carolyn ne me poseront pas de questions, et on pourra aller au cimetière tous ensemble, comme prévu.

Quelque chose détale dans les branches au-dessus de moi, et mon cœur s'accélère. Je scrute les arbres, à la recherche d'un oiseau, d'un écureuil. Il n'y a rien.

Pourtant, je sens quelque chose. Comme si une personne m'observait, cachée derrière un arbre. Ça me rappelle la présence que j'imaginais parfois sentir dans le manoir, mais en plus intense : je suis une intruse, désormais.

Non. C'est ridicule.

Je suis toujours une sanguine de Thorn. Et aucun fichu fantôme ne m'espionne.

Je me déplace lentement, aussi discrètement que possible, regardant malgré moi dans toutes les directions. Je suis toute seule. Je n'arrête pas de me le répéter, dans l'espoir de m'en convaincre.

Lorsque j'arrive devant le pavillon, un oiseau pousse un cri perçant et je trébuche sur une racine d'arbre. J'atterris lourdement à quatre pattes dans l'embrasure de la porte ouverte. Ma main droite, gantée, est enfouie sous une pile de feuilles sans doute emportées jusqu'ici par le vent. Je suis en train de la secouer pour m'en débarrasser quand je vois mon téléphone sur le sol en pierre, et des fissures en toile d'araignée sur mon écran.

– Putain d'oiseau débile ! je hurle, bien qu'il soit probablement déjà parti.

Je n'ai aucune idée de ce que coûte un nouvel écran, mais ce sera toujours trop pour moi. Je fourre mon téléphone dans la poche de mon manteau, furieuse, et me lève en époussetant mes genoux. Alors, je relève les yeux.

Je hurle en m'agrippant la poitrine, comme une demoiselle en détresse dans un film en noir et blanc. Freya est assise sur le banc en pierre, contre le mur peint en noir, portant encore ses lentilles de contact flippantes de Dead-Eye-Sadie.

– Bon sang, Freya ! Ça va pas ou quoi ?

Elle ne répond pas. Elle ne bouge pas. Elle reste assise là à me regarder de ses yeux morts, ses mains pâles posées sur ses genoux, comme si elle attendait quelque chose.

Ses yeux morts…

– Freya ? je demande d'une voix rauque.

Parce qu'elle ne bouge pas *du tout*. Alors que ma vision s'ajuste à la pénombre, je m'aperçois qu'en réalité, elle ne porte pas de lentilles de contact.

Ses yeux ne ressemblent même pas à des yeux.

Ce sont des trous béants.

Je me remets à hurler.

CHAPITRE 14

Il y a des moments où l'on perd complètement la notion du temps. Pendant l'accident qui a tué mes parents, par exemple. Et aujourd'hui.

Je la regarde, assise là sur ce banc en pierre, des trous ensanglantés à la place des yeux, les mains sur ses genoux, le corps légèrement affalé contre le mur du pavillon. Le mur que Dominic a repeint en noir pour moi. Par contraste, les cheveux roux de Freya paraissent encore plus éblouissants, même s'ils sont poisseux de sang par endroits.

Je tends lentement une main tremblante vers son visage. On ne dirait même plus Freya. Mon cerveau cherche machinalement des explications rationnelles, incapable d'accepter la monstruosité de ce qui lui a été fait : ce n'est sans doute qu'un mannequin, un accessoire pour l'un de leurs épisodes. Elle me joue encore un tour, hahahahaha.

Alors que ma main hésite près de son visage, je remarque des taches rouges sur le banc. Des traînées rouges sur la pierre rugueuse. Des empreintes de main, je crois. Certaines sont grosses, une autre fait exactement la taille de la mienne, si je mets ma main *juste comme ça*. Je retire mon gant. Oui, une correspondance presque parfaite.

Je passe le bout des doigts sur les joues maculées de sang de Freya. Je n'ai jamais rien touché d'aussi froid.

– Ava ? Est-ce que ça va ? J'ai entendu hurler…

Le temps reprend brutalement son cours, entraînant Dominic dans son cruel mouvement. Il regarde derrière moi. Se précipite vers sa sœur. Je ne peux rien faire d'autre que le regarder chercher son pouls, en vain. Il lui parle d'une voix aiguë, paniquée. Commence un massage cardiaque, lui fait du bouche-à-bouche. Je voudrais lui dire d'arrêter, car je vois bien que c'est trop tard. Mais je garde le silence. Il ne voudrait pas l'entendre, et je ne veux pas être celle qui brisera cet espoir.

– Dominic, je finis par murmurer.

Je crois qu'il ne m'a pas entendue, jusqu'à ce qu'il relève la tête. Son visage aussi est maculé de sang désormais. Il me lance son téléphone.

– Appelle une ambulance !

Je hoche la tête, mais il s'est déjà remis à s'activer sur le cadavre de sa sœur.

– Mademoiselle Thorn ? Ava ?

Je cligne des yeux et regarde les flics assis en face de moi, de l'autre côté de la table. Celui qui pose les questions – l'inspecteur Holden, si je me souviens bien – est un homme blanc et sec d'une cinquantaine d'années. Il porte un costume gris froissé avec une cravate desserrée. Je suppose qu'il avait fini sa journée de travail. L'autre, l'agent Cordell, est une femme noire, plus jeune, en uniforme. Elle n'a pas dit grand-chose, mais elle m'adresse un signe de tête chaque fois qu'elle croise mon regard. Je ne sais pas si c'est censé me rassurer ou juste me montrer qu'elle me tient à l'œil.

– Désolée, quelle était la question ?

Ça fait un moment que je suis là… Une heure ? Deux ? La peinture grise de cette pièce carrée, sans fenêtre, absorbe comme une éponge la lumière autant que l'envie de vivre.

Quand je suis arrivée, ils ont pris mes empreintes. Fait un prélèvement sous mes ongles. Retiré mes chaussures pour les placer dans des sacs en plastique, « juste pour écarter toute concordance ». Je porte donc une vieille paire de baskets d'oncle Ty, qu'il avait dans son coffre, et je garde mes bras serrés autour de moi parce que je ne peux pas m'arrêter de trembler, alors qu'il fait bon dans le commissariat.

Oncle Ty est assis à côté de moi, pâle et transpirant à cause de la fièvre. Il était encore au lit quand les flics l'ont appelé pour lui demander de venir me rejoindre au commissariat. Je suis étonnée qu'il n'ait pas chargé Carolyn de venir à sa place. Peut-être qu'il a senti que c'était important. En tout cas, je suis si contente d'être avec lui…

– Je suis désolé de revenir là-dessus, dit Holden. Il faut juste qu'on soit sûrs d'avoir tous les détails tant qu'ils sont encore frais dans ta mémoire, tu comprends ? Peux-tu m'expliquer pourquoi tu es allée dans le pavillon ?

Je jette un coup d'œil à oncle Ty, mais il fixe le mur du fond comme un zombie. Sous cet éclairage cru, il paraît presque un peu vert.

– Quand je vivais au manoir, j'ai peint l'intérieur du pavillon – un peu comme des cases de bande dessinée, mais qui racontaient l'histoire de notre famille. Une sorte de mémorial après la mort de mes parents. Je voulais repeindre par-dessus avant qu'on déménage, mais je n'en ai pas eu l'occasion.

L'inspecteur Holden hoche la tête.

– Alors c'est pour ça que tu y es allée ?

– Euh, non. Pas exactement, je réponds en jetant un autre regard à mon oncle. Dominic m'a dit qu'il l'avait fait, et je… je voulais juste vérifier.

– Et après avoir trouvé le corps de Mlle Miller, que s'est-il passé ? L'as-tu déplacé ? As-tu touché quoi que ce soit d'autre à l'intérieur du pavillon ?

J'essaie de réfléchir, sourcils froncés. Les images reviennent d'elles-mêmes. Mon hurlement qui a semblé durer une éternité. Les orbites vides de Freya qui semblaient aussi me hurler dessus. Et puis Dominic… Je me rappelle qu'il est apparu dans l'embrasure de la porte, qu'il m'a demandé ce qui se passait. Qu'il a regardé derrière moi.

Sa sœur assise contre le mur noir et froid.

– Je… Non. J'ai touché son visage parce que je n'étais pas sûre qu'elle…

C'est un mensonge. Je savais qu'elle était morte, mais ça me paraissait impossible.

– Dominic est entré à ce moment-là.

– Donc entre le moment où tu es arrivée au manoir avec Dominic et celui où tu as découvert le corps, combien de temps s'est écoulé, d'après toi ?

Je plisse le front.

– Pas longtemps. Moins de cinq minutes, je dirais.

L'agent Cordell note quelque chose, mais je ne vois pas quoi – peut-être qu'elle veut vérifier si je suis restée seule assez longtemps pour assassiner Freya et lui arracher les yeux.

– Et ensuite ? demande l'inspecteur Holden d'une voix douce.

– Dominic a essayé de la réanimer, mais je voyais bien qu'elle était partie.

L'inspecteur se tapote le menton avec le bout de son stylo.

– À quoi tu voyais ça ?

Elle était trop froide, ai-je envie de répondre. *Trop pâle, ses lèvres étaient bleu-gris sous les traces de sang.*

– J'étais avec mes parents quand ils sont morts, dis-je à la place. Je sais à quoi ressemble un mort.

Oncle Ty agrippe mon bras, regardant toujours l'inspecteur. Pour un observateur extérieur, ça a probablement l'air d'un geste de réconfort, mais je comprends instinctivement en voyant sa bouche crispée qu'il veut que je me taise.

– Est-ce que M. et Mme Miller sont rentrés ? je demande.

À cet instant précis, je me fiche que ce soit nos ennemis ; je ne supporte pas l'idée que Dominic soit tout seul. Si oncle Ty et Carolyn n'avaient pas été là pour moi l'année dernière, je me serais complètement effondrée. Je ne souhaite pas ça à Dominic. Ni à personne.

– Ils devraient arriver d'une minute à l'autre, répond l'inspecteur. Tu les connais ? M. et Mme Miller ?

Je n'ai pas besoin d'une main sur mon bras pour savoir qu'il faut que je réponde avec prudence.

– Pas très bien. Ils ont acheté le manoir…

Je hausse les épaules, comme si ça suffisait à expliquer les liens entre nos deux familles.

– Mais tu connaissais Freya du lycée, non ?

– On est ensemble en cours d'art.

– Vous n'étiez pas amies ? insiste-t-il.

– Il se fait tard, intervient oncle Ty d'une voix bourrue. Je pense qu'il est temps que je ramène ma nièce à la maison.

– Une dernière question, si tu veux bien, Ava, reprend Holden, qui n'attend ni le feu vert de mon oncle ni le mien. Qui aurait pu vouloir faire du mal à Freya, d'après toi ?

Une boule froide et dure se forme dans ma poitrine.

À part moi ?

– Je ne sais pas.

– Elle ne s'est pas brouillée avec quelqu'un dernièrement ? Une amie, un petit ami, une petite amie… ?

Il écarte les mains, m'invitant à les remplir de pistes.

Je m'apprête à répondre que rien ne me vient, mais je repense alors au soir où j'ai surpris sa conversation téléphonique.

– Elle avait un… un copain, je pense. Je l'ai entendue parler au téléphone dimanche soir. Je ne sais pas du tout s'ils se sont disputés ou quoi que ce soit, mais je ne crois pas que les gens savaient que Freya… eh bien, qu'elle fréquentait quelqu'un.

Je vois du coin de l'œil que l'agent Cordell écrit autre chose dans son carnet, mais c'est Holden qui demande :

– Où étais-tu quand tu as surpris cette conversation ?

– Au manoir. Enfin, dans le parc. J'étais venue… chercher mon ami, Ford.

– Te souviens-tu de quelle heure il était ? demande-t-il après une pause.

– Aux alentours de vingt heures trente.

En fait, je ne m'en souviens pas, mais j'ai quitté le cottage juste après le dîner, alors ça devait être dans ces eaux-là.

– Je crois qu'elle prévoyait de le voir aujourd'hui.

– As-tu entendu un nom ?

– Je suis sûr qu'Ava l'aurait mentionné, inspecteur, intervient oncle Ty d'un ton las. Et ça fait plus qu'une question.

Holden sourit, mais c'est un sourire de façade.

– Bien sûr. Néanmoins, nous aurons sans doute d'autres questions à poser à Ava au fil de l'enquête. Vous ne prévoyez pas de quitter la ville dans les prochaines semaines, monsieur Thorn ?

– Non, inspecteur. On ne va nulle part.

Il est tard quand on rentre du commissariat. Les fenêtres du cottage sont toutes noires.

Comme des yeux morts…

Oncle Ty s'apprête à sortir de la voiture, mais je le retiens.

– Tu penses que la mort de Freya a quelque chose à voir avec cette fille qui est remontée à la surface l'autre jour ? je demande.

– Aucune idée. Les flics verront bien si c'est lié ou non.

– Mais cette fille s'est noyée. C'était un accident. Ce qui est arrivé à Freya n'avait rien d'accidentel. Donc ça ne peut pas vraiment être lié, pas vrai ?

Il souffle lentement par le nez avant de répondre.

– C'est à se demander…

– Quoi ?

– S'il n'y a pas du vrai dans ces histoires sur Sadie. Peut-être qu'elle veut récupérer ses yeux.

– Tu plaisantes ?

Je m'attends à ce qu'il se fende d'un grand sourire, même si ce n'est vraiment pas le moment de faire des blagues. Mais il se contente de me fixer pendant un long moment, puis il hausse les épaules et se détourne.

Bien sûr que j'y ai pensé, moi aussi – des yeux arrachés, ce n'est pas anodin. Mais oncle Ty n'a jamais cru à Sadie. Quand j'étais petite, il me taquinait en me racontant des histoires sur « la sorcière fantôme qui voulait m'attraper » – déjà à l'époque, il était évident qu'il n'y croyait pas.

À moins que toutes ses pitreries aient eu pour but de dissimuler ses peurs…

Mais quand bien même il y aurait une once de vérité là-dedans, les histoires de ma mère sur Sadie la montraient toujours qui avertissaient les gens : « soyez prudents, quelque chose de dangereux se prépare ». Ce n'était jamais *elle*, le danger. Du moins, c'est ainsi que je le comprenais.

– Ça va, gamine ? me demande mon oncle.

Je hoche lentement la tête.

– Et toi ? Tu as une mine épouvantable. Je suis désolée de t'avoir forcé à sortir alors que tu es malade…

– Ne t'en fais pas pour ça. Tu es sûre que ça va ? Je sais que ce n'est pas la première fois que tu te retrouves face à un cadavre, mais justement, tu pourrais te sentir d'autant plus… je ne sais pas… perturbée par tout ça.

J'inspire profondément et relâche lentement mon souffle, comme le Dr Ehrenfeld m'a appris à le faire.

– Je vais aussi bien qu'il est raisonnablement possible d'aller. Si ça change, je te préviendrai.

– D'accord, dit-il en hochant la tête. Bon, pourquoi tu étais au manoir, en vrai ? Il y a quelque chose entre toi et le fils Miller ?

Je vois bien qu'il essaie de garder un ton neutre, mais j'entends quand même la dureté dans sa voix. Les Thorn ne traînent pas avec les Miller.

– Bien sûr que non. C'est ce que j'ai dit aux flics : je l'ai vu assis au bord de la route, et je ne pouvais quand même pas le laisser mourir de froid, si ?

Il expire lentement par le nez.

– Non. Bien sûr que non.

Quand je regarde mon téléphone, je vois une tonne de messages et d'appels en absence. Mais ce n'est pas ça qui me fait un choc. C'est que mon écran est parfaitement intact – aucune fissure, à part une minuscule dans un coin, qui est là depuis super longtemps. J'étais persuadée de l'avoir bousillé quand je l'ai ramassé dans le pavillon, juste avant de voir… bref.

C'était sans doute une illusion d'optique. Peut-être l'ombre des branches de pommiers.

La plupart des messages viennent de Daphné et Carla, bien sûr. C'est le père de Daphné qui est arrivé en premier au manoir tout à l'heure, ce n'est donc pas surprenant qu'elle et Carla soient déjà au courant pour Freya.

Je réponds au dernier message.

Ava : Je viens de rentrer.

Daphné : Ça va ?

Carla : Qu'est-ce qui s'est passé, putain ?! C'est dingue !!!

Je tape et efface une réponse au moins dix fois avant d'abandonner. Je ne sais tout simplement pas quoi dire.

Ava : Suis vraiment crevée. On se parle demain.

Je jette mon téléphone sur la table de nuit, puis je vais me doucher. Je n'arriverai jamais à dormir si je ne me lave pas. Aussi irrationnel que ce soit – après tout, j'ai à peine effleuré le visage de Freya du bout des doigts –, j'ai l'impression qu'une couche de je-ne-sais-quoi recouvre ma peau. Pas de crasse ni de sueur, mais de *mort*. De l'eau ne suffira sûrement pas à m'en débarrasser, mais je vais quand même essayer.

Après avoir enfilé mon pyjama le plus confortable, je retourne dans ma chambre sans prendre la peine d'allumer. Mais alors que je vais tirer les rideaux, un éclair illumine la rivière. Dans ce flash blanc, je vois Freya appuyée contre le mur noir du pavillon, avec deux trous sombres sur son visage pâle, à la place des yeux.

Comme Sadie.

Je cligne des yeux pour chasser cette image, l'effacer de mon cerveau, quand mon téléphone se met à vibrer.

– Tu fais chier, Ford ! dis-je en voyant son nom sur l'écran.

Ford : Tu dors ?

Au lieu de lui écrire un message, je l'appelle. Il répond au bout de quatre sonneries.

– Est-ce que ça va ? Je suis au courant pour Freya.

Je me prépare à répondre que je vais bien, à sourire, mais je n'y arrive pas.

– Non. Pas vraiment… et toi ?

Je m'en veux d'avoir tant de mal à lui poser cette question toute simple : ce n'est pas le moment d'être mesquine. D'accord, Ford a passé du temps avec les jumeaux Miller ces derniers jours, et alors ? Ce n'est pas un crime. Et apprendre la mort de Freya a dû lui faire drôle, à lui aussi.

– Je suis complètement flippé, pour être honnête. Qu'est-ce qui s'est passé ?

– Je… Est-ce qu'on peut ne pas parler de ça ce soir ? J'ai déjà passé des heures avec les flics, et je suis vraiment fatiguée…

– Est-ce qu'ils ont déjà arrêté quelqu'un ? Est-ce que Daphné est au courant ? Elle te raconte toujours immédiatement ce genre de choses, non ?

Je soupire.

– Je ne pense pas qu'ils aient arrêté quelqu'un. Ça ne fait que quelques heures.

Il y a une pause tandis qu'il prépare une autre question.

– Qui l'a tuée, d'après toi ?

– Aucune idée.

– Vraiment pas ?

Je m'assieds sur mon lit, appuie ma tête contre le mur. Puis je repense à la posture de Freya et je me redresse.

– Et toi, tu penses que c'est qui ?

– J'en sais rien. Si on m'avait demandé hier qui était la personne qui aurait le plus envie de voir Freya morte, j'aurais dit que c'était : toi.

– C'est pas drôle.

– Désolé. Mais c'est vrai.

Je l'imagine en train de hausser les épaules, comme s'il venait d'énoncer une évidence. Est-ce que tout le monde au lycée va penser la même chose ? Que je suis une *suspecte* ?

Est-ce que les flics penseront ça quand ils découvriront toute l'histoire entre ma famille et les Miller ? Et qu'on se détestait, Freya et moi ?

Parce que j'ai vu suffisamment de séries policières pour savoir qu'ils chercheront à savoir qui étaient les ennemis de Freya. Et Ford a raison : je suis en haut de la liste.

CHAPITRE 15

Une brindille craque sous mon pied, mais la chouette à face blanche que je vois distinctement à travers les branches du pommier ne bouge pas. Elle ne fait pas un bruit. Elle reste là, à m'observer, alors que je m'avance dans le verger.

Il faut que je rejoigne le pavillon. C'est important. Sinon, quelque chose de grave va se passer…

Les branches s'écartent devant moi, le chemin se dégage. Le pavillon n'est plus qu'à quelques pas désormais, mais une obscurité impénétrable règne à l'intérieur.

Pour la première fois, j'hésite. Est-ce que quelque chose de grave va se passer… ou est-ce que c'est déjà arrivé ?

Je n'ai pas le temps de trouver la réponse. Je me sens attirée vers l'avant, comme si l'obscurité tendait ses bras vers moi.

Juste au moment où je passe le seuil, mon pied se prend dans quelque chose et je tombe en avant dans… la voiture de mes parents.

Je regarde autour de moi, la tête remplie de ce silence retentissant qui m'indique que quelque chose de terrible vient de se produire.

– Maman ? Papa ?

Ils ne répondent pas. Alors, je comprends pourquoi. Ils ne sont pas attachés tête en bas à leurs sièges. Ils ne sont pas là du tout.

Pourtant, il y a quelqu'un.

Ses cheveux roux tombent en cascade jusqu'au sol, ou plutôt au toit de la voiture, et elle me regarde, bouche bée, de ses yeux vides. Elle est si pâle. Si immobile. Et puis elle se met à bouger.

Sa bouche s'ouvre encore plus grand, puis se referme brusquement. Ouverte, fermée. Ouverte...

Maintenant, c'est moi qui ne bouge plus. Je suis tétanisée. Je ne peux que regarder ses mâchoires s'écarter en grand, puis se refermer, comme hypnotisée.

Quelque chose coule de son orbite, trace une ligne fine sur son front. Du sang, je pense. Sauf que non, pas vraiment. L'épais liquide noir qui suinte de ses orbites s'écoule le long de ses cheveux.

Ploc, ploc, ploc.

Ce qui n'était qu'un filet au début se transforme en rivière. Une cascade d'obscurité teint ses cheveux en noir.

Et le tintement dans mes oreilles devient plus fort, prend forme. Une voix. Sa voix. Mais pas celle de Freya. Parce que ce n'est plus Freya.

C'est Sadie. Et elle m'appelle de sa voix rauque, éteinte depuis si longtemps.

« *On doit tous ramper on doit tous ramper on doit tous ramper on doit tous ramper on doit tous ramper on doit tous ramper on doit tous ramper on doit tous ramper ON DOIT TOUS RAMPER...* »

Elle se libère de la ceinture qui la retenait et se fraie un chemin jusqu'à moi sur le tapis de verre brisé. Elle va m'attraper. Elle tend vers moi ses doigts recourbés comme des griffes.

Le cri d'une chouette interrompt son mantra et débloque mes membres.

Je me réveille en sursaut, haletant dans le noir. Je regarde autour de moi, désorientée, et puis je reconnais ma chambre, dans le moulin. La petite fenêtre ronde. Mon bureau. Mon lit.

J'allume mon téléphone et vois qu'il est une heure à peine passée.

Petit à petit, mon cœur cesse de tambouriner aussi fort contre ma cage thoracique – même quand la chouette pousse un cri strident au-dessus de moi, dans le grenier.

J'entends les murmures à l'instant même où je mets les pieds au lycée. Tout le monde parle de la même chose.

« ... assassinée ... »

« ... yeux arrachés ... »

« ... Sadie ... ? »

« ... Sadie ... ? »

« ... SADIE ... ? »

Un petit autel a même été installé devant le casier de Freya. Quelqu'un a déposé quelques photos d'elle encadrées, à côté d'un faux crâne argenté entouré de bougies électriques à la flamme artificiellement vacillante. Il y a aussi un vase rempli d'arums violet foncé et, au-dessus, en travers du casier, quelqu'un a écrit « R.I.P. FREYA » avec ce qui ressemble à du sang, même si c'est probablement du vernis à ongles rouge.

La proviseure Gower convoque une assemblée spéciale pour annoncer à tout le monde la mort de Freya. Elle n'aurait pas dû prendre cette peine. Tout le monde est déjà au courant.

Je m'appuie contre le dossier de ma chaise, essayant d'apaiser ma respiration. J'ai peur de me mettre à pleurer, ou à vomir, mais il ne faut pas. Pas ici. Surtout après les mots sévères d'oncle Ty au petit déjeuner, quand j'ai tenté de lui soutirer un mot d'excuse pour rester à la maison.

« Tu dois les affronter la tête haute, Ava. C'est ce que font les Thorn. »

Ça m'a fait drôle d'entendre oncle Ty répéter les mots qu'utilisait toujours mon père pour lui faire la morale. Je suppose qu'on peut encore au moins se transmettre ça, dans la famille.

La proviseure nous épargne les détails de la mort de Freya.

– Disparue ... si inattendu ... une perte tragique ...

Elle offre des moues compatissantes et propose des séances de soutien psychologique aux élèves qui ont du mal à gérer la nouvelle. Il y a beaucoup d'yeux rouges et gonflés autour de moi. Pourtant, je pense que la moitié de ces élèves ne connaissaient pas Freya au-delà des vidéos débiles de *Haunted Land*. Ce qui soulève d'ailleurs une autre question : quand les médias vont-ils se pointer ? Parce que ça avait beau m'exaspérer, le fait est que Freya était une sorte de célébrité. Sa mort devrait au moins intéresser les médias régionaux, sinon nationaux.

Je ravale ma salive. Je détestais Freya, et je ne vais pas prétendre le contraire sous prétexte qu'elle est morte. N'empêche que je trouverais dégueulasse que sa mort devienne une attraction.

– Mes pensées et mes prières vont à la famille de Freya, poursuit la proviseure, et en particulier à son frère, Dominic – tout comme les vôtres, je n'en doute pas.

Dominic. Je me demande comment il vit tout ça. Enfin, j'ai bien une petite idée… Tout ça ne m'est pas entièrement inconnu. C'est peut-être pour ça que j'ai le sentiment que je devrais… je ne sais pas… le contacter ? Est-ce que ce serait bizarre ?

Je griffonne distraitement dans mon carnet et laisse le discours de la proviseure se brouiller en arrière-plan. Ce n'est qu'au moment où Carla me donne un coup de coude, provoquant une rature d'encre noire à travers la page, que je me rends compte de ce que j'ai dessiné : un visage sans yeux, étiré dans un hurlement inhumain.

Un visage qui ressemble beaucoup à celui de Freya.

Ou de Sadie ?

Je ferme mon carnet.

Alors qu'on sort en file indienne de la salle commune, j'ai l'impression que tout le monde se déplace trop vite, a le regard trop pétillant. Ils se délectent tous des ragots. Mais après tout, ça n'a rien d'étonnant. C'est le lycée de Burden Falls. S'ils pouvaient, les gens se rouleraient dedans avec joie.

Et tout le monde a fait le lien avec Sadie, comme oncle Ty. Deux filles mortes, retrouvées sans leurs yeux.

Daphné et Carla m'encadrent dans le couloir, formant une barrière hérissée de barbelés entre moi et les connards pris d'une envie subite de papoter avec moi, mais pas de la pluie et du beau temps. Parce qu'apparemment, ils savent que c'est moi qui ai trouvé le corps de Freya. Je sais que ni Carla ni Daphné n'ont fait fuiter l'info, ce qui signifie que ça ne peut venir que de Ford. Je ne lui ai pas posé directement la question, car je n'ai pas vraiment l'énergie de me mettre en colère.

Daphné soupire lorsqu'on parvient enfin à fendre la foule pour aller rejoindre nos casiers.

– Quelle bande de vautours !

– Daph, est-ce que ton père t'a dit s'ils ont découvert ce qui s'est passé ? Je veux dire… qui a fait ça ?

Elle entortille son collier autour de ses doigts. C'est son préféré : une longue chaîne avec un pendentif en mosaïque qu'elle a fabriqué avec des tessons de poterie. Elle le maltraite tellement que je suis étonnée qu'il ne casse pas. D'ailleurs, ça me fait penser que je n'ai toujours pas retrouvé le collier de ma mère. Je n'étais pas vraiment en état de le chercher, hier soir.

Un sentiment de culpabilité m'envahit. Je n'ai pas rendu visite à mes parents au cimetière. J'ai laissé passer l'anniversaire de leur mort sans rien faire de spécial.

– Il ne m'a rien dit. L'enquête n'est pas encore assez avancée. Mais moi, je ne pense vraiment pas qu'il y ait un rapport avec la mort de Claire Palmer, ajoute-t-elle en se penchant vers moi pour que les autres ne l'entendent pas. Apparemment, elle n'avait pas perdu ses yeux, c'est juste Mateo qui racontait des conneries. Elle avait juste passé tellement de temps dans l'eau qu'ils étaient devenus laiteux, mais à part ça, ils étaient complètement intacts, contrairement à ceux de Freya. N'empêche que c'est super bizarre que deux filles aient été retrouvées mortes, non ? Même si Claire n'était pas connectée à Freya, la mort de Freya est forcément connectée à Sadie, non ? Les yeux en moins, quand même…

Je frémis en revoyant Freya malgré moi, sa pâleur extrême contre le mur noir, ses cheveux d'un roux vif, et les deux trous noirs à la place de ses yeux.

– Tu penses vraiment que… ?

Je ne vais pas au bout de ma question. Parce qu'il est impossible qu'un fantôme assassine des gens. Même si on a l'impression qu'il y a *quelque chose* d'anormal – voire de surnaturel – dans toute cette histoire.

Et si Sadie existe *vraiment*...

C'est peut-être tordu, surtout maintenant, mais j'ai des élans protecteurs à son égard. C'était *notre* fantôme, légué d'une génération de Thorn à une autre, au même titre qu'une nouvelle aile du manoir. Je me rappelle ce que ma mère m'a dit après les funérailles de mon grand-père : « Elle apparaît pour prévenir d'un danger imminent, mais elle est inoffensive... »

Carla lâche un rire moqueur, me ramenant au présent.

– L'année dernière, Jenna Calloway s'est pointée au lycée avec les yeux larmoyants et injectés de sang, et elle a raconté que Sadie l'avait attaquée dans les bois, près du barrage de Copper Bell. Et au final, c'était quoi ? demande-t-elle avant de marquer une pause théâtrale. Des allergies.

– Je ne pense pas qu'une allergie ait tué Freya, je réponds faiblement.

– Mais un fantôme non plus. D'ailleurs, Claire Palmer s'est noyée. Et je parie que ce n'est pas le cas de Freya, vu qu'elle était dans un putain de verger. Tant qu'on ne saura pas *comment* elle est morte, ça ne sert à rien de spéculer.

Elle n'a pas tort. Je me doute que Freya n'est pas morte parce qu'on lui a arraché les yeux, aussi effroyable que ce soit. Cependant, je n'ai pas vu d'autres blessures apparentes sur elle. Elle était juste... morte.

De causes non naturelles ?

Carla balaie du regard le couloir presque vide désormais et pousse un soupir frustré.

– Je ferais mieux d'aller en cours. On se retrouve tout à l'heure, OK ?

Elle va retrouver ses amis du cours de chimie avancée qui l'attendent. Ils se pressent autour d'elle comme des petits vampires intellos, sans doute pour lui soutirer des détails bien gores. Lorsque je me tourne vers Daphné, elle s'est remise à tripoter la chaîne de son collier.

– Mon père m'a dit qu'il voudrait te poser quelques questions supplémentaires, quand tu te sentiras prête.

– Encore ? Mais pourquoi ? J'ai déjà fait une déposition au commissariat.

J'ai dit tout ce que je savais. Mais soudain, je me souviens de la remarque de Ford : je suis la première sur la liste des gens qui détestaient Freya. Je me demande si l'inspecteur Holden me considère comme une potentielle meurtrière arracheuse d'yeux. J'ai des sueurs froides en l'imaginant débouler en classe et m'embarquer devant tous mes camarades en train de chuchoter.

Daphné secoue la tête, comme si elle lisait dans mes pensées.

– J'imagine qu'ils ont déterminé l'heure exacte du décès, dit-elle comme si son père était habitué à enquêter sur des affaires de meurtre, ce qui est loin d'être le cas. Ils vont vouloir connaître les alibis des gens, et ils commencent toujours par la personne qui a trouvé le corps.

Parce que celle-ci est habituellement la suspecte principale. Même moi, je sais ça.

Quand on arrive au niveau de mon casier, un tas de gens grouillent tout autour. Je comprends immédiatement qu'il se passe quelque chose, avant même de voir le mauvais œil gravé dans la peinture. Comme celui du barrage de Copper Bell ; ceux autour de ma fenêtre, au cottage ; ceux qu'on trouve dans une centaine d'autres endroits, en ville.

– Vous pensez que c'est à elle que Sadie va s'en prendre, ensuite ? murmure quelqu'un derrière moi.

Je me retourne brusquement. Les voyeurs se déplacent un peu, mais ne se dispersent pas. Je serre les dents et leur rends leur regard.

– Quoi ? je lance.

Quelques-uns commencent à s'éloigner, mal à l'aise. Mais d'autres, comme Mateo Medel et Casper Jones, ne bougent pas.

Mateo a vraiment une sale tête. Il a les yeux injectés de sang, et on dirait qu'il a dormi dans ses vêtements. À côté de lui, Casper regarde son téléphone.

Mais peut-être qu'il ne fait pas que le regarder.

– Est-ce que tu es en train de me filmer, Casper ?

– Quoi ? demande-t-il en relevant les yeux, sourcils froncés, et je comprends aussitôt que je me suis trompée.

Je pointe un doigt sur mon casier.

– Qui a fait ça ?

– Comment tu veux qu'on le sache ? répond Mateo d'une voix rauque avant de bousculer quelques élèves de seconde pour venir se planter juste devant moi. Mais il semblerait que quelqu'un t'ait à l'œil, Thorn. Et c'est pas moi qui vais le lui reprocher. Quelle coïncidence, non, que tu sois justement allée regarder dans le pavillon ?

Je ne bouge pas d'un pouce, même si ma bouche s'est asséchée et que j'ai beaucoup de mal à respirer normalement. Non pas parce que Mateo me domine de toute sa hauteur, mais parce que je la vois encore. Je vois encore le sang. Je sens encore ce goût métallique dans l'air, mêlé à l'odeur de pommes.

– Je n'ai pas tué Freya.

Je suis étonnée que ma voix soit aussi ferme. Peut-être qu'il y a vraiment du Thorn en moi, tout compte fait.

Mateo émet un bruit de gorge sceptique et recule suffisamment pour que je puisse apercevoir Casper, qui me regarde toujours en fronçant les sourcils.

– Viens, Mateo, lance ce dernier. Les flics trouveront vite qui a fait ça.

CHAPITRE 16

Sanguine de Thorn ou non, je n'en peux plus de toutes ces messes basses quand arrive l'heure du déjeuner. C'est comme un sifflement constant autour de moi : « Sadie, Sadie, SSSSadie... »

Mes pensées ne cessent de revenir au moment où j'ai trouvé Freya, à cette impression qu'elle me fixait à travers ses orbites vides.

Ses yeux morts...

Daphné et Carla m'attendent devant mon casier. L'une d'elles (Daphné, forcément) a recouvert le mauvais œil avec un autocollant de mandala coloré.

– Où tu étais passée ? Tu as regardé ton téléphone ?

Je me renfrogne en entendant le ton stressé de Carla. Je ne suis vraiment pas d'humeur à ça. Mais je remarque alors que même Daphné a l'air tendue.

– Pourquoi ?

– Tu as vu Ford aujourd'hui ?

Je ne l'ai pas vu du tout, ce qui est bizarre. Après tout, son casier est juste à côté du mien.

Mes deux amies me regardent d'un air sombre, et mon cœur se serre aussitôt.

– Oh mon Dieu, non... Il lui est arrivé quelque chose ?

– Non, répond Carla, mais je suis sûre que ça ne va pas tarder quand tu apprendras ce qu'il a fait.

– Est-ce que vous pourriez juste me dire ce qui se passe ?

Pour toute réponse, Daphné me lance son téléphone.

– Regarde.

Je vois une vidéo petit format sur laquelle apparaissent des cheveux rouge sang.

– C'est Freya ?

Carla répond affirmativement, et Daphné ajoute :

– C'est sa dernière story Insta. Quelqu'un l'a repostée, et maintenant tout le monde la partage.

Même si voir une story de la fille dont j'ai découvert le cadavre il y a moins de vingt-quatre heures est la dernière chose dont j'ai envie, je lance la vidéo.

« Salut, les amis. » J'ai subitement envie de vomir. Le seul fait d'entendre sa voix, chose qui m'aurait paru on ne peut plus normale hier, me donne l'impression d'entrer par effraction dans un endroit où je n'ai aucun droit d'être. « Je voulais juste vous prévenir qu'il va falloir regarder le prochain épisode de *Haunted Land* trèèèès attentivement, parce qu'une énorme surprise vous attend… Je voulais aussi, et ce n'est pas complètement sans rapport, vous présenter mon ami Ford, qui fera une apparition dans ce nouvel épisode ! Bon, techniquement, Ford est aux toilettes en ce moment, mais comme je suis dans sa chambre, quel meilleur moyen de faire sa connaissance que de fouiller dans ses affaires, hein ? »

Elle a dû poster ça la veille de sa mort. On la voit en train de fouiner dans le tiroir à sous-vêtements de Ford, que je me serais bien passée de découvrir, allant jusqu'à le renverser au cas où il y aurait un compartiment caché. Elle passe ensuite à son placard. Elle sort alors un téléphone de sa poche et l'approche de son oreille.

« Euh, allô, la police de la mode ? », demande-t-elle. « Oui, je dois dénoncer un crime… »

– Pourquoi est-ce que tu me montres ça ? je demande à Daphné, qui se contente de secouer la tête.

– Regarde la suite, intervient Carla, la bouche pincée.

Freya va ensuite regarder sous le lit. Elle trouve un magazine porno vintage des années quatre-vingts (un choix étonnant, il est vrai), et puis elle pousse un « Ha ha ! » triomphal en sortant une petite boîte noire.

Que je reconnais immédiatement.

– Qu'est-ce que… ?

Ma question reste en suspens tandis que Freya sort de la boîte un collier. Avec un pendentif en forme de pomme rouge reconnaissable entre tous.

Mes doigts crispés sur le téléphone de Daphné deviennent tout blancs.

« Oh, regardez ! Je crois que je viens de trouver mon cadeau d'anniversaire en retard. Qu'en pensez-vous, les amis ? N'est-il pas joli ? »

Elle plaque le pendentif contre sa gorge.

Le collier de ma mère. Celui que mon père lui a offert pour ma naissance. Et le dernier cadeau qu'ils m'aient fait. Qu'est-ce qu'il foutait sous le lit de Ford ?

Freya minaude devant la caméra, la bouche en cœur pendant qu'elle exhibe mon collier, puis elle le tient au-dessus de sa bouche ouverte, comme pour l'avaler. Si je pouvais passer les bras à travers l'écran, je ne sais pas trop si je lui arracherais le collier des mains ou si je l'étranglerais avec. Et je me fiche que ce soit tordu de penser ça dans un moment pareil.

– Ava ?

La voix de Daphné interrompt le bruit blanc dans ma tête. Je détache mes yeux de la vidéo, où Freya est en train de remettre la boîte sous le lit de Ford en gloussant.

– Quoi ?

Alors je regarde le couloir, derrière elle. Ford se dirige vers nous, en train de rire avec ses potes du club de théâtre.

– Tu fais une tête vraiment flippante, est-ce que ça… commence Carla, avant de suivre mon regard. Oh.

Ford doit sentir quelque chose qui lui brûle la peau. Son sourire disparaît, et ses yeux croisent les miens lorsque je m'avance vers lui.

– Tu peux m'expliquer pourquoi Freya Miller a trouvé le collier de ma mère sous ton lit ? dis-je d'une voix basse, bouillonnante de colère.

Je tourne la vidéo vers lui, mais il y jette à peine un coup d'œil. Son visage blêmit. Il sait exactement de quoi je parle. Ce n'est pas une erreur ni un malentendu.

Mon meilleur ami au monde a volé le collier de ma mère morte. Pour ce que j'en sais, il prévoyait peut-être vraiment de le donner à Freya.

Je n'arrive pas à respirer.

– Je peux t'expliquer, dit-il.

Je tourne les talons et sors du lycée comme un ouragan.

Je vais aller chez Ford, demander à sa mère de me laisser entrer et simplement récupérer mon collier. Voilà le plan.

J'avance à une allure d'escargot à cause de la neige et des millions de voitures de police éparpillées à travers la ville.

Une fille a été assassinée ici hier – évidemment que les flics patrouillent.

Ce qui me surprend vraiment, c'est que les médias ne soient pas encore là. Pile au moment où je pense ça, je repère une camionnette de télévision sur l'autre voie, qui se dirige vers le lycée.

Personne ne répond lorsque je sonne chez Ford, et la voiture de sa mère n'est pas là. Je fais quoi, maintenant ? Je le forcerai à me rendre ce collier, d'une manière ou d'une autre. Mais pas question que je retourne au lycée, et je ne peux pas non plus rentrer au cottage sans croiser Carolyn, qui me posera des questions auxquelles je n'ai pas envie de répondre.

Je n'ai envie que d'une chose, là, tout de suite. Aller au cimetière pour rendre visite à mes parents. La partie la plus impitoyable de moi-même voudrait aussi pouvoir reprocher aux Miller mon absence d'hier. En temps normal, je n'hésiterais pas. Mais ce n'est pas la faute de Dominic s'il a eu une migraine. Ce n'est pas la faute de Freya si elle est morte. Et oncle Ty était de toute façon trop malade, même pour aller au lycée aujourd'hui, alors je ferais mieux d'y aller en solo.

Je me gare sur le parking du cimetière. Le portail en fer tordu grince lorsque je l'ouvre. On dirait tellement un cri d'oiseau que je scrute les arbres environnants, m'attendant à voir une chouette en train de m'observer.

Toute la journée, j'ai eu l'impression qu'on me regardait, et cette sensation m'a suivie jusqu'ici. Ou alors, elle m'attendait ici. J'emprunte le sentier jusqu'au mausolée. Le gravier givré crisse sous mes pieds. Je me sens encore plus exposée à cause de ce bruit.

Je suis nerveuse, c'est tout. Qui ne le serait pas après avoir découvert un cadavre ?

Le mausolée de notre famille est l'un des rares présents dans ce cimetière, tout au fond de la section la plus ancienne. De vieux ifs noueux se penchent au-dessus de lui, tels d'énormes gardiens arachnéens.

Mon regard se pose au passage sur l'une des tombes les plus récentes. Les lettres, fraîchement gravées, arborent encore une peinture dorée : « EDNA MILLER, 88 ANS ». La mère de Madoc Miller, et la grand-mère de Freya et de Dominic. Je me souviens d'elle. Elle vivait dans l'un des cottages non loin du moulin. Une femme grande et maigre qui semblait toujours pressée, et dont le regard devenait glacial chaque fois qu'il se posait sur mes parents ou moi. Ou sur quiconque portant le nom Thorn, je suppose.

Elle était professeure de maths, il y a des années. D'après oncle Ty, elle a fait de sa vie de collégien un cauchemar, plus que ravie d'entretenir l'animosité entre les deux familles en essayant de le recaler. Bien sûr, c'était à peu près l'époque où mon père, président du comité de préservation du patrimoine, a persuadé les autorités locales de refuser aux Miller les autorisations de tournage dont ils avaient besoin pour monter leur entreprise, ce qui les a plus ou moins forcés à partir s'installer à Evansville.

Je crois ne lui avoir jamais adressé la parole. On lui a diagnostiqué un cancer juste avant le retour en ville des Miller – j'imagine que c'est pour ça qu'ils sont revenus – et elle est morte peu de temps après mes parents.

Et maintenant, Freya aussi est partie.

Il y a trop de gens des deux camps enterrés ici.

L'ange qui décore la tombe d'Edna Miller sourit avec tristesse, comme s'il était d'accord avec moi. Tellement de rancœur… et pourtant, tout se finit ici, absorbé dans la terre.

Plus je m'enfonce dans le cimetière, plus les tombes sont anciennes. Certaines ont plusieurs siècles, et leurs stèles, érodées par les éléments, sont devenues presque lisses, gommant l'histoire de leur propriétaire. Quelqu'un se rappelle-t-il encore qui ils étaient ? Ou bien est-il inévitable qu'on soit tous oubliés ? Des familles entières effacées.

J'atteins le mausolée des Thorn, mais je ne me sens pas encore prête. Une couronne de fleurs fraîches est posée contre le portail verrouillé. Des œillets rouge et blanc, qui m'évoquent des taches de sang dans la neige.

Qui l'a apportée ? Des amis de papa et maman, peut-être ?

Mais je vois alors la carte et l'écriture soignée de Carolyn. Elle a dû venir pendant qu'on était au commissariat, oncle Ty et moi. C'est le genre d'attentions dont elle est coutumière. Je déverrouille le portail et entre.

Aucune odeur ne flotte dans l'espace étroit entre les chambres en marbre individuelles où sont stockés les ossements et les cendres de mes ancêtres. Je devrais pouvoir sentir l'odeur de papa et maman – de leur parfum et de leur shampooing ou je ne sais quoi. Ou alors une odeur de poussière et d'araignées mortes depuis longtemps. N'importe quoi. Ce néant olfactif me fait éprouver leur absence comme si elle s'infiltrait en moi, comme un vide dans mes os.

Tous les membres de ma famille enterrés ici ont leur propre plaque devant l'endroit où ils reposent. Enfin, ils ne sont pas vraiment enterrés. Les chambres individuelles ressemblent aux espèces de casiers qu'on voit à la morgue, dans les séries policières – il y aurait à peine la place de ramper à l'intérieur, si l'envie vous en prenait. On finit tous dans un de ces casiers à viande, nous, les Thorn.

On doit tous ramper.

Je ne reste pas longtemps. Je murmure juste quelques mots à mes parents (j'omets de leur raconter que j'ai découvert le cadavre de Freya ; je n'ai pas vraiment envie qu'ils le sachent), puis je pleure un peu. Moins que je n'aurais pleuré l'année dernière. Je pense qu'ils en seraient contents. Pourtant, ils me manquent encore horriblement.

Chaque jour, quand je me réveille et que je me rappelle qu'ils ne sont plus là, ça me fait comme un coup de poing en plein cœur. On ne s'habitue pas à ce genre de choses, mais, au fil du temps, l'effet de surprise diminue. C'est peut-être ce que le Dr Ehrenfeld entendait par « avancer ».

Je repars d'un pas lourd et repasse devant la tombe d'Edna Miller. Freya sera sans doute enterrée non loin dans une semaine ou deux.

C'est trop nul. Les gens de mon âge ne sont pas censés avoir une tombe. Et, si Freya et moi n'éprouvions absolument aucune affection l'une pour l'autre, je ne peux pas nier qu'elle était une *force.* Elle remplissait une pièce à elle toute seule. Je n'arrive pas à imaginer que toute cette personnalité sera reléguée à la terre.

Un son attire mon attention. Quelqu'un est assis sur un banc, contre le mur du cimetière. Courbé en avant, les coudes sur les genoux, le visage entre les mains, il pousse de gros sanglots déchirants.

Je n'aurais jamais imaginé voir Dominic Miller pleurer. Et pourtant, ça fait deux fois, maintenant.

Le voir ainsi me fait mal au cœur.

Que fait-il ici ? Où sont ses parents ? Je reste figée, ne sachant trop si je dois faire semblant de ne pas l'avoir vu, ou m'approcher. Cette décision m'est épargnée quand son téléphone se met à sonner. Sans même un regard dans ma direction, il s'essuie brusquement le visage, puis il inspire profondément et répond.

– Salut, maman… Non, je vais bien. J'avais juste besoin de sortir de la maison pendant un moment… Non… Je suis désolé, je ne voulais pas t'inquiéter et… Papa dormait et je… Oui, je rentre tout de suite…

Je n'en entends pas plus. Je retourne rapidement à ma voiture. Et le pire, c'est que je suis soulagée de ne pas avoir eu à lui parler. Il vient de perdre sa sœur et je comprends mieux que la plupart des gens de notre âge la douleur qu'il éprouve. Il n'aurait peut-être pas eu envie de me parler ni même de me voir. Je n'aurais peut-être rien pu dire qui l'aurait réconforté. Mais j'aurais au moins pu essayer.

J'ai encore deux bonnes heures devant moi avant de pouvoir rentrer sans risque à la maison et, comme le cimetière se trouve juste en face de la bibliothèque municipale, je décide d'y aller pour travailler sur *Plus ou moins mort*. Je gravis les marches en pierre jusqu'à la grande entrée voûtée. Les portes en bois sont ouvertes. Je remarque alors pour la première fois un détail devant lequel j'ai dû passer un millier de fois dans ma vie : au milieu des gravures élégantes dans le bois – des volutes de plantes grimpantes et des oiseaux, des lézards et des fleurs –, il y a des yeux. Un premier caché au centre d'une rose. Un autre dans la queue recourbée d'un lézard. Et un autre sur l'aile d'un aigle.

Il y en a vraiment *partout*, dans cette ville.

M. Maitland, le bibliothécaire en chef, relève les yeux lorsque j'entre.

– Si tu cherches le jeune M. Walsh, je crains qu'il ne soit pas venu aujourd'hui, me lance-t-il un peu sèchement.

Et, avant que je puisse le corriger et lui dire que je ne venais pas *du tout* pour voir Liam, le bibliothécaire esquisse un sourire, comme pour montrer que sa brusquerie n'était pas dirigée contre moi.

– Apparemment, il a été bouleversé par la mort de son amie.

– Son amie ? je répète, surprise.

– La fille Miller.

– Oh… Je ne savais pas qu'ils se connaissaient, dis-je, mais le bibliothécaire s'éloigne déjà à grands pas, sans doute à la recherche d'un coin désert de la bibliothèque.

C'est bizarre, tout de même, que Liam ait connu Freya. Je ne me rappelle pas les avoir vus ensemble, pas même sur les réseaux sociaux.

Je rejoins ma place habituelle, dans la section « Histoire locale ». Cette fois, j'ai vraiment l'intention d'avancer sur mon projet mais, en passant devant la porte marquée « PRIVÉ », je me souviens des documents que Dominic y a dénichés. Il me les a envoyés hier, mais je n'ai rien regardé, trop occupée que j'étais à trouver un cadavre.

Je sors mon téléphone. Ce sont des photos de vieux documents, des coupures de presse, des photographies, ce genre de choses. Le premier sur lequel je zoome est un schéma de mon arbre généalogique, avec des dates et des notes abrégées à côté de certains noms.

Le suivant, un plan d'architecte jauni intitulé *Maison Thorn, 1856*. Le contour du bâtiment est beaucoup plus petit qu'aujourd'hui, sans les ailes est et ouest ni l'orangerie, qui ont été ajoutées quelques décennies après la construction du bâtiment d'origine. C'est sans doute à ce moment-là qu'on a commencé à parler de « manoir » plutôt que de « maison ». Non pas que mes ancêtres aient été prétentieux, bien sûr.

La famille Thorn a toujours été dans l'industrie des pommes – mon je-ne-sais-combien-de-fois-arrière-grand-père Thorn a planté le verger tout autour du terrain sur lequel s'élève aujourd'hui le manoir et a pu en revendiquer la possession quand les arbres ont commencé à donner des fruits. Je me demande si c'est parce que le verger est mort qu'on a perdu le manoir, comme si une force cosmique avait estimé qu'on ne le méritait plus.

J'étudie les lignes presque effacées du dessin. Je reconnais les trois niveaux de la maison – deux rectangles pour le rez-de-chaussée et l'étage, divisés en cubes miniatures (ma chambre n'existait pas à l'époque), et un carré additionnel pour la cave à vin. Qui n'était sans doute qu'une cave tout court à l'époque. Ce qui ne m'empêche pas de frémir à cette vue.

Dans un coin de la cave, il y a un cercle dont part une ligne qui sort de la maison, comme si quelqu'un avait voulu ajouter une légende avant d'oublier. Le cercle est trop petit pour attirer l'attention, en réalité, sauf que je sais ce qu'il représente.

La fosse.

Je pousse une expiration un peu tremblante et m'intime de ne pas être aussi bête. La fosse est un trou en pierre rond sous la cave, auquel on ne peut accéder qu'avec une échelle, sous une trappe. Quand j'avais six ans et qu'oncle Ty n'était encore qu'un ado stupide, il m'a emmenée dans la cave et m'a raconté qu'une sorcière vivait là-dedans, dans le noir. Puis il a ouvert la trappe et fait semblant de me pousser à l'intérieur, ne me retenant qu'au tout dernier moment.

J'ai complètement pété les plombs.

Grand-père est descendu en courant, alerté par mes cris, et a réussi à me calmer. Puis il a obligé oncle Ty à descendre dans la fosse pour me montrer qu'il n'y avait absolument aucun danger. Et quand ce dernier est remonté, il lui a donné une grosse claque sur la nuque, y laissant une empreinte de main rouge vif.

« Si tu lui refais une peur pareille, je te fais descendre là-dedans et je ferme la trappe à clé », a-t-il lâché à son fils, d'une voix si basse que j'ai fait comme si je n'avais rien entendu.

Quand grand-père est parti, oncle Ty m'a dit qu'il était désolé de m'avoir fichu la trouille.

« Est-ce que tu as vu la sorcière en bas ? », j'ai demandé, mais il a secoué la tête et répondu que la sorcière n'existait pas. Et pourtant, je ne l'ai pas cru… pas complètement. Cette idée avait germé en moi telle une petite graine. Il mentait pour que je ne voie pas la sorcière qui viendrait m'attraper.

Il m'a fallu du temps pour me débarrasser de l'idée que Sadie était réelle. Et il a fallu qu'oncle Ty me laisse jouer de nombreuses fois sur sa Xbox pour que je lui refasse confiance.

Je passe à la photo suivante, et vois d'autres images et articles de journaux sélectionnés par Dominic. Ils couvrent tout un tas de sujets, mais ont tous un rapport avec le manoir, notre famille, ou Burden Falls.

« *La tragédie frappe à Burden Falls.* » Cet article, vieux de plusieurs décennies, évoque la mort de mon arrière-grand-mère, qui a glissé sur la berge et a été emportée par la cascade.

« *Une récolte exceptionnelle et une rentrée d'argent inattendue pour la distillerie en difficulté* » – il y a dix ans, juste après que papa a repris l'entreprise familiale.

Je ne peux pas lire l'article le plus récent. Un seul coup d'œil à la photo pleine de grain de notre voiture détruite, entourée par les secours, me suffit.

Je range mon téléphone, mais je continue de regarder la porte marquée « PRIVÉ ». Que peut-il y avoir d'autre là-dedans ?

Je m'en rapproche discrètement et actionne la poignée. Verrouillée. Évidemment. Je ne suis pas assez chanceuse pour la trouver ouverte. Peut-être qu'ils l'ont fermée à clé après s'être rendu compte que quelqu'un était entré en douce…

Lorsque je sors de la bibliothèque, une bouffée d'air glacial s'engouffre jusqu'au fond de ma gorge et me fait tousser. Je traverse la route jusqu'à ma voiture, sur le parking du cimetière. J'hésite à partir tout de suite, mais je sais que je ne peux pas faire ça. Il faut que je vérifie si Dominic est encore là et s'il va bien.

Avant de pouvoir me dégonfler, je pousse donc le portail du cimetière et suis le sentier jusqu'au banc où il était assis.

Vide.

Je suis presque arrivée chez moi lorsque m'assaille la pensée que Dominic a probablement vu Bessie sur le parking. Qu'il a sans doute compris que je l'avais vu et que j'étais partie sans un mot. Quoi qu'il puisse penser de moi ou de ma famille, ça n'a pas dû lui faire plaisir.

CHAPITRE 17

Lorsque j'arrive au cottage, Carolyn m'accueille avec un programme de révisions muni d'un code couleurs.

– Avec une heure chaque soir après les cours, je sais qu'on arrivera à faire remonter tes notes en un rien de temps, lance-t-elle avec entrain.

Je ne suis vraiment pas d'humeur pour son optimisme caractéristique, et je dois me répéter qu'elle fait ça pour m'aider. De toute manière, on ne peut pas s'opposer à Carolyn qui s'est mis quelque chose en tête. Je bois donc un des cafés glacés qu'elle a stockés pour moi dans le frigo, et je me mets au travail.

Au bout d'un petit moment, elle jette un coup d'œil à mon téléphone qui s'allume pour la millième fois. Ford n'arrête pas de m'appeler et de m'envoyer des messages. Mais cette fois, il ne pourra pas s'en tirer avec ses excuses à la con. Carla trouve que Ford me traite, je cite, « comme une petite amie qu'il aime vraiment tromper » et, même si je ne suis certainement pas sa petite amie, je crois que je commence à comprendre ce qu'elle veut dire.

– Tu ne réponds pas ? demande Carolyn.

Je ne lui ai pas parlé de mes soucis avec Ford, mais il est évident que quelque chose ne va pas.

– Non, je réponds en retournant mon téléphone pour en cacher l'écran. Je suis trop concentrée sur… (Je regarde les notes devant moi.) Sur l'algèbre.

– Hum… fait-elle, pas convaincue.

Environ une demi-heure plus tard, oncle Ty fait son apparition. Je m'apprête à lui demander s'il se sent mieux (même s'il n'en a pas l'air) quand je vois qu'il est avec l'inspecteur Holden et le père de Daphné.

Soudain, la minuscule cuisine me paraît bondée et étouffante.

J'avais oublié que le père de Daphné avait dit vouloir me poser d'autres questions. Avec tout ce qui s'est passé au lycée, mon casier défiguré et Ford, j'ai complètement zappé.

– Est-ce qu'on attendait… ? commence Carolyn en se levant lentement.

– L'inspecteur Holden et *l'agent Chavez* ont quelques questions pour Ava, la coupe Ty.

Je vois qu'il n'est pas ravi de leur présence. Je crois que c'est la première fois que je l'entends appeler le père de Daphné autrement que par son prénom, Dave. Ça doit lui faire bizarre de voir son pote du poker se pointer chez lui et de devoir soudain lui donner du « oui, monsieur l'agent ». Enfin, je suppose que c'est la même chose que quand je vois mon oncle au lycée… Bon, avec la menace de la prison en plus.

– Je vous en prie, asseyez-vous, messieurs, je vais faire du thé, dit Carolyn en s'écartant de la table pour leur faire de la place.

J'attends qu'oncle Ty s'asseye à côté de moi, mais il reste dans l'embrasure de la porte, le visage sombre.

Hormis le fait que ce sont des hommes, les deux flics sont aux antipodes l'un de l'autre. L'agent Chavez est noir, un peu à l'étroit dans son uniforme, avec un visage de poupon tout rond et un crâne chauve et lisse. L'inspecteur Holden, lui, semble porter le même costume froissé qu'hier, et son visage est si ridé qu'il me fait penser au mur d'une cellule de prison sur lequel un prisonnier aurait tracé des traits pour compter les jours.

Le père de Daphné me sourit. Pas l'inspecteur Holden.

– Juste quelques questions de routine, commence ce dernier. Ça vous dérange si on enregistre ?

– Je crois qu'on devrait consulter un avocat avant d'accepter ça, répond oncle Ty d'un air impassible, et l'agent Chavez, qui allait poser le dictaphone sur la table, suspend son geste.

– Bien sûr, répond l'inspecteur Holden sans sourciller. On pourra toujours recommencer au commissariat s'il le faut.

Oncle Ty hausse les épaules. Je commence à en avoir ras le bol de cette ambiance à la « c'est moi qui ai la plus grosse ». Je me racle la gorge.

– Que vouliez-vous me demander, inspecteur ?

– Commençons par ce que tu as fait hier avant de découvrir le corps. Peux-tu nous faire le résumé de ta journée ?

– Euh… oui.

Je leur fais un compte-rendu basique de ce qui s'est passé, sans changer grand-chose à ce que je leur ai dit hier, au commissariat. Du moins, je crois ; j'avais l'impression que mes neurones étaient gelés, hier soir, alors j'ai bien pu dire n'importe quoi.

– Tu n'es pas du tout sortie du lycée hier pendant la journée ? demande Holden en se penchant vers moi.

– Non.

Contrairement à aujourd'hui.

– Tu n'as vu Freya à aucun moment hier ?

– Non. Enfin, pas jusqu'à ce que je… vous savez, que je la trouve. Morte.

– Bien sûr. Mais en allant au lycée hier matin, tu n'as pas vu Freya Miller ?

J'ouvre la bouche pour répondre que non, et puis je m'arrête. Si, je l'ai vue hier matin, devant la station-service.

– Je ne lui ai pas parlé, mais je l'ai vue mettre de l'essence dans sa voiture. Enfin, dans la voiture de son frère.

– Tu as essayé de lui parler ?

Je fronce les sourcils.

– Non.

– Donc tu ne l'as pas suivie quand elle a quitté la station-service ?

Je déglutis. J'ai l'impression d'avoir du sable dans la bouche. Je me concentre sur les cicatrices sur mes mains, et essaie de garder une voix ferme.

– Je ne l'ai pas *suivie*. On allait dans la même direction, vers le nord, sur River Road. J'ai pris à droite, en direction du lycée. Et elle a dû tourner à gauche au carrefour, en direction du manoir. En tout cas, sa voiture n'était pas sur le parking quand je suis arrivée.

– Je vois, dit l'inspecteur en hochant la tête. J'aurais aimé revoir avec toi quelques éléments concernant la scène de crime. Peux-tu retracer tes actions ? À partir du moment où Dominic Miller et toi vous êtes séparés dans ta voiture ?

Je hoche la tête, pour me donner le temps de me préparer. Puis je raconte tout de nouveau, étape après étape, jusqu'au moment où l'agent Chavez est arrivé.

– Et quand as-tu déplacé le corps ?

– Je n'ai pas déplacé le corps, dis-je en fronçant les sourcils. Vous m'avez déjà demandé ça cent fois. C'est Dominic qui a déplacé Freya quand il lui a fait un massage cardiaque.

Et qu'est-ce que ça peut faire, de toute manière ? L'inspecteur doit bien avoir une raison de me poser cette question, mais je n'arrive pas à savoir si c'est pour me prendre en défaut ou pour que je pointe du doigt Dominic. Est-ce qu'ils le soupçonnent ?

– Dimanche soir, quand tu dis avoir surpris une conversation téléphonique entre Freya et son mystérieux petit ami, que faisais-tu au manoir exactement ?

– J'étais allée recouvrir la fresque dont je vous ai parlé, mais je n'en ai pas eu l'occasion.

Si je l'avais fait à ce moment-là, je n'aurais eu aucune raison d'entrer dans le pavillon hier. Je n'aurais pas trouvé le corps de Freya. Je ne serais pas en face de deux flics aujourd'hui.

– Comment décrirais-tu ta relation avec Freya Miller ?

Je mets un moment à déchiffrer la question de l'inspecteur.

– Ma relation ? On n'avait pas vraiment...

Je m'étrangle lorsque je regarde l'inspecteur Holden dans les yeux. Ou ce qui devrait être ses yeux.

À leur place, il y a deux trous noirs.

L'espace d'un instant, je reste bouche bée – comme si tout l'oxygène, tous les sons avaient été absorbés par cette noirceur. Comme si elle voulait m'attirer en elle, moi aussi.

Ma chaise racle le sol de la cuisine lorsque je recule jusqu'à me retrouver pressée contre le mur. L'inspecteur penche la tête sur le côté et, pendant une fraction de seconde, je suis de retour dans le pavillon, en face de Freya affalée contre le mur en pierre.

– Ava ? fait oncle Ty en se dirigeant vers moi.

J'arrache mon regard de l'inspecteur Holden pour le poser sur lui et réprime aussitôt un hurlement. Ses yeux aussi ont disparu.

Tout comme ceux de l'agent Chavez.

Mon souffle reste bloqué dans ma poitrine, chaque battement de mon cœur fait comme un coup de tonnerre. *Boum, boum, BOUM !* Je passe d'un visage à l'autre et alors, ces horribles yeux percés se mettent à saigner. De tout petits ruisseaux, d'abord, qui glissent sur les joues de l'agent Chavez et tombent de son menton, *ploc, ploc, ploc, ploc…*

Puis le sang se met couler à flots, jaillissant des orbites mutilées au même rythme que celui de mon cœur, comme une chute d'eau s'écrasant sur le sol de la cuisine. Une cascade. Une flaque se forme par terre. S'étend vers moi, telle une marée…

La bouilloire se met à siffler sur la cuisinière, une note suraiguë qui me donne l'impression que mon crâne va exploser.

– Wouah, quel raffut ! s'exclame Carolyn en la retirant adroitement du feu pour la faire taire. Désolée, Ava… Est-ce que ça t'a fait peur ?

– Ce n'était pas… je commence, mais je ne vais pas plus loin.

Car les yeux de Carolyn sont parfaitement normaux. Je me retourne vers oncle Ty et les policiers, et je m'aperçois que les leurs sont aussi exactement là où ils sont censés être. Pas d'orbites vides et ensanglantées. Pas de marée rouge fonçant sur moi.

Tout est normal. Tout va bien.

Je pose la main sur le mur pour me stabiliser. Il me paraît anormalement froid contre ma paume moite.

C'était quoi, ça ?

– Excusez-moi, je ne me sens pas bien. Est-ce qu'on peut se parler une autre fois ?

Sans attendre leur réponse, je sors à toute vitesse de la cuisine et traverse le garage jusqu'à ma petite chambre dans le moulin.

Je me mets à faire les cent pas, la respiration encore laborieuse, un filet de sueur coulant le long de mon dos.

Il doit y avoir une explication rationnelle à ce qui vient de m'arriver. J'essaie d'envisager ça du point de vue de Carla, de trouver une raison vaguement scientifique. Est-ce qu'oncle Ty m'a refilé sa fièvre ? Il n'a pas parlé de ce genre de symptômes. Merde, je n'avais jamais vécu un truc pareil, même après l'accident. D'horribles cauchemars en Technicolor, oui, bien sûr, mais pas ça. Ce devait être une sorte de rêve éveillé ou je ne sais quoi. Après avoir trouvé Freya comme ça hier…

Quelques minutes plus tard, Carolyn frappe à ma porte. Je suis en train de dessiner à mon bureau. Elle passe la tête dans la chambre, le front strié par des rides d'inquiétude.

– Ça va ?

– Oui, désolée. Je me suis juste sentie hyper bizarre pendant une seconde. Ils sont partis ?

– Ty est en train de les raccompagner. Je crois qu'ils voulaient lui parler en privé.

– Pourquoi ?

Elle m'adresse un sourire rassurant, mais je vois qu'elle serre très fort l'encadrement de la porte.

– Ty était le professeur de Freya. Ils veulent peut-être savoir qui étaient ses amis ou quelque chose comme ça.

Je doute que ce soit pour ça. Ils veulent sans doute savoir si je prends des médicaments. Ou si je ne devrais pas en prendre.

Je n'ai pas à me poser la question bien longtemps. Oncle Ty apparaît, posant le menton sur l'épaule de Carolyn.

– Qu'est-ce qu'ils voulaient ? demande Carolyn avant moi.

– Holden voulait en savoir plus sur ce qui s'est passé pendant le cours d'arts plastiques lundi, répond lentement oncle Ty.

Il me faut un moment pour comprendre de quoi il parle.

– L'incident avec la peinture ?

Il se redresse, fourre les mains dans ses poches et expire bruyamment par le nez.

– Oui. Mais plus précisément le fait que vous vous êtes disputées – *en public* – et que, deux jours plus tard, Freya a été retrouvée morte.

CHAPITRE 18

Je reste allongée un moment sur mon lit après le départ des policiers. Je transpire toujours - c'est peut-être vraiment un début de fièvre.

Il y a une fissure sur le plafond. Je ne crois pas qu'elle était là quand on a emménagé. Elle est aussi fine qu'un cheveu, mais ça me perturbe qu'elle soit juste au-dessus de mon lit. Plus je la regarde, plus je me convaincs qu'elle est en train de s'étendre.

Alors arrête de la regarder, idiote.

Je prends mon téléphone et tape un message.

Ava : Je t'ai vu au cimetière tout à l'heure. J'ai pensé que tu préférerais rester seul. Je suis peut-être la dernière personne que tu as envie de voir en ce moment mais, si tu veux parler, je suis là. Je sais à quel point tu souffres.

Mon Dieu. Je ne peux pas envoyer ça à *Dominic Miller.* J'efface tout et je recommence.

Ava : Hey, comment ça va ? Je voulais juste

Effacé.

Ava : Je suis désolée pour Freya.

Effacé. Je *suis* désolée qu'elle soit morte, bien sûr, comme je le serais si *n'importe qui* mourait, mais ça paraîtrait terriblement hypocrite, car Dominic sait très bien ce que je pensais d'elle.

Soupirant comme un ouragan, je tape un seul mot et appuie sur « Envoyer » sans me laisser le temps de réfléchir.

Ava : Salut.

Noooon ! Pourquoi j'ai envoyé ça ? Et pourquoi il n'y a pas une fonction « récupérer » sur ces foutus portables ?

Je manque avaler ma langue quand trois petits points se mettent à danser, m'indiquant que Dominic (ou « Monica », tel qu'il apparaît dans ma liste de contacts) est en train de taper une réponse. J'éprouve pendant un moment une appréhension glacée, m'imaginant que ce sera quelque chose du genre « Fous-moi la paix ». Après tout, pourquoi voudrait-il avoir des nouvelles d'une fille qui haïssait ouvertement sa sœur ? Surtout *maintenant*, juste après qu'elle a été assassinée ?
Je pose mon téléphone, préférant ne pas voir sa réponse. Mais je le reprends aussitôt.

Monica : Rendez-vous à la bibliothèque demain après les cours. Apporte ta BD.

Je fixe son message, certaine d'avoir mal lu. Parce qu'il est impossible qu'il *veuille* travailler sur mon projet en ce moment. Et je suis un peu dégoûtée qu'il pense que c'est pour ça que je lui ai écrit, même si j'avoue que mon « Salut » était un peu vague.

Ava : Je voulais juste savoir comment tu allais.

Encore une fois, les trois petits points apparaissent aussitôt.

Monica : Tu veux travailler dessus oui ou non ?

Je pousse un soupir agacé. Littéralement tout ce que fait Dominic Miller semble avoir pour but de me faire chier. Sauf que cette fois, je ne peux même pas l'envoyer se faire voir. Et pas seulement parce que sa sœur vient de mourir, mais parce qu'il faut vraiment que je bosse sur cette BD. Et Dominic est devenu un élément-clé de ce projet.

J'ai esquissé plusieurs nouvelles cases, mais elles sont encore brutes. J'espérais qu'il m'aiderait à trouver des légendes et des dialogues pour que tout fonctionne.

Ava : À demain alors.

Dès que j'appuie sur « Envoyer », mon téléphone se met à sonner, et je sursaute si brusquement que je manque de le laisser tomber par terre.

Le visage débile de Ford emplit l'écran.

Je lui fais un doigt d'honneur – comme s'il pouvait me voir – et j'éteins mon téléphone.

Bam ! Bam ! BAM !

Je me réveille avec un cri, et mes doigts effleurent le mur de ma chambre quand je me redresse en battant des bras. Je suis dans mon lit, au cottage. Je refaisais le rêve de l'accident. Je crois que, cette fois aussi, il y avait Freya. Ou alors c'était Sadie ?

Les coups continuent.

C'est quoi ce bordel ?

Dehors, le vent rugit, entre en sifflant par je ne sais quel trou.

Bam !

Je reconnais ce bruit. C'est la fenêtre du grenier. Le vent a encore dû l'ouvrir.

Poussant une expiration tremblante, je me tire du lit et vais la fermer.

Après ça, je n'arrive pas à me rendormir. J'ai les nerfs à vif, l'impression d'être branchée à une batterie de voiture. Mais c'est le milieu de la nuit, je n'ai nulle part où aller, et je n'arriverai jamais à me concentrer sur la télé. Alors je sors mon carnet à croquis et me mets à dessiner. Je commence par des cases expérimentales pour *Plus ou moins mort*. Je les refais et les affine à la lueur de ma lampe de bureau. Mais au bout d'un moment, mon attention prend le large, et j'esquisse toutes les choses que je n'arrive pas à me sortir de la tête.

Je ne remarque même pas les heures qui passent jusqu'à ce que l'alarme de mon téléphone se déclenche, me faisant sursauter. Je couine en sentant un élancement dans ma nuque, puis regarde autour de moi : le sol est jonché de feuilles de papier. Il y a la fille de la rivière, aux yeux laiteux, délavés. Il y a Freya, bien sûr, assise dans le pavillon, un peu affalée sur un côté, les mains sur les genoux, des traces de crayon noir représentant le chaos à la place de ses yeux. Et des dessins de Sadie, aussi. Tellement nombreux.

Et des yeux. Par dizaines. Par centaines.

Une mer d'yeux qui me regardent.

CHAPITRE 19

Plus tard ce matin-là, j'ai tellement la tête dans le brouillard que je ne me souviens même plus de la route à prendre pour aller au lycée. Si je n'étais pas trop fatiguée pour m'en soucier, ce serait inquiétant. Mais je n'ai pas de fièvre, c'est déjà ça.

Cela dit, j'ai quand même la tête assez claire pour comprendre une chose : si je veux redormir correctement un jour, il faut que j'arrête de penser à des fantômes et que je me concentre sur la réalité.

Quelqu'un a tué Freya Miller.

Quelqu'un, ou *quelque chose* ? Non. Même si je déteste donner raison à Carla, il faut dire ce qui est : il est peu probable que le meurtrier de Freya soit un fantôme.

Ça n'empêche pas tous les crétins du lycée de marmonner « Sadie » sur mon passage. À moins que ce ne soit dans ma tête.

– Hey.

Je relève si brusquement la tête que je me prends le bord de la porte de mon casier juste au-dessus de l'œil.

– *Merde !*

– La vache, Ava, est-ce que ça va ? demande Ford. Qu'est-ce que tu es maladroite…

Je suis trop occupée à frotter le point d'impact pour lui répondre. Mais quand il pose la main sur mon bras, je m'écarte.

– Où est mon collier ? je lance sèchement.

– Chez moi. Et je ne te le rendrai pas tant que tu ne m'auras pas laissé t'expliquer…

Je lève ma main libre pour le faire taire.

– Je ne veux pas le savoir. Rends-moi juste ce foutu collier, et ensuite fiche-moi la paix.

– Ne sois pas comme ça, Ava...

Je le bouscule et fends la foule d'élèves attendant la première heure de cours. Comme il n'y a qu'un endroit où il ne peut pas me suivre sans passer pour un con, je vais aux toilettes.

Le miroir au-dessus du lavabo me révèle une vilaine griffure rouge verticale au-dessus de mon sourcil droit. J'imbibe du papier d'eau froide et le presse contre la marque. Juste à ce moment-là, je vois dans le miroir Daphné qui sort de la cabine juste derrière moi. Elle porte une robe trapèze à motif pied-de-poule avec des bas en laine orange et des bottes en cuir verni noir, et elle a relevé ses cheveux avec des épingles de façon très sophistiquée. Elle fait très sorcière vintage.

– Oh mon Dieu ! s'exclame-t-elle. Ta tête !

– Ne t'inquiète pas, je ne me suis pas battue. Enfin, seulement avec mon casier.

Elle grimace avant de toucher timidement mon front.

– Tu devrais choisir un casier à ta taille, la prochaine fois. Tu as l'air crevée. Encore ces cauchemars ?

Carla et elle sont au courant, bien sûr. Parfois, quand on dormait les unes chez les autres, je me réveillais en hurlant, les mains en sang après avoir arraché mes points en voulant sortir de la voiture dans mon sommeil. On ne s'ennuie pas, avec moi.

– Ceux-ci sont... différents, dis-je en espérant qu'elle en restera là.

Et pour une fois, c'est ce qu'elle fait.

– Tu es inquiète à cause de l'enquête ?

– Pas vraiment, dis-je en mentant. Après tout, je ne l'ai pas tuée.

Elle regarde autour de nous pour voir qui pourrait nous entendre, mais nous sommes seules dans les toilettes.

– J'ai surpris une conversation entre mon père et cet inspecteur qu'ils ont fait venir de la grande ville...

– L'inspecteur Holden.

– Oui. Il a appelé mon père pour qu'il aille s'occuper des médias qui campaient devant le portail du manoir hier soir. Et il a *aussi* dit que la mort remontait à mercredi, autour de midi.

– J'étais au lycée à ce moment-là.

– Donc tu as un alibi ?

– On dirait que tu en doutes…

– Pas du tout, répond-elle en secouant la tête, les yeux écarquillés. Je me posais juste la question parce que tu n'étais pas avec Carla et moi pendant la pause-déjeuner.

J'y réfléchis pendant un moment. Où est-ce que j'étais, mercredi à midi ?

– J'étais dans la salle d'arts plastiques ?

Cette fois, c'est moi qui ai l'air de douter.

– En tout cas, j'ai entendu dire qu'on ne lui avait pas vraiment *arraché* les yeux – on les a *crevés*. Avec un pic à glace ou quelque chose comme ça.

De l'acide me brûle le fond de la gorge, et je fonce dans un cabinet pour vomir tripes et boyaux.

Je sens la main de Daphné dans mes cheveux, les retenant pour moi.

– Désolée, souffle-t-elle avec sincérité. J'ai parlé sans réfléchir.

– C'est pas ta faute. Honnêtement, je pense que c'est juste une réaction à retardement. Ou alors un nouveau symptôme sympa du virus qu'oncle Ty m'a refilé. Est-ce que tu sais s'ils ont arrêté quelqu'un ? je demande avec espoir en acceptant la bouteille d'eau que mon amie me tend.

– Eh bien… non. Il s'avère qu'étonnamment peu de gens la détestaient, à part toi, et les premières personnes auxquelles s'intéresse en général la police, c'est celles qui ont trouvé la victime – encore toi – ou la personne avec qui elle sortait. Mais Freya ne…

– Elle sortait avec quelqu'un. Ou, en tout cas, elle envoyait des sextos à quelqu'un.

– Sérieux ? À qui ?

– J'en sais rien. Je l'ai juste entendue parler de photos d'elle nue, au téléphone, et organiser un rendez-vous. Mais je l'ai dit aux flics, alors ils doivent sûrement chercher de ce côté-là.

– Ça alors ! Je ne savais pas du tout qu'elle voyait quelqu'un. Ça pourrait carrément être la personne qui l'a tuée.

– Est-ce qu'ils savent *comment* elle est morte ? je demande avant de grimacer. C'était le pic à glace ?

Mon amie balaie encore la pièce du regard avant de répondre, comme si elle craignait que quelqu'un soit entré sans se faire remarquer.

– J'en suis pas sûre à cent pour cent, mais j'ai entendu mon père parler de strangulation. Et je suppose que ça joue en ta faveur.

– Comment ça, « en ma faveur » ?

– Ben… ils vont devoir t'écarter de la liste des suspects, à cause de tes mains.

Je regarde les lignes roses irrégulières sur mes paumes.

– Tu crois que je ne pourrais pas étrangler quelqu'un ?

Elle me regarde bizarrement lorsque je relève les yeux sur elle.

– J'en sais rien. Tu pourrais ?

CHAPITRE 20

Après les cours, quand je passe les portes en bois sculpté de la bibliothèque, je sens les yeux qui me suivent du regard. Des yeux partout. L'espace d'un instant, j'éprouve une bouffée de panique, comme hier soir, quand j'ai vu oncle Ty et les flics sans yeux. Je contrôle ma respiration et essaie de penser à des chatons.

Dominic est déjà là. Je m'attendais à le trouver hagard et débraillé, comme Mateo et Casper ces deux derniers jours. Mais il a le même look que d'habitude, portant un pull foncé qui doit coûter plus cher que ma voiture, ses cheveux noirs et ondulés tombant devant lui avec une nonchalance étudiée. Il lit une bande dessinée, *Spirale* de Junji Ito – un classique de l'horreur, et l'une de mes BD préférées de tous les temps. Bizarrement, je suis jalouse qu'il la lise.

Je me racle la gorge. Il lève les yeux au bout de quelques secondes, s'arrachant à sa lecture.

– Salut, Ava. Comment tu vas ?

Sa voix est calme, neutre. Seuls les cernes noirs sous ses yeux trahissent que sa sœur vient de mourir. Je ne reconnais pas le garçon qui pleurait hier au cimetière.

– Salut, dis-je en m'asseyant en face de lui. Je suis désolée...

– Est-ce qu'on peut éviter ? m'interrompt-il. Les condoléances et tout ça ? Je préférerais me concentrer sur la BD.

– Pas sur les recherches à propos de Sadie ?

Il hésite, et je pense pendant une seconde terrible que j'aurais mieux fait de me taire. C'était pour *Haunted Land*, bon sang. Évidemment que ça ne l'intéresse plus. Pourtant, il ne dit pas non.

Dominic ne peut quand même pas croire comme tous les idiots du lycée que Sadie est impliquée... si ?

À moins que ce soit plus facile pour lui de croire à un fantôme meurtrier qu'à la possibilité que quelqu'un ait suffisamment détesté sa sœur pour vouloir sa mort. Non, pas seulement pour la *vouloir*, mais pour passer à l'acte et lui crever les yeux. J'essaie d'imaginer la haine nécessaire pour commettre un acte pareil. Le plus proche que je puisse trouver, c'est ce que j'éprouve à l'égard de Madoc Miller, mais ce n'est pas comparable. Je le déteste parce qu'il a été imprudent, et parce qu'il s'est conduit comme un connard insensible. Je le déteste parce qu'il m'a enlevé mes parents et parce qu'il a gâché ma vie. Mais là, quelqu'un a délibérément tué Freya. C'est un autre niveau de cruauté. À la place de Dominic, je ne suis pas sûre que je ne me raccrocherais pas non plus à une explication surnaturelle.

– On va d'abord travailler sur la BD, répond-il finalement. Ensuite, on pourra éventuellement passer en revue les docs que je t'ai envoyés.

– Ça me va.

Il se détend. J'en déduis que c'est le moment de sortir les croquis sur lesquels j'ai travaillé.

– J'ai mis les cases en ordre, à partir du moment où la fille dans la tour regarde dehors et voit les zombies qui commencent à sortir de terre, jusqu'au moment où elle ouvre la trappe au sous-sol et relâche les zombies en enfer. Tu vois ?

Je passe le doigt au-dessus des cases, où j'ai laissé des espaces blancs et des bulles vides. J'observe le visage de Dominic, guettant sa réaction, prête à tout ranger au moindre sourire méprisant. Il les examine attentivement avant d'ouvrir un carnet devant lui.

– Je suppose que tu veux que je t'aide avec les légendes et les dialogues, vu que tu n'as rien écrit ?

– Ouais.

– OK. J'ai écrit un brouillon de ce qui pourrait d'après moi se passer après le chapitre de la trappe, mais tu as peut-être quelque chose de complètement différent en tête. Tu n'as qu'à le lire pendant que je prends quelques notes.

Il me tend une liasse de papiers soigneusement tapés à l'ordinateur. Une liste à puces de scènes détaillant comment Sadie (car il n'a pas pu s'empêcher de l'appeler comme ça, alors que j'ai bien précisé que ce n'était pas une BD sur elle) découvre qu'elle a besoin d'une clé pour inverser le mouvement de la tour-ascenseur afin de remonter au sommet de la colline. Et cette clé, comme le lui explique un démon-gardien, est entre les mains du dernier gardien de la tour – qui réside désormais au fin fond de l'enfer. Sadie doit donc partir à sa recherche, combattant au passage des zombies, des démons et les âmes en peine des damnés.

Même sous cette forme, je comprends à la façon dont Dominic a formulé ses idées que ça ne sera pas seulement effrayant – ce sera drôle, aussi. Ça me rappelle sérieusement *Hellboy*, et je ne pourrais pas lui faire de plus grand compliment. Je n'ai d'ailleurs aucune intention de le lui dire. Je ne peux nier l'enthousiasme qui s'empare de moi rien qu'en imaginant que cette bande dessinée pourrait prendre la forme qui s'ébauche là, sous mes yeux. Mes doigts me démangent : j'ai hâte de me mettre à dessiner.

C'est génial.

N'est-ce pas complètement tordu, d'être aussi contente alors que Dominic vit un enfer ?

Je tends le cou pour essayer de voir ce qu'il écrit dans son petit carnet. Bien entendu, il relève les yeux juste à ce moment-là et me prend sur le fait.

– Qu'est-ce que tu en penses ?

Je hoche rapidement la tête.

– Je pense que je peux travailler à partir de ça. Mais on ne va pas l'appeler Sadie.

Les coins de ses lèvres se relèvent légèrement.

– Très bien. Comment, alors ?

J'examine plusieurs possibilités dans ma tête, testant leur sonorité. Rien ne semble convenir.

– Je vais y penser et je reviendrai vers toi, dis-je, et il soupire d'un air amusé. Mais ça ne sera pas Sadie. D'autant que ça ferait bizarre de l'appeler comme ça après ce qui est arrivé à…

Je ne m'étais pas rendu compte que son expression était aussi chaleureuse, jusqu'à ce que mes paroles la refroidissent comme un seau d'eau glacée.

– Désolée, dis-je sincèrement.

Il secoue la tête.

– Je savais qu'on ne pourrait pas éviter le sujet indéfiniment. Je voulais juste ne pas y penser pendant un moment.

– Oui. Vraiment, je suis désolée.

Il ferme son carnet.

– Je suppose que tu as parlé aux flics, dit-il.

– Deux fois. Je suis presque sûre d'être sur leur liste de suspects.

Autant le dire franchement. Dominic ne doit pas penser que j'ai tué Freya, sinon il ne passerait pas son temps libre avec moi. D'ailleurs, en toute franchise, je ne sais pas encore pourquoi il le fait. C'est peut-être une ruse élaborée pour… Quoi ?

Bon, d'accord, je ne vois pas ce que le but de cette ruse pourrait bien être. Mais j'ai du mal à accepter qu'un Miller puisse agir sans arrière-pensée.

– Je ne vois pas comment tu pourrais être un suspect valable, réplique-t-il d'un ton neutre. Tu étais au lycée quand elle est morte.

Il est donc au courant pour l'heure de la mort.

– Tu sais, en fait, c'est une chance que tu l'aies trouvée, reprend-il. Bien sûr, on se serait vite rendu compte qu'elle avait disparu, mais il nous aurait fallu du temps pour la localiser.

– Ouais. Tu parles d'une chance.

– Non, je t'assure, insiste-t-il en se penchant en avant. Il fait si froid en ce moment que la police scientifique aurait eu beaucoup plus de mal à déterminer l'heure de la mort si elle avait passé la nuit dehors. Du coup, il aurait été plus difficile d'éliminer les gens avec des alibis – et le tueur se serait fondu dans la masse sans problème.

– Je vois.

Je ne me sens toujours pas chanceuse d'avoir découvert le corps mutilé de Freya, mais je comprends ce que Dominic veut dire.

– Au fait, je me demandais… dis-je. (C'est un mensonge, car c'est littéralement la première fois que ça me passe par la tête.) Les caméras de surveillance n'ont rien révélé ? Si quelqu'un s'est introduit sur la propriété, elles auraient dû le filmer, non ?

Il s'affale sur sa chaise, vidé.

– Non, malheureusement. Il a fallu enlever certaines caméras quand mes parents ont fait repeindre la maison, donc le système ne fonctionnait pas. À part celles du portail, la seule qui aurait pu enregistrer quoi que ce soit, c'est la caméra que j'avais laissée branchée près du pont après notre session de tournage. Mais elle filmait dos à la maison, alors elle n'a rien capté.

– Non, pas rien. Ça vous indique au moins que la personne qui a fait ça ne venait pas de cette direction.

Si j'avais dû entrer en douce sur la propriété pour commettre un meurtre, je serais passée par là. Mais je garde ça pour moi, évidemment.

– Est-ce que tu sais sur qui d'autre les flics enquêtent ? je demande.

– Sur tout le monde, j'imagine, répond-il en haussant les épaules. Ils interrogent tous les gens du lycée qui connaissaient Freya ou qui l'ont vue cette semaine.

– Et son…

Je laisse ma phrase en suspens jusqu'à ce qu'il m'adresse un regard interrogateur.

– Je veux dire, Freya n'avait pas un petit copain ? Parce que c'est lui que les flics interrogeraient en premier, normalement, non ?

Je pourrais lui répéter ce que j'ai entendu ce soir-là dans le verger. Il sait que j'étais là. Mais ai-je vraiment envie de lui apprendre que sa sœur très récemment décédée semblait organiser un rendez-vous coquin en secret ? Pas vraiment. D'autant que j'en ai déjà parlé aux flics.

– Je n'en ai pas la moindre idée, répond-il. On ne parlait pas de ce genre de choses. Je suis – *j'étais* – son grand frère, pas son *meilleur pote*.

Je ris presque en le voyant prononcer cette expression du bout des lèvres, comme si ce concept lui était complètement étranger.

– Et puis, avoir des parents étouffants, ça vous inculque la discrétion, ajoute-t-il. C'est agaçant quand ils fourrent tout le temps le nez dans tes affaires.

– Je n'en ai pas la moindre idée, je répète, ce que je regrette aussitôt. Désolée. Ce n'était pas dirigé contre toi.

Et c'est vrai. Curieusement, ce que j'éprouve pour Dominic est distinct de ce que j'éprouve pour sa famille. Je n'irais pas jusqu'à dire que je l'aime bien, mais je ne le déteste pas non plus activement.

Il hoche la tête et se déride un peu.

– Les flics ont son téléphone et son ordinateur portable. S'il y a quelqu'un ou quelque chose de louche, je suppose qu'ils le trouveront.

Il soupire, et c'est dans cette expiration tremblante que je vois ce qu'il cachait si bien jusqu'à présent. Je la reconnais, cette expression dans son regard. Elle traduit l'horrible surprise quand on découvre qu'on peut souffrir autant – *tellement* – et être quand même censé… continuer. C'est exactement ce que j'ai ressenti après la mort de mes parents.

Et c'est vraiment tordu qu'en regardant Dominic Miller – le fils du type qui a détruit ma vie – j'aie l'impression de me regarder dans un miroir. Et pourtant, une partie de moi a envie de lui tendre la main. Parce que je sais ce que ça fait.

– Je ferais mieux d'y aller, je murmure.

Il cligne des yeux, perdu dans ses propres pensées.

– Tu as de quoi travailler ce week-end ? demande-t-il.

– Largement. Merci.

– Tu as mon numéro, si tu as des questions.

Je range mes dessins et les notes de Dominic, enfile mon manteau. Il ne bouge pas.

– Tu vas rester ici encore un moment ? je l'interroge.

Il marque une pause avant de répondre, et je me demande si j'ai fait une nouvelle bourde.

– Mes parents ont rendez-vous avec le directeur des pompes funèbres, et il y a encore un ou deux journalistes qui traînent devant chez nous. Je préfère me tenir à l'écart.

Soudain, je me sens nulle d'avoir dit que je devais partir alors que je ne suis pas particulièrement pressée. Je n'aime pas beaucoup dépendre d'un Miller pour finir mon projet – et, j'espère, pour obtenir mon diplôme –, mais il est en train de m'aider alors qu'il traverse littéralement la pire période de sa vie.

– Mon boulot à la station-service ne commence qu'à dix-neuf heures, en fait, alors je peux travailler un peu plus sur la bande dessinée. C'est juste que je ne voulais pas te prendre tout ton vendredi après-midi.

– Rentre chez toi, Thorn, lance-t-il en haussant un sourcil. Je n'ai pas besoin d'une baby-sitter.

Et, comme pour prouver que ma compagnie n'est pas nécessaire, il reprend *Spirale* et retrouve la page où il en était quand je suis arrivée.

– Mais ne t'en fais pas, dit-il après que je me suis retournée pour partir, je n'ai pas oublié les recherches sur Sadie. On pourra s'en occuper la prochaine fois.

Je fais semblant de ne pas l'avoir entendu, mais il doit remarquer la tension dans mes épaules alors que je me dirige vers la sortie. Son petit ricanement me suit dehors, dans le froid.

CHAPITRE 21

Tout est calme à la station-service, comme d'habitude. Mais ce soir, je suis seule au comptoir pendant que ma boss fait l'inventaire à l'arrière du magasin, si bien que je n'ai pas trop de scrupules à passer le temps en regardant des vidéos sur mon téléphone. J'aspire les dernières gouttes du café glacé que j'ai rapporté du cottage, les yeux rivés sur le petit écran. Car ce ne sont pas de simples vidéos. Je fais des recherches.

Je n'arrête pas de penser au type à qui parlait Freya l'autre soir au manoir. C'est forcément quelqu'un que je connais, non ? Ou quelqu'un que sa famille doit connaître. Et avec qui elle n'avait vraiment pas le droit de sortir, vu comment elle se cachait pour l'appeler.

Alors que ce type devrait être le suspect principal, on dirait que je suis la seule à me démener pour le trouver. Si j'arrive à découvrir de qui il s'agit, les flics arrêteront peut-être de me regarder comme s'ils voulaient évaluer la taille de la combinaison orange dont j'aurai besoin en prison.

Mais qui ça peut bien être ? Je pense immédiatement à Mateo et Casper. Ils semblent tous hyper proches. Je croyais que les deux garçons étaient ensemble, mais je peux me tromper, cela dit. Ou alors, peut-être qu'ils *sont* ensemble, et que l'un des deux voyait aussi Freya en secret.

Honnêtement, je ne les connais pas assez bien pour que cette théorie soit plus qu'une hypothèse tirée par les cheveux. Et mon instinct me souffle que ce n'est pas ça. Néanmoins, comme Daphné et Carla me l'ont souvent fait remarquer, je me fie un peu trop à mon instinct, et je devrais peut-être laisser une chance à mon cerveau. (OK, cette dernière remarque, c'est du Carla tout craché.)

Voilà pourquoi je me suis mise à visionner des épisodes récents de *Haunted Land*, pour étudier les interactions entre Mateo, Freya et Casper. Leur langage corporel, leurs contacts visuels. De petits détails qui pourraient indiquer qu'ils étaient plus que des amis.

Je clique sur une vidéo datée d'il y a deux semaines. En voyant Freya apparaître en gros plan, je manque d'arrêter tout de suite le visionnage. Car mon esprit ne la voit pas telle qu'elle est sur l'écran, mais telle qu'elle était dans le pavillon. Son visage d'une pâleur surnaturelle. Les deux cavités vides.

Morte.

Je cligne des yeux.

Vivante.

Je cligne des yeux.

Morte...

Je cligne, cligne, cligne.

Enfin, la caméra réalise un zoom arrière et je vois Casper et Dominic à côté d'elle. Ils portent tous les trois des vêtements d'hiver épais, et se tiennent sur une jetée dont les vieilles planches branlantes s'étendent au-dessus d'un lac sombre. Je ne sais pas de quel lac il s'agit – il y en a tellement dans l'Indiana, et je n'en connais qu'un ou deux. De fines volutes de brume flottent au-dessus de la surface de l'eau calme, vitreuse. La vidéo a été tournée au coucher du soleil, le meilleur moment pour faire ressortir les reflets rouge sang des cheveux de Freya, accentuant son look à la Sansa Stark.

Je comprends pourquoi les gens – y compris des milliers d'internautes – la trouvaient attirante. Elle était magnifique.

La caméra s'attarde sur elle.

« Bonsoir, les chasseurs de fantômes ! Ce soir, nous allons plonger en eaux troubles – littéralement ! Nous allons explorer l'île minuscule au centre de ce lac où Henry la Scie, le *serial killer* recherché des années en vain par la police, aurait, selon la rumeur, passé ses derniers jours. »

Changement de scène : on les retrouve tous les quatre dans un bateau, Mateo filmant avec une perche à selfie pour qu'ils soient tous à l'image tandis qu'ils traversent tant bien que mal le lac. Il se penche en arrière… A-t-il la main sur la jambe de Freya ? Non, c'est juste l'angle bizarre qui donne cette impression.

Un autre plan : ils remontent la berge de ce qui doit être l'île d'Henry la Scie.

« Je vois sa cabane, droit devant ! », s'exclame Jasper, comme s'il venait de repérer le traîneau du père Noël. On dirait que c'est Dominic qui tient la caméra désormais. Est-ce que c'est moi, ou il ne s'attarde pas autant sur Freya que le faisait Mateo ?

La caméra zoome sur l'endroit que désigne Casper. En fait de cabane, un bâtiment étroit se dresse sur le point culminant de l'île, ses murs de pierre formant un octogone couvert de peinture délavée, écaillée. Il fait au moins quatre mètres de haut, troué de dizaines de minuscules fenêtres qui donnent sur le lac.

L'espace d'un instant, je me dis qu'ils ont bel et bien posté une vidéo du pavillon. Le bâtiment est presque identique, à part ces étranges petites fenêtres.

Mais non. C'est un pigeonnier. Mon grand-père m'a dit qu'il y en avait un au manoir autrefois – le jumeau du pavillon –, mais qu'il a été détruit quand la distillerie a été construite à l'extrémité nord de notre terrain.

– Sérieusement, où vont-ils chercher toutes ces conneries ? je marmonne, mais mon sourire méprisant disparaît dès que je réalise que c'en est fini des épisodes de *Haunted Land*.

Sauf si Dominic et les autres décident de continuer sans Freya, ce qui m'étonnerait, quand bien même Dominic veut continuer ses recherches sur Sadie. Quoi que j'aie pu penser de la bande des Miller, ils ont – ils *avaient* – l'air hyper soudés, tous les quatre.

« On va devoir allumer les lampes de poche pour entrer parce qu'il fait sombre et que c'est vraiment flippant », annonce Freya, qui a troqué son sourire de façade contre une expression pensive et des yeux écarquillés.

La caméra suit Freya, Mateo et Casper comme ils errent à l'intérieur du pigeonnier. Des traces de fientes d'oiseaux maculent les murs. Mateo s'accroupit et fait signe à la caméra de se rapprocher.

« Tu as trouvé quelque chose ? », demande Freya d'une voix haletante.

« J'ai trouvé… ça. »

Il fait volte-face et, soudain, une tête terrifiante, figée dans un cri, emplit l'écran. La caméra sursaute alors que Dominic recule, et je vois que Mateo tient un gros crapaud dans ses mains.

– Crétin, je murmure, le cœur tambourinant.

Mort de rire, il presse encore la créature, qui pousse un autre cri.

« Repose ce truc où tu l'as trouvé », dit Freya, hilare aussi.

Dominic filme sa sœur.

« Casp, murmure celle-ci, est-ce que tu ressens quelque chose ? »

« L'atmosphère se rafraîchit… Il y a une présence ici. »

« Henry la Scie a assassiné six femmes et jeunes filles entre 1988 et 1992, chuchote la voix de Freya dans les haut-parleurs de mon téléphone, et je me surprends à me pencher en avant malgré moi. Il les a démembrées et il a jeté les morceaux dans des bennes à ordures de différentes zones du sud de l'Indiana. Il a laissé le dernier corps dans le parc de Heron Gate avec la scie à métaux qu'il avait utilisée sur toutes ses victimes – un message, beaucoup le pensent, pour dire qu'il en avait fini avec ces meurtres. »

La caméra suit Freya en train de marcher quand, soudain, une ombre passe furtivement derrière l'une des fenêtres.

Ni Freya ni aucun des garçons ne semblent s'en apercevoir. La caméra continue de suivre la jeune femme qui fait le tour du périmètre. Je suppose que ce n'était qu'un oiseau.

Mais alors, ça recommence. Une ombre traverse la fenêtre derrière elle, un peu plus lentement cette fois-ci, si bien que je distingue tout juste la forme brouillée d'un visage avant qu'elle ne disparaisse à nouveau.

C'est quoi ce bordel ?

Mon pouls s'accélère, même si je sais que c'est sûrement quelqu'un que les Miller ont persuadé de venir avec eux. Je reconnaîtrais sans doute un élève du lycée si je regardais ça plus attentivement.

Je mets la vidéo sur pause et reviens en arrière de quelques secondes, jusqu'au moment où l'ombre est passée pour la première fois. Mais cette fois, je ne la vois pas. Je laisse la vidéo se dérouler à un quart de la vitesse normale jusqu'au moment où j'ai mieux vu le visage à la fenêtre. Il n'y a rien. Je la repasse encore deux fois, juste pour être sûre. Puis j'appuie sur pause et je me penche pour examiner l'image de plus près.

Il n'y a aucune trace de la silhouette que j'ai vue à la fenêtre. Mais soudain, les ombres se mettent à bouger dans le dos de Freya. C'est seulement l'obscurité qui s'intensifie, au début, comme un vide se repliant sur lui-même. Mais ensuite, elle grandit. S'étend.

Elle se penche au-dessus de Freya désormais. C'est une personne, sans le moindre doute. Ou la forme d'une personne...

Freya reste plantée là, souriante.

D'abord tu la vois, ensuite tu...

Quelqu'un s'éclaircit la gorge devant moi, et je lâche mon téléphone en glapissant. Madoc Miller se tient devant le comptoir, dans son pardessus d'hiver et ses gants en cuir. Ses sourcils épais sont froncés.

– Qu'est-ce que vous faites ici ? je demande brusquement.

D'ordinaire, quand il m'aperçoit derrière le comptoir, il ne s'arrête pas. Il n'a pas plus envie de me voir que moi de le voir. Cet arrangement nous convient à tous les deux. Et voilà que ce connard vient de l'enfreindre.

– Cinquante dollars sur la quatre, dit-il d'un ton bourru.

Je me rends compte que sa voix ne ressemble pas du tout à celle de Dominic. Son fils a une voix profonde et douce – assez belle, si on est porté sur ces choses-là. On dirait que Madoc, lui, fume quarante clopes par jour depuis la maternelle et qu'il fait des gargarismes avec du verre pilé. Je crois que c'est la première fois qu'il m'adresse la parole depuis le jour où il a foncé dans la voiture de mes parents avec son Hummer.

Et maintenant, sa fille est morte.

– Ava ?

– Quoi ?

– Cinquante dollars. Pompe quatre, répète-t-il en poussant du liquide dans ma direction pour souligner son propos.

Je l'encaisse sans un mot. Il fourre le ticket dans sa poche et j'attends qu'il s'en aille, mais il reste planté là.

– Vous vouliez autre chose ?

Madoc fait la moue avant de répondre, comme s'il choisissait ses mots avec grand soin.

– C'est toi qui as trouvé ma fille.

Ce n'est pas une question. C'est une affirmation.

Est-il vraiment venu ici pour m'accuser de quelque chose ?

– En effet.

– J'en suis désolé, dit-il, et puis il tourne brusquement les talons et s'en va.

Il est assez tard quand je rentre à la maison. Je ne m'attendais pas à trouver quelqu'un encore éveillé, mais Carolyn est appuyée contre le comptoir de la cuisine, une tasse de thé à la main.

– Salut, ma belle. Ford est passé tout à l'heure. Je lui ai dit que tu travaillais... Il est venu te voir à la station-service ?

Je serre les dents.

– Non. Est-ce qu'il... il a laissé quelque chose pour moi ?

Je vois à l'expression perplexe de Carolyn que la réponse est non. Pourquoi ne m'a-t-il pas encore rendu le collier de ma mère ?

Une pensée affreuse s'insinue alors dans mon esprit : et s'il ne *pouvait* pas me le rendre ? S'il l'avait donné à Freya et n'avait pas le cran de me l'avouer ?

Ça me soûle. *Il* me soûle. Demain, c'est samedi : j'irai chez lui avant de me rendre au travail et je récupérerai ce collier moi-même.

– Il y avait du monde ce soir ? demande Carolyn, pensant sans doute que c'est la raison de ma mauvaise humeur.

– Non. Mais il s'est passé un truc bizarre. Madoc Miller est venu.

Je bois une gorgée de café, m'efforçant de prendre un air nonchalant, mais Carolyn se raidit.

– Qu'est-ce qu'il a dit ? Est-ce qu'il t'a mal parlé ? S'il a insinué quoi que ce soit…

– Non, ça a été. Enfin, c'était *bizarre*, mais ça a été. Il a juste dit qu'il était désolé que ce soit moi qui aie trouvé Freya.

Carolyn se détend un peu, mais elle garde les sourcils froncés.

– Ce n'est vraiment pas pour ça qu'il devrait s'excuser.

– Ouais.

Il ne s'est jamais excusé d'avoir tué mes parents – ni pendant l'enquête ni ensuite. Cela dit, un « désolé » n'aurait rien changé. Mes parents seraient quand même morts. Je le détesterais quand même.

– Mais c'est pas tout…

Carolyn pose son thé, attentive.

– Je regardais un épisode de *Haunted Land* sur mon téléphone, et il m'a semblé voir quelque chose dans le fond mais, quand je suis revenue en arrière, il n'y avait plus rien. Étrange, non ?

Je me force à rire.

– Qu'est-ce que tu as cru voir ?

– Une personne, peut-être ? Juste quelqu'un qui passait.

– Ils auraient mis ça en scène pour faire peur aux gens ?

Je secoue la tête.

– Je ne pense pas que cette personne était censée se trouver là.

– Je vois, dit-elle en hochant lentement la tête. Tu penses à autre chose. Sadie, par exemple ?

– Non, je…

N'est-ce pas pourtant ce que m'a soufflé mon instinct ? Cette vidéo a été tournée il y a à peine deux semaines.

D'abord tu la vois, ensuite tu meurs.

Comme mon père.

Mon pouls bat avec force dans ma tête, m'empêchant de réfléchir. Ou alors, c'est juste que je n'en ai pas envie.

Était-ce vrai, ce que papa a dit juste avant de mourir ? Qu'il a vu Sadie dans les bois ? Ce n'était pas qu'un symptôme de sa crise ? Il m'avait toujours dit que Sadie n'était qu'un mythe. Il riait toujours quand ma mère l'avertissait qu'il ne fallait pas parler comme ça, « sinon Sadie risque de venir plus tôt que prévu pour te corriger ». Mais il y a cru, à la fin, non ? Et, même si je suis dans le déni, je pense qu'une partie de moi a commencé à y croire aussi ce soir-là.

Mais pourquoi Sadie serait-elle apparue dans la vidéo de Freya ? Pour la prévenir qu'elle allait mourir ?

Sauf que ce n'est pas Freya qui a vu Sadie dans la vidéo. C'est *moi.*

– Ava, je ne vais pas y aller par quatre chemins, OK ? lance Carolyn, interrompant cette sensation d'horreur naissante. Tu as découvert le cadavre d'une fille aux yeux mutilés, et ce, le jour de l'anniversaire de la mort de tes parents. Naturellement, tu ne dors plus très bien.

Elle passe la main sur ma joue et me regarde droit dans les yeux.

– On va devoir te faire interner, ma belle.

Je pousse un rire surpris.

– Quoi ?

Elle hoche la tête, faussement triste.

– Eh oui. Ty est en train de remplir les papiers en ce moment même.

– Arrête ! dis-je, hilare.

Elle finit par esquisser un sourire, mais il s'éclipse trop vite.

– Ava, après tout ce que tu as vécu, je serais choquée si tu n'avais pas les nerfs à vif. Ne sois pas trop dure envers toi-même, OK ? Il était peut-être trop tôt pour que tu arrêtes de voir le Dr Ehrenfeld...

– Non, c'était le bon moment, dis-je rapidement.

Ce n'était pas que les séances ne m'aidaient pas, mais je me sentais coupable de demander à Carolyn et à oncle Ty de me payer une thérapie alors qu'ils avaient du mal à joindre les deux bouts.

– Si tu en es sûre, dit-elle avant de taper du bout de l'ongle sur le couvercle de mon café. Mais tiens-t'en peut-être aux décaféinés, OK ? Je t'en ai racheté.

– OK. Merci.

Elle me presse le bras et disparaît dans le salon. Je remplace mon café vide par un verre d'eau et vais dans ma chambre. Alors que je la traverse pour rejoindre mon bureau, je regarde la fenêtre ronde et vois un visage pâle qui me fixe.

Mon verre d'eau se brise lorsqu'il tombe à mes pieds, et des éclats s'envolent partout.

Mais ce n'est que mon reflet. Ce n'est que moi.

Il n'y a personne dehors.

CHAPITRE 22

Il est tôt et il fait encore nuit quand je monte en voiture et essaie de faire démarrer Bessie. Mais je comprends vite qu'elle est dans un mauvais jour. Puisque je suis réveillée, je rentre enfiler mes bottes afin de braver le froid jusque chez Ford. Il n'y a que quelques petits centimètres de neige.

Je prends une pomme et un café en guise de petit déjeuner et je sors.

Le chemin jusqu'à la rivière est d'un blanc immaculé, encore vierge de toute trace humaine ou animale. Je me sens coupable de le piétiner, mais, en même temps, c'est assez plaisant.

La neige tourbillonne sur la rivière blanche parsemée de taches plus sombres, là où le dégel essaie de s'imposer. Le printemps arrive doucement. Comme disait ma mère, l'hiver fait son baroud d'honneur. (Que Satan soit loué.)

Sur le sentier, le givre cède la place à de la terre gelée, là où les arbres sont plus denses, près de la rivière. Le soleil doit être en train de se lever, mais les nuages sont si épais qu'il fait encore sombre. J'entends les cloches qui murmurent un peu plus haut sur la berge. Aujourd'hui, ce son ne me semble ni familier ni réconfortant, mais inquiétant. Il joue sur mes nerfs comme un courant d'air sur ma nuque.

Quand je finis par apercevoir l'arbre scarifié au niveau du barrage, mes pieds sont deux blocs de glace. Je m'arrête quand même pour passer le doigt sur le mauvais œil sculpté sur le tronc. C'est devenu une tradition. Une sorte de malaise s'éveille en moi quand je me rappelle l'œil gravé sur mon casier. N'importe quel tordu du lycée pourrait avoir fait ça simplement parce que c'est moi qui ai trouvé Freya, mais je l'ai quand même pris comme une attaque. Maintenant, tous ces yeux maléfiques semblent braqués sur moi, m'observant.

Dès que je vois le barrage, je me rends compte que quelque chose ne va pas. J'ai la tête qui tourne, comme si je venais de descendre d'un manège. Je m'appuie contre l'arbre et ferme les yeux, attendant que reflue cet étrange vertige.

Carolyn a raison – il faut vraiment que je passe au décaféiné.

J'ouvre prudemment les yeux. Tout a cessé de tourner. J'éprouve une seconde de soulagement, et puis je me rends compte que ça n'a pas seulement arrêté de tourner : *tout* s'est arrêté.

Les cloches sont silencieuses. Je respire fort, mais mon souffle ne forme pas un nuage devant moi. Même le chuchotement de l'eau sous la glace s'est tu.

Je me frotte les yeux, puis les tempes, espérant pouvoir ramener ainsi la réalité à sa place. Je m'écarte du tronc en essayant de respirer calmement. Mais, de l'autre côté de l'étendue blanche et duveteuse de la rivière, je vois une personne debout sur la berge. Elle a la tête baissée, comme si elle cherchait quelque chose dans la rivière. Des cheveux noirs et ternes tombent devant son visage.

Oh mon Dieu. Oh non.

C'est elle.

– Sadie.

Je ne voulais pas le dire à voix haute, mais ce simple mot rompt le charme qui gardait le temps prisonnier. Un oiseau crie et descend en piqué au-dessus du chemin avant de s'élever à tire d'aile dans le ciel gris ardoise. Les cloches se mettent à carillonner comme si on les avait secouées.

D'abord tu la vois, ensuite tu meurs.

Je pars en courant, ce murmure résonnant dans mes oreilles. Les silhouettes des arbres qui se découpent contre le ciel paraissent tranchantes comme des rasoirs, mauvaises, formant non plus un chemin ombragé, mais un piège potentiel. Chaque bruit de pas, chaque crissement du sol gelé semblent amplifiés. *Multipliés*, parce qu'il n'y a pas que le bruit de mes pas. Pas que le bruit de mon souffle. *Elle* me suit, je le sais, mais je n'ose pas regarder derrière moi. Je ne peux pas me retourner et plonger les yeux dans ces orbites vides, avides, et y voir ma propre mort.

Je me penche pour éviter une branche basse, mais une mèche de mes cheveux s'y accroche quand même. C'est comme si elle se servait de tout pour m'attraper – de la rivière, du chemin, des arbres –, que tout s'y mettait pour me plaquer à la berge.

Quelque chose me griffe la joue, et je hurle.

Ce n'est qu'une brindille. Une maudite brindille.

Je continue de courir. Haletante, je sprinte jusqu'à l'endroit où le chemin bifurque pour remonter vers River Road. Je ne m'arrête qu'en voyant la route, pleine de voitures et de vie. Un gamin en vélo jure et fait un écart quand je déboule subitement. Je n'ai jamais été aussi heureuse d'être insultée par un collégien.

Les mains tremblantes, je sors mon téléphone et appelle la seule personne sur laquelle je peux compter pour être directe avec moi en toutes circonstances.

Carla répond à la deuxième sonnerie.

– Ne me dis rien… Tu as trouvé un deuxième cadavre.

– Carla, arrête d'être une garce pendant une seconde et dis-moi que je ne perds pas la tête.

– OK, dit-elle lentement. Je vais avoir besoin d'un peu de contexte.

– Je viens de voir Sadie au barrage de Copper Bell.

Une seconde de silence.

– Donne-moi plus d'informations, s'il te plaît.

– J'étais en train de marcher et ma tête s'est mise à tourner, alors j'ai fermé les yeux. Quand je les ai rouverts, elle se tenait juste en face de moi, de l'autre côté de la rivière.

– OK, l'autre côté de la rivière… Ça fait quoi, quinze mètres ? Tu es sûre que ce n'était pas quelqu'un qui promenait son chien ?

– Il n'y avait pas de chien !

– Bon, comment elle était habillée ?

– Je… (J'essaie de réfléchir, de la visualiser.) Quelque chose de sombre ? Je n'ai pas bien vu, avec les arbres derrière elle.

– Mais tu as vu son visage ?

– Pas exactement. Elle était plus ou moins penchée en avant, en train de regarder la rivière.

Un silence plus long s'ensuit. Derrière elle, j'entends quelqu'un demander qui est au téléphone ; sans doute Daphné. Les pères de Carla sont vraiment à l'aise avec le fait qu'elles soient ensemble – plus que les parents de Daphné qui, s'ils ne lui prennent pas ouvertement la tête parce qu'elle est lesbienne, ont encore du mal à se faire à l'idée.

– OK, reprend Carla. En partant du principe que tu n'as rien fumé ni sniffé, voici mon verdict officiel : tu as juste vu quelqu'un qui faisait une balade matinale, et tu as paniqué. Mettons ça sur le compte des événements récents, d'un stress non négligeable, et du fait qu'il est *putain de tôt.* Tu n'es pas folle.

L'entendre affirmer ça du ton formel d'une fille à qui on ne la fait pas suffit presque à me rassurer. Presque.

– D'accord ? demande-t-elle, avant de répéter, comme je ne réponds pas : *D'accord ?*

– Juste pour en être absolument sûre : donc, même si tous les membres de la famille Thorn qui voient Sadie sont censés mourir, je ne vais pas mourir, hein ?

– Bien sûr que si, répond Carla sur le ton de l'évidence. Mais sans doute pas avant très longtemps, et certainement pas parce que tu as reçu la visite d'un fantôme, Ebenezer.

– Quoi ?

– Ebenezer Scrooge, dans *Un chant de Noël…* Tu sais quoi, laisse tomber. Ce que je veux dire, c'est que ça va aller. Tu n'as aucune raison de t'inquiéter, OK ?

J'expire profondément.

– Oui. Merci, docteur Carla. Désolée de t'avoir réveillée.

– Mouais.

Elle marmonne quelque chose du genre « Essaie de lire un putain de livre une fois dans ta vie », et elle raccroche.

Je frappe à la porte de Ford, puis grimace en me rappelant que sa mère est peut-être rentrée tard de son travail à la maison de retraite et n'appréciera pas d'être réveillée à cette heure-là. Néanmoins, elle est habillée et a le regard vif quand elle m'ouvre et me fait entrer.

– Comment ça va, ma puce ? Tu n'as pas l'air dans ton assiette.

En réalité, je suis dans un état lamentable. Je transpire, j'ai les jambes qui tremblent d'avoir couru sur presque tout le chemin, et ma peau me picote bizarrement, me donnant envie de l'arracher. Mais je me contente de sourire faiblement.

– Je vais bien, merci. Est-ce que Ford est à la maison ?

– Il dort encore, répond-elle en levant les yeux au ciel. Tu sais comment il est. Mais, si tu veux, je vais le réveiller et on pourra prendre le thé pendant qu'il se dézombifie.

J'essaie de lui adresser un sourire sincère. J'ai beau être en colère contre Ford, sa mère a toujours été super gentille avec moi – surtout après la mort de mes parents. J'ai passé tellement de temps ici à l'époque qu'elle est un peu ma mère d'adoption.

– En fait, ça ne vous dérange pas si je monte toute seule ?

– Si tu peux supporter l'odeur de pieds et l'haleine matinale, vas-y !

Elle retourne dans la cuisine en riant toute seule tandis que je gravis l'escalier.

La chambre de Ford est la plus grande – c'est bien le genre de sa mère de lui laisser la meilleure – et donne directement sur l'entrée du manoir.

Sa porte est fermée. Je tends l'oreille, à l'affût du moindre mouvement. Tout est silencieux. J'envisage de simplement entrer, de récupérer le collier et de m'en aller aussitôt, mais je ne peux pas débouler dans sa chambre sans crier gare. Même les pires connards ont droit à un minimum de respect.

Je frappe donc assez fort pour avoir au moins le plaisir de le réveiller en sursaut.

– Maman ? Qu'est-ce qu'il y a ? me répond la voix endormie de Ford.

– C'est moi. J'entre.

– *Ava ?*

Je laisse encore passer une seconde, au cas où il aurait besoin de se couvrir. Même si j'ai déjà vu quatre-vingt-dix-neuf pour cent de son anatomie, vu sa tendance à se désaper à la moindre occasion. La problématique des marques de bronzage est totalement étrangère à ce mec. N'empêche qu'il peut garder le dernier un pour cent pour lui, merci bien.

Lorsque j'ouvre, Ford est assis dans son lit, ses cheveux bouclés dressés sur sa tête comme s'il venait de se faire électrocuter, le visage barré d'une marque d'oreiller. Deux chats dorment de chaque côté de lui, et il les foudroie du regard comme s'il ne savait pas ce qu'ils faisaient là, avant de ramener son attention sur moi. Jaffa – le chat roux – saute par terre et vient se frotter à mes chevilles. Je me penche machinalement pour le caresser.

– Ava, je suis tellement content de te voir…

– Je suis seulement venue pour mon collier.

– Et si tu me laissais expliquer ?

J'hésite à foncer le récupérer sous son lit – à supposer qu'il soit encore caché là –, mais je décide de me montrer plus digne que lui.

– D'accord.

Il se redresse. On dirait qu'il a répété ce qu'il s'apprête à dire.

– OK. Tu te souviens, juste avant que le manoir soit mis en vente, quand Ty essayait encore de rembourser les dettes de la distillerie ?

Je hoche la tête.

– Il essayait de sauver la maison.

– Ouais, dit-il sur un ton qui sous-entend que ce n'était pas tout à fait vrai. Sauf qu'un jour, je l'ai vu en ville devant le bureau du prêteur sur gages – tu sais, juste à côté de ce petit cabinet d'avocat sordide. Bref, je me suis approché pour lui dire bonjour, mais quand je me suis retrouvé devant la boutique, j'ai vu ton oncle poser un tas d'affaires de tes parents sur le comptoir. Je veux dire, des trucs qu'ils auraient voulu que tu récupères, j'en suis certain – genre la Rolex de ton père, leurs alliances, ce genre de choses.

J'ouvre la bouche et la referme. Car Ford se trompe : mes parents ont été enterrés avec ces objets.

– J'ai su qu'il finirait par vendre aussi le collier de ta mère. Or je savais à quel point il était important pour toi, alors je l'ai caché. *Pour toi.* Tu comprends ? C'était pour te protéger. Je voulais te dire que je l'avais, mais j'ai oublié, jusqu'à… Enfin, tu as vu la vidéo.

Voilà pile ce dont j'avais besoin pour ramener ma colère au point d'ébullition.

– Tu es en train de me dire que tu l'as volé pour qu'oncle Ty ne le prenne pas ? Tu te rends compte de l'absurdité de ce que tu racontes ? Oncle Ty ne me volerait jamais rien. Il est de ma *famille.* Et ce collier ne vaut même pas tant que ça.

– Assez pour parier sur quelques chevaux, réplique-t-il, énervé.

Je serre les poings.

– Il ne ferait jamais une chose pareille !

– Ah non ?

– Non ! Et d'ailleurs, si tu le pensais vraiment, tu aurais dû me le dire tout de suite.

Il se laisse aller contre sa tête de lit, les bras croisés derrière la tête.

– Comme tu veux. Ty est un saint. Ça ne change rien au fait que j'essayais juste de veiller sur toi.

Il me regarde comme s'il attendait quelque chose de ma part.

– Quoi ? Je suis censée te remercier, maintenant ? J'ai cru que j'avais perdu ce collier pendant le déménagement, et j'en étais malade ! Je voulais le porter pour le jour anniversaire… Oh, et puis qu'est-ce que ça peut te faire, à toi ? je lance en tendant la main. Allez, rends-le-moi.

Il soutient mon regard noir pendant si longtemps que je crois qu'il va refuser. Si ça se trouve, il l'a bel et bien donné à Freya, et il m'a juste sorti toutes ces conneries pour me déstabiliser… Mais finalement, Ford se penche et sort la petite boîte à bijou noire de sous son lit. Depuis combien de temps est-elle ici ? Combien de fois me suis-je blottie sur ce lit pour jouer à *Rocket League* avec lui sans savoir que mon collier volé ne se trouvait qu'à quelques centimètres de moi ?

– Très bien, mais ne viens pas chialer quand Ty le vendra, crache-t-il en me lançant la boîte.

J'en reste bouche bée.

– N'importe quoi.

Pourtant, une petite voix insidieuse au fond de mon esprit me rappelle qu'oncle Ty a vendu le manoir. Aux Miller, qui plus est. Aurait-il des scrupules à vendre mon collier ?

J'ouvre la boîte, juste pour vérifier qu'il est bien là. La chaîne est un peu emmêlée après ce vol plané à travers la pièce, mais pas endommagée.

Lorsque je relève les yeux, Ford a roulé hors de son lit et s'appuie contre le rebord de sa fenêtre, les yeux rivés sur le manoir.

– Tu pourrais être un peu moins dure avec moi, tu sais, marmonne-t-il. Je sais que tu la détestais, mais mon amie vient de mourir.

Je serre les doigts autour de la boîte, qui se referme dans un claquement sec. Essaie-t-il vraiment de se servir de la mort de Freya pour se dédouaner ? Je m'apprête à l'envoyer se faire foutre quand j'aperçois son reflet dans la vitre. Je connais Ford depuis longtemps, et je sais quand il joue la comédie. Là, tout de suite, ce n'est pas le cas. Il est sincèrement bouleversé, et ça me prend par surprise. Il ne m'était jamais venu à l'esprit que Ford appréciait réellement Freya.

Est-ce qu'il faisait plus que l'apprécier ?

Est-ce que c'est avec lui qu'elle était au téléphone cette nuit-là ?

Non, impossible. Ford était dans le manoir avec Dominic à ce moment-là – je les ai vus tous les deux à la fenêtre de mon ancienne chambre. Il n'aurait jamais pu organiser un rendez-vous coquin avec elle juste sous le nez de son frère. Mais ça ne veut pas dire qu'il n'en pinçait pas pour elle. Il n'aurait pas été le premier à voir ses sentiments piétinés par un Miller.

Quoi qu'il en soit, je vais lui lâcher la grappe pour le moment. J'ai dit tout ce que j'avais à dire. Mais pas lui, apparemment.

– Ça ne te fait pas flipper, toi ? Un psychopathe à seulement quelques mètres d'ici... Tu vivais au manoir jusqu'à la semaine dernière, et voilà qu'une fille a été assassinée juste là, ajoute-t-il en tapotant la fenêtre avec son doigt.

– Je suis au courant, dis-je d'un ton acerbe. C'est moi qui l'ai trouvée, je te rappelle.

– Ça, je le sais, réplique-t-il avant de se retourner vers moi en retroussant les lèvres. Comment pourrais-je oublier que tout tourne toujours autour de toi ?

– Ce n'est pas ce que j'ai dit...

– Ah non ? Pourtant, c'est exactement ce que tu laisses entendre depuis un an.

– Tu veux dire depuis la *mort* de mes parents ? je demande en levant les mains en l'air.

Mais Ford s'est refermé comme une huître. De toute façon, j'en ai fini avec lui. Vraiment fini.

– Ça vous dirait, des pancakes, tous les deux ? lance soudain la voix de Mme Sutter depuis l'embrasure de la porte. Je me suis dit qu'on pourrait en manger pour le petit déjeuner...

Ça me donne envie de disparaître sous terre.

– Non, merci, madame Sutter, dis-je, les yeux toujours rivés sur son connard de fils. Je dois rentrer chez moi.

– Oh, tu es sûre, ma puce ?

– Certaine. Merci.

Je me retourne et m'en vais avec le collier de ma mère, sans adresser un seul mot à Ford.

CHAPITRE 23

Ce matin, je suis censée travailler au Pump'N'Go, mais je suis d'une humeur si massacrante que j'envisage sérieusement de me faire porter pâle. Mais je ne peux pas laisser Daphné enchaîner deux services toute seule.

Tous les clients qui entrent dans la station se dirigent droit sur le présentoir, où les quotidiens régionaux se déploient. Freya Miller sourit sur toutes les couvertures. Ça me fait flipper, car j'ai l'impression qu'elle me regarde. Et chaque fois que je tourne la tête, même un tout petit peu, je vois son image changer – ses yeux devenir des trous sanglants, sa bouche s'ouvrir en grand, son visage se vider de toutes ses couleurs. Je finis par prendre tous les journaux et les retourner. Mia, ma patronne, sera furieuse. Mais moins que si je m'en vais au milieu de mon service.

Ça n'empêche pas tout le monde de parler de Freya, une fois à la caisse. Chacun a une théorie. Un suspect en tête. La plupart des gens pensent que son meurtre est lié à Claire Palmer, même si la mort de cette dernière était accidentelle. (Daphné n'en démord pas, et je lui fais confiance.) Mais tous les gens qui commèrent – tous – disent : « N'empêche qu'avec tout ça, on se demande s'il n'y a pas du vrai dans cette histoire de Dead-Eye-Sadie, pas vrai… ? »

Je laisse Daphné gérer ça.

Il y a aussi beaucoup plus de flics que d'ordinaire en ville. Je doute pourtant qu'ils trouvent le tueur en train de se balader dans la rue avec une pancarte « C'EST MOI LE COUPABLE ».

Je me demande même s'ils le trouveront un jour.

Le lundi, au lycée, tout le monde se vante d'avoir été interrogé par la police. Une seconde qui a parlé aux médias en se faisant passer pour la meilleure amie de Freya se pavane maintenant comme si elle était son foutu clone.

Certains des visages qui m'entourent sont plus inquiets. Même si Claire Palmer avait encore ses yeux (bien que « laiteux », d'après Daphné) et que sa mort a été classée comme accidentelle, je continue d'entendre des gens murmurer à propos de Sadie et de sa « frénésie meurtrière ». Les élèves se demandent qui sera sa prochaine victime, même si, vu les pronostics qu'ils se balancent, ils n'ont pas vraiment l'air d'avoir peur. J'aimerais pouvoir en dire autant.

L'autel installé devant le casier de Freya prend maintenant la moitié du couloir. Des photos, des bougies, des peluches. (Franchement, je doute que Freya ait été du genre à aimer les doudous.) Quelqu'un a même encadré un article de tabloïd : « Une vie brillante et pleine de promesses écourtée de manière tragique. » Et maintenant, tout le monde semble avoir une histoire à raconter aux médias, une bonne raison d'aller dans le bureau de Hamish et d'en ressortir avec les yeux rouges.

Attention, je ne dis pas que la mort de Freya n'est pas tragique – je ne suis pas un monstre. Ce qui me dérange, c'est que les gens ne sont pas *vraiment* bouleversés. Il y a de l'avidité dans l'air, comme si la découverte de deux cadavres en à peine plus d'une semaine ne leur suffisait plus, et qu'ils attendaient un nouveau rebondissement pour raviver ce sentiment d'horreur.

Et ça ne se limite pas aux élèves du lycée. Hier soir, je regardais les infos régionales et je suis tombée sur une interview de Liam, de la bibliothèque. Il racontait qu'il jouait autrefois au lacrosse avec Dominic, dans leur ancien lycée, St David, et que Freya venait voir les matchs.

« Je sais qu'elle avait cette image de chasseuse de fantômes intrépide, mais, pour moi, elle était surtout une gentille gamine aux yeux rêveurs. » J'ai eu un véritable haut-le-cœur quand ses yeux se sont perdus dans le vague. « C'est comme ça que je me souviendrai toujours d'elle. »

Le présentateur lui a demandé ce qu'il pensait des rumeurs sur Dead-Eye-Sadie et, avec un sourire en coin, il a répondu : « Il n'y a plus grand-chose qui pourrait me surprendre, dans cette ville. »

Quand j'arrive à mon casier, je m'attends presque à voir de nouveaux graffitis du mauvais œil, mais personne n'y a touché. C'est déjà ça.

Je suis tellement distraite par l'atmosphère sinistre qui règne dans les couloirs que je ne remarque Ford qu'au moment où nos regards se croisent, à côté des casiers. Je porte automatiquement la main au collier autour de mon cou. J'ai décidé de le porter tous les jours désormais. Pas à cause de ce que Ford a dit sur oncle Ty – juste parce que ça me fait du bien. Ça me rassure.

Ford pose les yeux sur ma main, puis détourne le regard en claquant la porte de son casier et s'éloigne d'un pas raide en direction de sa salle de cours.

– Ce n'était *pas du tout* gênant, marmonne Carla à côté de moi.

Le buzz autour de la mort de Freya s'intensifie encore mardi, lorsque Dominic revient au lycée. Je suis surprise qu'il soit si vite de retour, mais je suis aussi heureuse de le voir, égoïstement. Car, après mon marathon artistique du week-end, je suis à court de cases à dessiner. Et le voir avancer à grands pas dans les couloirs du lycée de Burden Falls, comme autrefois, est étrangement réconfortant.

Mateo et Casper le collent comme de la glu, et je ne veux pas m'incruster, alors j'attends la fin de journée pour aller lui parler seule à seul.

– Comment s'est passée ta journée ? je demande.

L'espace d'une seconde, il semble surpris, comme s'il pensait que je me comporterais différemment au lycée qu'en tête à tête à la bibliothèque, ou je ne sais quoi.

– Ça a été... enfin, ça a éclairci certaines choses pour moi.

On se met à marcher ensemble en direction du parking.

– Comment ça ?

– Je vais quitter le lycée, dit-il, sans une once de doute dans la voix. Je finirai l'année à distance. Ça faisait déjà un moment que j'y pensais, même avant… enfin, tu sais. Dès que l'enquête sera bouclée et qu'ils auront attrapé le salaud qui a fait ça, je foutrai le camp d'ici.

– Vraiment ?

– Je n'ai jamais voulu rester à Burden Falls après la mort de ma grand-mère. Je suis resté uniquement parce que c'était ce que mes parents et Freya voulaient. Maintenant, Freya n'est plus là, et mes parents se sont de nouveau jetés à corps perdu dans leur travail, ils ne seront donc jamais là. Rester ici, ça me donne juste l'impression d'être…

– Abandonné, je termine à sa place.

Il hoche la tête.

– Où tu veux aller ?

– Ça fait deux ans que je fais une liste de villes qui ont toutes d'étranges légendes urbaines. Des créatures comme Slender Man, l'homme-papillon, Big Foot… Ce genre d'histoires, ou d'autres, encore plus bizarres et obscures. Des petites villes, des endroits en dehors des sentiers battus… Je veux faire un road trip pour toutes les visiter.

Son visage prend une expression presque joyeuse que je ne lui ai vue que lorsqu'on travaillait ensemble sur la bande dessinée.

– Attends, c'est à partir de cette liste que *Haunted Land* a commencé ?

– Si on veut, répond-il, et son sourire vacille. Freya a été super intéressée quand je lui ai parlé de certains endroits sur la liste. Mais elle a insisté pour ajouter toute cette mise en scène et donner l'impression que ces endroits étaient réellement hantés.

– Quoi, c'est une *mise en scène* ? je m'exclame, faussement choquée.

– Je n'ai jamais voulu être une… commence-t-il, avant de faire une moue.

– Tu allais dire « une célébrité » ? je le taquine et, quand je le vois rougir, je ne peux pas m'empêcher de rajouter : Oh mon Dieu, je n'arrive pas à croire que je suis à côté du célèbre Dominic Miller. Wouah, est-ce que tu as des fans qui se jettent à tes pieds ? Qui te demandent un autographe ? Qui t'envoient des sous-vêtements par la Poste ?

Il ne répond pas, mais son visage prend une teinte cramoisie satisfaisante.

– La coqueluche de ces dames, Dominic Miller, de *Haunted Land*, rejoint le casting de *L'Île de la tentation spéciale célébrités* ! dis-je avec une voix de présentatrice télé.

Il me lance un regard perçant. Il y a deux semaines, je l'aurais qualifié de regard noir, mais plus maintenant. C'est juste son regard normal.

– Il se trouve qu'on me l'a proposé il y a quelques semaines. J'ai décliné, évidemment. Au fait, tu viens de me traiter de « coqueluche de ces dames » ?

Je l'ignore.

– Alors, à défaut d'être une célébrité, qu'est-ce que tu *veux* devenir ? À part auteur de romans graphiques ?

Il hausse les épaules, un petit sourire aux lèvres.

– Ça ne suffit pas ? Peut-être que mon road trip me donnera d'autres idées. Mais, bien sûr, elles ne me serviront pas à grand-chose sans mon illustratrice attitrée.

Tous les soirs suivants, après les cours, Dominic et moi travaillons sur la BD à la bibliothèque. Juste une heure : je n'ai pas dit à oncle Ty ni à Carolyn que je collabore avec Dominic, et je ne veux pas mettre la puce à l'oreille de Carolyn en arrivant en retard aux cours de soutien. Ils ne comprendraient pas pourquoi je passe du temps avec un Miller.

On finit par trouver notre zone de confort, Dominic et moi. On parle des films qu'on aime (on a tous les deux un gros faible pour les films de requins, ce qui est sans doute le truc le plus bizarre qu'on puisse avoir en commun) et de bandes dessinées. Il en a une *énorme* collection dont je suis terriblement jalouse.

En revanche, on ne parle pas de nos familles. On ne parle ni de l'accident de mes parents ni du meurtre de Freya. Du fait qu'on est tous les deux paumés. On se contente de dessiner, d'écrire et de bavarder, tout en faisant des pieds et des mains pour éviter ces sujets qui pourrissent dans un coin.

Jeudi après-midi, alors qu'on approche la fin de notre temps imparti, je finis par rompre notre accord tacite.

– C'est encore Mateo ? je demande en désignant le téléphone de Dominic.

Il n'arrête pas de l'appeler depuis qu'on est arrivés à la bibliothèque, et je ne peux pas m'empêcher de me demander s'il sait qu'on traîne ensemble – et pourquoi.

Dominic relève les yeux des pages qu'il était en train de relire.

– Il est… On s'est pris la tête tout à l'heure.

– À propos de… ?

Comme il ne développe pas, je tente l'hypothèse la plus probable.

– À propos de *Haunted Land* ?

Il hausse un sourcil.

– Non. Pour eux, je ne faisais déjà plus partie du projet. C'est à eux de voir s'ils veulent continuer.

– Comment ça, tu n'en faisais plus partie ?

– Tu ne te rappelles pas ? J'ai fait une chute mortelle du haut de Burden Bridge après que Dead-Eye-Sadie m'a arraché les yeux… malgré ta tentative vraiment impressionnante pour me sauver.

– Oh, ça… dis-je, toujours mortifiée malgré tout ce qui s'est passé depuis.

– Ton copain Ford était censé me remplacer.

J'ignore la bouffée de colère qui m'envahit rien qu'en entendant son prénom.

– Pourquoi vous vous êtes disputés, Mateo et toi ?

– J'ai appris qu'il m'avait caché quelque chose.

Dominic a l'air fatigué. C'est souvent le cas ces derniers temps, et je le comprends. J'espère juste que ces sessions de travail lui changent les idées et qu'elles n'ajoutent pas au merdier qu'il doit gérer.

– Voilà l'histoire : il y a eu un incident, dans notre ancien lycée, il y a deux ans environ. Un élève plus âgé harcelait Freya de façon vraiment inadmissible. Mes parents l'ont appris – ils ont trouvé des messages qu'il avait envoyés sur le téléphone de Freya et s'en sont aussitôt mêlés. Ils sont allés au lycée et ils ont réglé ça.

Il y a quelque chose de si catégorique dans sa façon de dire « réglé ça » que j'imagine presque ce garçon s'éloigner en boitant avec ses testicules dans un Tupperware.

– Mais il semblerait que ce même type ait été en contact avec Freya récemment. Mateo le savait et, bien entendu, il l'a dit aux flics, au cas où ce serait lié à ce qui lui est arrivé. Mais ça m'a énervé qu'il ne m'en ait pas parlé à *moi*.

– Qu'est-ce que tu aurais fait si tu avais été au courant ? je demande.

– J'aurais réglé ça, réplique-t-il en me lançant un regard si dur que j'en ai le souffle coupé.

– Et alors, est-ce que ce garçon a quelque chose à voir avec le meurtre de Freya ?

Je déteste l'impatience que trahit ma propre voix, mais c'est la première fois que j'entends parler d'un suspect. Je ne m'étais pas rendu compte que j'avais autant besoin de savoir qu'il y a quelqu'un de très vivant derrière ce meurtre.

– Les flics ont enquêté. Je suppose qu'ils n'ont pas trouvé de raison de l'arrêter, puisqu'il est toujours là.

Je suis son regard jusqu'à l'endroit où Liam est en train de remplir des rayonnages.

– C'était *Liam* ?

Dominic ne répond pas, mais il garde les yeux rivés sur Liam, et cette fois, il s'agit bel et bien d'un regard noir.

– Je ne savais pas du tout…

Je m'arrête avant de dire que je ne savais pas qu'ils se connaissaient, puisque c'est ce que Liam a déclaré aux infos : qu'il jouait au lacrosse avec le frère de Freya. Comme par hasard, il a oublié de préciser qu'il s'était comporté comme un pervers avec elle.

Cela dit… Était-ce réellement à sens unique, comme sa famille l'a cru ? Dominic a dit que ses parents avaient *trouvé* les messages, pas que Freya les leur avait montrés. Liam doit avoir deux ans de plus que nous, ce qui devait paraître énorme aux yeux des Miller… Suffisamment pour que Freya garde leur relation secrète ? Pour qu'elle lui passe des coups de téléphone en douce dans le parc du manoir ?

– Elle avait quatorze ans, reprend Dominic.

Je le regarde en clignant des yeux.

– Qui ça ?

– Freya. Quand Liam la harcelait, à St David.

– Oh, alors ça remonte à plusieurs années ?

Il fronce les sourcils.

– À seulement dix-huit mois. Tu sais que Freya venait d'avoir seize ans, non ? Elle a fêté son anniversaire le jour de la Saint-Sylvestre.

Merde… Non, je ne savais pas. Mais soudain, je me souviens de la fête de Nouvel An qu'elle avait diffusée en live. C'était donc pour ses seize ans. Bon sang, comment est-ce que j'ai pu ne pas me rendre compte qu'elle était tellement plus jeune que nous ? Enfin, je savais qu'elle avait un an d'avance, mais pas *deux*. Peut-être que je suis restée bloquée sur l'expression « les jumeaux Miller », parce que j'ai toujours pensé qu'elle avait le même âge que moi.

Elle était tellement jeune. Et maintenant, elle est morte.

J'essaie de calmer ma respiration pour ne pas vomir sur mes dessins.

Les suspects. Concentre-toi sur les suspects.

Si elle avait seize ans – voire quinze, si ça a commencé avant le Nouvel An –, ce serait franchement tordu de la part de *n'importe qui* d'échanger des photos dénudées avec elle.

Comme Liam.

Ou Ford ?

Je chasse cette pensée de mon esprit. J'ai beau être furieuse contre lui, je sais qu'il ne ferait pas ça avec une mineure. Et il ne l'assassinerait pas. J'en suis certaine.

Enfin, je crois…

CHAPITRE 24

Mon jeudi soir à la station-service est aussi enthousiasmant qu'un pneu crevé, ce qui explique peut-être pourquoi mon esprit tourne en surrégime.

Plus j'y pense, plus je suis convaincue que je peux trouver un moyen de découvrir qui a tué Freya. Après tout, j'ai entendu sa discussion coquine ; je connais le manoir comme ma poche ; j'ai trouvé son cadavre…

Et aux yeux des flics, tout ça doit paraître particulièrement accablant pour moi. Est-ce qu'ils enquêtent sur moi ? Est-ce que je suis ou deviendrai la suspecte principale ? Je les imagine me traîner, menottée, hors de la station-service.

Concentre-toi.

Est-ce que j'ai laissé passer un détail important de cette conversation téléphonique ? Un prénom auquel je n'aurais pas fait attention sur le moment, par exemple ? Je fouille ma mémoire, mais rien ne me revient. Et le moment où j'ai découvert son corps, alors ?

Alors que j'ai passé ces derniers jours à faire tout mon possible pour ne *pas* penser à la scène du crime, je me force désormais à me la repasser. Fermant les yeux, je me revois traverser le verger. Trébucher sur le seuil, puis relever la tête et la voir, là. Ses yeux – ce sont eux, bien sûr, que j'ai vus en premier. Ou plutôt que je n'ai pas vus. La façon dont elle était affalée contre le mur du pavillon. Ses mains sur ses genoux. Le sang sur son visage, son cou…

Je me rappelle cette odeur – pommes aigres et parfum métallique… L'odeur du sang, je le comprends maintenant. De son sang.

Mon téléphone se met à sonner sous le comptoir, me fichant une peur bleue. L'unique client jette un coup d'œil vers moi en m'entendant glapir, et je lui souris d'un air penaud tout en mettant mon appareil en silencieux.

C'est Ford. Évidemment.

Je rejette l'appel. Mais un message apparaît avant que j'aie eu le temps de reposer mon téléphone.

Ford : Ne raccroche pas. S'il te plaît, j'ai besoin de te parler de quelque chose.

Nom de Dieu. On ne s'est pas adressé la parole depuis qu'il s'est comporté comme un connard dans sa chambre. Je me suis *très légèrement* calmée depuis, mais je n'ai toujours rien à lui dire. Et ça avait l'air réciproque, jusqu'à maintenant. Chaque fois que j'ai vu Ford, il avait les traits tirés, le visage pâle. Il faut croire que la mort de Freya l'a plus affecté que ce que je pensais.

Je me résous à prendre mon téléphone pour dégainer une réponse rapide.

Ava : De quoi ?

Il me rappelle aussitôt. Je rejette l'appel, puis tape un autre message.

Ava : Je suis au travail. Qu'est-ce que tu veux ?

C'était une mauvaise idée, me dis-je en regardant les trois petits points qui m'indiquent une réponse en cours.

Ford : J'ai vu quelque chose dans la vidéo de Freya. C'est peut-être important. Je dois te montrer ça en personne, je veux pas que quelqu'un d'autre le voie.

Il m'énerve… Il sait exactement comment m'amadouer. Ça fait des années qu'il entre et sort habilement de ma liste noire.

Ava : Je bosse jusqu'à minuit.

Ford : J'arrive dans 20 min.

Ava : Non, je t'appelle quand j'ai fini.

Il ne répond plus, après ça. J'ouvre accidentellement mon fil de discussion avec Dominic. Il ne contient pas grand-chose, vu qu'on s'en sert surtout pour se donner rendez-vous afin de bosser sur la BD.

Je n'ai jamais terminé de regarder les documents qu'il m'avait envoyés. Et on n'a jamais parlé des infos sur Sadie qu'il voulait utiliser dans *Haunted Land*. Après ce qui s'est passé, ça me paraissait délicat d'aborder le sujet, et lui ne l'a évoqué qu'une seule fois.

Je reprends là où je me suis arrêtée.

Le procès du meurtre des sorcières arrive à sa fin.

L'article qu'il a photographié est issu d'un journal daté de 1866, l'*Evansville Beacon*. Je ne savais même pas qu'on imprimait déjà des journaux à l'époque – je ne suis pas très calée en histoire. (Carla l'aurait forcément su, elle.) Je suis encore plus étonnée qu'il traite de sorcellerie – je croyais que ces conneries s'étaient arrêtées avec Salem.

Le procès de l'illustre cultivateur de pommes Ephraim Thorn Senior s'est terminé aujourd'hui après l'annonce de sa mort, en détention. La cause du décès serait, semble-t-il, naturelle. Les charges à l'encontre de sa veuve, Susannah Thorn, seront suspendues.

À l'annonce de la nouvelle, un concert de protestations a éclaté à l'extérieur de la salle d'audience, où de nombreuses femmes, anciennes employées des Thorn, étaient réunies pour réclamer justice pour Sadie.

Sadie Burnett, la jeune femme que M. et Mme Thorn étaient accusés d'avoir assassinée, a été vue pour la dernière fois par d'autres membres de la maisonnée Thorn le soir du 18 juin. Plus tard, ce même soir, on l'aurait entendue appeler à l'aide. Nous avons parlé avec l'une des femmes présentes à l'extérieur de la salle d'audience, Mlle Rebecca Oakley, qui prétend avoir entendu Mlle Burnett supplier : « S'il vous plaît, pas mes yeux ! », puis pousser un cri affreux.

Tout au long du procès, M. Thorn Senior a clamé son innocence et celle de sa femme, arguant que Mlle Burnett était bien connue pour pratiquer la sorcellerie, et affirmant qu'ils n'avaient ni mis fin aux jours de la jeune femme, ni « commis sur elle de violences dépassant ce que Dieu aurait approuvé ». Au cours de son témoignage, Mme Thorn – une femme pieuse, aux dires de tous – a déclaré qu'elle avait « retiré les yeux qui avaient ensorcelé [son] mari, le libérant ainsi de l'emprise du diable ». Le couple soutient avoir seulement enfermé Mlle Burnett dans la cave, afin que ses hurlements ne dérangent pas le reste de la maisonnée. Lorsqu'un serviteur est descendu la libérer, le lendemain matin, la jeune femme avait, semble-t-il, disparu sans laisser de traces. Pour Mme Thorn, ceci est la preuve d'un acte de sorcellerie.

L'accusée a été libérée et confiée aux bons soins de son fils, M. Ephraim Thorn Junior.

Craignant de voir la peur se propager parmi les villageois et provoquer des affaires similaires, le juge a proposé un arrêt municipal condamnant à une amende d'un an de salaire quiconque sera surpris en train de pratiquer ou de faire des allusions publiques à la sorcellerie. Cette proposition a été approuvée et mise en place par les officiels de Burden Falls.

Je passe à l'image suivante, espérant trouver la suite de cet étrange article, mais il n'y a rien – Dominic a ensuite envoyé le compte-rendu d'un incendie dans une partie du manoir, en 1902, lors d'un orage.

Mais cet article sur le procès… Sadie Burnett… C'est *forcément* Dead-Eye-Sadie. C'était une personne réelle, pas seulement le fantôme d'une histoire inventée pour faire peur. Et, apparemment, deux de mes ancêtres ont tué cette personne. C'est écrit là, noir sur blanc.

Mes je-ne-sais-combien-de-fois-arrière-grands-parents ont-ils réellement assassiné une jeune fille parce qu'ils la prenaient pour une sorcière ?

Je reviens en arrière pour relire l'article et m'aperçois que j'ai raté une image entre les deux documents : un article daté de deux ans après ce procès. Je pense d'abord qu'il n'a aucun rapport avec le reste, puisqu'il parle d'un ouvrier agricole poursuivi pour avoir vandalisé une propriété privée – une grange à pommes. L'ouvrier en question, un certain John B. Miller – et non, son nom de famille ne m'a pas échappé – avait été renvoyé quelques jours plus tôt du verger Thorn où il travaillait, après avoir eu la main broyée par une presse à pommes. L'article raconte :

Il a été pris quelque jours plus tard en train de graver ce qu'on appelle communément le mauvais œil *sur le revêtement en bois de ladite grange. […] L'homme n'a pas manifesté le moindre signe de contrition, allant jusqu'à affirmer : « Les Thorn méritent tout ce qui leur est arrivé, et bien plus encore. Ils pensent peut-être qu'on a oublié ce qu'ils ont fait, qu'ils peuvent continuer de maltraiter les autres sans crainte des conséquences, mais les habitants de Burden Falls se souviennent. Ils observent. Tous les méfaits des Thorn leur reviendront en pleine figure, je vous le dis. » […] John Burnett Miller a été condamné à trente jours d'emprisonnement. M. Ephraim Thorn Junior, apparu devant la cour en tant que témoin de l'accusation, a refusé de faire le moindre commentaire quand nous l'avons approché après la lecture du verdict.*

Je n'arrive pas à reprendre mon souffle. Dominic a-t-il lu cet article avant de me l'envoyer ? Ce John Burnett Miller était-il son ancêtre, et était-il lié d'une manière ou d'une autre à Sadie ? L'animosité entre nos deux familles vient-elle de là, d'un meurtre et d'une vengeance ?

Si c'est vrai – et je n'ai aucune raison de croire le contraire –, je viens réellement d'une longue lignée de salopards. Et les Miller ont bien plus le droit que moi de se réclamer de Sadie.

Alors pourquoi est-ce Freya qui est morte comme ça ? Pourquoi pas moi ?

Quant à l'incident rapporté dans cet article, est-il à l'origine de ces yeux gravés dans toute la ville – est-ce là que tout a commencé ? Servaient-ils de signal secret entre les gens qui détestaient ma famille ? De rappel de ce que nous avions fait à Sadie Burnett – de ce dont nous étions capables ? Ou bien s'agissait-il de malédictions visant le manoir Thorn ?

– Salut.

Je sursaute comme si je venais de me prendre un coup de Taser. Ford se tient de l'autre côté du comptoir, de la neige dans les cheveux et sur les épaules. Il a les yeux injectés de sang, comme s'il ne dormait pas depuis des jours.

– Qu'est-ce que tu fais là ? je demande d'une voix tendue et un peu trop aiguë. Je t'ai dit que je t'appellerais.

– Il faut que je te montre quelque chose, dit-il en regardant par-dessus son épaule, comme s'il s'attendait à voir entrer quelqu'un. Tu peux faire une pause ?

– J'ai une cliente, je réponds sèchement.

Celle-ci, qui met si longtemps à se décider que je pourrais parier qu'elle essaie de trouver le courage de voler quelque chose, nous décoche un regard. De toute évidence, elle nous écoute.

– Attends, dis-je en soupirant. Je vais voir si Mia peut me remplacer à la caisse.

Mia n'y voit pas d'inconvénient et me fait signe d'y aller.

Je prends Ford par la manche et l'entraîne jusqu'au banc qui fait office d'arrêt de bus, au bord de la route. On ne peut pas s'y asseoir, vu qu'il est couvert de neige durcie, alors on reste debout à côté – moi immobile, Ford faisant les cent pas, son souffle créant un nuage tout autour de sa tête. Au moins, il ne neige plus.

– Ford, je n'ai pas beaucoup de temps…

Il s'arrête subitement.

– Tu es encore énervée contre moi, pas vrai ?

Je laisse mon regard noir répondre pour moi.

– Allez, Ava… Je déteste quand on se dispute.

– Dans ce cas, tu devrais peut-être arrêter d'être aussi con. Dis ce que tu as à dire et c'est tout, OK ?

Je ne suis pas sûre qu'il m'écoute, parce qu'il se remet à faire les cent pas. Et puis il s'immobilise tout aussi brusquement.

– Je n'arrête pas de repenser à tout ça, d'essayer de comprendre ce qui a pu se passer et qui peut être le tueur… Et puis j'ai remarqué quelque chose dans la vidéo de Freya.

Maintenant qu'il est si près de moi, je me rends compte que son haleine sent la fumée.

– Ford, est-ce que tu es *défoncé* ?

– Non ! s'exclame-t-il en levant les mains en l'air, ce qui a pour seul effet de renvoyer cette odeur vers moi. Bon, d'accord, j'ai fumé un joint, mais toute la semaine, j'ai eu cette drôle d'impression que quelqu'un m'espionnait, et j'avais besoin de me calmer.

– Ça a l'air d'avoir drôlement bien fonctionné.

Je croise les bras, contrariée. Ok, je ne bosse pas pour les stups, mais ça me soûle. En plus, il fait hyper froid.

– Tu ne comprends pas… Je n'arrête pas de regarder par ma fenêtre et de penser à ça, à ce qu'elle a dû ressentir, à la peur qu'elle a dû avoir…

Un bus commence à ralentir pour s'arrêter, et je lui fais signe de continuer sa route.

– Tu m'as forcée à quitter mon poste parce que tu es défoncé et parano et que tu penses avoir eu une grosse révélation de camé qu'il faut absolument que j'entende ? Rentre chez toi, Ford. Tu me gonfles.

– Bon sang, mais tu vas m'écouter, oui ?

J'entends un grondement derrière moi. Des phares éclairent vivement le visage de Ford, dur et irrité, puis il écarquille les yeux. Pendant un bref instant, je comprends que quelque chose d'horrible va se produire. Comme si j'étais de retour dans la voiture de mes parents, en train de regarder mon père ouvrir et fermer la bouche dans le reflet de la vitre.

En s'écartant brusquement de la route, Ford me bouscule. Je perds l'équilibre et tombe dans la lumière des phares.

CHAPITRE 25

Mon cri est coincé dans ma gorge, n'attendant que l'impact pour exploser. Je tombe lourdement sur les genoux. Mes mains me brûlent lorsqu'elles raclent la chaussée.

J'entends un crissement de pneus alors que la voiture dérape sur la glace derrière moi. Je me prépare à une douleur épouvantable.

Mais elle n'arrive pas.

Quand je rouvre les yeux, la voiture est en biais sur la route, son moteur tournant toujours, le pare-chocs avant à quelques centimètres de moi. Ma poitrine se soulève avec effort – je suis trop sidérée pour bouger. Mon cri avorté se transforme en gémissement.

– Merde, Ava, je voulais pas. J'ai juste…

Ford ne finit pas sa phrase – peut-être parce qu'il a du mal à se justifier de n'avoir même pas pris la peine de me prévenir qu'une voiture s'apprêtait à me rentrer dedans. Non, il m'a juste poussée sur le côté, comme d'habitude.

La vitre se baisse et la tête de M. Hamish apparaît. Il a l'air presque aussi secoué que moi.

– Ava Thorn ? C'est bien toi ? Est-ce que ça va ?

Je n'arrive pas à répondre. Mon esprit est engourdi ; il bloque sur le fait que j'ai failli mourir à cause de mon meilleur ami.

Non. Ford n'est plus mon meilleur ami. Il n'est plus un ami du tout.

Je me lève, époussette la neige qui se transforme rapidement en taches humides sur mes genoux. J'ai les mains qui tremblent, la bouche trop sèche pour pouvoir prononcer un mot.

– Ava ? répète M. Hamish d'un ton incertain.

– Oui, je…

Je me retourne vers lui pour le rassurer, lui dire que je ne suis pas blessée – pas physiquement, en tout cas – et puis je m'arrête, bouche bée, en voyant la fille assise à côté de lui. Même dans l'obscurité, la couleur rouge sang de ses cheveux me saute aux yeux.

– *Freya ?*

– Comment elle vient de m'appeler ? demande la passagère, et je comprends que je me suis trompée.

Sa voix est trop aiguë, trop gamine pour être celle de Freya.

Évidemment que ce n'est pas elle. J'ai vu son cadavre il y a seulement quelques jours. Et je l'ai revu des centaines de fois depuis, dans le noir.

Ford me dévisage, une main plaquée sur la bouche. Je ne sais pas si c'est parce qu'il s'est mépris comme moi, ou parce qu'il n'arrive toujours pas à croire ce qui vient de se passer.

– Ma pause est terminée, dis-je sèchement.

– Ava, attends…

Il me suit alors que je me dirige à grands pas vers la station-service, mais je ne ralentis pas.

– Va te faire foutre, Ford. Je ne veux plus te voir.

Ford traîne dehors jusqu'à ce que Mia finisse par le repérer sur la caméra de surveillance et lui dise de rentrer chez lui. Je le regarde s'éloigner, mais juste après, mon téléphone se met à biper, évidemment. Ford me dit d'abord que je réagis de manière excessive, puis il essaie de m'amadouer. Il n'arrête pas de répéter qu'il passera plus tard, que ce qui s'est produit n'était qu'un accident – un réflexe.

Ford : Je suis vraiment désolé. Je ne voulais pas te pousser, je voulais juste m'écarter de la voiture et j'ai mal calculé. J'ai tout foiré, comme d'habitude. Tu sais que je ne te ferais jamais de mal délibérément.

Crétin égoïste !

Il n'a peut-être pas fait exprès de me pousser, mais il n'a rien fait pour me sauver non plus. Il ne pensait qu'à lui, comme toujours.

Face à mon silence, ses textos deviennent plus bizarres.

Ford : Ne m'ignore pas, Ava.

Ford : Je n'ai pas pu te montrer ce que j'ai vu dans la vidéo que Freya a tournée dans ma chambre. Ça pourrait nous aider à découvrir qui l'a tuée.

Il sait exactement comment éveiller mon intérêt, mais cette fois, je refuse de mordre à l'hameçon. Je me repasse quand même la vidéo, juste au cas où. Mais aucun indice ne me saute aux yeux.

Il raconte des conneries. Il veut juste m'embobiner.

Comment pourrais-je envisager d'être amie avec quelqu'un qui n'hésite pas à me mettre en danger pour sauver ses fesses ?

C'est impossible. Et j'en ai vraiment ras le bol de tout lui passer. Au fond, je pense que Carla a raison : Ford ne me voyait pas comme une amie, plutôt comme un bouche-trou bien pratique. Jusqu'à ce qu'il puisse s'incruster avec les Miller. Se faire des amis plus *utiles.*

Il est minuit passé quand je rentre à la maison, mais je suis encore à cran. Au moins, Ford m'a lâché la grappe.

Assise à mon bureau, en train de siroter la fin de mon déca, je suis sur le point d'éteindre mon portable quand je reçois un message de Daphné.

Daphné : Scoop ! Mateo et Casper organisent une danse à la mémoire de Freya demain au barrage.

Je m'y attendais. À vrai dire, je suis même surprise que ça ait mis si longtemps. Mais je n'irai pas à cette *danse macabre,* ça va de soi. Ce serait trop bizarre, étant donné que je détestais Freya.

Ava : Tu vas y aller ?

Daphné : Tout le monde y va. Je pense que tu devrais venir aussi.

Ava : Je préfère éviter de voir Ford.

Daphné : Qu'est-ce qu'il a encore fait ?

J'hésite à tout lui expliquer par texto : je sais que ça va la mettre en rogne, et je n'ai pas envie de gérer ça maintenant. La dernière fois qu'on a eu une grosse dispute, Ford et moi, Daphné s'est lancée dans une grande explication philosophique sur ce qu'elle appelle la *théorie de la fossette*.

En gros, elle a remarqué que Carla a un sourire bien particulier qui fait ressortir ses fossettes ultracraquantes, et qu'elle ne fait que quand Daphné est dans les parages. D'où sa théorie : quand on a une relation avec une personne, on fait ressortir quelque chose d'unique chez elle. Parfois, c'est bien – comme les magnifiques fossettes de Carla. « Et parfois, deux personnes font ressortir le pire l'une chez l'autre », a-t-elle conclu.

Ce que j'en ai déduit, c'est qu'elle pense qu'on est un peu nuls quand on est ensemble, Ford et moi. Et, même si ça me coûte de l'admettre, elle a probablement raison.

Peu importe. Je ne vais plus me prendre la tête à cause de Ford Sutter.

Cherchant une distraction, je survole les vieux articles que Dominic m'a envoyés. Si oncle Ty n'avait pas été couché quand je suis rentrée, je lui aurais demandé s'il avait déjà entendu parler de ce possible meurtre dans l'histoire de notre famille et de son éventuel lien avec le symbole du mauvais œil.

Daphné : Ava ? Tu vas bien ?

Mince, j'ai oublié de répondre.

Ava : Oui, je me suis juste laissé distraire un moment. Le truc avec Ford, c'était pas grave. Je te raconterai demain.

Daphné : OK, si tu le dis. Mais que ça ne t'empêche pas d'aller à la fête. Il faut que tu y sois.

Ava : Pourquoi ?

Daphné : Parce que TOUT LE MONDE y va. Sinon, les gens vont croire que tu te caches.

Elle n'a pas tort. Je suis sûre que la moitié des élèves du lycée pensent déjà que j'ai joué un rôle dans la mort de Freya. Ce n'est pas un secret que je la détestais.

Je passe le doigt sur l'un des yeux gravés autour de ma fenêtre, me demandant si je vais ressentir un éclair de douleur, comme un démon qui serait frappé par la foudre divine en essayant d'entrer dans une église. Rien. Je renverse juste le petit crâne de belette. Pendant un moment étrange, ses orbites vides semblent me faire un clin d'œil.

Je me force à rire. Je dois vraiment manquer de sommeil si je vois des rongeurs morts me faire des clins d'œil. Mon téléphone vibre dans ma main.

Daphné : Dominic sera là.

Je fronce les sourcils.

Ava : Et ?

Cette fois, mon amie met du temps à répondre. Je l'imagine en train de jouer avec la chaîne de son collier tout en cherchant le meilleur moyen de formuler ce qu'elle veut dire – car, j'en suis presque sûre, ça ne va pas me plaire.

Daphné : Et il faut qu'on soit tous là pour le soutenir moralement, quoi qu'on ait pu penser de Freya.

Et voilà : un parfait mélange de motivation et de culpabilisation.

– C'est ça, je murmure, et j'éteins mon téléphone.

Je me réveille le visage appuyé contre quelque chose de dur, avec un terrible torticolis.

J'ai encore dû m'endormir en dessinant à mon bureau. Ma lampe est allumée, et il fait nuit derrière le givre qui recouvre ma fenêtre.

Je décolle ma tête de la page de la bande dessinée sur laquelle je travaillais. Sauf que ce n'est pas mon projet qui se trouve sous mes yeux. C'est juste un bout de papier couvert de gribouillis.

Des yeux ? je me dis, le cerveau encore à moitié endormi.

Cette page a été arrachée à mon carnet à croquis. C'est celle sur laquelle j'essayais de trouver quels yeux donner à mon héroïne. Tout un tas d'yeux qui me fixent.

Je retrouve mon carnet et glisse la page à l'intérieur, mal à l'aise. Je ne me souviens pas avoir travaillé là-dessus. Je suis certaine que je planchais sur une case montrant la fille penchée au-dessus de la trappe ouverte de la cave.

Pourtant, celle-ci est posée proprement sur un coin de mon bureau. J'ai dû changer de sujet avant de m'endormir, et oublier. J'éteins la lampe et attends un moment. Mais quand ma vision s'ajuste à l'obscurité, je vois le contour flou d'une personne derrière le disque givré et argenté de ma fenêtre.

CHAPITRE 26

Juste derrière ma fenêtre.

Ma chaise bascule en arrière lorsque je me lève d'un bond, et le bruit de son impact sur le sol en pierre me fait sursauter de plus belle. La silhouette incline légèrement la tête, comme en réaction à ce bruit.

– Qui est là ? je crie d'une voix aiguë.

La voix d'une victime, pas d'une Thorn.

La silhouette ne réagit pas. En fait, elle reste si parfaitement immobile que je me demande si elle essaie d'entendre les battements de mon cœur. Je suis presque sûre qu'elle va y arriver, tant il cogne fort.

C'est sûrement Ford, venu me casser les pieds en personne.

Prenant mon courage à deux mains, j'essuie la vitre avec ma manche.

Un visage me regarde, bouche bée, à seulement quelques centimètres de moi. Pâle, entouré de cheveux noirs, filasses, avec deux trous noirs à la place des yeux. Ce n'est pas Ford.

Je hurle.

En me retournant, je trébuche sur ma chaise et atterris lourdement par terre, mais je n'arrête pas de crier pour autant. Je fonce vers la porte et traverse le garage au pas de course, beuglant à pleins poumons. Je claque la porte de la cuisine et m'arrête en dérapant en voyant Carolyn devant l'évier.

– Qu'est-ce qui ne va pas ? Il s'est passé quelque chose ?

– Sadie ! Derrière ma fenêtre ! Elle est dehors !

Carolyn écarquille les yeux de surprise, puis se met en marche, sans aucune hésitation.

– Attends ici, lance-t-elle en prenant la direction de ma chambre.

– Carolyn, non ! Attends !

Je ne peux pas la laisser y aller seule, même si mes jambes voudraient m'entraîner dans l'autre direction. La lumière est allumée quand j'entre dans ma chambre, la chaise toujours par terre, à côté de mon bureau. Carolyn est penchée par-dessus pour regarder par la fenêtre.

– Je ne vois personne. Je vais aller jeter un coup d'œil dehors.

Elle disparaît mais revient rapidement en secouant la tête.

– Rien du tout. Il n'y a même pas un rebord pour se tenir là – juste la rivière. Tu es sûre d'avoir vu quelqu'un ?

Je balaie du regard ma chambre et tous les croquis de filles sans yeux et de cadavres rampant dans des cimetières… Je ne suis plus sûre de rien, à vrai dire.

– C'est pas grave, dis-je doucement. J'ai sans doute fait un cauchemar.

Un cauchemar qui m'a suivie dans le monde éveillé.

Carolyn me serre dans ses bras et j'inspire l'odeur fraîche de son shampooing.

– Désolée, j'ajoute. Je parie que je t'ai réveillée avec mes hurlements.

Elle s'écarte en souriant.

– Mais non, j'étais juste descendue boire de l'eau. Et puis, tu sais, n'importe qui ferait des cauchemars, à ta place. Tu n'as pas à t'excuser.

Après que Carolyn est retournée se coucher, je reste allongée dans mon lit, les yeux rivés sur la fissure dans mon plafond. Je la fixe pendant si longtemps que je suis persuadée de la voir grandir sous mes yeux. Jusqu'à ce qu'ils se ferment, et que je m'endorme.

Oncle Ty est assis à table, plongé dans ses mots croisés, lorsque je traverse la cuisine le lendemain matin. Je remarque qu'il a gribouillé par-dessus certaines de ses réponses dans la grille. Carolyn les corrigera sans doute plus tard, comme d'habitude.

– Salut, ma grande, lance-t-il en levant la tête. Tu as bien dormi ? Carolyn m'a dit que tu avais fait un autre cauchemar.

– Je ne sais pas trop ce que j'ai vu hier soir, je réponds avec un haussement d'épaules, mais, à partir de maintenant, je vais dormir avec les rideaux fermés.

Je pose devant oncle Ty l'article sur Sadie que Dominic m'a envoyé et que j'ai imprimé.

– Je peux te poser des questions sur de vieilles histoires de famille ?

– OK, répond-il en riant. Tu as engagé un détective privé ou quoi ?

– Non, j'ai juste consulté des archives.

Je ne vais quand même pas lui avouer que c'est Dominic Miller qui m'a montré cet article. Pour oncle Ty, les Miller, c'est l'ennemi. Pour moi aussi, jusqu'à récemment.

Il lit l'article. Comme il approche de la fin, je suis surprise de voir ses yeux s'illuminer.

– Alors il y avait vraiment une sorcière dans la fosse ! s'exclame-t-il en tapant sur la table, comme s'il venait de remporter un pari.

– Quoi ?

– Tu ne te rappelles pas, quand tu étais petite ? Je t'ai dit qu'une sorcière vivait dans la fosse sous la cave.

Un peu que je me rappelle. Ça a été l'un des moments les plus effrayants de mon enfance.

– Alors tu étais au courant pour Sadie Burnett – Dead-Eye-Sadie ?

– Pas exactement. Cette histoire de sorcière dans la fosse, c'est ton père qui me l'a racontée quand j'étais petit, explique-t-il avec un sourire en coin. C'est une sorte de rite de passage pour les jeunes Thorn de descendre là-dedans pour prouver qu'ils n'ont pas peur de la sorcière. Je me doutais que ça avait un rapport avec cette histoire de Dead-Eye-Sadie, mais pas que c'était basé sur quelque chose de *réel*. Pour moi, ce n'étaient que des bêtises de gamins. Mais j'aurais peut-être dû attendre que tu sois un peu plus grande avant de t'emmener en bas, hein ? Bon sang, le *hurlement* que tu as poussé !

Je me force à rire. Je me souviens encore de l'absolue terreur que j'ai éprouvée, mais je sais que mon oncle ne voulait pas me faire aussi peur. Et, au final, je ne suis jamais descendue dans cette fosse.

– Donc tu ne savais pas que Sadie était une Miller ?

– Ah bon ? demande-t-il en se carrant dans son siège et en haussant les sourcils. J'imagine que ça ne devrait pas me surprendre qu'ils descendent de sorcières.

– Et tu crois que tous les membres de notre famille voient Sadie juste avant de mourir ? Comme papa ?

Il me regarde droit dans les yeux, toute trace d'humour désormais disparue de son visage.

– Tu ne penses pas que c'était juste un symptôme de sa crise, n'est-ce pas ? j'insiste.

– Je… eh bien, je crois que je ne te l'ai jamais raconté, mais mon père aussi m'a dit qu'il avait vu Sadie plusieurs fois dans les jours qui ont précédé son accident.

Son accident. Le mot qu'on utilise toujours pour parler de la mort de grand-père, même s'il est peu probable qu'il se soit tué juste en nettoyant son pistolet.

– Je me souviens que tu as dit quelque chose de ce genre le jour de son enterrement.

– Ouais, je n'en suis pas très fier, répond-il en inspirant entre ses dents. Mais la vérité, c'est que je ne sais pas si qui que ce soit a vraiment vu Sadie avant de mourir. Et je ne le saurai probablement jamais… enfin, jusqu'à ce que mon tour vienne.

– C'est pas drôle, je dis, absorbée par les cicatrices sur mes mains.

J'hésite à lui confier ce secret qui me ronge depuis plus d'un an. Mais, si garder ça pour moi ne m'a pas fait de bien, peut-être que je devrais en parler.

– Je crois que je l'ai vue, moi aussi.

Du coin de l'œil, je vois qu'oncle Ty se penche en avant.

– Quoi ? Quand ?

– Le jour de l'accident. Et aussi il y a quelques jours, près de la rivière. Et… hier soir, derrière ma fenêtre. Je sais pas si c'est réel, ou juste dans ma tête. Après tout, Freya lui ressemblait tellement, quand je l'ai trouvée…

Quand je relève les yeux, je vois que mon oncle fronce les sourcils. Il n'a pas l'air de penser que j'ai complètement perdu la tête – il semble plutôt inquiet. Et un peu mal à l'aise. On n'a pas l'habitude de parler de sujets aussi graves, lui et moi. Mais maintenant que j'ai réussi à avouer ça, je continue :

– Est-ce que tu penses que je devrais retourner voir un psy ? Le Dr Ehrenfeld ?

Sa grimace ne m'échappe pas, et je comprends qu'il pense à l'argent.

– OK, répond-il malgré tout. Si tu penses que tu en as *besoin*, je suis sûr qu'on pourra se débrouiller… Je vais m'en occuper. (Il sourit en me voyant hausser les sourcils.) D'accord, je vais demander à Carolyn de s'en occuper.

Une partie de moi doute encore. Cette partie est persuadée que le Dr Ehrenfeld me dira que ça fait partie du « processus de guérison ». Sans compter que j'en ai sûrement rajouté une couche en cherchant Sadie dans la moindre ombre, le moindre recoin. Peut-être que je dois juste me détendre, passer du temps avec mes amies ? Arrêter de courir après des fantômes.

– En fait, ne lui dis rien, d'accord ? Je me sens déjà mieux de t'en avoir parlé.

Oncle Ty sourit, manifestement soulagé.

– Préviens-moi si tu changes d'avis, OK ? dit-il, puis il tapote l'article du doigt avant de me le rendre. Tu devrais peut-être faire une pause dans tes recherches. Il y a des trucs merdiques dans l'histoire de toutes les familles, et la nôtre ne fait pas exception. Il vaut sans doute mieux laisser les morts reposer en paix, et essayer de continuer à vivre.

– C'est clair.

En parlant de ça…

– Au fait, il y a une fête ce soir au barrage de Copper Bell. Avec des gens du lycée. Je peux y aller ?

– Bien sûr. Tu sais bien que tu n'as pas besoin de ma permission. Est-ce que c'est une de ces *danses macabres* ?

Je hoche la tête.

– Tu veux que je t'achète quelque chose ? De l'alcool, des préservatifs… ?

– Nan, je réponds en riant, j'ai tout ce qu'il me faut.

Je suis en pilote automatique lorsque je me gare sur le parking du lycée, quelques minutes plus tard. Néanmoins, je reprends rapidement mes esprits en voyant une voiture de police à l'autre bout du parking, gyrophares allumés.

Merde. Est-ce qu'il s'est passé autre chose ?

À moins qu'ils soient venus arrêter quelqu'un ?

Moi ?

Le père de Daphné – pardon, l'agent Chavez – sort de la voiture et ouvre la portière arrière. Un Mateo à l'air furax en descend, lâche quelque chose à l'attention du policier, puis part comme un ouragan en direction de l'entrée principale, tandis que le père de Daphné remonte dans sa voiture. En partant, il m'adresse un bref signe de la main.

Eh ben…

À l'intérieur, je suis contente de voir que Daphné et Carla sont arrivées avant moi, pour une fois.

– Qu'est-ce qui se passe avec Mateo ? je chuchote.

Un peu plus loin dans le couloir, l'intéressé est en train de s'en prendre au contenu de son casier, l'air très énervé. Mes deux amies me regardent comme si j'étais une extraterrestre.

– Je viens de le voir sortir de la voiture de police de ton père… j'explique.

– Sérieux ? lance Daphné, dont le froncement de sourcils indigné en dit long.

– Ton père ne t'a rien dit ?

– Non ! Je vais lui envoyer un texto...

Carla et moi échangeons un regard entendu tandis que Daphné, allez savoir pourquoi, s'éloigne de trois pas pour écrire. Elle revient quelques instants plus tard.

– Il dit qu'il ne peut pas m'en parler, explique-t-elle, contrariée.

Je dois donc attendre la pause-déjeuner pour partir à la recherche de Dominic et essayer de lui soutirer des informations. Mais, en interrogeant quelques connaissances communes, j'apprends rapidement qu'il n'est pas venu de la journée.

Je profite d'une heure de libre pour sortir sur le parking et l'appeler depuis ma voiture.

Il répond à la première sonnerie, comme s'il attendait mon appel. Comme s'il l'espérait ?

– Pourquoi tu n'es pas au lycée ? je demande, sans perdre de temps avec un bonjour. (Je crois que Carla a une mauvaise influence sur moi.)

« J'ai eu une autre migraine hier soir, alors j'ai décidé de prendre une journée de repos. Qu'est-ce qu'il y a ? »

Bon, il n'attendait pas du tout mon appel, en fin de compte.

– Deux choses, en fait. D'abord, pourquoi est-ce que Mateo a été déposé au lycée par une voiture de police ?

Dominic émet un son entre le soupir et le ricanement.

« J'ai entendu dire qu'il a dû aller faire une déposition après une bagarre avec ton pote Liam Walsh. »

– Une bagarre ? Et Liam n'est pas mon *pote*, mon pote.

« Tant mieux. »

Est-il... soulagé ? Rien d'étonnant – ce type harcelait sa petite sœur, après tout.

« À ce que Matt m'a dit, poursuit-il, il a entendu Liam dire des conneries sur Freya à un journaliste, alors il l'a frappé. »

– Tu as l'air fier de lui.

« Pas vraiment. Je suis juste soulagé que ça ne lui ait pas causé de gros ennuis. Même si ce mec est une machine avec un ballon entre les mains, il est incapable de donner un bon coup de poing. (Il marque une pause.) S'il te plaît, ne lui répète pas ça. Il pourrait littéralement me tuer. (Une autre pause.) Et par "littéralement", je veux dire figurativement, bien sûr. »

– Ce que tu parles bien. On croirait entendre Carla, je le taquine, et, cette fois, il rit de bon cœur.

Un éclat de rire franc, sans aucune réserve. Ce n'est pas du tout comme ça que j'aurais imaginé son rire. Ça… ça ne me déplaît pas ?

« Et c'était quoi, l'autre truc dont tu voulais me parler ? », demande-t-il.

Je grimace, contente qu'il ne puisse pas me voir. Parce qu'il n'existe pas de moyen de formuler ça sans avoir l'air bizarre. Alors je me lance.

– Dans les articles que tu m'as envoyés, on dit que le nom de famille de Sadie était Burnett. Mais il y a aussi un John Burnett Miller, qui, je suppose, était de sa famille… C'est ton ancêtre, non ? Pourquoi tu ne m'as pas dit plus tôt que tu avais un lien de parenté avec Sadie ?

Silence. Je tends l'oreille, à l'affût d'un indice sur ce qu'il pense. Mais je ne perçois que le rythme régulier de sa respiration. Je garde les yeux fermés encore un instant.

« John Burnett était le grand frère de Sadie, répond-il finalement. Lui et le reste de sa famille ont ajouté "Miller" à leur nom après sa mort, sans doute pour tenter de faire oublier les accusations de sorcellerie portées à l'encontre de Sadie par Ephraim et Susannah Thorn. Avec le temps, mes ancêtres ont fini par abandonner le "Burnett". »

Je prends une seconde pour assimiler tout ça.

– Mais pourquoi tu ne me l'as pas dit ? Pourquoi tu m'as laissée deviner à partir de ces vieux articles ?

« Je… je suppose que je ne voulais pas que tu croies que j'essayais de t'enlever encore autre chose. »

– Sadie ne m'appartient pas.

« Ah non ? J'ai toujours eu l'impression qu'elle avait une signification spéciale pour toi… plus qu'une simple légende locale. »

C'est mon tour de garder le silence pendant quelques secondes.

– Est-ce que tu crois aux malédictions ? je demande finalement.

« Tu veux dire aux mauvais sorts, ou plus généralement à la malchance ? »

– Plutôt la première option.

« Pourquoi tu me demandes ça, Thorn ? »

– Eh bien, à cause des articles que tu m'as envoyés, principalement. Mais pas seulement… Je ne sais pas. Tu penses que ma famille est maudite à cause de toutes les horreurs qu'ont commises mes ancêtres ? Je suppose que tu les as lus, non ? C'est pour ça que tu me les as envoyés… Tu penses que je suis maudite ?

« Ava, non. Bien sûr que non. Honnêtement, je n'y avais même pas pensé. Bien sûr, il y a du bon et du mauvais dans ton arbre généalogique – c'est pareil pour tout le monde, y compris pour moi. J'ai juste trouvé ça intéressant, vu que les relations entre nos deux familles remontent à plus d'un siècle, et qu'il y a encore… disons de l'animosité entre elles. Et je me suis dit que ça pourrait t'intéresser aussi. Je ne voulais pas te perturber. Je suis désolé si c'est le cas. »

– Alors tu ne penses pas que ma famille a entraîné la tienne dans la malédiction d'une sorcière ?

Dominic ne répond pas immédiatement, même si je jurerais l'entendre marmonner « la malédiction d'une sorcière ».

« Thorn, tu n'as rien à voir avec le meurtre de Freya. D'ailleurs, on pourrait très bien dire que cette *ville* est maudite. Ou le terrain sur lequel le manoir est bâti. Ou le verger. Ou n'importe quoi d'autre. J'ai entendu plein de trucs depuis un an que je vis ici.

– Ma mère disait que la cascade était maudite. D'après la légende, l'eau emporte les tourments, mais ma mère affirmait que si on essayait de s'en débarrasser comme ça, ils vous revenaient en pleine tronche encore plus fort.

Il s'esclaffe de nouveau.

« À mon avis, ta mère voulait juste t'apprendre qu'on ne règle pas ses problèmes en faisant comme s'ils n'existaient pas. »

– Ouais, peut-être. Ça aurait bien été son genre.

On raccroche peu de temps après, mais je ne sors pas tout de suite de ma voiture.

Alors que je balaie le parking du regard – les voitures garées, la rangée d'arbres parallèle au lycée –, je ne peux pas m'empêcher de remarquer tous les yeux.

Il y en a partout.

Sur le panneau de bienvenue du lycée. Gravés sur un poteau. Peints à la bombe sur une benne à ordures.

Les gens ont-ils réellement commencé à tracer ces marques pour rappeler ce que ma famille avait fait ? Pour avertir qu'il ne fallait pas se fier aux Thorn, qu'ils étaient capables de vous massacrer en toute impunité ? N'est-ce pas ce qui est arrivé à John Burnett Miller – mutilé alors qu'il travaillait pour ma famille, puis renvoyé sans aucune compensation ? Peut-être qu'il *faut* que les gens soient alertés.

Qu'ils gardent leurs distances.

Peut-être que tous ceux qui s'approchent de nous finissent par souffrir.

CHAPITRE 27

Plus tard ce soir-là, alors que je m'apprête à rejoindre la *danse*, Carolyn m'intercepte. Elle me rejoint et redresse mon masque.

– Tu es superbe, dit-elle en reculant d'un pas pour admirer ma tenue.

Je hausse les épaules.

– Avec ce vieux truc ?

J'ai mis du rouge à lèvres prune foncé, appliqué un trait épais d'eye-liner sur mes paupières (on le voit à peine sous le masque en dentelle, mais tant pis) et fixé deux cornes noires sur ma tête. Le reste de mes vêtements n'a rien d'extraordinaire : un jean slim noir avec des bottes qui m'arrivent aux genoux, une chemise en soie couleur prune, une veste sans manche noire en fourrure et mes gants noirs en laine. Et mon manteau, bien sûr – les températures ont fait un plongeon aujourd'hui (le dernier, j'espère), on va donc se cailler ce soir. Heureusement, l'alcool réchauffe, Satan soit loué.

– Amuse-toi bien, lance Carolyn en riant avant de me pousser vers la porte.

J'envoie un texto à Daphné et Carla pour les prévenir que je suis en chemin et pars le long de la rivière, en direction du barrage de Copper Bell. Au loin, j'aperçois déjà les lumières qui se balancent aux branches des arbres, des guirlandes de minuscules lanternes vacillant comme des lucioles dans leurs cages en verre. Et j'entends vite la musique, bien sûr. Seulement la basse au début, grave, rocailleuse, puis une ligne de chant étrange et captivante : *Carrion Flowers* de Chelsea Wolfe. Mon ventre se serre et je me renfonce dans mon manteau au souvenir de la dernière fois que je suis venue ici – quand j'ai eu cet étrange vertige et cru voir Sadie de l'autre côté de la rivière.

En approchant entre les arbres, des voix me parviennent et je me retrouve nez à nez avec un groupe de sinistres créatures, toutes différentes les unes des autres – une personne en smoking avec une tête de phacochère, un elfe à la peau grise et aux yeux complètement noirs et un chevalier voilé avec un plastron et des gantelets métalliques décorés de tourbillons rouges. Lorsque ce dernier se retourne, je reconnais Yara, de mon cours d'arts plastiques.

Je dépasse le groupe, à la recherche de Carla et Daphné. Grâce aux textos échangés, je sais que la première sera déguisée en zombie, la seconde en « araignée mécanique », quoi que ça puisse bien être. Je me faufile entre les danseurs qui se balancent au rythme de la musique. Il y a beaucoup de monde, mais pas autant qu'aux précédentes *danses macabres*. Je suppose que certains parents ont peur de laisser sortir leurs enfants après ce qui est arrivé à Freya. Ou alors, c'est à cause du froid.

Des motifs discrets recouvrent la surface de la rivière gelée, comme si un géant y avait dessiné des tourbillons à la peinture blanche. Sans le vouloir, mon esprit transforme ces motifs en yeux.

Je contourne un groupe macabre de squelettes de chats – les pom-pom girls – et je me retrouve soudain nez à nez avec Slender Man. Comme il porte un costume noir avec des tentacules dans le dos et un masque blanc sur la tête, je fais comme si je ne savais pas qui se cachait sous ce masque.

Je me demande ce que Dominic ressent, en cet instant. Est-ce qu'il trouve déplacé qu'une *danse* soit organisée pour sa sœur morte ? Ou bien voit-il ça comme un passage obligé – une façon de marquer cette perte mieux qu'un enterrement ou une cérémonie ne saurait le faire ? Car c'est comme ça qu'on fait les choses, par ici. Et Freya était bien devenue l'une des nôtres.

Quoi qu'il en soit, ce sera sans doute la dernière *danse* à Burden Falls pour Dominic.

Il secoue la tête, lève les paumes en l'air comme pour signifier son incompréhension.

– Oh, dis-je, comprenant qu'il se demande en quoi je suis déguisée. Fée maléfique indéterminée. J'ai fait avec ce que j'avais sous la main. J'aime bien ton costume. (Sans un mot, il me tend sa main gantée de blanc.) Est-ce que tu... m'invites à danser ?

Il hoche la tête. Et, finalement, avec nos masques en place, ça ne me paraît pas bizarre de me glisser entre ses bras. Nous nous déplaçons ensemble au rythme de cette musique lente. Les minuscules lanternes suspendues aux arbres se balancent avec nous.

La rumeur des gens qui parlent, dansent et rient forme comme un voile autour de nous. Je n'ai pas envie de parler. Je ne veux rien faire qui pourrait interrompre ce moment, car alors il me serait impossible de rester. Parce qu'une Thorn ne danse pas avec un Miller. C'est ce que j'ai toujours cru. Est-ce que les choses ont changé ? Ou est-ce qu'on doit perpétuer encore ces siècles de ressentiment ?

Je me laisse aller contre Dominic lorsqu'il passe ses bras autour de ma taille. Je sens une faible odeur d'eau de Cologne de luxe. Mes doigts se détachent de son épaule et je retire mon gant pour caresser sa mâchoire acérée comme une lame de rasoir à travers le tissu fin de son masque. Je souris lorsque j'enlève ma main.

Je ne me suis pas coupée.

Je lève les yeux vers son visage. Mais il n'y a que ce masque immaculé, avec seulement une légère dépression au niveau des yeux. Et je n'ai pas l'impression de regarder un masque, mais un souvenir – ou une prémonition.

J'ai retiré mon gant, touché le visage froid de Freya, sans yeux...

– Non !

Je recule en trébuchant, les mains devant moi comme pour repousser cette image.

Dominic retire son masque.

– Thorn ? Qu'est-ce qui ne va pas ?

– Je…

Ma réponse est interrompue par l'écho d'un hurlement en contrebas, près de la rivière. On se dévisage un instant avant de partir en courant dans cette direction. La musique continue, mais un attroupement s'est formé sur la berge. Les gens crient et pointent du doigt la rivière gelée. Je repère Daphné et Carla parmi eux.

Daphné porte une coiffe ornée de huit roues dentées de tailles différentes représentant les yeux d'une araignée mécanique, et son justaucorps noir est orné de grosses charnières en cuivre à chaque articulation. Carla se tient à côté d'elle, leurs mains entrelacées.

Le maquillage de zombie de Carla est au top. Elle a des plaies béantes sur les joues et le cou, des yeux jaunes et injectés de sang, et ses cheveux pendent en queues de rat dégoûtantes autour de ses épaules. Comme moi, elle porte des vêtements ordinaires, à ceci près qu'elle les a salis avec un peu de faux sang.

– Hé ! je les appelle en me précipitant vers elles. Qu'est-ce qu'il se passe ?

– Je crois que quelqu'un est tombé à travers la glace ! lance Daphné en montrant la rivière.

Comme elle tend le bras, deux membres supplémentaires de son costume se déploient.

– Tu viens d'arriver ? demande Carla.

– Ouais.

Je ne peux pas m'empêcher de jeter un coup d'œil à l'endroit où Dominic se trouvait il y a à peine une seconde, mais il n'est plus là.

Les cris semblent s'amplifier parmi les badauds, mais je suis trop petite pour voir ce qui se passe. Lorsque je parviens enfin à me frayer un chemin jusqu'au bord de la rivière, je vois quelque chose – non, quelqu'un – ressortir d'un trou dans la glace.

– Aidez-moi ! crie Mateo en s'agrippant à la glace fendue. Il y a quelqu'un dans l'eau !

Il s'enfonce à nouveau, crachant et toussant quand de l'eau lui rentre dans la bouche. Bon sang, je n'imagine même pas à quel point il doit avoir froid. Il faut qu'on le sorte de là *tout de suite.*

C'est alors que je vois Dominic qui avance doucement sur la glace, ses tentacules de Slender Man déployées tout autour de lui. Il se laisse tomber à plat ventre pour répartir son poids, et se met à ramper vers Mateo. Ça n'arrangerait rien s'il tombait lui aussi dans l'eau. De toute évidence, la glace est trop fine par endroits – des zones sombres où la rivière n'a gelé qu'en surface.

– Il faut faire une chaîne, je lance, plus à moi-même qu'à quelqu'un d'autre, mais mes mots se répercutent à travers la foule et, soudain, voilà qu'on s'active.

Casper se place derrière Dominic, puis Carla, moi, et Daphné. Je me mets à quatre pattes et je rampe, m'accrochant à la cheville de Carla tandis que Daphné agrippe ma botte. Le froid imprègne mes vêtements tel un avertissement.

– À l'aide ! crie de nouveau Mateo avant de couler.

Il ne se débat plus, sans doute trop engourdi par le froid pour faire plus que se maintenir à la surface. Si on ne se dépêche pas, il va s'enfoncer et être emporté par le courant. Et on ne pourra plus rien pour lui.

La glace craque sous notre poids. Relevant les yeux, je m'aperçois que Dominic est presque assez proche pour attraper Mateo, à condition que ce dernier arrive à sortir la main de l'eau. Mais Mateo, lui, a disparu. Dominic s'avance encore de quelques centimètres. Un craquement retentit, si fort que je l'entends même de là où je suis, mais la glace semble encore tenir – pour le moment.

Il plonge un bras dans l'eau glacée en poussant un cri inarticulé. Malgré le froid terrible, il continue de chercher Mateo. Et puis, soudain, il crie :

– Tirez !

Serrant les dents, je commence à reculer, tenant fermement la cheville de Carla. Je sens qu'on me tire et, quand je jette un coup d'œil derrière moi, je m'aperçois que tout le monde sur la berge s'y est mis. On me hisse sur la terre ferme, puis Carla. Bientôt, Casper rejoint le rivage, et c'est au tour de Dominic. Mateo est toujours sur la glace – et il y a quelqu'un d'autre derrière lui.

Mateo heurte la berge. Les gens se bousculent autour de moi. Comme ils s'écartent pour faire de la place, je distingue enfin la personne qu'il traîne derrière lui, par les cheveux. Une touffe de boucles brunes, détrempées. La personne n'a pas l'air gênée d'être tirée ainsi par les cheveux. Elle ne réagit même pas.

– Oh mon Dieu, c'est un cadavre ! Il y avait un cadavre dans l'eau ! hurle quelqu'un.

Puis c'est moi qui me mets à hurler. Je ne peux rien faire d'autre alors qu'on retourne la personne aux cheveux bouclés sur le dos et que sa tête se tourne mollement vers moi, posée sur la rivière gelée.

C'est Ford, les lèvres bleues, étirées dans un cri muet.

Et il n'a pas d'yeux.

CHAPITRE 28

La couverture rêche enveloppée autour de mes épaules ne m'empêche pas de frissonner. Appuyée contre le coffre de la voiture de patrouille de l'agent Chavez, je regarde les secouristes qui se déplacent d'un air déterminé avec des sacoches médicales. Les lanternes aux arbres ont été remplacées par les gyrophares rouges et bleus.

– Je suppose que ma fille n'a jamais mis les pieds ici, dit l'agent Chavez avec un regard en coin pas très subtil.

Je secoue la tête. Presque tous ceux qui assistaient à la *danse* ont disparu dès que la nouvelle de l'arrivée imminente des flics s'est répandue. Daphné et Carla ont bien proposé de rester, mais je leur ai dit de filer. Pas la peine qu'elles se fassent prendre dans une fête avec de l'alcool, même si personne n'a eu le temps de boire quoi que ce soit. Carla doit penser à sa place à la fac, à New York (elle a été admise à la NYU), et Daphné aurait été punie jusqu'à la fin de sa vie si son père l'avait vue ici.

Mateo a été emmené en ambulance. Je l'ai entendu hurler sur les secouristes qui l'installaient sur un brancard, menaçant de leur intenter un procès s'il perdait un testicule à cause d'une gelure.

Dominic est resté, lui. Il est en train de parler avec d'autres flics, de l'autre côté de la clairière. À le voir plisser les yeux et se frotter la tête continuellement, je me demande s'il s'est blessé en sortant Mateo et Ford de la rivière, ou bien si c'est une nouvelle migraine. Malgré tout, il a l'air plus en forme que moi.

Et Ford… mon Dieu.

Ford.

Ça me semble toujours irréel. J'ai envie de l'appeler, de lui demander s'il a entendu parler du mec de notre promo qu'on a sorti de la rivière… Il ne peut pas être mort.

Ses yeux, pourtant…

Mon ventre se soulève et je ne peux pas me retenir. L'agent Chavez se décale rapidement alors que je me plie en deux et vomis sur l'herbe, juste à côté de la voiture. Les haut-le-cœur s'enchaînent jusqu'à ce que je n'aie plus rien à rendre. J'essuie ma bouche avec ma manche en grimaçant et me relève, acceptant la bouteille d'eau que l'agent Chavez me tend.

– Merci.

– Ava ?

Je sursaute et renverse de l'eau lorsque l'inspecteur Holden apparaît à côté de nous, dans son costume bleu marine. Je me demande s'il lui arrive d'avoir une soirée *off*.

– Comment vas-tu ? demande-t-il.

Je jette un coup d'œil au tas de vomi dont se dégagent désormais des volutes de vapeur, dans la lumière des phares.

– Pas génial.

– Tu penses être capable de répondre à quelques questions pour moi ?

Je me souviens qu'oncle Ty m'a déconseillé de parler aux flics en son absence et, à cet instant précis, j'ai seulement envie de ramper dans mon lit et de fermer les yeux pour oublier le monde.

– J'aimerais vraiment rentrer chez moi.

– Bien sûr, bien sûr, répond l'inspecteur en hochant la tête. Juste une chose, tu veux bien ?

Il s'appuie contre la voiture, à côté de moi, évitant soigneusement la flaque de vomi.

– Deux jeunes à qui j'ai parlé m'ont dit que Ford Sutter et toi étiez assez proches. C'est exact ?

Je déglutis, la gorge brûlante.

– On a été meilleurs amis pendant des années, je réponds d'une voix rauque. Inspecteur, mes vêtements sont trempés. Je suis gelée et épuisée. Est-ce que je peux rentrer chez moi, s'il vous plaît ?

Il feint la surprise, comme s'il n'avait rien remarqué. Pourtant, je doute que quoi que ce soit lui échappe.

– Bien sûr, Ava. Mais j'espère que tu ne verras pas d'inconvénient à ce que je passe te voir demain matin pour prendre ta déposition complète.

Je m'écarte de la voiture de l'agent Chavez et m'éloigne sans un mot.

Pour la première fois depuis une éternité, je dors d'une traite. Un sommeil pas vraiment paisible, entrecoupé de rêves. Je sens leurs images résiduelles comme des traces de main sur ma peau, mais sans me les rappeler précisément.

Tout ce que je sais, c'est que Ford est mort.

Mon meilleur ami depuis toujours – parti.

Je n'ai pas oublié qu'il m'a volé mon collier, qu'il m'a presque poussée sous les roues d'une voiture. Je ne lui aurais peut-être plus jamais adressé la parole. Sauf que maintenant, ce n'est même plus une possibilité. Et je suis dégoûtée que les derniers mots qu'on ait échangés aient été empreints de colère.

Au-delà de ma tristesse, de cet engourdissement mêlé de culpabilité, je suis furieuse. Quelqu'un a fait ça à Ford. On l'a tué, on a transformé ses yeux en trous sanglants, et on l'a jeté dans la rivière. Et c'est la dernière image que j'aurai de lui. C'est sans doute celle que sa mère est en train d'imaginer en ce moment même.

Un sanglot me déchire lorsque je pense à la mère de Ford. Elle doit être absolument dévastée par sa mort.

Je me traîne hors du lit et parviens, je ne sais comment, à me doucher et à m'habiller. Il faut que je rende visite à Mme Sutter. Mais lorsque j'entre dans la cuisine, des flics sont assis à table.

L'inspecteur Holden et l'agent Cordell – la femme présente quand j'ai fait ma déposition à propos de Freya.

L'inspecteur Holden sourit en me voyant.

– On dirait qu'elle est réveillée, tout compte fait, annonce-t-il, et je comprends qu'oncle Ty devait être en train d'essayer de se débarrasser de lui.

Si seulement j'avais attendu quelques minutes de plus…

Oncle Ty, qui est assis en face de lui, se renfrogne. Carolyn est appuyée contre le plan de travail, les bras croisés.

Ils ont tous les deux été très choqués quand je suis rentrée hier soir et leur ai appris que le corps de Ford avait été repêché dans la rivière. Ils le connaissaient et l'appréciaient, surtout oncle Ty. À en juger par les cernes noirs sous leurs yeux, je doute qu'ils aient bien dormi.

– Tu te sens prête à nous parler, Ava ?

De toute évidence, je n'ai pas vraiment le choix. Je me glisse sur une chaise à côté de mon oncle.

– Que voulez-vous savoir, inspecteur ? je demande d'une voix bien plus calme que je ne le suis vraiment.

Il se penche en avant, prêt à saisir le moindre mot sortant de ma bouche.

– Tout d'abord, je suis vraiment désolé de devoir faire ça maintenant. Je sais que Ford et toi étiez proches, mais vu que cela s'est produit juste après le meurtre de Freya Miller, eh bien… On doit tous faire tout notre possible pour attraper la personne qui a fait ça, tu ne penses pas ?

– Bien sûr, dis-je mollement.

Pourquoi me parle-t-il comme à une gamine de cinq ans ?

– Bon, d'après nos estimations, Ford est mort dans la nuit de jeudi à vendredi. Tu pourrais être la dernière personne à l'avoir vu vivant.

– Vous voulez dire, à part la personne qui l'a tué, intervient sèchement oncle Ty, mais mon esprit essaie déjà de revenir en arrière, jusqu'à jeudi soir.

On est samedi. Je ne devrais pas avoir de difficultés à me rappeler ce que j'ai fait il y a deux jours. Pourtant, j'ai l'impression que le temps est devenu élastique, comme si tout était encore très frais… et très très vieux.

– Jeudi soir ? je répète.

Holden hoche la tête.

– D'après la mère de Ford, il est venu te voir après qu'elle s'est couchée. Elle a trouvé un mot de lui le lendemain matin, mais elle n'a compris qu'il avait disparu qu'hier soir, peu de temps avant d'apprendre la regrettable nouvelle de sa mort.

– Oh. Oui, c'est vrai. Je travaillais au Pump'N'Go jeudi soir. Ford voulait me parler d'un truc qu'il avait remarqué dans la dernière vidéo de Freya.

– Qu'est-ce que c'était ?

– Je ne sais pas. Il ne me l'a pas dit.

– Quelle heure était-il quand tu l'as vu à la station-service ?

– Environ onze heures et demie, je crois. Ma boss était là, elle devrait pouvoir vous le confirmer. Oh, et il y a des caméras à la station, elles vous indiqueront l'heure exacte. (L'agent Cordell le note dans son carnet.) Je pense que vous devriez aussi parler à M. Hamish. Il nous a vus discuter dehors. En fait, il a failli me renverser avec sa voiture.

Oncle Ty pousse une exclamation de surprise, alors je m'empresse de préciser :

– Je… j'ai glissé. Rien de grave.

– Et ensuite, Ford t'a-t-il dit où il allait ? poursuit Holden. S'il avait prévu de retrouver quelqu'un ?

– Non. J'ai cru qu'il allait rentrer chez lui. Je pensais…

Ma voix reste coincée dans ma gorge.

– Est-ce que çà va, mademoiselle Thorn ? demande l'agent Cordell en fronçant les sourcils.

Je secoue la tête et me force à expulser les mots qui menacent de m'étouffer.

– Ford ne serait même pas sorti, ce soir-là, si j'avais répondu à ses appels… C'est ma faute s'il était là-bas.

Je tressaille lorsque quelqu'un me presse l'épaule, mais ce n'est qu'oncle Ty.

– Non, Ava. C'est lui qui a décidé de passer te voir à la station-service.

– Et quand il est parti, reprend l'inspecteur, était-il en voiture ou à pied ?

– Il n'a pas… il n'avait pas son permis. En fait, je ne l'ai pas vu partir. Tout ce que je sais, c'est que plusieurs minutes après que je suis retournée à l'intérieur, il était parti.

– Pourquoi plusieurs minutes ? demande l'inspecteur en me transperçant du regard alors que j'examine mes paumes.

– On s'est disputés. Ford… euh, il m'a plus ou moins poussée en s'écartant de la route, et je suis tombée sur la chaussée. C'est pour ça que M. Hamish a failli me renverser.

– *Quoi ?* s'exclame oncle Ty, et même Holden a l'air surpris.

– Tu dis que Ford t'a poussée vers la voiture ? veut savoir l'agent Cordell.

– Pas volontairement. Je crois qu'il a juste été surpris.

Et qu'il n'en avait rien à foutre qu'il m'arrive quelque chose.

– Et pourquoi vous disputiez-vous ? demande Holden.

J'ouvre la bouche, mais la referme aussitôt. On était plus ou moins en train de se disputer à propos du meurtrier de Freya, mais ça reste bizarre et confus dans mon esprit.

Je regrette déjà d'en avoir tant raconté, car je ne veux pas que la mère de Ford entende dire du mal de son fils. Ni de moi, pour être tout à fait honnête.

Je me retiens donc de leur confier que Ford m'avait pris mon collier. Ça ne servirait à rien ; après tout, ça n'a rien à voir avec sa mort. Et je ne supporte pas l'idée qu'on dise à Mme Sutter que son fils était un voleur. Et encore moins que c'est moi qui l'affirme.

– Pour rien, en fait, je réponds doucement. Juste une accumulation de petites choses.

– Il semblerait qu'il arrive de sales trucs aux personnes qui se disputent avec toi, Ava, fait remarquer l'inspecteur Holden.

– Dites donc, attendez une seconde… commence oncle Ty, mais Holden lève les mains en l'air en signe d'apaisement.

– Ce n'est qu'une observation. Dis-moi, Ava : dans quel état était Ford quand vous vous êtes quittés ? Est-ce qu'il était encore en colère ? Ou bouleversé ?

– Je… Bouleversé, je dirais. Il a vraiment flippé quand la voiture a failli me percuter.

Que se serait-il passé si j'étais restée, si je lui avais parlé ? Est-ce que ça aurait changé la suite des événements ? Je déglutis, la bouche soudain sèche.

– Et ce… M. Hamish ? C'est le M. Hamish qui travaille au lycée de Burden Falls ? (Je hoche la tête.) Était-il encore dehors avec Ford quand tu es rentrée dans la station-service ?

Je regarde mes mains et fronce les sourcils, fouillant dans ma mémoire.

– Je crois, oui. Et il y avait quelqu'un avec lui dans la voiture. Une femme. Je ne l'ai pas reconnue.

Bon, il est vrai que je l'ai prise pour Freya Miller pendant une fraction de seconde, mais je garde ce détail pour moi.

– Et tu as fini ton travail à quelle heure ?

– À minuit.

Ça au moins, j'en suis sûre.

– Et où es-tu allée ensuite ?

– Je suis rentrée. J'avais cours le lendemain.

– Tu es rentrée *directement* ? Tu en es sûre ?

– Je l'ai entendue rentrer, intervient Carolyn, dont j'avais presque oublié la présence. J'étais en train de me coucher. C'était juste après minuit, comme elle l'a dit. La station-service n'est vraiment pas loin d'ici.

Une expression rapace apparaît sur le visage de l'inspecteur Holden.

– Et à quel endroit de la maison se trouve votre chambre, exactement ? demande-t-il à Carolyn.

– Euh, à l'arrière, au-dessus du salon.

Il se retourne vers moi.

– Tu es rentrée par la porte principale de la maison ?

J'essaie de dissimuler une grimace.

– Non, par la porte du garage, sur le côté, dis-je en pointant le doigt dans cette direction, mais je baisse le bras en voyant son regard, qui semble dire : « Je vous ai eues. »

– Est-ce que tu as claqué la porte ? Tu as appelé ?

– Je... Je ne pense pas.

J'en suis même sûre. En passant par le garage, je voulais justement éviter de réveiller les autres. Je ne pouvais pas savoir que ce serait mon putain d'alibi.

L'inspecteur Holden échange un regard avec l'agent Cordell, qui vient de finir d'écrire quelque chose dans son carnet.

– OK. Et ensuite, tu n'es pas ressortie ? Tu n'as pas eu envie de mettre les choses à plat avec Ford ou quelque chose comme ça ?

– Non, je réponds, me préparant à ce qu'il enchaîne avec une autre question, mais il se contente de me regarder, comme s'il attendait que je développe. Quoi ?

– Ce fut donc ton tout dernier contact avec Ford Sutter ?

Sa façon de formuler ça me coupe le souffle. Oui, ça a été ma toute dernière conversation avec Ford. Et ça a été horrible, et je le détestais presque ce soir-là.

Et maintenant, il est mort.

Je me penche en avant, les coudes sur la table, et j'essaie de respirer.

– Ava ? insiste Holden.

– Laissez-lui une minute, bon sang ! s'emporte oncle Ty. Son meilleur ami vient de mourir !

Et c'est ce qui me fait basculer. Je n'ai même pas le temps d'essayer de me contenir : j'éclate déjà en sanglots bruyants, douloureux, dans un flot de larmes et de morve, submergée par cette horrible sensation de « plus jamais ». Je ne le verrai plus jamais vivant. Je ne perdrai plus jamais contre lui à *Rocket League.* Je ne rirai plus jamais à l'une de ses blagues débiles, ne débattrai plus jamais avec lui pour savoir quel est le meilleur *Alien.*

Quelqu'un pousse une boîte de Kleenex devant moi, et je m'essuie grossièrement avant de relever les yeux vers Carolyn, à côté de moi.

– Tu n'es pas obligée de faire ça maintenant, dit-elle doucement, mais assez fermement pour me faire comprendre qu'elle me défendra contre Holden s'il insiste.

Mais la vérité, c'est que je veux en finir. Savoir qu'une autre conversation comme celle-ci m'attend pèserait sur moi comme un nuage d'angoisse.

– J'ai reçu plusieurs textos de lui juste après notre conversation, dis-je d'une voix rauque.

– Que disait-il dans ces messages ? demande Holden.

Je sors mon téléphone, retrouve notre fil de discussion et le lui tends. Il le fait défiler, et son front se plisse à mesure qu'il lit. Puis il relève les yeux.

– Cette vidéo qu'il mentionne dans le dernier message – sais-tu de quoi il parle ?

– C'est la dernière story de Freya. Quelqu'un l'a enregistrée et elle circule au lycée, depuis. (L'inspecteur fait la même tête que si je venais de lui parler dans une langue extraterrestre.) Celle où Freya fouille dans la chambre de Ford.

– Ah oui, celle-là, répond Holden. Merci.

– Inspecteur, avez-vous fini par découvrir qui était le type à qui elle parlait au téléphone ce soir-là ? Son petit ami ou je ne sais quoi ?

– À vrai dire, répond-il en se carrant dans son siège, nous n'avons trouvé aucune trace d'un quelconque appel reçu ou passé à cette heure-là depuis le portable de Freya. En réalité, il n'y a pas eu un seul appel de toute la soirée.

– *Quoi ?* C'est impossible ! Je l'ai entendue !

– Où étais-tu quand tu l'as entendue ? intervient l'agent Cordell, le stylo prêt à noter ma réponse.

– Au manoir. Enfin, dans le parc.

Holden fait la moue.

– Le soir où tu y es allée à la recherche de Ford ?

J'hésite pendant une seconde, et puis je me souviens : c'est le mensonge que je lui ai raconté quand il m'a interrogée après que j'ai trouvé Freya.

– Euh, oui. C'est ça.

Ce mensonge ne me semble pas plus convaincant que la première fois mais, si je change de version maintenant, ça paraîtra dix fois plus louche.

– Es-tu absolument certaine que c'était le dimanche, pas un autre soir ? reprend Holden.

– Sûre et certaine, dis-je tandis que mon cerveau tourne à cent à l'heure.

Freya aurait-elle pu faire semblant d'appeler quelqu'un ? Non, ça n'aurait aucun sens – à moins d'avoir su que j'étais assez proche pour l'entendre. Et je ne vois pas pourquoi elle aurait voulu que je l'entende parler de sa vie sexuelle.

– Elle n'aurait pas pu se servir du téléphone de quelqu'un d'autre ? Le téléphone fixe de la maison, peut-être ?

Il secoue la tête.

– On a les relevés de tous les membres de la maison. Tous les appels ont été retracés.

– Avez-vous déjà interrogé Madoc Miller à propos de Ford Sutter ? intervient oncle Ty. Parce qu'il ne vous aura sûrement pas échappé que la rivière dans laquelle Ford a été retrouvé traverse une bonne partie de sa propriété, sans compter que les Miller et les Sutter sont voisins. Vous ne trouvez pas un peu louche que trois gamins aient été retrouvés morts sur le pas de sa porte ? Ou alors, avez-vous envisagé la possibilité que ce soit Ford qui ait assassiné Freya, et que quelqu'un l'ait tué en représailles ?

Je hoquète de surprise, mais mon oncle se contente de me décocher un regard en haussant les épaules.

– C'est juste une idée, se justifie-t-il.

L'inspecteur attend un moment avant de répondre, son regard faisant des allers-retours entre oncle Ty et moi.

– Nous suivons plusieurs pistes, monsieur Thorn, dit-il finalement. Et j'avoue être assez curieux de savoir pourquoi aucun d'entre vous n'a mentionné le lien malheureux qui unit votre famille aux Miller.

Mon pouls s'accélère sous l'effet de la panique, mais oncle Ty se laisse simplement aller contre le dossier de sa chaise en soupirant.

– L'accident qui a coûté la vie à mon frère et à ma belle-sœur n'a aucun rapport avec tout ça. Nous sommes passés à autre chose.

Je suis épatée de le voir mentir de façon aussi convaincante, puis je me demande s'il n'y a pas un fond de vérité. Après tout, il a été le prof de Freya pendant plus d'un an sans qu'il y ait le moindre problème. Il a vendu notre maison à Madoc Miller. Pour autant que je sache, il n'a même pas rendu visite à papa et maman au cimetière la semaine dernière.

Est-il vraiment passé à autre chose ? Suis-je la seule qui leur en veut encore ?

Ce n'est peut-être pas pour rien que je suis tout en haut de la liste des suspects.

– Bien, dit Holden en se levant. Je vous rappelle que nous demandons maintenant à tous les jeunes de rester chez eux après la tombée de la nuit, et de ne se rendre seul dans aucun endroit trop isolé, même pendant la journée. Deux meurtres ne suffisent pas forcément à faire une série, mais mieux vaut ne pas prendre de risques.

Oncle Ty et moi regardons la voiture de police s'éloigner lentement sur le chemin.

– Deux ? je demande. Pas trois ? Ils ne pensent toujours pas que la mort de la première fille est liée à tout ça ?

– Elle ne l'était peut-être pas, répond oncle Ty en haussant les épaules. Ça arrive, les coïncidences.

– Ça serait quand même une sacrée coïncidence.

Cela dit, je ne vois pas quel pourrait être le lien entre Claire Palmer, Ford et Freya. Ford me l'aurait dit, s'il connaissait Claire. Et, en dehors du fait qu'ils ont tous les deux été retrouvés dans la rivière, les circonstances de leur mort étaient différentes : Claire Palmer s'est noyée, et elle avait encore ses yeux.

En revanche, les meurtres de Ford et Freya sont forcément liés.

La police est-elle au courant, pour Sadie ? Quelqu'un doit bien leur avoir parlé de cette légende. Mais la police ne croira pas à l'implication d'un fantôme. Ils n'ont pas vu Sadie comme *moi*, je l'ai vue.

Ou comme je pense l'avoir vue.

L'espace d'un instant, je sens une présence derrière moi, debout dans l'embrasure de la porte du cottage. Le sol craque, et un souffle murmure contre ma nuque. J'en ai la chair de poule. Je me retourne brusquement, mais il n'y a personne. Seulement un vestibule vide.

Et pourtant, j'ai encore l'impression qu'on me regarde.

CHAPITRE 29

Ce n'est pas la mère de Ford qui ouvre la porte, mais une femme étrange, une version plus jeune de Mme Sutter. Elle porte une combinaison de ski lilas, comme si elle venait de dévaler une piste.

– Tante Lisa ? je demande avant de pouvoir m'en empêcher.

Je me rends bien compte que c'est bizarre de l'appeler comme ça alors qu'elle n'a probablement aucune idée de qui je suis.

La dernière fois que j'ai vu la tante de Ford remonte à plusieurs années. C'était juste après l'élection de Trump, et elle partait voyager autour du monde avec son sac à dos en proclamant qu'elle reviendrait « quand ce honteux personnage quittera la Maison-Blanche ». Tante Lisa est une sorte de légende pour moi.

Elle a les yeux rouges et gonflés, mais elle trouve quand même la force de sourire.

– Ava, c'est ça ? Bon sang, tu as grandi, toi aussi !

On se dévisage pendant quelques secondes, frappées par la portée de ce qu'elle vient de dire. Car désormais, Ford ne grandira plus.

Dix-sept ans, et c'est fini.

On retient toutes les deux nos larmes quand elle me fait entrer dans le salon. Le chauffage est au maximum, ce qui n'arrive d'ordinaire jamais. Mme Sutter est assise dans son fauteuil, les yeux rivés sur le canapé où s'asseyait habituellement Ford. Elle porte un élégant chemisier et un pantalon de jogging, sans doute les premières choses qui lui sont tombées sous la main. Je me sens débile, plantée là dans mon long manteau d'enterrement. Mais mon manteau habituel était trempé après que j'ai rampé sur la glace hier soir, alors c'était ça ou l'hypothermie.

Il lui suffit d'un regard dans ma direction pour fondre en larmes.

– Je ferais mieux d'aller faire du thé, dit tante Lisa.

Je reste un petit moment à écouter Mme Sutter déverser son chagrin et me demander qui aurait bien pu vouloir faire du mal à son fils. Je n'ai pas la réponse. Néanmoins, elle a l'air un peu plus calme quand je m'en vais. C'est déjà ça.

– Merci d'être passée, dit tante Lisa en me raccompagnant à la porte. Je sais que ça compte beaucoup pour Gloria.

– Vous pensez rester longtemps en ville ? je demande avec espoir.

– Quelques semaines. Je verrai comment ça se passe.

Elle n'a pas vraiment l'air enchantée à cette perspective, et j'ai l'impression que ce n'est pas seulement à cause des circonstances présentes.

– J'ai entendu dire que tu ne vis plus au manoir, ajoute-t-elle.

– Non, dis-je en jetant un coup d'œil dans cette direction.

C'est le milieu de matinée, Dominic doit donc être levé.

– Ça fait deux semaines, maintenant, je précise.

– Ça veut dire que tu t'en iras à la fin de l'année scolaire ?

– Je ne pense pas aller à la fac.

Elle secoue la tête.

– Je ne parlais pas forcément de la fac. Je me disais juste que tu aurais envie de ficher le camp d'ici maintenant que tu n'as plus d'attaches.

Plus d'attaches ?

Je suppose qu'elle a raison. Daphné et Carla seront à la fac, et moi, j'ai toujours cru qu'après le programme estival d'art à Indianapolis (pour lequel je croise toujours les doigts), je reviendrais ici et… Eh bien, le plan de base, c'était de travailler à la distillerie avec mes parents. Mais ce n'est plus d'actualité.

Alors quoi ? Est-ce que j'ai envie de chercher un job à Burden Falls ? De voir si Mia veut bien m'embaucher à plein temps à la station-service ?

Non merci.

Ou alors...

Je pourrais aller n'importe où. Je n'ai peut-être pas les moyens de partir comme ça en vacances prolongées, mais je sais que tante Lisa non plus ne roulait pas sur l'or quand elle s'est lancée dans son tour du monde. Elle a travaillé dans tous les pays où elle est allée. Dans des bars, des cafés, ce genre d'endroits. Je pourrais peut-être faire quelque chose dans ce style.

Pendant un bref instant, je m'imagine dessiner des portraits de touristes dans les rues de Paris, ou de Milan, ou dans un autre endroit magnifique. Comme oncle Ty l'a fait, l'été après sa terminale.

En tout cas, ça serait carrément mieux que de commencer ma vie d'adulte derrière des barreaux. Maintenant que la graine a été semée, l'idée de foutre le camp d'ici se met à germer. Je pourrais échapper à la police, à ces morts, à mes souvenirs.

Et à Sadie.

– Je crois qu'il va falloir que j'y réfléchisse, dis-je à tante Lisa.

Je viens tout juste de passer le portail quand mon téléphone sonne. Je réponds sans vérifier le correspondant, supposant que c'est oncle Ty ou Carolyn. Mais non.

« Il me semblait bien que c'était toi que j'avais vue de l'autre côté du chemin, dit Dominic sans même me saluer. Tu peux venir ? »

– Euh, non.

« Mes parents ne sont pas là, si c'est ce qui t'inquiète. »

C'était le cas.

– Ils ne sont pas encore rentrés ?

« Pas avant demain. »

– Pourquoi est-ce qu'ils ne rentrent pas *immédiatement* ? Une autre personne est morte !

Il garde le silence pendant un moment.

« Je ne leur ai pas dit, pour Ford. »

– Ah bon ? Pourquoi ?

« Parce qu'ils se feraient du souci. Ils avaient vraiment besoin de cette pause, loin de tout. Et puis toute la ville, y compris mes parents, pensait que le meurtre de ma sœur était un cas isolé. Mais, maintenant, je pense que les gens vont paniquer. »

– Et tu ne penses pas qu'ils ont de bonnes raisons de paniquer ?

« Écoute, tu ne veux pas venir ? demande-t-il sèchement. Ça évitera qu'on discute de ça comme deux gamins de six ans équipés de boîtes de conserve et d'une ficelle. »

Je raccroche sans un mot. Quand j'arrive devant le portail du manoir, il est déjà en train de s'ouvrir.

Dominic n'a pas dormi. Il ne s'est pas douché non plus, à en juger par le costume de Slender Man qu'il porte toujours. Pas le masque, évidemment, ni les tentacules, qu'il a détachés. Finalement, ça ressemble plus à une tenue d'enterrement. Je suppose que ça va bien avec mon long manteau noir.

– Entre, dit-il en reculant dans le hall.

Je le suis et je reste bouche bée. Je me doutais que le manoir aurait changé, bien sûr. Le nouveau revêtement vert répugnant de la façade annonçait la couleur. Mais je n'avais jamais vraiment imaginé les changements à l'intérieur.

L'épaisse moquette prune et les papiers peints William Morris – similaires à ceux qu'on trouve dans les châteaux britanniques – ont disparu. Le plancher dénudé attend sans doute d'être recouvert de carrelage gris sans âme. Les murs ont été repeints dans un blanc éclatant, et ornés à la hâte de photographies dans des cadres en chrome, à la place de nos peintures à l'huile classiques de paysages et de portraits.

En les regardant de plus près, je m'aperçois que ce ne sont même pas des photos des Miller avec leurs enfants, ce qui serait compréhensible. Si j'en crois celles accrochées au mur le plus proche, ce sont tous des gens issus du milieu du cinéma, avec lesquels Madoc et Lucille Miller ont travaillé. Sur l'un des clichés, on les voit boire des cocktails avec un réalisateur de films d'horreur qui, j'en suis presque sûre, a été condamné pour le meurtre de sa femme.

Je recule d'un pas, dégoûtée.

C'est si différent d'avant – les Miller doivent avoir fait en sorte que les travaux commencent le jour même de leur emménagement. À croire qu'ils n'auraient pas supporté de vivre ne serait-ce qu'une semaine dans le décor de ma famille.

– Viens dans ma chambre, dit Dominic, qui commence à monter l'escalier avant même que j'aie pu marmonner un « c'est quoi ce délire ? ».

Le pire, c'est que je le suis. Mais bon, je suis sûre, ou presque sûre, qu'il ne m'a pas fait venir pour m'attirer dans sa chambre. Enfin, presque sûre.

Il disparaît devant moi dans le couloir de l'aile est, mais je sais exactement où je vais, bien sûr : dans mon ancienne chambre.

Je me prépare au pire en atteignant la porte. Mais lorsque j'entre, je découvre que c'est... exactement comme avant.

Avec des meubles différents, bien sûr, mais disposés comme les miens. Le lit est à la même place ; le bureau aussi, près de la fenêtre. Les murs sont toujours d'un bleu profond, orageux ; la moquette, d'un gris marbré. Dominic a même accroché un miroir en pied à l'endroit précis où se trouvait le mien.

– C'est bizarre, je murmure.

Il relève les yeux de l'ordinateur sur lequel il est penché, sur son lit.

– De revenir ici ?

– Oui. Je pensais... je pensais que cette chambre aurait changé, comme le reste de la maison. Mais non.

– Oh. J'aime bien les couleurs que tu as choisies. On se croirait au fond de la cascade.

Je ne m'en étais même pas rendu compte, mais il a raison. Quand on se tient au milieu de la pièce et qu'on laisse ses yeux se brouiller, on peut imaginer l'eau qui s'écrase tout autour de nous, les rochers sous nos pieds.

– Et puis je ne vois pas l'intérêt de redécorer alors que je n'ai pas l'intention de rester.

J'éprouve une sensation douloureuse et, pour la première fois, je prends conscience que je déteste l'idée de son départ.

Il sera peut-être plus en sécurité s'il s'en va.

– Quand est-ce que tu veux partir ?

Il hausse les épaules.

– Dans quelques semaines. Je dois rester ici jusqu'à ce que les flics aient bouclé leur enquête. Mais ne t'inquiète pas, je prendrai le temps de finir la bande dessinée – ou du moins d'avancer assez pour que tu puisses la soumettre pour ton projet de fin d'année.

Je hoche la tête, ne voulant pas lui avouer que j'en ai déjà bien assez. Que mon projet est déjà prêt à être envoyé lundi à la première heure, afin que Mlle Shannon, ou M. Hamish, ou quiconque faisant partie du jury ne puisse pas me disqualifier pour cause de retard. Et je suis vraiment contente des pages sur lesquelles on a travaillé ensemble, Dominic et moi. J'aime la direction que prend le chapitre qu'on vient de commencer. Mais on n'aura peut-être pas l'occasion de le finir.

– Qu'est-ce que tu voulais me montrer ? je demande d'une voix un peu étranglée.

– Ça, répond-il en me faisant signe d'approcher.

Je vais m'asseoir à côté de lui, au bord de son lit. Toute la tension que je ressens – ou que j'imagine – s'évapore dès que je lis ce qui est affiché sur l'écran de son ordinateur portable.

C'est une liste de pseudos de réseaux sociaux, suivis de commentaires parmi les plus horribles et les plus répugnants qu'il m'ait été donné de lire. Des insultes à l'encontre de Freya, des commentaires d'ordre sexuel et des menaces.

– C'est quoi ces conneries ?

– Tous les commentaires laissés sous les vidéos de *Haunted Land* ces six derniers mois – les plus ignobles, du moins.

Il fait défiler la liste tout en parlant, et je m'aperçois qu'il y en a des pages et des pages.

– Tout ça en seulement *six mois* ?

Rien que les regarder me donne la nausée. Dieu seul sait ce que Freya a dû éprouver.

– À vrai dire, ce sont seulement ceux envoyés depuis cet État, précise-t-il en me lançant un regard en biais. Normalement, je n'aurais pas pu le faire, mais j'ai un logiciel… Ce n'est pas tout à fait légal.

Je me fiche bien que ce soit légal ou non. Les connards qui ont laissé ces commentaires devraient être traqués et arrêtés.

– Est-ce que tu as transmis ces infos à la police ?

– Bien sûr, répond-il impatiemment. Ils les ont depuis le lendemain de la mort de Freya. Ils n'ont pas beaucoup avancé dans leur enquête. Mais au moins, ils ont blanchi Liam Walsh. Il était en réunion avec un prof de sa fac à Evansville quand Freya a été tuée. Enfin bref, ça ne nous avance pas beaucoup. C'est pour ça que je passe tout en revue moi-même – les vidéos de la caméra de surveillance du pont, les mails et les réseaux sociaux de Freya, cette… cette merde.

Il tapote sèchement sur l'écran, et je comprends ce qui le frustre autant.

– Tu n'as rien trouvé, c'est ça ?

– Non, mais j'espérais que toi, tu verrais peut-être quelque chose. Tu veux bien les lire, voir si quelque chose te saute aux yeux ? Les pseudos, des mots ou des expressions qui te feraient penser à quelqu'un du lycée ?

Il me faut un instant pour comprendre pourquoi il pense que j'aurais plus de chances que lui d'identifier un de ces trolls : c'est vrai qu'il ne vit à Burden Falls que depuis un an. Pourtant, j'ai l'impression que les jumeaux Miller ont toujours été là.

Je lis donc tous les commentaires, même si certains d'entre eux me donnent envie de fermer l'ordinateur. Dominic attend patiemment pendant que j'étudie le tout, espérant que quelque chose jaillisse de l'écran en criant : « Ha, ha ! C'est moi le tueur ! » Mais non. Ce sont juste des inconnus immondes qui disent des choses immondes sur une fille de seize ans, et aucun ne mentionne Ford.

– Je suis désolée, dis-je enfin. Mais tu penses vraiment que c'est un internaute qui a fait ça ? Je peux imaginer que quelqu'un ait traqué Freya, mais pour Ford… Je veux dire, elle venait littéralement d'annoncer qu'il rejoignait la série. Comment un harceleur aurait-il eu le temps de le trouver ? Et *pourquoi* ?

Dominic soupire et ferme les yeux.

– Je sais. Je veux juste avoir l'impression de faire quelque chose d'utile, mais aucune des pistes que je suis ne mène où que ce soit.

Je pose une main sur son bras, et il me regarde. Ses yeux verts sont lourds de tristesse.

– Ford a dit un truc qui pourrait être utile, j'ajoute.

Je lui parle du dernier texto que mon ami m'a envoyé – celui où il prétendait avoir vu quelque chose de crucial dans la story de Freya. Sans un mot, Dominic la retrouve sur son ordinateur portable et on la regarde. Ou plutôt, *il* la regarde. Moi, je ne peux pas. Voir Freya à l'écran, c'est vraiment trop, après avoir lu tous ces commentaires horribles.

À la place, je regarde le visage de Dominic. Il serre les lèvres quand Freya apparaît, comme s'il retenait ses larmes.

« Héééé ! » Le son de la réprimande joueuse de Ford me fait l'effet d'une main qui m'étrangle. J'avais oublié qu'il apparaissait brièvement à la fin de la vidéo, juste avant que Freya fasse un clin d'œil à la caméra et termine le live.

Ils sont tous les deux morts désormais.

Attendez une seconde. Ford a vu quelque chose dans cette vidéo… et ensuite il est mort. Une peur glaciale me comprime les entrailles.

D'abord tu la vois, ensuite tu meurs.

Dominic étudie toujours la vidéo.

– Tu as vu quelque chose ? je demande dans un murmure, mais il secoue la tête. Remets-la du début.

Je me force à poser les yeux sur l'écran. Si Sadie apparaît dans la vidéo, il faut que je le sache.

Juste au moment où il s'apprête à la lancer, des aboiements retentissent au rez-de-chaussée.

– Pilot, explique Dominic. Je vais le laisser sortir.

Je hoche la tête, mais je ne touche pas l'ordinateur portable qu'il a posé sur son lit. Je sais qu'il faudrait. Je dois le faire. Mais je ne pense pas pouvoir visionner ça toute seule si Sadie est dedans.

Alors que je le regarde sortir de ma chambre – de *sa* chambre –, je remarque que la porte d'en face est légèrement entrouverte. C'était la chambre de mes parents, avant. Soudain, j'ai un flash : je me revois petite, allongée sur leur lit avec papa, pendant que maman se maquillait devant le miroir. Papa faisait la voix off, comme dans un documentaire animalier. Maman s'efforçait de rester impassible mais, quand elle croisait le regard de mon père dans le miroir, de petites rides amusées plissaient le coin de ses yeux. Et puis elle se retournait subitement en poussant un rugissement de lion, du rouge à lèvres plein les dents.

C'était dans une autre vie.

Le cœur lourd, je me rapproche de la porte entrebâillée. Je vois un lit à baldaquin avec des draps rouge sang.

Ce devait être la chambre de Freya.

Sans réfléchir, j'entre. J'entends les pas rapides de Dominic qui se dirige vers la cuisine.

La chambre de Freya est dans le même état que si elle venait d'en sortir. Son maquillage est éparpillé sur une coiffeuse, près de la fenêtre, et la chaise est repoussée comme si elle était partie en toute hâte.

Les flics ont forcément jeté un coup d'œil ici, rassemblé tout ce qui aurait pu les conduire à un potentiel suspect. Je me demande si certaines choses qu'elle gardait ici pointaient dans ma direction. Un journal intime, peut-être, dans lequel elle écrivait à quel point Ava Thorn était horrible avec elle. Parce que je l'étais. À l'époque, ça me paraissait justifié – Freya s'est comportée comme une vraie garce dès l'instant où je l'ai rencontrée.

Pourtant, je regrette ce que je lui ai dit, maintenant. C'est comme ça quand on est celle qui reste. On a tout le temps de se repasser encore et encore ses méchantes petites remarques.

– Qu'est-ce que tu fais ici ?

Je me retourne en sursautant. Dominic se tient dans l'embrasure de la porte, un verre d'eau dans une main, un des cafés glacés que je bois tout le temps dans l'autre.

– Désolée. J'aurais dû te demander avant. Je n'ai rien touché.

Il me tend le café, l'air méfiant.

– Merci. C'est mon préféré.

– Je sais, dit-il simplement. Alors, qu'est-ce que tu faisais ?

J'essaie de ne pas prendre un air coupable. Après tout, je suis entrée par pure curiosité. Mais, maintenant que je suis là, une idée me vient.

– Je réfléchissais juste à la méthode avec laquelle Freya a fouillé dans les affaires de Ford – genre, tapoter le fond de son tiroir à sous-vêtements pour voir si la base était amovible, regarder à l'intérieur de ses chaussures… Elle avait l'air d'être le type de personne qui cache des trucs dans sa chambre. Des trucs qu'elle ne voulait pas que tes parents voient. Ça te paraît complètement à côté de la plaque ?

Il se contente de me dévisager, sans me contredire ni aller dans mon sens.

– Si elle avait un petit ami secret dont elle ne voulait parler à personne, il pourrait y avoir des preuves ici… Tu ne penses pas ?

– Quel genre de preuves ? demande-t-il finalement.

– Des petits mots. Des photos. Des souvenirs de leurs rendez-vous. Je veux dire, les flics ont déjà son téléphone, qui est le truc le plus évident, mais… (Je hausse les épaules et bois une gorgée de café.) Merde, c'est *délicieux*.

Le café est crémeux et sucré, sans la note amère habituelle. Je regarde l'étiquette. C'est pourtant exactement la même marque qu'à la maison. Bizarre.

Oh mon Dieu. Je préfère le goût du café de Dominic Miller. Je suis foutue.

– La police a tout passé au peigne fin, sa chambre comme son téléphone, dit-il, mais je vois bien qu'il doute.

– Elle ne pourrait pas avoir eu un autre…

Je m'interromps soudain, la bouche grande ouverte. Je viens de comprendre ce que Ford avait vu dans cette vidéo. Et ce n'était ni Sadie ni un compartiment secret.

– Elle se filmait avec son téléphone tout en faisant semblant de se servir d'un autre portable !

Dominic écarquille les yeux.

– Deux téléphones, dit-il en balayant la pièce du regard, cherchant déjà de possibles cachettes que les flics pourraient avoir manquées. Je vais commencer par le placard. Tu peux regarder dans les tiroirs ? Je n'ai pas vraiment envie de voir les sous-vêtements de ma sœur.

Je n'en ai pas particulièrement envie non plus, mais je le prends en pitié.

On se met au travail, vérifiant le moindre recoin susceptible de contenir un téléphone et d'avoir été négligé par la police. Je prends soin de tout remettre exactement à sa place. Et, pendant tout ce temps, j'ai l'impression que Freya se tient au-dessus de moi et me regarde fouiner dans ses affaires.

– Ça va ? demande Dominic en remarquant mon immobilité soudaine. Tu as trouvé quelque chose ?

Je m'apprête à répondre quand un téléphone se met à sonner de l'autre côté du couloir, dans la chambre de Dominic. Je le regarde, mais il secoue la tête.

– C'est pas ma sonnerie.

Je me dépêche d'aller récupérer mon manteau sur son lit, et fouille dans ses plis à la recherche de la poche où j'ai laissé mon téléphone. Je finis par mettre la main dessus.

Mais quand je veux décrocher, je me rends compte que l'écran est noir – et fendu. Pourtant, la sonnerie continue.

– Ce doit être le tien, je lance distraitement, essayant encore de comprendre comment mon écran a pu se fendre comme ça.

Comme j'ai cru qu'il l'était le jour où j'ai trouvé Freya.

– J'ai mon téléphone sur moi, répond-il.

La sonnerie provient bien de mon manteau.

Mais de *l'autre* poche.

Je glisse la main dedans et en sors mon téléphone intact, avec le sourire de Daphné en fond d'écran.

Pourquoi est-ce que j'ai deux téléphones ? Au premier regard, rien ne les distingue, à part l'écran abîmé. Mais en les tenant côte à côte, je remarque que l'appareil endommagé est légèrement plus petit, et les coins de l'écran un peu plus arrondis. Ce n'est clairement pas le mien.

Et soudain, ça me revient : je portais ce manteau le jour où j'ai découvert le cadavre de Freya. Quand j'ai trébuché sur le seuil du pavillon et ramassé un téléphone fendu que je pensais être le mien.

C'est le téléphone que Dominic et moi venons de passer une demi-heure à chercher.

CHAPITRE 30

– Comment as-tu pu *ne pas remarquer* que tu avais ça dans ta poche depuis presque deux semaines ?

Dominic a un air si exaspéré que ses yeux paraissent deux fois plus grands.

– Je ne porte pas souvent ce manteau, je réponds d'une voix tremblante qui me fait honte.

Je sais que je vais devoir réexpliquer tout ça aux flics et qu'ils penseront probablement que j'ai volontairement caché ce téléphone ou, je ne sais pas, que je l'ai *volé à Freya après l'avoir assassinée.*

– Écoute, je reprends, un téléphone semblant se réparer tout seul comme par magie n'était pas le truc le plus bizarre que j'ai vécu ce jour-là, OK ?

Dominic se pince l'arête du nez. Je crois que je lui donne la migraine.

– OK. Désolé d'avoir crié.

Il n'a pas vraiment crié. Mais bizarrement, ses excuses me font me sentir encore plus mal, et je ne peux pas me retenir : je me mets à pleurer. Et pas une petite larme mélancolique. Non, je pleure à chaudes larmes, mon visage enfoui entre mes mains, agenouillée sur la moquette de mon ancienne chambre.

C'est trop, tout ça.

Ford. Freya. Les flics.

Sadie.

Je me suis retrouvée au milieu de… de cette affaire, et je ne sais toujours pas pourquoi.

Dominic passe un bras autour de mes épaules, et je me tourne pour m'appuyer contre lui. On est dans une position bizarre, tous les deux à genoux. Il se déplace, si bien que je perds l'équilibre et qu'on se retrouve par terre. Quand je relève les yeux vers lui après avoir essuyé mon visage avec ma manche, on n'est qu'à quelques millimètres l'un de l'autre. Mon souffle reste coincé dans ma gorge. Et je ne l'entends pas respirer non plus.

Oh, et puis merde.

Je l'embrasse. C'est si facile alors qu'on est comme ça, pressés l'un contre l'autre sur le sol, ses lèvres chaudes et assurées contre les miennes. Ses doigts effleurent le bord de mon visage, mon cou, comme une réponse à ma caresse quand on dansait hier soir. Est-ce qu'il a ressenti la même chose que moi en ce moment ? Est-ce que le contact de mes doigts l'a fait frissonner aussi ?

Je roule sur le dos et fixe le plafond. J'ai besoin de reprendre mon souffle. Ne pas faire quelque chose de stupide, là, sur le sol de mon ancienne chambre. Bon sang, et en plus, il embrasse bien.

Après le plus long silence de l'histoire, je dis :

– C'était bizarre.

Il tourne la tête vers moi et je suis contente de voir que sa respiration est haletante aussi.

– Dans le mauvais sens du terme ?

Je secoue la tête. Il sourit.

– Dominic ?

– Quoi ?

– Je crois que j'ai mis de la morve sur ton costume de Slender Man.

– J'ai vu, dit-il en hochant la tête avec vigueur.

J'emporte le téléphone prépayé quand je quitte le manoir en voiture, un peu plus tard. Dominic a proposé de dire à la police que c'était lui qui l'avait ramassé sur le lieu du crime et oublié ensuite, mais je sens que ce serait mal de leur mentir à ce sujet – même si dire la vérité ne m'a pas beaucoup réussi, ces derniers temps.

Quoi que contienne ce téléphone, j'espère vraiment que ça conduira les flics jusqu'au tueur. Parce que je suis à court d'idées. Ou plutôt, j'en déborde. Y compris une particulièrement improbable. Je ne peux nier que mon esprit ne cesse de revenir à Sadie…

Non. Concentre-toi sur le réel.

Freya était détestée par plein d'internautes, dont certains étaient clairement déséquilibrés, à en juger par les commentaires. Et n'importe qui au lycée aurait pu entretenir une obsession secrète à son égard.

Pour Ford, en revanche, c'est une autre histoire. Je n'arrive littéralement pas à penser à une seule personne qui aurait pu vouloir sa mort. Mais le fait qu'ils aient tous les deux été assassinés m'amène à penser que le meurtrier les connaissait tous les deux.

Quelqu'un qui savait que j'avais de bonnes raisons de les détester ?

Je chasse cette idée. Seuls la police et les gens les plus proches de moi étaient au courant de ma dispute avec Ford, et aucun d'entre eux n'aurait pu le tuer en représailles. Non, ce n'est pas moi, le lien. Peut-être était-ce *Haunted Land* ? Après tout, Freya venait juste d'annoncer que Ford serait le nouveau membre de l'équipe. Peut-être que ça a énervé quelqu'un ?

Mateo, par exemple ? Ou Casper ?

Mais je n'imagine pas Casper devenir violent. Et, vu la description que Dominic m'a faite de la bagarre avortée entre Liam et Mateo, je ne vois pas non plus ce dernier tuer Freya et Ford, surtout de cette manière. Il faut être franchement cinglé pour crever les yeux de quelqu'un avec un pic à glace ou je ne sais quoi.

Cinglé comme mes ancêtres.

Non. Je ne veux pas penser à cette histoire maintenant.

Je ressasse encore tout ça quand je remets le téléphone à la police, et même quand je quitte le commissariat. Ma poche se remet à sonner juste au moment où je monte dans ma voiture. C'est Daphné.

– Salut, Daph. Ça va ?

« Oh, salut. J'étais inquiète que tu ne répondes pas, tout à l'heure. Est-ce que tout va bien ? »

– Ouais… Enfin, tout est pourri, mais je vais bien. Pourquoi ?

Elle inspire profondément et expire lentement.

« Oh, tu sais. Juste parce que des gens n'arrêtent pas de mourir. »

Oh. Elle était *vraiment* inquiète.

– Désolée, j'aurais dû te rappeler. J'étais juste occupée au manoir avec Dominic…

Je lui explique ce qui s'est passé, et elle m'écoute en silence pendant que je déballe tout – jusqu'au moment où j'ai trouvé le téléphone de Freya dans cette foutue poche. Je pense que je vais attendre de savoir ce que je veux faire avec Dominic pour parler du baiser à Daphné.

« Mais c'est une bonne chose, non ? demande-t-elle. Ils vont découvrir qui Freya fréquentait, et c'est forcément celui qui l'a tuée. Sauf que… »

– Sauf que quoi ?

« Pourquoi est-ce que le petit ami secret de Freya aurait tué Ford ? À moins que… à moins qu'il y ait aussi eu un truc entre Freya et Ford ? »

Je fronce les sourcils.

– Je suppose que c'est possible.

Pourtant, bien que j'aie moi-même envisagé cette possibilité, je n'y crois plus.

– Mais tu crois que Ford se serait contenté d'être la roue de secours ? je demande.

« Peut-être pas, admet-elle, et le silence s'étire. Désolée, je sais que ce n'est pas le moment de parler de tout ça. Est-ce que tu as envie de venir à la maison ce soir pour regarder un film ou autre ? On pourrait faire une pré-fête d'anniversaire. »

– Quel anniversaire ?

Elle éclate de rire.

« Euh, tu sais… tes dix-huit ans ? Lundi ? »

Dans deux jours. Bon sang, avec tout ce qui s'est passé, ça m'est sorti de la tête. Qui oublie son propre anniversaire ?

Quelqu'un dont le meilleur ami vient de mourir.

Ou, comme l'année dernière, quelqu'un dont les parents viennent de mourir.

– Je n'ai pas vraiment envie de faire la fête, dis-je en toute honnêteté.

« Pas de problème. Viens quand même, on pourra juste traîner ensemble. »

J'hésite. Néanmoins, la perspective de parler de la pluie et du beau temps avec l'agent Chavez tout en feignant d'ignorer qu'il surveille mes moindres faits et gestes n'est pas franchement attirante.

– Une prochaine fois, tu veux bien ?

CHAPITRE 31

C'est trop nul de devoir aller en cours le jour de mon dix-huitième anniversaire et, en plus, je suis en retard. J'ai encore passé la moitié de la nuit éveillée à cause de rêves tordus. Sadie nous regardant, mes parents et moi, dans l'épave de la voiture. Sadie, debout à côté de moi dans le pavillon lorsque je tombe sur le cadavre de Freya. Sadie et ses yeux morts rivés sur la rivière alors qu'on sort le cadavre de Ford.

Oncle Ty et Carolyn essaient de marquer le coup avec des pancakes aux pépites de chocolat et des ballons disposés tout autour de la table de la cuisine, mais je suis à la bourre, et l'idée de faire la fête me paraît trop bizarre. J'avale à peine une bouchée de pancake en sortant, et manque de foncer dans un vieux type en costume sur le pas de la porte.

– Mademoiselle Avalon Pomona Thorn ? demande-t-il avec raideur, ce qui me met aussitôt sur mes gardes.

– Vous êtes de la police ? je demande d'un ton dubitatif.

– Je suis avocat. De chez Steele, Boothroyd et Finch. Je suis M. Steele.

Je pensais que Dominic était doué pour les regards noirs, mais il aurait deux ou trois trucs à apprendre de ce type. Il me tend brusquement une lettre.

– Est-ce qu'on m'attaque en justice ?

– Non, soupire-t-il alors que je prends l'enveloppe entre le pouce et l'index. Bonne journée.

Il tourne les talons et se dirige vers l'élégante voiture grise qui l'attend.

– Hé ! Qu'est-ce que c'est ?

– Un beau cadeau d'anniversaire, je dirais.

Et il s'en va sans rien ajouter. Je monte dans ma voiture et m'apprête à ouvrir l'enveloppe quand je vois l'heure sur mon tableau de bord.

– Merde !

Je fourre la lettre dans mon sac et démarre brusquement.

Arrivée au lycée, j'entends immédiatement les murmures. C'est la même ambiance qu'après le meurtre de Freya, sauf que, maintenant, certains élèves ont vraiment l'air effrayés.

Je me rapproche de l'attroupement, près de l'autel à la mémoire de Freya – qui est désormais à la mémoire de Freya *et* de Ford. Des photos et des souvenirs de mon ami ont été ajoutés sur les bords à la va-vite. Soudain, mes yeux se posent sur l'objet qui a provoqué tous ces murmures.

C'est le gribouillage que j'ai fait pendant l'assemblée au cours de laquelle la proviseure a annoncé la mort de Freya. Celui de la jeune fille… sans ses yeux. Et, comme si ce n'était pas assez horrible, quelqu'un a ajouté des mots au-dessus, en lettres capitales :

SADIE M'A FORCÉE À LE FAIRE.

Quelqu'un me donne un coup de coude. C'est Yara, et elle me regarde d'un drôle d'air en désignant le dessin.

– Tu as vraiment dessiné ça ? demande-t-elle, bouche bée. C'est immonde.

– Je l'ai dessiné, je réponds sèchement, mais je n'ai pas écrit ces mots, et je ne l'ai certainement pas collé sur son casier.

Sans attendre sa réponse, je fends la foule et arrache le papier du casier. Tout le monde se met aussitôt à chuchoter : « C'était son dessin ! » « Vous pensez qu'elle l'a tuée ? » « C'est sûrement une psychopathe… »

Je froisse ce maudit dessin jusqu'à le réduire en une boule minuscule et puis je pars en cours, le visage brûlant.

Lorsque je rejoins les filles en classe, Daphné entonne *Happy Birthday* – la version de Stevie Wonder, la meilleure – pendant que Carla fait éclater une petite bombe à confettis juste au-dessus de ma place. Je me force à sourire pour leur faire plaisir, espérant de tout cœur que personne ne m'a suivie depuis l'autel, mais bien décidée à ne pas me retourner pour m'en assurer.

– Merci. Je vais mettre une plombe à retirer tous ces confettis de mes cheveux.

– Regardez-moi ce sourire ! me taquine Daphné. Cette joie rayonnante !

– Bienvenue dans l'âge adulte, Thorn, lance Carla en me tapotant sous le menton.

– Vous ne devinerez jamais ce qu'un connard vient de faire, dis-je en voulant attraper le dessin froissé dans mon sac.

Mais je m'interromps lorsque M. Hamish apparaît à côté de nous.

– Ava, je peux te dire deux mots ?

– Euh, oui, bien sûr.

Merde. Est-ce que quelqu'un est allé cafter ? Sûrement pas si vite. D'ailleurs, je me demande qui a pu mettre la main sur ce dessin... Cela dit, je dois bien sortir mon carnet à croquis de mon sac ou de mon casier une centaine de fois par jour, alors la feuille est peut-être tombée et a été ramassée par un taré qui s'est dit que ce serait marrant de la coller sur le casier de Freya.

Ce serait préférable à l'autre possibilité : que quelqu'un me l'ait délibérément volée pour la mettre là-bas et faire croire que je suis la meurtrière.

Mes amies et moi nous saluons d'un haussement de sourcils interrogatif, et je suis Hamish jusque dans son bureau.

Un tas de papiers encombre sa table de travail, et mon regard est attiré par une feuille manuscrite, avec plein de mots raturés et des notes ajoutées dans la marge. Le nom « Freya » apparaît de nombreuses fois. Sur le bureau, tourné face à la pièce, je remarque aussi un cadre-photo qui n'était pas là la dernière fois que je suis venue. L'image montre Hamish et une femme qui doit être sa petite amie. Il a un bras autour de ses épaules et la petite main de la femme est posée sur son torse à lui, comme pour exhiber la bague de fiançailles à son doigt. Je me demande si ces fiançailles sont récentes.

Les cheveux de la femme sont plus auburn que ceux de Freya, et elle a des yeux marron. Néanmoins, la forme globale de son visage, ses traits et ses pommettes saillantes appuient tellement la ressemblance que c'en est flippant.

– Bon, commence-t-il.

Je détache mes yeux de la photo. Hamish est en train de toucher cette étrange raie dans sa moustache. Elle fait exactement la même taille que l'espace entre ses sourcils.

– La date limite pour nominer un ou une élève pour le programme estival d'art tombe cette semaine.

Je lui accorde aussitôt toute mon attention. Avec tout ce qui s'est passé, cela faisait des jours que je n'y avais pas pensé.

– Lorsqu'on a découvert que seuls les élèves majeurs étaient éligibles et qu'on a dû disqualifier Freya, tu t'es évidemment retrouvée dans une position privilégiée.

Je blêmis en l'entendant parler aussi nonchalamment de la disqualification de Freya. Il y a quelques semaines, j'aurais accueilli cette nouvelle par une danse de la victoire mais, maintenant, je me sens amère, creuse. Ce n'est pas comme ça que je voulais gagner. Je ne vais pas refuser la place pour autant, bien sûr. Je ne suis pas une martyre.

– Merci, monsieur Hamish. Je…

– Malheureusement, vu l'intérêt constant que te porte la police dans l'enquête en cours, nous avons décidé de nominer une autre élève cette année. Je suis sûr que tu comprendras et que tu seras contente pour Yara.

– QUOI ?

Je crois que nous sommes tous les deux surpris par le volume de ma voix, mais sérieusement… QUOI ?

– Ce n'est pas juste ! Yara n'a même pas envie de participer à ce programme ! (Ça, je n'en sais rien, mais ça pourrait être vrai.) Et les flics enquêtent sur *tout le monde,* pas seulement sur moi. Je ne suis pas une *suspecte.*

– Ce n'est pas seulement à cause de ça, Ava, dit Hamish d'un ton qu'il veut sans doute apaisant, mais qui me donne envie de lui balancer un coup de poing en pleine gorge.

Je vais aller parler à Mlle Shannon – après tout, c'est elle qui dirige le département d'art. Si j'arrive à la convaincre, je doute que Hamish soit capable de passer outre sa décision. Je pourrais peut-être même demander à oncle Ty d'intercéder discrètement en ma faveur.

Pas question que je perde ma place dans ce programme à cause de ce tripoteur de moustache. *Pas question.*

Il poursuit son baratin.

– En toute franchise, j'étais un peu inquiet de te voir aussi compétitive. Freya était une jeune fille tellement adorable… Vous êtes toutes les deux si talentueuses. Étiez. Êtes…

– Adorable ?

« Je parie qu'il y a d'autres parties de mon corps que tu trouverais "adorables" aussi… » N'est-ce pas ce que Freya a dit cette nuit-là, au téléphone ?

M. Hamish continue de parler, mais je l'écoute à peine. Je repense à ce que Carla m'a dit la semaine dernière – qu'elle avait vu Freya sortir de son bureau, l'air bouleversée. Est-ce à ce moment-là qu'il lui a annoncé qu'elle était trop jeune pour participer au programme d'art ? Ou est-ce qu'il s'agissait d'une querelle d'amoureux ? D'un rancard raté, peut-être ?

Mes yeux se focalisent sur la femme de la photographie. On dirait vraiment le double de Freya. Qu'est-ce que ça signifie ? Est-ce que notre conseiller d'orientation est un fétichiste des rousses ?

Est-ce que c'est vous qui l'avez tuée ?

Je tressaille lorsqu'il fait un grand geste avec ses bras, mais c'est juste un geste d'impuissance.

– Je crains que la décision n'ait déjà été prise. Sur une note plus positive, je suis ravi de voir que tes notes ont progressé…

S'il avait une liaison avec Freya et que les choses ont tourné au vinaigre, il a peut-être eu peur qu'elle la rende publique. Vu l'âge de Freya et le fait qu'elle était une élève sous sa responsabilité, il se serait à coup sûr retrouvé en prison, non ? Surtout si ça a commencé avant le Nouvel An, alors qu'elle n'avait que quinze ans…

De la bile brûle le fond de ma gorge.

J'examine ses grandes mains, posées à plat sur son bureau. Est-ce qu'il les a refermées autour du cou de Freya, serrant jusqu'à ce que mort s'ensuive ? Est-ce qu'il a pris un pic à glace pour lui crever les yeux ?

Quel genre de malade pourrait faire un truc pareil ?

Putain. Ça pourrait vraiment être lui.

Mon pouls tambourine dans mes oreilles, alors que mes pensées s'affolent.

Mais alors, pourquoi tuer Ford ?

Peut-être que mon ami avait découvert la vérité. Il avait repéré le problème des téléphones dans la vidéo – mais peut-être qu'il avait aussi vu autre chose, quelque chose qui nous a échappé à tous.

D'ailleurs, Ford était devenu un peu parano. Avant de mourir, il semblait convaincu que quelqu'un le surveillait… Et s'il avait bel et bien été surveillé, par Hamish ? J'ai cru que Ford était défoncé, mais ce n'était peut-être pas la seule raison.

Je fixe le visage suffisant du conseiller d'orientation, sa tête qui dodeline pendant qu'il parle. Je ne me souviens même plus du sujet de notre conversation. Ses élucubrations se noient dans le vrombissement de mes oreilles.

Je baisse les yeux sur mes mains et tente de me concentrer sur ma respiration. Mais les lignes roses sur mes paumes se mettent à se tortiller au rythme de ce vrombissement, comme s'il y avait quelque chose sous ma peau.

Je crois que je vais vomir. Je n'arrive pas à détacher mon regard de mes cicatrices. On dirait qu'une d'elles va éclater…

Et tout à coup, elle éclate vraiment. La cicatrice s'ouvre, ses bords s'écartent pour révéler la chair. Puis une autre craque à son tour, et encore une autre… Jusqu'à ce qu'elles soient toutes à vif. On dirait des trous dans mes mains. On dirait…

Des yeux.

Juste au moment où je pense ça, ils clignent. Je pousse un hurlement, tendant les mains devant moi comme pour m'en éloigner.

– Ava ? Ava ! Qu'est-ce qui ne va pas ?

Hamish s'approche de moi. Quand il passe devant la fenêtre du bureau, son reflet est celui d'une fille aux cheveux sombres, aux orbites vides fixées sur moi. Je recule en vacillant, renversant bruyamment ma chaise.

– Mes mains, je halète en les levant devant moi.

Est-ce que je veux lui montrer, ou le faire reculer ? Je ne sais pas trop.

Mais quand je regarde à nouveau ma paume gauche, les trous ont disparu. Les lignes ne bougent plus. Ce ne sont que des cicatrices – de fines lignes roses qui, d'après les médecins, seront à peine visibles d'ici quelques années.

Et aucun reflet fantomatique ne me regarde par la fenêtre.

Je rejoins la porte en titubant et je file.

CHAPITRE 32

Je suis assise dans ma voiture depuis seulement dix minutes et je commence déjà à grelotter à cause du froid. Ou du choc, peut-être. Je pourrais démarrer et mettre le chauffage, mais Bessie met à temps fou à chauffer. De toute manière, je ferais mieux de retourner à l'intérieur. Mon plan initial – foutre le camp du lycée et éventuellement trancher mes mains maléfiques – m'est apparu légèrement impraticable. Outre l'inconvénient évident qu'il y a à couper ses propres mains, je ne suis pas sûre qu'une personne en proie à des hallucinations devrait conduire.

Tout ça pour dire que je panique. Une voix intérieure rationnelle à la Carla me dit que cette hallucination est probablement due au stress. Si on y ajoute ma consommation élevée de caféine et le manque de sommeil, ça a de quoi rendre les choses un peu… confuses. N'empêche qu'il faudrait vraiment que j'aille voir un médecin. Si je perds la tête, j'ai besoin d'aide. D'une thérapie. De médicaments. De n'importe quoi pouvant arrêter le genre de trucs flippants que je viens de voir dans le bureau de Hamish.

Je retourne lentement mes mains, m'attendant presque à revoir les yeux cligner. Mais tout est normal. Il y a juste mes cicatrices. Aucune trace de Sadie – je m'en assure en jetant un coup d'œil dans mon rétroviseur.

J'entends aussi une autre voix, plus forte : *Si les flics apprennent que tu vois des choses qui n'existent pas, ils vont encore plus te suspecter.*

J'ai tenté d'ignorer cette voix négative toute ma vie. Ça n'a jamais marché.

Alors faut-il que j'attende que les flics attrapent le tueur pour *ensuite* appeler le Dr Ehrenfeld ?

Ce qui m'amène à l'autre truc qui me fait énormément flipper : Hamish.

Le fait qu'il ait employé le mot « adorable » ne suffit pas à l'accuser, mais plus je l'envisage comme le possible meurtrier, plus les pièces du puzzle semblent s'imbriquer. Son âge et sa fonction au lycée auraient constitué une sacrée bonne raison de garder sa relation avec Freya secrète. Il s'est toujours extasié sur elle, a tenu à la mettre en avant pour le programme d'art. Et puis il y a le fait que Carla l'a vue sortir de son bureau, bouleversée. Et cette photo qui est subitement apparue sur son bureau... comme s'il avait quelque chose à prouver. *Regardez-moi ! J'ai une fiancée ! Je ne peux donc pas être un sale type qui a assassiné deux adolescents !*

Je ramasse mon sac et fouille dedans à la recherche de ma bouteille d'eau, remarquant au passage que la boule froissée de mon dessin n'est plus là. Je retourne mes poches, en vain.

Merde. Est-ce qu'il est tombé dans le bureau de Hamish ? Dans le couloir ?

Je vide tout le contenu de mon sac, de plus en plus frénétiquement. Et puis ma main se referme sur la lettre que cet étrange avocat m'a donnée ce matin.

J'arrête tout et la fixe du regard. Et puis je l'ouvre.

Mademoiselle Thorn,

En vertu de la vente récente...

pour le compte de M. Madoc Miller...

partage des bénéfices...

le jour de votre dix-huitième anniversaire...

la somme de 250 000 dollars...

Quoi ?

QUOI ?

Je dois encore halluciner. Parce que cette lettre ne peut pas dire ce que je pense qu'elle dit. Je regarde dans l'enveloppe et découvre un chèque à mon nom, d'une somme énorme.

Un chèque signé Madoc Miller.

On frappe à ma fenêtre. Je sursaute si violemment que je manque déchirer le chèque en deux. La vitre est tellement embuée que je ne distingue qu'une silhouette brouillée. Je ne bouge pas, mais mon cœur s'emballe.

– Laissez-moi tranquille ! je crie.

– Ava ? Baisse ta vitre !

Je relâche mon souffle en entendant la voix de Dominic. Le bouton de la fenêtre ne fonctionne plus, alors j'ouvre ma portière.

– Joyeux anniversaire ! lance-t-il en me tendant mon café préféré, un grand sourire aux lèvres.

– C'est quoi, ce truc ? je demande en agitant le chèque sous son nez.

Il y jette un coup d'œil, hausse très légèrement les sourcils, puis il prend ma main libre et me tire hors de la voiture.

– Hé !

– Tu es gelée, dit-il en m'entraînant vers sa Porsche, garée quelques places plus loin. *Ma* voiture n'est pas une glacière sur roues, au moins. Si on doit se disputer, autant le faire au chaud.

Il m'ouvre la portière côté passager. Je le foudroie du regard pendant un long moment, puis je monte. Je vois sur le plancher un sachet en papier sur lequel est agrafée une ordonnance. C'est peut-être pour ça qu'il n'était pas au lycée.

Il grimpe côté conducteur et allume aussitôt le chauffage. J'ai moins froid aux fesses, tout à coup.

– Sièges chauffants, dit-il, interprétant correctement mon expression.

Je plisse les yeux.

– Sans blague. Je croyais que je m'étais pissé dessus, dis-je en lui lançant le chèque à la figure. Explique-moi ce que ça veut dire.

S'il te plaît. Parce que je suis sur le point de péter un câble pour la deuxième fois de la journée.

– Bon, on pourra revenir là-dessus dans une seconde, mais normalement, il aurait dû y avoir une lettre explicative avec le chèque.

– Il y en avait une. Ça faisait très... jargon d'avocat. Tu étais au courant ?

Je ne sais pas pourquoi ça me blesse autant.

– Oui. Ce n'était pas un secret – contrairement à l'achat du manoir, que mes parents nous ont caché jusqu'à *deux jours* avant le déménagement. (Il surprend mon regard incrédule.) Ils ne voulaient pas qu'on – et par on, je veux dire Freya – en fasse des tonnes devant toi au lycée. Je tiens à ce que tu saches que je ne cherchais pas à te le cacher, étant donné qu'on est... je sais pas trop ce qu'on est, en fait. Honnêtement, je croyais que tu étais au courant, toi aussi. Et je ne connais pas tous les détails. Mon père m'a juste dit quand il a acheté le manoir qu'une partie de l'accord passé avec ton oncle stipulait que cette somme serait placée sur un compte épargne bloqué jusqu'à tes dix-huit ans. Alors, encore une fois, bon anniversaire.

Je regarde le chèque d'un air dubitatif, essayant de ne pas me focaliser sur ce « je sais pas trop ».

– Alors c'était l'idée d'oncle Ty ?

– Euh, non, celle de mon père. Il voulait s'assurer que cet argent ne serait pas... englouti avant que tu puisses y avoir accès.

Mes joues s'échauffent, et pas seulement à cause du chauffage sophistiqué de Dominic.

– Il pensait que mon oncle dépenserait tout.

Ce n'est pas une question, mais Dominic hoche quand même la tête.

– Je sais ce que tu penses de mon père. De ma famille. Et, honnêtement, je ne t'en veux pas. Mais sur ce coup, mon père voulait essayer de te rendre les choses... un peu plus faciles, disons. Tu as perdu tellement, et si subitement. Je suis impressionné que tu aies aussi bien tenu le coup toute l'année.

Je lâche un ricanement sarcastique. Je tiens tellement bien le coup que je vois des trucs qui n'existent pas.

– Mieux que mon père, en tout cas, ajoute-t-il à voix basse en regardant tomber la neige derrière la fenêtre.

– Comment ça ?

– Eh bien, il n'était plus lui-même après l'accident. Il s'est mis à boire. Il se terrait dans sa chambre, parfois plusieurs jours d'affilée. Il était déprimé. Je sais que ce n'est pas comparable à ce que tu as traversé, mais on se faisait du souci pour lui – Freya en particulier. Ils ont toujours été proches. Je crois que le voir dans cet état est l'une des raisons pour lesquelles elle n'était pas ta plus grande fan. Je sais que c'était injuste de sa part de t'en vouloir, mais elle n'avait personne d'autre à qui s'en prendre.

Il y a quelques semaines, j'aurais peut-être éprouvé un plaisir malsain en apprenant à quel point Madoc Miller avait souffert. Sans parler de Freya. Mais plus maintenant. Je sais qu'une partie de moi détestera toujours Madoc Miller pour avoir tué mes parents, mais je ne veux plus que quiconque souffre à cause de ça, même lui. Et encore moins Dominic. Je vois que ça lui coûte d'en parler.

– C'est pour ça que Freya me détestait autant ? Elle me reprochait la dépression de votre père ?

Il me lance en regard en coin.

– En partie. Mais faut dire que tu étais aussi vraiment affreuse avec elle.

– C'est pas vrai ! je proteste, mais je m'interromps aussitôt. Bon, d'accord, peut-être, mais elle était *toujours* en train de… de me chercher.

– Le jour de notre arrivée au lycée, tu lui as dit que ses œuvres d'art étaient *pas mal*.

– Et alors ?

– Arrête, Thorn. Tu sais très bien qu'elles étaient mieux que *pas mal*. Sachant qu'elle venait juste de dire que les tiennes étaient *géniales*. Freya n'était pas du tout aussi sûre d'elle qu'elle aimait le faire croire, et son art comptait vraiment beaucoup pour elle.

– Non, je…

Je me rappelle vaguement cette conversation, mais je n'aurais pas dit ça, si ? Pas sans la connaître. Pas avant l'accident.

– Oh mon Dieu. J'ai vraiment dit ça.

Je crois que c'est plus tard ce jour-là que j'ai surpris la conversation entre Freya et Dominic devant la salle d'arts plastiques – quand elle lui a demandé si mes œuvres étaient meilleures que les siennes. Il a répondu : « Ça va pas, non ? » Je comprends pourquoi, maintenant. C'étaient les mots d'un grand frère essayant de rassurer sa sœur, pas d'un connard, comme je l'avais décrété.

Il se met à rire alors que je me roule en boule, morte de honte.

– Ne t'en fais pas pour ça. Elle aurait fini par te détester quand même, à cause de l'histoire avec notre père. Vous étiez pareilles, sur ce point-là : la famille avant tout.

– Qu'est-ce qui est arrivé à ton père ? je demande en ignorant cette remarque sur notre ressemblance, car c'est clairement faux.

– Il a passé un mois en cure de désintox, à la fin de l'année dernière. J'espère qu'il n'aura pas besoin de recommencer, mais on verra bien. Il voit un psy chaque semaine maintenant. Ça l'aide à affronter la mort de Freya, je crois.

– Mais…

J'hésite, ravalant ma question de justesse. Comme Dominic semble attendre, je finis par cracher le morceau.

– Si ton père était aussi affecté par l'accident, pourquoi a-t-il acheté le manoir ? Pourquoi vouloir vivre là-bas ?

Dominic fait la moue, pensif.

– Je pense que c'est le seul moyen qu'il a trouvé pour se racheter auprès de toi. Intervenir avant que la banque le saisisse… En tout cas, ça a épargné beaucoup d'ennuis à ton oncle, d'après ce que j'ai compris. Et mon père voulait s'assurer que ton avenir ne s'effondrerait pas… du moins pas totalement.

Je retourne plusieurs fois le chèque dans mes mains. Ses bords sont déjà un peu cornés.

Ça fait BEAUCOUP d'argent. Je pourrais engager un avocat. Un psy de premier ordre. Peut-être même me *payer* une place dans le programme d'art. Bon sang, je pourrais carrément aller dans une école d'art, si je voulais.

Si je ne finis pas en prison, bien sûr.

– Tu vas le garder ? demande-t-il.

Je réfléchis intensément avant de répondre.

– Je ne sais pas encore.

Il hoche la tête, comme si cette réponse lui convenait.

– Alors, c'était quoi, l'autre raison de ton pétage de plombs ?

Je regarde mes mains, où ne sont pas réapparus ces trous dégoûtants, et je décide de seulement lui parler de ce qui concerne Freya.

– Tout à l'heure, Hamish a dit quelque chose qui m'a rappelé la conversation que j'ai surprise quelques jours avant la mort de Freya… Est-ce qu'elle aurait pu avoir une liaison avec lui ?

Assise à côté de Dominic, au commissariat, je l'écoute raconter à l'inspecteur Holden qu'il a vu Freya et Hamish parler dans la voiture de ce dernier, aux alentours du Nouvel An sur le parking du lycée.

– Ils avaient l'air… coupables, avec le recul. Sur le moment, j'ai juste cru que je leur avais fait peur, dit Dominic en se laissant aller contre le dossier de sa chaise. Écoutez, inspecteur, si Hamish ou un autre type plus âgé profitait de ma sœur, il faut au moins l'interroger.

L'inspecteur Holden se crispe. Je vois bien qu'il n'apprécie pas que deux adolescents lui disent comment faire son travail. Je lui ai déjà fait part de mes soupçons, mais j'admets qu'ils paraissent beaucoup moins solides quand j'essaie de les expliquer à un flic. Cependant, Dominic a l'air de penser qu'on expose les choses de façon assez convaincante.

– J'ai vu Hamish et sa petite amie… enfin, sa fiancée… le soir où Ford est mort, je lâche brusquement. Ils étaient encore avec lui quand je suis retournée dans la station-service. Et si c'était Ford qu'il essayait de renverser avec sa voiture ? Ou si Ford lui avait dit quelque chose à propos de Freya après mon départ ? Peut-être que Hamish l'a suivi jusqu'à la rivière.

Avec sa fiancée dans la voiture ?

Bon, d'accord, ça paraît peu probable. À moins qu'elle soit dans le coup.

Quoi qu'il en soit, ça ne tient pas vraiment la route. Mais rien de tout ça ne semble tenir la route.

– Je vais me pencher sur la question, répond Holden en se levant. Merci à vous deux d'être passés. Vous devriez peut-être retourner au lycée, maintenant.

– Est-ce que vous avez trouvé quelque chose sur le téléphone ? je demande avant qu'il puisse nous mettre dehors. Je suis sûre que, si vous cherchez le numéro de M. Hamish…

– On s'en occupe, mademoiselle Thorn, réplique-t-il, les dents serrées.

– Viens, Ava, intervient Dominic. Laissons l'inspecteur faire son travail.

Soudain, en passant devant une autre salle d'interrogatoire dans le couloir, je repère un visage familier.

Liam Walsh, avec un œil au beurre noir qui semble dater et l'expression de chien battu de quelqu'un qui s'attend à avoir de sacrés ennuis.

Quand je rentre à la maison après les cours, Carolyn et oncle Ty sont encore au travail, si bien que je n'ai pas à me demander si je leur parle ou non du chèque de Madoc Miller. De toute manière, je suppose que mon oncle au moins est au courant. C'est d'ailleurs bizarre qu'il ne m'ait pas prévenue. Est-ce qu'il voulait me faire la surprise ? Ou se sentait-il honteux d'avoir accepté cet argent ?

Quoi qu'il en soit, je dois décider de ce que je vais faire avant d'en discuter avec eux.

Daphné et Carla arrivent peu de temps après, avec des pizzas et des cadeaux. Je suis contente de m'être finalement laissé convaincre de fêter mon anniversaire.

– Ton père ne t'a pas dit pourquoi Liam était au commissariat ? je demande à Daphné.

Nous sommes vautrées sur mon lit comme des chats, devant mon ordinateur portable, mais aucune de nous ne fait vraiment attention au film qui défile sur l'écran.

Elle fait une moue boudeuse.

– Il est devenu très avare en renseignements, ces derniers temps. Il dit qu'il ne peut pas partager autant d'infos que d'habitude, comme l'enquête implique des gens que je connais.

Dominic ne sait rien non plus. Apparemment, les flics sont encore moins bavards avec ses parents à propos de l'identité des principaux suspects.

Carla ramasse nonchalamment une carte d'anniversaire sur ma table de nuit et grimace en la lisant.

– La mère de Ford t'a donné une carte ?

– Oui. C'est vraiment gentil de sa part de s'en être souvenu.

– Comment elle va ? demande Daphné.

Je hausse les épaules. Quand je l'ai vue, Mme Sutter avait les traits tirés, le regard vide, comme si l'étincelle qui y brûlait auparavant s'était tout simplement… éteinte. Pour la première fois, je me demande si Dominic voit la même chose chez ses parents. Il prend tellement sur lui, la plupart du temps, que j'oublie égoïstement qu'il est en train de traverser la pire période de sa vie. Si quelqu'un peut comprendre, c'est pourtant bien moi.

– Ford me manque terriblement, dis-je, et son absence est juste insupportable. Mais en même temps, je suis vraiment en colère contre lui.

Avant la mort de mes parents, je m'en serais terriblement voulu d'admettre ça. Mais le Dr Ehrenfeld m'a permis de comprendre que c'est tout à fait normal d'éprouver des sentiments contradictoires quand on perd quelqu'un. Par exemple, ma colère contre Madoc Miller a parfois débordé contre ma mère. Je lui en ai voulu de ne pas avoir vu l'autre voiture à temps. J'en ai aussi voulu à mon père d'avoir fait une crise *pile à ce moment-là* – ce qui est complètement irrationnel, je le sais bien. J'en voulais même à cette foutue chouette d'être passée devant notre voiture et d'avoir distrait ma mère pendant une seconde, sans quoi cette dernière aurait peut-être remarqué le Hummer qui fonçait sur nous.

Toute cette colère est passée, en grande partie. Je sais donc que, pour Ford, ce sera pareil : je ne serai pas éternellement fâchée contre lui. Peut-être que mes sentiments à son égard, à l'égard de notre amitié, ne seront jamais clairs et nets – complètement bons ou mauvais –, mais ça n'empêche pas qu'il me manque.

– Je n'étais pas sa plus grande fan, mais ça craint qu'il ne soit plus là, intervient Carla.

– Est-ce que tu fais toujours ces rêves bizarres ? me demande Daphné.

Je me mords la lèvre, ne sachant trop ce que je peux dire ou non. Mais, puisqu'on parle à cœur ouvert, autant tout dévoiler.

– Oui, presque toutes les nuits. Mais ça ne se limite plus à des rêves. Je crois que je vois des choses qui ne sont pas réelles.

– Quel genre de choses ? demande Daphné, en même temps que Carla lance :

– Tu as revu Sadie ?

– Oui. Je l'ai vue aujourd'hui dans le bureau de Hamish, et à ma fenêtre l'autre soir.

Mes deux amies se tournent aussitôt pour regarder la petite fenêtre ronde. Ce serait drôle, si je n'étais pas en train de devenir folle.

– Mais ce n'est pas tout, je poursuis. Parfois, quand je regarde les gens, je les vois sans yeux. Et, ce matin, j'ai cru que les cicatrices sur mes mains s'étaient ouvertes, comme des orbites vides.

Carla et Daphné me dévisagent, horrifiées. Je m'empresse de changer de sujet :

– Oubliez ce que j'ai dit. Qui veut du gâteau ?

– Ouh là, une seconde, la star du jour, lance Carla en me retenant alors que je m'apprête à filer vers la cuisine dans un nuage de honte.

On ne va pas passer là-dessus comme si de rien n'était. Ça t'inquiète vraiment, non ?

– Ça me fait carrément flipper, je confesse.

– Alors retourne voir ton ancienne psy. Comment elle s'appelait, déjà ? Ehrenfeld ?

– Ça ne pourrait pas te faire de mal, admet Daphné, mais…

– Quoi ? je demande, pensant qu'elle va soulever la même objection que celle qui m'est venue plus tôt, à savoir que je paraîtrais encore plus suspecte aux yeux des flics.

Mais je me trompe.

– J'ai l'impression qu'il y a quelque chose d'étrange derrière tout ça. Quelque chose de surnaturel… Tu ne crois pas ?

Je ne réponds rien, même si j'ai souvent eu cette impression, moi aussi.

– Évidemment, moi, je crois que c'est des conneries, lance Carla en mordant dans sa pizza. Désolée, Daph. Mais peut-être que tu devrais voir un vrai médecin, pas un psychiatre.

– Pourquoi ?

– Parce qu'il peut y avoir tout un tas d'explications à des hallucinations.

– Du genre ?

Si on peut expliquer ce que je vois autrement que par des fantômes ou la folie, je suis preneuse.

– Du genre : plein de choses. Traumatisme crânien, privation d'oxygène, poison, abus de drogue, fuite de gaz, tumeur cérébrale…

– Bon sang, Carla ! intervient Daphné en lui donnant un coup de coude.

– Quoi ? Je dis juste qu'Ava ne doit pas partir du principe qu'elle perd la tête. C'est une bonne chose. Bon, et si on regardait la fin de ce film de vampires merdique ?

CHAPITRE 33

Jeudi soir, une cérémonie en mémoire de Ford et de Freya est organisée au lycée. Les enterrements, eux, se dérouleront en privé.

La cérémonie est aussi épouvantable que ce que je craignais. La salle commune est bondée et il n'y a pas suffisamment de chaises pliantes, si bien que les derniers arrivés doivent rester debout dans les allées. Certains se sont carrément assis à même le sol, en tailleur, à l'avant de la salle. On se croirait plus dans un festival de folk qu'à une commémoration.

Entre la promiscuité et les épais manteaux d'hiver, les gens se mettent rapidement à transpirer.

La mère de Ford est assise au premier rang, Madoc, à un siège d'écart, Dominic faisant tampon entre les deux. Je ne vois pas la mère de Freya et Dominic.

Mme Sutter fait partie de ces gens qui débordent d'énergie, même quand ils ne font rien. Du genre toujours hyper occupés, mais qui aiment ça. Quand elle marche, on dirait presque qu'elle sautille : ses pieds n'ont pas le temps de toucher le sol. Si je devais la dessiner, elle serait une bulle luisante flottant juste au-dessus du sol, toujours en mouvement. Mais aujourd'hui, elle a l'air épuisée ; elle a les joues creusées, des cernes sombres sous les yeux. La gravité et le chagrin l'ont rattrapée. Elle jette un coup d'œil par-dessus son épaule pour scruter l'assemblée. Ses yeux passent d'un visage à l'autre. Est-ce qu'elle cherche quelqu'un ? La personne qui a assassiné son fils ? Ou bien essaie-t-elle de déterminer qui est venu pour Ford, et qui est là pour Freya ?

Elle marque une pause quand elle me voit, et m'adresse un rapide sourire.

Une averse soudaine fait gémir le toit en tôle ondulée, et je tressaille. J'entends à peine ce que la proviseure Gower dit dans le micro. Je tends l'oreille et me rends compte qu'elle est en train de lire à voix haute le dernier bulletin scolaire de Ford.

– Mon Dieu, je marmonne.

Ce n'est même pas un super bulletin. Je ne sais pas si je dois rire ou pleurer.

Carolyn serre ma main, dont elle doit sentir la moiteur même à travers mon gant. Oncle Ty a l'air de souffrir de la chaleur : il a des plaques rouges sur les joues. Je suis contente qu'ils soient là, même si je les ai un peu évités ces deux derniers jours. Je ne sais pas comment aborder le sujet du chèque de Madoc Miller, car je ne sais toujours pas si je dois le garder ou non.

– Ford aurait *détesté* ça, chuchote Carolyn.

J'imagine mon ami, assis à côté de moi, en train de balayer du regard l'assistance avant de me lancer une œillade comme pour dire : « Ces connards ont osé se pointer, tu le crois, toi ? »

La plupart des personnes présentes sont des élèves du lycée, mais il y a aussi de nombreux adultes. Des amis des familles, je suppose. Ou, du moins, des connaissances.

Je suis assise entre Carolyn – oncle Ty est à côté d'elle – et Daphné. Le père de cette dernière l'accompagne, et il ne porte pas son uniforme. Il n'est venu que pour rendre hommage aux disparus, a-t-il expliqué quand nous sommes entrés. Mais des tas d'autres flics en service sont là, éparpillés à travers la salle, près des sorties, près de la scène. Pendant une seconde, je crois apercevoir une fille aux longs cheveux sombres tombant devant son visage, entre deux flics en uniforme, mais quand je cligne des yeux, elle disparaît.

L'inspecteur Holden se tient, raide, contre le mur du fond. Il a tout du flic, on le devinerait à un kilomètre à la ronde, même sans le connaître. Soudain, il se dirige à grandes enjambées vers le podium, prend la place de la proviseure Gower et tapote sur le micro. Le son explose à travers la pièce, suivi par un larsen assourdissant.

– Excusez-moi, dit-il, comme s'il n'avait pas déjà l'attention de tous. Je suis l'inspecteur Mike Holden, et je travaille étroitement avec la police locale pour enquêter sur la mort de Ford Sutter et de Freya Miller, dont vous êtes venus honorer le souvenir aujourd'hui. Je voulais prendre un moment pour vous assurer que nous faisons tout notre possible afin d'élucider cette affaire. Beaucoup d'entre vous sont déjà venus à nous, et nous les remercions de leur aide. J'aimerais vous rassurer : nous ne pensons pas que les décès de Ford et de Freya soient le début d'une série. Nous vous encourageons néanmoins à éviter de sortir seuls après le coucher du soleil. D'ailleurs, vous aurez sans doute remarqué une présence policière accrue dans les rues. Bien, je n'abuserai pas plus de votre temps ce soir, mais au cas où quelqu'un posséderait des informations qui pourraient s'avérer pertinentes, je vais laisser mes coordonnées à la proviseure Gower, qui se fera un plaisir de vous mettre en contact avec moi.

Il s'apprête à quitter la scène quand des cris s'élèvent :

« Et nos enfants, alors ? Sont-ils en sécurité ? »

« Est-ce qu'ils ne devraient pas bénéficier d'une escorte policière pour aller au lycée et rentrer chez eux ? »

« Qui autorise tous ces journalistes à s'adresser aux élèves à la sortie du lycée ? »

« Êtes-vous sûr que la première fille morte n'a pas été assassinée, elle aussi ? Est-ce que ce ne serait pas un *serial killer* ? »

« Pourquoi n'avez-vous encore arrêté personne ? Ça fait deux semaines que Freya Miller a été tuée ! »

L'inspecteur Holden lève la main, et les exclamations cessent.

– Vous n'avez pas à vous faire de souci pour le moment. Nous croyons fermement que ces deux morts sont liées, et qu'il est *très improbable* que le coupable cible quelqu'un d'autre. Et pour être bien clair, il semble n'y avoir aucun rapport avec la noyade accidentelle de Claire Palmer. Merci.

Sans s'attarder pour voir s'il y a d'autres questions, l'inspecteur se hâte d'aller reprendre sa place au fond de la salle.

– Ils n'ont vraiment pas l'air d'avancer, murmure Carolyn.

– Tu crois ?

Elle hausse les épaules.

– Ils n'ont arrêté personne, si ?

– Et Liam ? Ça fait un petit moment que je ne l'ai pas vu à la bibliothèque.

Elle se penche vers moi.

– M. Maitland est passé à la pharmacie tout à l'heure. Apparemment, Liam n'a rien à voir avec les meurtres – pas directement, du moins –, mais quand les flics ont fouillé dans son téléphone pour éliminer tout doute, ils y ont trouvé de nombreux messages adressés à des filles mineures. Je ne sais pas s'il y aura des poursuites, mais, en tout cas, il s'est fait virer de la bibliothèque.

– Wouah, sérieux ? Ça me dégoûte. Je suis contente qu'il ait été renvoyé.

Soudain, la voix de Mme Sutter sort des enceintes, si bien que Carolyn et moi nous retournons vers la scène.

– J'aimerais dire quelques mots sur mon fils.

La mère de Ford se tient devant le micro, vêtue d'une robe fourreau noire près du corps et d'un blazer trop grand qui semblent avoir été confectionnés pour deux personnes différentes. Ford avait les mêmes cheveux bouclés que sa mère, sans les mèches grises. Et il avait ses yeux, je crois. Clairs, bleus, francs. Je les vois sur la photo agrandie de lui, à côté de sa mère ; elle est un peu floue, comme si elle venait d'un profil de réseau social. Il regarde l'objectif en plissant les yeux, sans sourire, mais sans faire la gueule non plus. On dirait presque qu'il écoute ce qu'on dit de lui lors de cette cérémonie.

Au moins, il n'essaie pas de lécher son propre téton.

Je souris presque en repensant aux clichés qu'il m'a offerts devant mon casier, mais alors, une boule brûlante se forme dans ma gorge. Il ne me donnera plus jamais de photos débiles. Il n'essaiera plus jamais de me faire rire. Bon sang, je n'arrive pas à croire que c'était il y a seulement deux semaines. Et puis, je me souviens de la dernière fois que je l'ai vu vivant, devant la station-service. De sa panique, et de la façon dont il m'a poussée sur la trajectoire de la voiture de Hamish. S'il n'était pas mort, aurais-je fini par le lui pardonner – ça, et tous les autres trucs merdiques qu'il a faits ? Mon cœur blessé répond que non, mais la réponse honnête, c'est : *Je ne sais pas.*

Mme Sutter ne cesse de passer le bout de ses doigts sur le cadre de la photo, comme pour se rappeler que Ford est là... ou plutôt qu'il n'est plus.

– J'en vois certains parmi vous qui connaissaient Ford. Des amis à lui...

Elle fronce les sourcils tandis que son regard passe sur tous les gens en face d'elle, cherchant quelqu'un pour confirmer cette affirmation. Puis elle me voit de nouveau et pousse un soupir soulagé. J'éprouve une puissante sensation de culpabilité. Mais je me force à sourire, pour elle.

– Je sais que beaucoup connaissaient Ford, mais ce n'est peut-être pas le cas de tous, j'aimerais donc vous parler un peu de lui. Ford aimait les animaux – surtout les chats. On en a quatre. Vous savez sans doute que la taille de notre maison n'est pas vraiment adaptée pour quatre chats. Mais c'est Ford qui les nourrit et qui veille à ce qu'ils rentrent chaque soir. Si l'un d'entre eux reste trop longtemps dehors, il va arpenter les rues avec une lampe-torche en l'appelant.

Ford et sa mère ont hérité de ces chats avec la bâtisse, quand la mère de Mme Sutter est entrée en maison de retraite. Comprenez-moi bien : Ford aimait ces chats, mais il aurait été hyper gêné qu'ils soient les stars de sa cérémonie d'hommage. Mais bon, comme disait ma mère : « C'est la prérogative d'une mère de foutre la honte à ses gosses. » Je suppose que cette règle s'applique en toutes circonstances.

– Et maintenant, je dois m'occuper de quatre chats qui miaulent nuit et jour pour que mon fils revienne, mais il... (Sa voix se brise, et il lui faut un moment pour se reprendre.) Pour chaque fête des mères, il me fabriquait ce qu'il appelait son *mamanzine*, avec des petits articles, des dessins et des recettes qu'il savait que j'aimerais, et il écrivait une histoire drôle qui racontait comment on fêtait ça au cours d'une journée extraordinaire, parce qu'il savait qu'on n'avait pas les moyens de le faire en vrai. Il… il…

Je me souviens des *mamanzines* de Ford. Il les fabriquait déjà quand il était petit. C'est marrant, ça faisait des années que je n'y avais pas pensé, mais je suppose que ça comptait beaucoup pour sa mère.

Des larmes coulent sur ses joues. Et, malgré ma détermination à ne pas pleurer ici, je sens qu'elles me montent aux yeux aussi.

La proviseure Gower fait mine de s'approcher d'elle, mais la mère de Ford la chasse d'un geste de la main.

– Une autre chose que vous ignoriez peut-être, c'est qu'il allait chaque week-end voir sa grand-mère à la maison de retraite. Ça fait plus d'un an que ma mère ne reconnaît plus personne, pas même sa propre famille, mais ça n'a jamais empêché Ford d'aller lui faire la lecture.

Je mords l'intérieur de ma joue jusqu'à me faire mal. Je comprends pourquoi Mme Sutter ne parle que de ses bons côtés – tout le monde fait ça aux enterrements et autres cérémonies. N'empêche que j'ai l'impression que *son* Ford n'est qu'une facette du garçon que je connaissais. Cette version semble si… fade. Comme une silhouette en carton du Ford que j'ai connu toute ma vie. Mais c'est peut-être comme ça que fonctionnent les souvenirs… Si cent personnes se souviennent de vous, elles se rappelleront cent versions différentes. On ne peut qu'espérer qu'au moins l'une d'elles sera belle.

– Il allait devenir acteur. Il voulait… il voulait…

Elle prend une grande inspiration, puis semble se raviser, hoche la tête.

– Je pense que ça suffit. Merci, dit-elle sèchement avant de regagner son siège.

C'est au tour de Madoc Miller de monter sur scène. Il serre fermement les mâchoires tout en scrutant la foule. Je vois maintenant d'où Dominic tient son regard noir.

– Je suis Madoc Miller, le père de Freya et de Nic. Et je ne suis pas ici pour vous parler de ma fille. Je pense qu'elle vous a donné un aperçu suffisant de sa vie quand elle était ici. Je suis venu pour dire une chose, et une seule. La personne qui a assassiné ma fille va le payer. J'y veillerai par tous les moyens possibles et, d'ici là, je n'aurai aucun répit. Si c'est l'un de vous, dit-il en balayant de nouveau l'assistance de son regard comme un rayon laser, je vous suggère de vous rendre à la police.

La menace qui sous-tend ses paroles me fait frissonner. Pourtant, il ne pose pas une seule fois les yeux sur moi. Il doit pourtant me voir, assise là avec oncle Ty et Carolyn, mais son regard ne s'arrête pas sur nous.

Je suis quand même soulagée lorsqu'il descend de scène et que la proviseure Gower prend sa place. Elle s'éclaircit la gorge, puis entreprend de conclure la cérémonie. Mais il y a alors du mouvement au fond de la salle : M. Hamish fonce vers la scène, tête baissée, une liasse de papiers dans la main. La proviseure se décale en fronçant les sourcils.

Qu'est-ce qu'il fout là ? Pourquoi les flics ne l'ont pas arrêté ? Ou, au moins, empêché de débouler comme ça pendant cette foutue cérémonie ?

Au premier rang, Dominic se lève. Je ne vois pas son visage, mais j'imagine son regard furieux. Son père pose une main sur son épaule, se penche vers lui pour lui dire quelque chose, et ils se rasseyent tous les deux.

– J'aimerais dire quelques mots, lance Hamish avant de se racler la gorge et de commencer à lire ses notes. En tant que conseiller d'orientation de Freya et de Ford, je voyais pour tous les deux un avenir très prometteur. Ford en tant qu'acteur, et Freya... honnêtement, Freya aurait pu emprunter n'importe quel chemin extraordinaire et réussir.

Il continue, listant les réussites académiques de cette dernière, évoquant *Haunted Land,* son « grand talent artistique » – et mentionnant à peine Ford. C'est la chose la plus répugnante que j'aie jamais entendue, et je n'en reviens pas qu'il fasse ça sous les yeux de Mme Sutter. Il ne se rend pas compte que c'est complètement tordu de chanter ainsi les louanges de Freya et de n'évoquer Ford que pour la forme ?

Et pourquoi est-ce qu'il fait ça, d'abord ? On dirait presque qu'il essaie de prouver quelque chose.

Heureusement, ça ne dure pas longtemps. Quand tout le monde finit par sortir, je suis heureuse de sentir l'air froid du dehors. Je le laisse m'emporter loin de l'atmosphère étouffante de la salle.

Je suis allongée dans mon lit, et je n'ai pas envie de dormir. J'ignore quels cauchemars m'attendent.

Sur un coup de tête, je prends mon téléphone et appelle Dominic. Il décroche à la première sonnerie.

« Salut. »

– Je suppose que tu ne dormais pas, toi non plus.

« Je suis en train de regarder les vidéos de notre système de vidéosurveillance le soir de la mort de Ford. Je me disais qu'il était peut-être venu ici, à l'endroit où Freya a été retrouvée, à la recherche d'indices ou je ne sais quoi. Ou alors que c'est ici qu'on a l'a jeté dans la rivière. »

– Tu as trouvé quelque chose ?

« Juste un plan assez spectaculaire d'une chouette fondant sur la caméra près du pont, mais rien d'utile. »

– Une chouette… Attends, il y a encore une caméra près du pont ? Je pensais qu'il l'avait retirée.

« C'est celle dont on s'est servi pour filmer la scène de ma mort, pour *Haunted Land,* tu te rappelles ? »

Il rit doucement. Malgré la peur foudroyante que j'éprouve encore quand je repense à ce moment, à lui qui tombe, poussé par Sadie, je ressens aussi une autre sorte de frisson. Ça me fait tellement bizarre d'être au lit avec la voix de Dominic dans mon oreille. Et pas dans le mauvais sens du terme.

« Je l'ai laissée. Elle est équipée d'un détecteur de mouvement, elle commence à enregistrer si quelqu'un s'approche. »

– Pourquoi ?

« Je pensais pouvoir recueillir des images de Sadie. »

– Tu es sérieux ?

Parce que c'est bien la dernière chose que je m'attendais à entendre dans la bouche du si sérieux Dominic Miller. Peut-être que je ne suis pas la seule à l'avoir vue… Peut-être que je ne suis pas en train de perdre la tête.

– Tu crois qu'elle existe vraiment ?

Il garde le silence pendant un moment, et je l'imagine retrousser les lèvres comme quand il réfléchit avant de répondre.

« Je suis ouvert à cette possibilité. »

– La possibilité d'un *fantôme* ?

« Je pense qu'il serait extrêmement arrogant de supposer, simplement parce que je n'en ai pas été témoin, que quelque chose que tellement de gens prétendent avoir vu n'existe pas. »

Je… je suis tout bonnement sans voix. Comme le silence s'allonge, il poursuit :

« Mais peut-être que les fantômes ne sont pas vraiment comme les gens les imaginent, des esprits emprisonnés ou ce genre de trucs. Je les vois plus comme… des cicatrices. »

– Des cicatrices ?

« Mmh… une marque laissée quelque part par un événement traumatisant. Et peut-être qu'elles ne deviennent visibles que lorsque ce même type d'énergie violente se manifeste au même endroit. »

Je pense à cette théorie – et à Sadie. On la dit attachée à la cascade où elle est morte. Elle est censée apparaître aux Thorn juste avant leur mort. L'idée qu'elle ne serait qu'une sorte d'écho, ou de « cicatrice », comme dit Dominic, a quelque chose de réconfortant. Je détesterais penser que son âme est prisonnière de cet endroit à tout jamais.

– Cette marque pourrait toucher une famille entière, à ton avis ?

« Peut-être, répond-il. Une cicatrice transmise de génération en génération. »

– Profond… dis-je en laissant une note taquine s'insinuer dans ma voix, car je préfère ça que laisser transparaître la panique que son idée a fait naître en moi.

Parce que, s'il a raison, cela signifie que ce n'est pas le manoir qui est hanté – ou *balafré*. C'est toute ma famille.

« Il y a plus à voir dans ce monde que ce que nos yeux ont déjà vu, Thorn. »

– C'est une citation ?

« Oui. Je crois que ça a été dit pour la première fois par un certain Dominic Adrien Miller, un génie reconnu. »

– *Adrien* ? Tu m'as dit que tu n'avais pas de second prénom !

Je ris, et un peu de ma tension commence à se dénouer. C'est étrange, j'arrive si facilement à discuter avec lui, désormais, à propos d'à peu près n'importe quoi.

« C'était avant de savoir que l'autre option serait d'être appelé Monica ! »

Je ris à gorge déployée désormais, et j'essaie d'étouffer ce son sous ma couette, même si je sais que Carolyn et oncle Ty ne peuvent pas m'entendre depuis l'aile principale de la maison.

« Je suis content que tu m'aies appelé, dit-il. Je crois que j'en avais besoin, après ce gros foutage de gueule à la cérémonie. »

– C'est clair. Je n'en reviens pas que Hamish soit carrément monté sur scène pour faire un discours. Est-ce que la police lui a parlé ?

« Oh, oui, répond Dominic en soupirant. Apparemment, il a effectivement parlé deux fois au téléphone avec Freya, mais pas le soir où tu l'as entendue. Ce soir-là, c'était un autre numéro, et ils n'ont pas réussi à trouver son propriétaire. C'était sans doute un téléphone prépayé, comme celui de Freya. Si ce type essaie d'effacer ses traces, il l'a probablement déjà détruit. D'ailleurs, Hamish a un alibi pour les deux meurtres.

– Oh, dis-je, absorbant tout ça. Donc ce n'est pas lui ?

« Ça, je n'en suis pas si sûr. De ce que j'ai compris, son alibi, pour Freya, c'est qu'il était dans son bureau pendant la pause-déjeuner, en train de regarder une série sur Netflix. Je ne trouve pas ça très solide. Après tout, le fait qu'une vidéo ait été lue sur son ordinateur à ce moment-là ne signifie pas qu'il était physiquement présent, en train de la regarder. Quant au moment de la mort de Ford, sa petite amie prétend qu'il était avec elle. Mais peut-être qu'elle le couvre. »

– Tu penses toujours que c'est lui le coupable ?

« Je… je ne sais pas. En tout cas, je suis sûr qu'il cache quelque chose. Il a raconté aux flics que Freya l'avait appelé sur son portable pour lui demander des cours particuliers, sauf que ma sœur n'en avait pas besoin. Ses notes étaient encore meilleures que les miennes. »

– Un autre *génie reconnu* ? je demande, sans le taquiner, mais peut-être avec une pointe d'envie.

Il garde le silence pendant un moment.

« Il faut que tu saches que Hamish a remis à la police un dessin qu'il prétend être de toi. Et il a insisté pour en parler à mes parents. »

Un nœud me tord l'estomac.

– Merde. Je suis vraiment désolée – ce dessin n'était pas censé représenter Freya. Je gribouillais juste sans réfléchir. Et je n'ai *en aucun cas* écrit ces mots au-dessus, pas plus que je ne l'ai accroché au casier de ta sœur, je te le jure…

« C'est rien, Thorn. »

Mais je comprends à sa voix morne que ce n'est pas rien. J'ai déconné.

– Je suis désolée, Dominic. Je ne voulais pas faire un dessin comme ça.

« Je ne suis pas fâché, dit-il en expirant profondément. Je sais que tu te sers de ton art pour… je ne sais pas, pour dépasser certaines choses. Et j'ai fini par accepter que vous ne vous aimiez pas, Freya et toi. Même si je sais que vous vous seriez appréciées, si vous n'aviez pas été aussi fières, l'une comme l'autre. Mais le fait que tu ne te laisses pas emmerder est l'une des raisons pour lesquelles je t'aime bien. »

– Tu m'aimes bien ? je demande, et je ne peux pas empêcher mon sourire de transparaître dans ma voix.

« Ne prends pas la grosse tête. Et d'ailleurs, on peut se reconcentrer, s'il te plaît ? Il y a toujours un meurtrier en liberté. »

– Qu'est-ce qu'on va faire ? Les flics n'avancent pas, et j'ai la désagréable impression que si un meilleur suspect ne se plante pas devant eux en agitant sa confession sous leur nez, ils vont revenir vers moi.

J'espère que Dominic, tout génie autoproclamé qu'il est, va me contredire, mais il n'en fait rien.

« On ferait mieux de chercher quel rôle Hamish a joué dans tout ça. »

– Comment ? En fouillant dans son bureau ? En lui mettant une raclée pour le forcer à avouer ? Je doute qu'on y gagne grand-chose mais, si ça te tente, je suis partante.

Je ne plaisante qu'à moitié. L'envie de frapper M. Hamish à la gorge ne s'est pas évaporée.

« On n'est peut-être pas obligés de procéder de façon aussi criminelle. On pourrait le pousser à avouer par la ruse. »

Je repense à la façon mielleuse dont mon conseiller d'orientation a voulu me convaincre de l'embaucher comme professeur particulier avant les vacances. Est-ce comme ça qu'il s'est insinué dans la vie de Freya ? Ford l'a-t-il découvert ?

– J'ai une idée, dis-je enfin.

CHAPITRE 34

L'alarme de mon téléphone se déclenche à vingt heures le lendemain soir. Comme si je n'étais pas déjà en train de surveiller l'heure tel un aigle anxieux. Je l'éteins et passe une énième fois en revue ma check-list. J'ai un spray au poivre (acheté cet après-midi de façon complètement légale, avec ma carte d'identité), une vieille clé USB, mon téléphone, des vêtements super chauds dans lesquels je peux courir, et mes gants, bien sûr.

J'ai glissé un mot sous la porte du bureau de Hamish à midi, après m'être assurée que personne ne pouvait me voir. S'il l'a lu, il est soit en train de se préparer à venir me retrouver, soit – s'il n'a vraiment rien à cacher – allé voir les flics pour les prévenir qu'un taré lui a envoyé un mot menaçant.

Voilà ce qui était écrit :

Je sais ce que vous avez fait à Freya Miller. J'ai la preuve sur son téléphone. Rendez-vous à Burden Bridge ce soir à 22 h, je vous dirai comment vous pouvez le récupérer. Sinon, je le donne aux flics.

Si mon stratagème fonctionne, il viendra au rendez-vous, je prétendrai avoir sauvegardé sur une clé USB les vidéos du téléphone prépayé avant de les effacer – y compris celle dans laquelle elle cite nommément Hamish en disant qu'ils avaient prévu de se retrouver le jour de sa mort – et de donner le téléphone aux flics. Je lui proposerai de lui remettre cette clé en échange d'une place dans le programme d'art.

J'ai eu cette idée après avoir repensé à ce que Carolyn m'a dit sur Liam, qui harcelait des jeunes filles et s'est fait prendre à cause de preuves sur son téléphone. La clé est *toujours* un téléphone. Et Freya se filmait constamment. Elle aurait très bien pu faire une vidéo pour se protéger. Quand j'ai expliqué mon plan à Dominic hier soir, il s'est montré sceptique, pour ne pas dire plus.

« Pourquoi Freya aurait-elle tourné ce genre de vidéo ? Hamish ne gobera jamais qu'elle ait pu prendre un tel risque. »

« Peu importe qu'il y croie complètement ou non. Un tout petit doute suffira. Et ce n'est pas comme si je lui réclamais de l'argent ou quelque chose qu'il aurait vraiment du mal à me donner. Je ne vois pas pourquoi il refuserait. »

Du moins, c'est ce que j'espère. Bien sûr, s'il a assassiné deux personnes de sang-froid, il estimera peut-être qu'il vaut mieux se débarrasser de moi aussi. D'où le spray au poivre et les vêtements de course.

« Écoute, ai-je poursuivi, Dominic n'étant toujours pas convaincu. Si ça dégénère et que je dois fuir, je connais des milliers de cachettes autour du manoir. Hamish n'arrivera jamais à me retrouver dans le noir. Toutes les caméras de sécurité fonctionnent de nouveau, et tu seras à l'intérieur, en train de tout suivre sur écran, dans le bureau de ta mère. Tu pourras appeler les flics si ça commence à devenir chaud. »

« "Si ça commence à devenir chaud" ? Je ne veux pas mettre ta vie en danger, Thorn. »

« Moi non plus, *Adrien* », ai-je répondu en riant.

Il a soupiré, mais j'ai compris qu'il n'essayerait plus de me dissuader. Il veut autant que moi que Hamish paie pour ce qu'il a fait – peut-être même plus que moi.

« Je crois que je préférais quand tu m'appelais Monica. »

« Vraiment ? »

« Non. Mais tu pourrais essayer de m'appeler Nic, si tu veux. »

J'ai attendu qu'on se dise au revoir, environ une heure plus tard, avant d'essayer. Ce n'était pas si mal, en fait.

Je vérifie une dernière fois que j'ai tout, puis je me dirige vers la cuisine pour aller chercher un peu de caféine, dont j'ai grand besoin. Carolyn est penchée sur le frigo.

– Vous n'êtes pas censés respecter un couvre-feu, vous, les jeunes ? demande-t-elle en désignant la fenêtre et, au-delà, la nuit noire.

– Si, mais je prends Bessie. Et j'en ai pas pour longtemps.

– Où est-ce que tu vas ?

Je me mords la lèvre, hésitant à mentir. Parce que je ne peux pas lui dire *pourquoi* je vais au manoir. Elle ne me laisserait jamais partir. J'opte donc pour une semi-vérité.

– Je pense pouvoir découvrir qui a tué Freya, mais j'ai besoin de récupérer quelque chose au manoir.

– Au manoir ? demande-t-elle en fronçant les sourcils. Les Miller ne sont pas là ?

– Ils sont à Haverford, ils rentreront tard. Et c'est assez urgent.

– Qu'est-ce que tu vas chercher, Ava ? Tu me fiches la trouille.

Mince. Carolyn a vraiment l'air inquiète. Je n'aurais rien dû dire.

Je me force à sourire et mens de plus belle.

– Hé, il n'y a pas de quoi avoir peur. Je serai rentrée dans deux heures, OK ? Et j'ai mon téléphone avec moi.

Ainsi qu'un spray au poivre.

– On devrait peut-être prévenir Ty...

– Non ! dis-je, plus fort que je ne l'aurais voulu. Il dit toujours qu'il n'est pas mon boss, et j'ai dix-huit ans maintenant. Je suis une adulte. On en parlera à mon retour, OK ?

Elle soupire.

– Et si je venais avec toi ?

Je secoue la tête en riant.

– Non. Honnêtement, c'est vraiment pas la peine, dis-je en l'embrassant sur la joue. Mais merci.

Elle me repousse doucement, mais elle a retrouvé le sourire.

– Fais attention, OK ? Et tiens, ajoute-t-elle en prenant un café glacé dans le frigo. Pour la route.

Je sors mon téléphone et allume l'écran, puis je fais un signe à la caméra en traversant Burden Bridge. Si elle fonctionne comme Dominic me l'a expliqué, elle devrait enregistrer à partir de maintenant. Je récite l'alphabet tout en marchant, au même volume que si je m'adressais à quelqu'un à l'autre bout du pont. Si le micro sophistiqué de Dominic, censé étouffer les bruits de fond, n'est pas assez performant pour capter la confession de Hamish par-dessus le bruit de la cascade, alors tout ça aura été une perte de temps.

Il s'est arrêté de neiger, pour le moment, mais des nuages lourds et épais menacent. Je doute que ce soit fini pour ce soir.

Mon cœur tambourine dans ma poitrine, et je transpire malgré le froid. Mon Dieu, j'espère que ça ne va pas complètement dégénérer. Je n'ai vraiment, vraiment pas envie de mourir.

J'ai laissé Bessie sur le chemin et escaladé le mur. C'est peut-être par là que Hamish passera s'il veut éviter les caméras tout autour de la propriété. Si c'est effectivement lui le meurtrier, il l'a déjà fait la dernière fois qu'il est venu.

Mes pas crissent sur le chemin de gravier menant au manoir, complètement plongé dans le noir à l'exception de l'entrée. Dominic l'éteindra avant que Hamish n'arrive. Il doit croire que la maison est vide ce soir.

Juste au moment où je commence à me demander si la caméra du pont s'est déclenchée, j'aperçois quelqu'un à la lisière du verger. Dominic est sans doute allé promener Pilot.

J'enfonce mes mains dans mes poches et tape des pieds pour essayer de me réchauffer en attendant qu'il me rejoigne. Mais il ne se rapproche pas. En fait, il se déplace bizarrement. On dirait que les ombres autour de lui se déplacent, tourbillonnent jusqu'à lui, comme s'il attirait le brouillard.

Attendez… est-ce que c'est vraiment Dominic ?

La silhouette penche brusquement la tête sur le côté, d'une manière peu naturelle, et je me fige.

Ce n'est certainement pas Dominic.

C'est Sadie.

Comme si elle avait lu dans mes pensées, elle tourne la tête dans ma direction.

Je recule vers le manoir, le cœur tambourinant.

– Ava ? Qu'est-ce que tu regardes ?

Dominic se tient dans l'embrasure de la porte ouverte. La lanterne électrique au-dessus de lui projette un cercle de lumière. Je me tourne de nouveau vers le verger, mais il n'y a plus rien.

Mon souffle court forme un nuage autour de nous.

– Est-ce que tu as une caméra dirigée vers le verger, par là-bas ? je demande en lui montrant l'endroit où j'ai vu la silhouette.

– Oui. J'étais justement en train de te suivre. Je n'ai vu personne. Toi, oui ?

– Je… Non. Probablement pas.

Il me fait entrer dans la maison obscure.

– On va quand même vérifier sur l'enregistrement. Il faut qu'on sache si Hamish est déjà en train de rôder dehors.

Je jette un dernier coup d'œil au verger, où plus rien ne bouge. Soudain, une chouette effraie pousse un cri perçant, quelque part, au loin, qui nous fait sursauter. Dominic éteint la lumière du perron, verrouille la porte et met la chaîne.

– Et si tu te positionnes ici, dit Dominic en désignant un point sur l'écran de son ordinateur portable, du côté du pont, et que tu l'arrêtes quand il arrive ici, ce devrait être parfait pour la caméra.

Notre petit test de tout à l'heure a confirmé que l'installation de Dominic fonctionne super bien. Quand je le lui ai fait remarquer, il m'a jeté un regard espiègle en répondant :

« Je n'en suis pas à mon premier coup d'essai. »

J'ai ri. Sans doute plus que nécessaire, car je suis terriblement nerveuse. Et je suis presque sûre qu'il en est conscient.

– On n'est pas obligés de faire ça, tu sais, dit-il soudain. Ou alors, je peux y aller, *moi*, et essayer de lui parler – ça ne doit pas forcément être toi.

– Si. Il ne croirait jamais que tu dissimules aux flics des preuves concernant le meurtre de ta sœur. Sans compter que tu n'aurais aucune raison de lui faire du chantage, contrairement à moi. Et puis tu ne connais pas la propriété aussi bien que moi, surtout dans le noir. J'ai besoin que tu restes ici, que tu t'assures que ce salaud soit filmé, et que tu appelles les flics dès qu'on aura ses aveux.

Il m'examine en faisant la moue.

– Tu utiliseras ton spray au poivre et tu partiras en courant dès le *premier* signe qu'il est dangereux ? Peu importe s'il a avoué ou non ; notre priorité, c'est ta sécurité.

Je ne peux pas m'empêcher de sourire.

– Ton souci de mon bien-être est terriblement touchant, tu sais. Serais-tu un gentil garçon, Nic Miller ?

La lueur de son écran se reflète dans ses yeux, qui semblent immenses.

– Pas toujours, répond-il.

Merde alors.

Il faut que je l'embrasse encore une fois, ce mec.

Plus tard, je me promets. *Si je survis.*

L'écran se met à trembloter, attirant l'attention de Dominic. Une grille affiche en direct les vidéos des différentes caméras de la propriété, y compris celles du portail et de Burden Bridge. Mais elles n'affichent plus que des interférences grises.

– Il doit y avoir un bug, dit Dominic d'une voix irritée. Je vais aller voir.

Comme des aboiements se font entendre dans la cuisine, il ajoute :

– Et je vais laisser Pilot aller faire ses petites affaires.

Il sort du bureau. Le couloir est dans l'obscurité totale, comme tout à l'heure. Pourtant, quelque chose me semble différent. C'est sans doute mon état de nerf qui parle. Je vois la silhouette de Dominic se diriger vers la cuisine.

Je me glisse sur le siège devant l'écran, mais, ce faisant, je me débrouille pour renverser le café glacé qu'il m'a donné.

– Merde !

Il n'en restait pas beaucoup, mais suffisamment pour former une flaque laiteuse sur le bureau en verre de sa mère. Je regarde autour de moi à la recherche d'une serviette, mais, bien entendu, il n'y a rien qui y ressemble dans cette pièce tout en chrome. Je ramasse le gobelet vide et me sers de ma main pour remettre le liquide dedans. Je me retrouve donc avec du café plein la main. La voir ainsi, luisante et humide, fait s'imbriquer brutalement deux pièces dans mon esprit.

Les empreintes de main sur la scène du crime.

Sur le moment, j'ai remarqué que l'une des empreintes sur le banc en pierre était petite, à peu près de la taille de ma main. Toutes les autres semblaient plus grandes. Sur le coup, entre le choc et le reste, je n'y ai pas trop réfléchi. J'ai sans doute supposé que c'était l'empreinte de la main de Freya. Sauf que ses mains n'étaient pas ensanglantées. Elle était déjà morte quand la personne qui l'a tuée lui a crevé les yeux.

Il y avait deux meurtriers.

Hamish et sa fiancée ? Jusque-là, j'avais plutôt rejeté cette idée. Mais si la fiancée de Hamish s'était rendu compte qu'il couchait avec une élève et l'avait forcé à tuer Freya, comme une sorte d'épreuve ? À la choisir elle plutôt que Freya ?

Était-elle à côté de lui quand il a fait ça ? L'a-t-elle aidé ?

Peut-être que les flics l'ont déjà compris – c'est peut-être pour ça qu'ils ne m'ont pas arrêtée.

Mais alors, le doute s'insinue. Quand ils m'ont demandé si j'avais déplacé le corps de Freya, ils devaient penser que la petite empreinte de main était la mienne. Après tout, ma main était couverte du sang de Freya, et la taille correspondait. Ont-ils pu relever des empreintes sur ce banc en pierre rugueuse ? Je n'en ai aucune idée.

Mais peut-être qu'ils ne l'ont même pas vue, après tout. Peut-être que cette empreinte a été altérée quand Dominic a déplacé Freya pour tenter de la réanimer.

– Nic ! j'appelle, mais il ne répond pas, et je ne l'entends pas dans la cuisine.

Je me faufile jusqu'à la porte, mais ne vois aucun signe de lui. J'entends vaguement les aboiements de Pilot dehors. Je suppose que Dominic est avec lui.

Je traverse le couloir en direction de la cuisine, essayant de marcher sur la pointe des pieds pour ne pas faire de bruit sur le sol récemment carrelé. Quand j'arrive à la porte, un courant d'air glacial me frappe. La porte-fenêtre menant au jardin de derrière est grande ouverte, et le vent froid de février s'engouffre dans la maison. Le clair de lune transforme le jardin en une scène argentée.

– Nic ? je murmure.

Il n'est pas là. Je m'approche tout doucement de la porte-fenêtre et jette un coup d'œil dehors.

Il est à plat ventre sur la pelouse. Je porte la main à ma bouche. Puis je vois la silhouette debout au-dessus de lui. D'abord, je crois que c'est Sadie.

Je m'approche encore. Et encore.

Non, ce n'est pas Sadie. C'est un homme armé de ce qui ressemble à un pied-de-biche.

Hamish ?

Non.

– *Oncle Ty ?*

CHAPITRE 35

– Qu'est-ce que tu fais ici ? Carolyn t'a demandé de venir me chercher ?

Oncle Ty ne répond rien. Il se contente de me regarder avec une expression étrange, les sourcils froncés, comme s'il cherchait le meilleur moyen de m'annoncer une mauvaise nouvelle.

– Oncle Ty ? Qu'est-ce qui est arrivé à Dominic ?

Je m'apprête à me rapprocher pour voir si Dominic va bien, mais quelque chose dans la posture de mon oncle m'arrête.

– Pourquoi est-ce que tu…

Et soudain, toutes les pièces du puzzle s'assemblent. Un homme plus âgé. Quelqu'un du lycée. Quelqu'un qui voyait Freya presque tous les jours.

Il a un pied-de-biche à la main, putain.

Un pied-de-biche dont l'extrémité ressemble affreusement à un pic à glace.

– C'était toi.

Le type au téléphone. Le type à qui Freya envoyait des photos d'elle nue.

– Je crois que je vais vomir. *Comment tu as pu faire ça ?!* Elle avait seize ans, bon sang ! Et Ford ? Qu'est-ce qu'il t'avait fait ?

Oncle Ty fait un pas vers moi. Je vois bouger la jambe de Dominic derrière lui, et réprime un sanglot de soulagement. Il n'est pas mort – mais il doit être blessé, et je ne sais pas si c'est grave.

S'il vous plaît, faites qu'il aille bien.

– Ava, ce n'est pas ce que tu crois. Rien de tout ça n'aurait dû arriver.

Oncle Ty se rapproche encore, et je fournis un effort surhumain pour ne pas partir en courant.

– Tu as eu une liaison avec une *gosse* ! je hurle.

Il me semble encore voir Dominic bouger. J'ai envie de courir vers lui, mais je ne veux pas qu'oncle Ty se rende compte qu'il est conscient. Il faut que son attention reste sur moi.

– Ça va pas, non ? proteste oncle Ty en levant les mains en l'air, et il a le culot de prendre un air offensé. Je ne tromperais *jamais* Carolyn. Jamais. L'unique raison pour laquelle j'ai convaincu Freya de m'envoyer ces photos, c'était pour m'en servir pour soutirer plus de fric à ce trou du cul de Madoc. Si ce radin m'avait payé un prix décent, à la base…

– Attends, attends… Qu'est-ce que tu racontes ? Tu voulais te servir des photos de sa fille pour le faire *chanter* ?

Il hausse les épaules.

– Eh bien, c'était le plan. Mais quand Hamish m'a annoncé que Freya était inéligible à ce foutu programme parce qu'elle n'avait que seize ans, eh bien… je me suis rendu compte que j'avais peut-être fait une erreur de calcul.

Une erreur de calcul.

– Je n'ai jamais voulu tuer Freya. Mais elle s'est mise à m'envoyer ces photos juste après Thanksgiving… Elle avait quinze ans à l'époque, mais je n'en savais rien. Je pensais qu'elle en avait dix-huit, comme son frère. Pourquoi tout le monde les appelle les jumeaux s'ils n'en sont pas ? Ce que je savais, par contre, c'était que j'aurais beau essayer de mettre un terme à la relation qu'elle *pensait* avoir avec moi, ça finirait par éclater au grand jour. Est-ce que tu sais ce qui arrive aux types qui se font arrêter pour pédopornographie ? Tu le sais, Ava ?

Bien moins que ce que tu mérites.

Il se rapproche, je recule d'un pas. La panique vrombit en moi, alors même que mon esprit me hurle que c'est oncle Ty, que je n'ai aucune raison d'avoir peur. Et pourtant, si. Je le sais.

– Tout ce qui m'intéressait, c'était l'argent. L'argent dont *j'aurais dû* hériter à la mort de papa, sauf qu'il a tout laissé à Blake. Qu'est-ce que j'étais censé ressentir, Ava ? Je n'étais même pas son deuxième préféré, j'étais le chien de la famille !

– Mais j'ai de l'argent, maintenant, oncle Ty, dis-je rapidement. L'argent de la vente du manoir. Tu aurais pu l'avoir… Tu peux encore l'avoir. Tu peux tout avoir, si tu veux.

Il me regarde d'un air pensif.

– Je ne voulais vraiment pas te faire de mal, Ava. Mais je suis déjà allé trop loin et, comme ça, je suis sûr de mon coup.

Me faire du mal.

Mon Dieu. OK. OK, réfléchis.

Je dois l'éloigner de Dominic.

Je dois appeler les flics.

Je dois *fuir*.

Comment tout ça est-il possible ?

– Mais pourquoi t'en prendre à Ford ? Il avait découvert ce que tu faisais ?

Je pense qu'il est évident que j'essaie juste de gagner du temps, et je ne suis pas étonnée que mon oncle ne réponde pas. J'ai l'impression que mon cerveau s'est transformé en bloc de glace. Mon cœur tape dans ma poitrine, tel un battement de tambour me mettant en garde.

Continue de parler !

– Ce jour-là, quand Freya est morte, tu étais malade… ou alors tu faisais semblant ? Que va dire Carolyn quand elle apprendra ce que tu as fait ?

– Oh, ne t'en fais pas pour moi, ma puce, lance soudain une voix sur ma gauche.

Je tourne brusquement la tête. Carolyn est là, debout dans la neige. Elle porte un long manteau dont l'ombre de la capuche dissimule ses yeux. L'espace d'un instant, je jurerais que c'est Sadie.

La deuxième empreinte de mains.

Comment ai-je pu ne pas comprendre plus tôt ?

– C'est *toi* que j'ai vue au bord de la rivière et que j'ai prise pour Sadie, dis-je, presque dans un murmure. *Pourquoi ?*

Carolyn soupire. Elle semblerait presque déçue.

– Il faut que ce soit crédible, quand ils te trouveront. Tous tes amis le confirmeront, tes professeurs aussi : « Elle voyait des choses. » « Après qu'on a retrouvé le cadavre de cette première fille, elle est devenue complètement obsédée par l'histoire de Sadie, elle était persuadée que Sadie voulait récupérer ses yeux. Elle a même commencé à croire que Sadie l'obligeait à tuer… »

Carolyn me décoche un sourire tordu, et je me rappelle les mots griffonnés sur le dessin accroché au casier de Freya : « SADIE M'A FORCÉE À LE FAIRE ». Un dessin qu'oncle Ty aurait facilement pu prendre dans mon sac et ajouter à l'autel en arrivant avant tout le monde au lycée.

– C'est cette fille qui s'est noyée qui m'a donné l'idée. Ford n'aurait jamais dû être impliqué mais, ce soir-là, il est venu au cottage après votre petite dispute et a demandé à te voir. Il m'a aussi dit qu'il avait trouvé un indice dans la vidéo de Freya… On ne pouvait pas prendre le moindre risque. Surtout que tout le reste se déroulait merveilleusement bien.

Je laisse échapper un sanglot.

– Ford ne savait rien ! Tout ce qu'il avait vu, c'était que Freya avait deux téléphones – et c'est moi qui avais l'autre, pendant tout ce temps. Vous l'avez assassiné pour rien.

Carolyn hausse les épaules.

– Non, pas pour rien. Ça nous a aidés à te faire passer pour une adolescente complètement déséquilibrée.

Plus elle s'avance vers moi, plus je recule, me rapprochant de la porte de la cuisine.

– Je l'ai suivi alors qu'il rentrait chez lui. J'ai pris le pied-de-biche de Ty et je l'ai frappé. (Son visage se déforme dans un sourire cruel.) Aussi fort que possible. Et il est tombé sur la berge. Mais il fallait que ça ressemble à l'autre meurtre, pas vrai ? Alors j'ai enfoncé le pied-de-biche dans ses yeux, ajoute-t-elle en mimant le geste dans ma direction, me poussant à reculer encore d'un pas. Mais tu sais quoi ? Il n'était toujours pas mort !

Je sens un hurlement d'horreur monter en moi, menaçant d'exploser à tout moment.

– Est-ce que tu vois la scène, Ava ? Tu la vois se dérouler sous tes yeux, comme si tu y étais ? Il a rampé sur la glace en appelant à l'aide. Il a continué de ramper jusqu'à ce qu'elle cède sous son poids. Cela dit, on doit toujours ramper, à la fin, pas vrai ? Ava ? C'est pas ce que tu disais toujours quand tu faisais tes cauchemars ?

Elle rit presque désormais tellement elle s'amuse.

– C'est ce que papa a dit juste avant de mourir, je marmonne, la gorge serrée.

– Marrant, hein ? lance-t-elle en souriant.

– Carolyn, ça suffit, intervient oncle Ty.

Il est venu se placer à côté d'elle, et elle lui décoche un regard que je ne lui avais encore jamais vu : du pur ressentiment. Mon oncle ne semble pas s'en rendre compte.

Je les dévisage. Oncle Ty et Carolyn. Mes tuteurs. La seule famille qui me reste. Ce sont des monstres.

Carolyn fait la moue.

– Mais je lui ai donné une dose bien plus forte, ce soir. Je veux voir si ça marche. Qui sait ? On arrivera peut-être même à la convaincre de sauter du pont toute seule.

C'est quoi ces conneries ?

– Une dose plus forte ?

Soudain, je me souviens de ce que Carla a dit le jour de mon anniversaire – les raisons possibles de mes hallucinations.

– Tu m'as *empoisonnée* ?

Carolyn éclate de rire, ravie.

– Techniquement, je t'ai droguée. De minuscules microdoses de PCP – jusqu'à aujourd'hui. Dis-moi, qu'est-ce que tu ressens ? Tu as déjà envie de t'arracher la peau ?

– C'est bon, Carolyn… la coupe oncle Ty, qui semble presque gêné.

Se sent-il coupable ?

– Oncle Ty, tu ne vas quand même pas la laisser me faire du mal ? je tente, tandis qu'une main invisible me compresse le cœur.

Je n'aurais jamais, jamais imaginé lui dire un jour quelque chose comme ça. À Carolyn non plus.

Mais il ne réagit pas. Il ne l'empêche pas de se rapprocher de moi. Il se contente de baisser les yeux pour ne pas croiser les miens.

– Je me demande si c'est le PCP qui a poussé ton père à s'arracher les yeux, poursuit Carolyn d'un air songeur, comme si je n'avais rien dit.

J'ai l'impression d'avoir reçu un coup de poing dans le ventre.

– Tu les as drogués aussi ? Mes parents ?

– Seulement ton père. C'était lui qui était censé conduire. Au final, l'accident a été un vrai coup de chance.

Je la gifle si fort que j'ai l'impression que mes cicatrices vont se déchirer.

– Espèce de petite… ! hurle-t-elle, mais elle s'interrompt soudain et, l'espace d'un instant, je ne comprends pas pourquoi.

Et puis j'entends le grognement.

Pilot s'est jeté sur elle et a refermé ses mâchoires puissantes sur son mollet. J'en profite pour sortir le spray au poivre de la poche de mon manteau et en asperge oncle Ty, qui se met à hurler.

Sans perdre une seconde de plus, je retourne en courant dans la cuisine, claque la porte-fenêtre derrière moi et la verrouille.

Appelle la police.

Mon téléphone est dans le bureau de Lucille.

Je traverse la cuisine à toute vitesse, jurant lorsque je me cogne l'orteil contre un coin de l'îlot en marbre. Mes yeux commencent à s'habituer à l'obscurité, si bien que je peux me déplacer plus vite.

Soudain, je m'arrête en entendant un bruit de verre brisé. Je me plaque contre le mur et tente de jeter un coup d'œil derrière l'escalier.

La fenêtre en verre dépoli à côté de la porte d'entrée est cassée, et un bras se glisse à l'intérieur pour retirer les verrous.

– Dépêche-toi, Ty. Elle a sûrement son téléphone.

– Mon visage est en feu, putain ! aboie-t-il.

Je me ratatine sous l'escalier tournant. S'ils allument, ils me verront immédiatement. Il faut vraiment que je fiche le camp d'ici. En ressortant par la cuisine ?

Mais avant que j'aie le temps de bouger, la porte s'ouvre.

– Je vais commencer à tout installer en bas, siffle Carolyn. Va la chercher, qu'on en finisse.

Sans même discuter, oncle Ty se dirige droit vers l'escalier sous lequel je suis cachée.

Mais il n'allume pas. Je comprends tout à coup pourquoi les caméras ont buggé tout à l'heure : ils ont coupé l'électricité.

Oncle Ty gravit l'escalier deux marches à la fois, passant lourdement juste au-dessus de l'endroit où je suis accroupie. J'entends Carolyn fouiller dans le bureau de Lucille. Qu'est-ce qu'elle fabrique ?

Elle s'assure qu'il n'y aura pas de vidéos de télésurveillance ?

Je ne peux pas attendre de le découvrir. Retournant à pas de loup dans la cuisine, je déverrouille la porte. Mais au moment où je l'ouvre, je me retrouve propulsée contre le comptoir de la cuisine, et une main se referme autour de ma gorge.

Puis me relâche immédiatement.

– Mon Dieu, Ava, je suis désolé, murmure Dominic. Tu vas bien ? Je croyais que c'était un d'eux...

– Ça va, mais il faut qu'on fiche le camp d'ici. Tu les as entendus, dans le jardin ? Oncle Ty et Carolyn – ce sont eux qui ont fait tout ça, juste pour l'argent.

Il hoche la tête.

– J'ai presque tout entendu.

– Qu'est-ce que Ty t'a fait ? Est-ce que ça va ?

– Il m'a assommé avec quelque chose. J'ai une bosse à l'arrière du crâne et un mal de tête horrible, mais je pense que je survivrai.

Soudain, de la lumière envahit le couloir, révélant une silhouette juste à l'extérieur de la cuisine. J'attrape Dominic et le tire jusqu'à ce qu'on soit tous les deux tapis dans le renfoncement à côté de la porte de la cave.

– Ty ! nous parvient la voix de Carolyn, non loin. Qu'est-ce que tu fais ? Il ne faut pas allumer !

– Et comment tu veux que je la retrouve dans le noir ? Déjà que je suis presque aveugle !

Oncle Ty entre dans la cuisine. Je sursaute et réprime de peu un cri lorsqu'une rafale de vent fait claquer la porte-fenêtre. Il s'en approche, scrute le jardin vide, vérifiant sans doute qu'il n'y a pas d'empreintes de pas dans la neige. Il doit en déduire que je suis encore à l'intérieur, car il verrouille la porte, empoche la clé, puis retourne dans le couloir.

Qu'est-ce qu'on fait ? On part en courant ?

On se cache ?

Je n'en sais rien.

Je sens alors que Dominic tire sur ma manche. Quand je me retourne, je le vois entrer à quatre pattes dans la cave. Je le suis et referme la porte derrière nous. Il y règne une obscurité totale. Il n'y a pas de fenêtre, et je manque de dégringoler dans l'escalier raide.

L'odeur de vieilles pommes m'assaille aussitôt – le fruit fermenté de la Liqueur de pommes sanguines Thorn. Il y a des centaines de bouteilles ici. Même dans le noir, je sais qu'elles sont là, tout comme je sais que la trappe menant à la fosse se trouve à l'autre extrémité. Je n'ai aucun mal à imaginer les doigts crochus d'une sorcière en jaillir et essayer de m'attirer vers elle…

Je cherche la main de Dominic à tâtons. On attend, écoutant oncle Ty bouger de l'autre côté de la porte. Le bruit de ses pas. Son souffle rapide, irrégulier. Un bruit étrange, comme quelque chose qu'on déchire. Ça dure pendant un certain temps, puis oncle Ty semble s'éloigner. Je suis sur le point de pousser doucement la porte quand je les entends de nouveau. Leur voix paraît beaucoup plus lointaine, avec la porte de la cave entre nous.

– Écoute, si elle a appelé les flics, on n'aura qu'à jouer la carte du délire, dit Ty. Elle ne peut pas avoir filé – toutes les portes et les fenêtres sont verrouillées.

– Va juste vérifier en haut encore une fois, ordonne Carolyn, que je n'ai jamais entendue aussi énervée. Il faut qu'on soit sûrs qu'elle est vraiment là avant de partir.

Ils s'en vont ?

Je pousse un soupir silencieux. On doit juste attendre, alors. Ensuite, on pourra filer et appeler les flics sans craindre de se prendre un coup de pied-de-biche.

Dominic presse ma main, et je presse la sienne en retour.

– D'accord, dit Ty. Je retourne vérifier. On se retrouve dehors, OK ? Et attention à ce foutu chien. Je l'ai seulement assommé.

Mon cœur bat si fort que je suis étonnée qu'on ne l'entende pas de l'autre côté de la porte.

Oncle Ty sort précipitamment, et on n'entend que le silence pendant une minute.

– Tu ne sens pas une drôle d'odeur ? murmure Dominic, à côté de mon oreille.

Maintenant qu'il le dit, je distingue en effet quelque chose pardessus le parfum des pommes aigres – une odeur forte, chimique. Avant que je puisse dire quoi que ce soit, des pas plus légers passent devant la porte de la cave. On entend encore des cliquetis, des raclements, puis une espèce de souffle.

Une lumière vacillante apparaît à travers les fentes autour de la porte et me permet de voir Dominic qui me dévisage, les yeux écarquillés.

– Du feu, articule-t-il.

J'ouvre la porte, mais la referme immédiatement. Le sol de la cuisine n'est plus qu'un immense tapis de flammes.

– Merde ! Comment on va sortir ? je demande d'une voix fêlée par la peur.

– Il n'y a pas une fenêtre en bas ?

– Non. Seulement la trappe qui mène à la fosse, et ça ne va pas nous aider.

– La fosse ?

– Une ancienne chambre froide sous la cave.

De la fumée commence à pénétrer par les interstices autour de la porte. D'un accord tacite, on bat en retraite. J'ai descendu cet escalier en douce de nombreuses fois au cours des deux dernières années pour piquer certaines des bouteilles les moins remarquables. J'en connais la moindre planche grinçante, la moindre marche bosselée.

Rapidement, il fait de nouveau trop sombre pour qu'on puisse voir quoi que ce soit, alors Dominic sort son téléphone. À sa lueur, je m'aperçois que la cave se remplit déjà de fumée.

– On va mourir intoxiqués si on ne sort pas d'ici, dis-je, et je me mets aussitôt à tousser. Il faut qu'on appelle à l'aide.

– J'ai appelé les flics quand j'étais dehors, répond Dominic en toussant lui aussi. Ils arrivent, mais la neige fraîche sur les routes va sans doute les ralentir.

Je sens déjà les effets de la fumée, qui me rend apathique. On se met à quatre pattes pour lui échapper.

À la lumière du téléphone de Dominic, j'examine l'espace familier autour de nous. Tout semble identique au jour où je suis partie : les hauts casiers contenant des centaines et des centaines de bouteilles millésimées. Il y a même l'une des échelles de mon grand-père dans un coin, donnant à la cave l'apparence d'une bibliothèque. Une bibliothèque de bouteilles. Je me rappelle quand oncle Ty m'a dit que l'acheteur avait négocié pour inclure la cave dans la vente ; il avait l'air dégoûté de devoir se séparer de tout cet alcool. *Tant mieux*, je pense. Sauf que, maintenant, ça rend la situation carrément dramatique.

– Dès que le feu passera cette porte, la pièce entière va s'embraser, je déclare.

J'essaie de ne pas imaginer la sensation des flammes nous avalant, l'agonie brûlante d'une telle mort.

– Si la fosse était utilisée comme chambre froide, elle pourrait nous offrir une certaine protection, dit Dominic, et je vois qu'il s'efforce de ne pas avoir l'air trop effrayé. Au moins pendant un moment.

Je hoche la tête et lui montre le chemin. Même au ras du sol, l'air irrite nos poumons, fait pleurer nos yeux. Arrivée tout au bout de la pièce, je tâte le sol à la recherche de la trappe.

La voilà.

Je tire sur l'anneau et l'ouvre. Un souffle froid et une odeur de décomposition s'échappent de la fosse. Je dois mobiliser toute ma volonté pour ne pas reculer. Dominic dirige la lumière de son téléphone à l'intérieur.

Je reconnais les murs en pierre circulaires, les vieux barreaux en métal, la terre humide au fond. Je ne veux *pas* descendre. Mais c'est sans compter sur mes mains qui glissent. Je pars en avant, la tête la première.

Dominic attrape mon épaule et me ramène en arrière.

– Merci.

À cet instant, je perçois l'immense différence entre lui – qui était, il y a quelques semaines seulement, mon ennemi mortel – et oncle Ty, le seul parent qu'il me reste.

L'un des deux m'a poussée dans cette fosse, l'autre m'a rattrapée.

Quand Ford m'a bousculée et m'a fait tomber devant la voiture, j'ai compris qu'il ne tenait pas vraiment à moi. Pourquoi n'ai-je pas compris la même chose à propos de Ty ? Pourquoi ne l'ai-je pas vu tel qu'il est, et non tel que j'aurais aimé qu'il soit ?

– Tu vas y arriver ? me demande Dominic, voyant certainement la panique sur mon visage.

– Il faudra bien.

C'est dans cette fosse que mes ancêtres auraient jeté Sadie. C'est là qu'elle aurait disparu sans laisser de trace. Je n'y crois pas, bien sûr – je sais qu'ils l'ont assassinée et qu'ils ont caché son corps quelque part.

Une cicatrice transmise de génération en génération.

Cette pensée me fait frémir.

C'est peut-être ça, en fait, être une sanguine de Thorn.

La lumière éclaire le dessous de la trappe, où un mauvais œil est gravé dans le bois. Le seul que j'aie jamais vu à l'intérieur du manoir. Ça aussi, c'est une cicatrice, une marque pour empêcher le mal de pénétrer dans la maison. Ou alors d'en sortir.

Je sens la fosse béante au-dessous de moi.

Et je sais qu'on n'a pas le choix.

CHAPITRE 36

Dominic referme la trappe au-dessus de nous juste au moment où le bruit du bois qui craque retentit en haut de l'escalier de la cave. Soit quelqu'un essaie d'entrer, soit, plus probablement, la porte s'apprête à céder. Et le feu à s'engouffrer dans une cave remplie d'alcool.

J'ajuste ma prise sur les barreaux en métal, les paumes moites malgré le froid.

OK, OK. On n'a plus qu'à attendre. Attendre, et espérer que les flics et les pompiers arriveront à temps pour nous sauver. Juste attendre et rester en vie.

Pour ne rien arranger, je suis dans une position si peu confortable, agrippée ainsi à l'échelle, que mes muscles me brûlent. Je prends une grande inspiration et commence à descendre. La fosse ne doit faire que trois mètres de profondeur environ, et peut-être deux mètres et demi de diamètre. En bas, une couche de boue séchée et craquelée remonte sur les murs de pierre à peu près à hauteur d'homme.

Je frémis, pas vraiment à cause du froid, mais parce que j'ai l'impression que je n'aurais jamais dû pénétrer ici – que j'ai enfreint une règle tacite rien qu'en mettant les pieds dans cet endroit. Dominic allume de nouveau la lampe-torche de son téléphone. D'en bas, je distingue à peine la marque sur la trappe. Comme si la fosse avalait la lumière.

Qui l'a gravée là-haut ? Sadie ? Ou quelqu'un voulant s'assurer que ce que Sadie avait subi ne serait jamais oublié, que cela marquerait le manoir à jamais ?

Combien de domestiques mes ancêtres ont-ils jetés ici ?

À cette idée, de la bile me remonte dans la gorge. Je me force à ne pas y penser. Sinon, je vais craquer.

Dominic descend à son tour et saute les derniers barreaux, atterrissant à côté de moi.

– La fumée commence à s'insinuer à travers la trappe, annonce-t-il. On n'a pas beaucoup de temps. Je vais rappeler les urgences pour leur dire où on est et savoir dans combien de temps ils vont arriver.

Je hoche la tête, incapable de parler. Les bras serrés sur ma poitrine, je fais le tour de la fosse pendant que Dominic compose le numéro.

Quelque chose s'effrite sous ma botte, et je bascule en arrière, heurtant le mur avec mon coude.

– Ça va ?

Je hoche la tête tandis que Dominic vient m'aider à me relever.

– Je ne peux pas téléphoner – pas de réseau. Mais les flics doivent être en route, alors on doit juste patienter et…

Il se rend compte que je ne l'écoute pas. Parce que je viens de voir quelque chose dans le mur dans lequel j'ai donné un coup de coude : un trou.

– C'est quoi, ça ? demande-t-il en braquant sa lampe-torche dessus.

J'incline la tête, essayant de regarder à l'intérieur du trou.

Rien. Rien que l'obscurité. Comme s'il n'y avait qu'un gouffre noir derrière cette couche de terre. Rien sur quoi la lumière puisse s'accrocher. J'appuie sur les bords, qui s'effritent. Bientôt, le trou fait la taille de ma tête. Quelques secondes plus tard, c'est un cercle d'environ soixante centimètres de diamètre, bordé de briques plutôt que de pierres, comme s'il était plus récent que la fosse.

– C'est quoi ce truc… ? je marmonne, et mes mots filent loin de nous dans le tunnel.

Mais s'agit-il vraiment d'un tunnel ? Ou d'une sorte de canalisation ?

Une image me vient à l'esprit : le plan du manoir que Dominic m'a envoyé. Le dessin de la cave, et cette ligne droite traversant le mur extérieur de la maison. Je l'ai pris pour une sorte de flèche, mais je me suis trompée. Je regarde de nouveau autour de moi, observe la forme de la fosse, et la couche de boue sur le mur qui indique sans doute qu'il y a eu de l'humidité à une époque. La fosse est complètement sèche désormais, mais peut-être était-elle remplie d'eau autrefois – acheminée depuis la rivière ? Comme un puits à l'intérieur de la maison ? Et si cette canalisation alimentait le puits, alors peut-être...

L'article de journal laissait fortement entendre que l'histoire selon laquelle Sadie avait disparu de la cave était un mensonge visant à dissimuler son assassinat. Mais si elle avait *réellement* disparu ?

Ça me donne une idée. Pas une bonne idée, ni même une idée que j'ai vraiment envie de suivre, mais une idée quand même.

– Je crois que c'est une sortie.

Dominic n'a pas l'air enchanté non plus, mais il hoche la tête.

– Ça vaut le coup d'essayer, non ?

La galerie semble assez large pour que je puisse m'y faufiler à quatre pattes. Je pourrai donc revenir en arrière si je me retrouve nez à nez avec un fantôme sans yeux.

Tu n'as pas pu t'empêcher de penser à Sadie, hein ?

Je devrais plutôt me concentrer sur la perspective beaucoup plus probable de me retrouver nez à nez avec des rats, des araignées et des serpents.

C'est toujours mieux que mourir étouffée ou brûlée vive.

Je ramasse un morceau de boue séchée et le lance aussi loin que possible dans la canalisation. Il atterrit plusieurs mètres plus loin, hors de portée de la lumière de Dominic. Rien ne bouge en réaction à cette intrusion. Pourtant, j'hésite encore.

– Je peux passer en premier, propose-t-il, mais je risque plus que toi de me retrouver coincé, et il vaut mieux qu'au moins l'un de nous s'en sorte.

– Comme si j'allais te laisser mourir ici.

– Je te remercie de ta sollicitude, dit-il avec un petit sourire narquois. Mais tu pourrais aller chercher de l'aide.

– OK, dis-je avant de prendre une grande inspiration. C'est parti.

Mes yeux se brouillent. Le tunnel me paraît de plus en plus étroit. De toutes les façons de mourir que j'ai envisagées, me retrouver coincée dans une canalisation souterraine est certainement l'une des pires. À peine cette pensée m'a-t-elle traversée que je m'imagine prise au piège, incapable d'avancer comme de reculer, avec du noir tout autour de moi et de l'eau qui commence à monter.

Ma respiration s'accélère, devient laborieuse. Ce n'est pourtant pas le moment d'hyperventiler.

– Ava ?

Je m'accroupis, mets la tête entre mes genoux et essaie de penser calmement. Logiquement. Mais j'en reviens toujours au fait que nous sommes coincés dans une fosse souterraine sinistre pendant qu'au-dessus de nous, le manoir brûle, et que notre seule possibilité de sortie est cette canalisation infernale.

– Est-ce que ça va ? J'ai entendu Carolyn dire qu'elle t'avait droguée, tout à l'heure.

Je hoche la tête. Que puis-je faire d'autre ?

– Ouais, apparemment, elle mettait un truc dans mon café, du PCP.

– Bon sang, siffle Dominic. C'est un hallucinogène puissant.

– Sans blague. Ça fait deux semaines que je vois des tas de trucs bizarres, et je ne sais même pas ce qui était réel ou non.

– Mais tu sens les effets, là ?

Je me redresse, réfléchis.

– Je ne crois pas. Carolyn a dit qu'elle en avait mis une mégadose dans mon café ce soir, mais je n'en ai bu qu'une toute petite gorgée. Il était tellement dégueulasse que j'ai cru qu'il avait tourné. Je me suis même sentie coupable de le jeter. (Je ris, d'un rire forcé.) Bon, allons-y.

Et, sans me laisser le temps de me remettre à paniquer, j'entre dans la canalisation.

CHAPITRE 37

Dominic me passe son téléphone pour que je puisse m'éclairer. Je le coince entre mes dents afin de garder les mains libres. Mon souffle résonne bruyamment dans mes oreilles. Il rebondit sur les parois en brique, comme s'il dansait avec la lumière du téléphone.

Pour l'instant, je n'ai pas vu de rat. Ni de serpent. Ni de fantôme. Une araignée, morte depuis longtemps, son enveloppe devenue transparente, desséchée. J'espère que ce n'est pas ce qui va nous arriver.

J'espère que ça n'est pas arrivé à Sadie non plus.

Bon sang. Pourquoi ne m'est-il pas venu à l'idée que si Sadie a disparu, c'est peut-être parce qu'elle s'est retrouvée bloquée dans cette maudite canalisation ? Et si elle était morte là-dedans ? S'apprête-t-on à rencontrer un squelette vieux de cent ans ? Soudain, je vois bouger quelque chose devant moi. Trop gros pour être une araignée, et pourtant ça se déplace comme une araignée. Les pattes repliées vers l'arrière, la créature avance sur le plafond du tunnel. Je retire le téléphone de ma bouche et le braque sur elle.

– Dominic, je murmure, ne voulant pas attirer l'attention de la bête, mais ma voix se perd, trop rauque, dans ma gorge sèche.

Car la créature est énorme. Genre, de taille humaine. Et elle se déplace toujours sans bruit dans notre direction, vague forme noire trop lointaine pour le faisceau de la lampe.

Dominic me rentre dedans, et je manque laisser tomber le téléphone. La lumière saute sur les parois, éclairant le tunnel vide.

– Ça va ? demande Dominic, la voix étouffée par mes fesses.

– Je crois…

Je secoue la tête, essayant d'éclaircir les ondulations qui commencent à brouiller mon champ de vision.

– Je crois que la drogue fait effet, en fin de compte.

– Tout va bien. Je suis avec toi. Tu dois juste continuer d'avancer.

Je suis heureuse qu'il soit là. Plus pour moi que pour lui, bien sûr, mais bon.

– Continuer d'avancer, je répète.

La canalisation me renvoie ce murmure. Mais le bruit de nos mains et de nos genoux dans la terre fait remonter de ma mémoire une autre mélopée.

On doit tous ramper…

On doit tous ramper…

ON DOIT TOUS RAMPER.

Quelque chose effleure ma joue, et je hurle. Le téléphone tombe dans la terre devant moi.

On se retrouve plongés dans l'obscurité.

Non !

– Qu'est-ce qu'il y a ? demande Dominic. Qu'est-ce qu'il se passe ?

Je cherche le téléphone à tâtons. Dès que je le ramasse, la lumière revient. Je pousse un gémissement de soulagement.

– Désolée. Quelque chose a touché mon visage, mais je crois que ce n'étaient que mes cheveux.

J'époussette le portable avant de le remettre dans ma bouche, et on repart.

Alors, un ricanement se fait entendre. La lampe-torche n'a pas beaucoup de portée, et je ne vois rien ni personne se précipitant à notre rencontre. À vrai dire, je ne vois pas grand-chose tout court.

Oh mon Dieu, qu'est-ce qu'il y a là-bas ?

Je ne sais pas quelle distance on a parcourue, si on est plus proches de l'entrée ou de la sortie du tunnel. En tout cas, on ne peut pas revenir en arrière. Il est impossible de faire demi-tour dans ce tunnel étroit, et on ne va pas reculer jusque dans un feu. Je continue donc d'avancer. De plus en plus vite. La terre séchée et les briques m'éraflent les mains et les genoux, mais je m'en fiche. J'ignore l'écho de ma respiration. J'ignore les ricanements qui se répercutent devant nous. Je ne veux pas savoir vers quoi je me précipite, pas vraiment. Je veux juste sortir. On doit tous ramper. Il faut ramper.

On doit tous ramper...

– Puuuutaiiinnn, je grogne, le téléphone toujours entre les dents.

De la salive et des larmes coulent sur mon menton, mais je ne peux pas y faire grand-chose. Je dois juste continuer. Je dois...

La canalisation s'arrête.

Je suis face à un mur de terre.

Ça n'a aucun sens. Ça se termine là, tout simplement. Je sors le téléphone de ma bouche.

– Qu'est-ce qu'il y a ? demande Dominic. Tu es coincée ?

– Je ne sais pas trop, dis-je en m'efforçant de paraître calme, même si on sait tous les deux que c'est un mensonge.

Je tâte le mur devant moi, juste pour vérifier que je ne suis pas en train d'halluciner.

– Peut-être que la canalisation s'est effondrée. C'est peut-être ça qui a bloqué l'arrivée d'eau dans la fosse.

La terre est humide sous mes doigts, comme de l'argile. J'appuie dessus, et un tas tombe devant moi.

– Je peux peut-être creuser. Ça pourrait nous mener à la sortie.

Ou libérer un torrent d'eau en provenance de la rivière, auquel cas on se noiera dans cette canalisation. Je suis presque sûre que Dominic pense la même chose, car il ne dit rien.

Merde.

Je n'ai plus qu'à espérer que la source d'eau qui alimentait cette canalisation se soit asséchée. J'enfonce les doigts dans le mur de boue et commence à en retirer des poignées visqueuses. J'appuie plus fort dessus, essayant d'en évaluer l'épaisseur.

Un filet d'eau se met à couler vers moi.

– Continue, dit Dominic.

Je creuse. Devant moi, le sol du tunnel se remplit d'eau et d'argile, et je n'arrive pas à aller assez vite. C'est un véritable torrent, désormais, et je dois me servir de mes avant-bras pour ramener de pleines brassées de boue vers nous. Finalement, un gros pan du barrage se détache, révélant un trou noir.

L'eau s'arrête de couler. J'entends pourtant le rugissement rageur de la rivière, non loin, qui fait vibrer la canalisation. Je laisse ce son m'emplir tout en agrandissant le trou. Je me jette dessus de tout mon poids. Trop tard, je me fais l'affreuse remarque qu'il débouche peut-être sur la falaise à pic près de la cascade – nous menant à une chute mortelle. Mais le bruit n'est pas assez fort pour être celui de la cascade. Et, de toute manière, il n'y a aucune autre option.

Je sors le téléphone de ma bouche et le promène autour de moi. La lumière se reflète sur un cercle d'eau, juste en dessous de la canalisation. Au-dessus, les murs sont circulaires, en pierre, comme ceux de la fosse. Ça sent le vieux et l'humidité, comme quelque chose qui aurait dépassé le stade de la pourriture.

– C'est un autre puits, dis-je d'une voix assourdie par l'eau.

Ce devait être la source d'eau originelle de la maison, avant que la canalisation ne soit ajoutée pour la relier à la fosse. Je dessine la trajectoire de ce tuyau dans mon esprit, essayant de deviner où ce puits débouche.

Dans le verger ?

Non, pas exactement – au niveau du pavillon.

– Il était dessous pendant tout ce temps, je marmonne.

Sadie est-elle arrivée jusqu'ici ? Y est-elle encore cachée, dans l'obscurité ?

Oui.

C'est peut-être la drogue, mais j'ai la très nette sensation qu'elle est ici. Ses os ont coulé tout au fond, des décennies de terre les enfouissant dans cette noirceur silencieuse. Quelle est la profondeur de ce puits ? Si quelque chose vous entraînait dans l'eau, vous noieriez-vous avant d'avoir touché le fond ?

– Est-ce que tu vas réussir à sortir ? lance Dominic d'une voix bizarre, épuisée, qui me sort brusquement de mon étrange rêverie.

Dirigeant la lumière vers le haut, je découvre un plafond composé de planches à environ deux mètres au-dessus de ma tête. Du bois, pas de la pierre. Je regarde le téléphone : toujours pas de réseau. Je pousse un grognement de frustration et le pose pour pouvoir me servir de mes mains.

– Si John Wick est arrivé à sortir d'un puits, ça ne doit pas être bien difficile...

Utilisant les espaces entre les pierres comme des prises, je me tortille jusqu'à poser les pieds sur le rebord de la canalisation. De là, je peux lever les mains et toucher le plafond en bois, mais tout juste. Si je perds l'équilibre, c'est le plongeon assuré.

La tête me tourne, et je dois enfoncer mes doigts dans le mur en pierre rugueux pour rester en place. J'ai l'impression que quelqu'un me tire vers le bas, veut me faire glisser dans l'eau sombre. Je ferme les yeux. Pense comme John Wick.

Quelque chose sort de l'eau et s'enroule autour de ma cheville.

– Ce n'est pas réel, je murmure.

Pourtant, je le sens. J'entends l'eau qui goutte d'os anciens. J'imagine de la vase jaillissant d'orbites vides.

Je baisse les yeux.

L'eau morte est immobile.

Je prends une grande inspiration frémissante et regarde de nouveau vers le haut, me sentant un peu plus solide. Puis je lève les mains et appuie du bout des doigts sur le plafond. Sans surprise, il ne bouge pas.

– Tu es plus grand, tu pourrais y arriver, dis-je à Dominic.

Je m'attends à voir sortir son corps longiligne du tunnel, mais il n'y a aucun signe de lui.

– Nic ?

Rien.

La manœuvre est compliquée pour m'accroupir, mais je finis par y parvenir.

– Nic !

Il est allongé face contre terre, une main tendue vers moi. L'espace d'un instant, cette vision me ramène au jour où j'ai trouvé Freya, ses mains pâles posées sur ses genoux, mais je cligne des yeux pour chasser cette image. Dominic n'est pas mort. C'est impossible.

– Nic !

J'attrape son poignet et le secoue. Il ne se réveille pas, mais sa tête roule sur un côté. Ses lèvres sont légèrement entrouvertes et alors que j'attends qu'il bouge, figée, je vois un petit nuage de poussière quand il expire.

Il n'est pas mort, Dieu merci.

Mais il ne va pas bien pour autant. Ce coup de pied-de-biche sur sa tête a dû faire plus de dégâts qu'on ne le pensait.

Je me mords la lèvre pour ne pas pleurer tout en me demandant quoi faire. Derrière Dominic, c'est l'obscurité totale, mais je sais où elle mène et, s'il le faut, je pense pouvoir passer par-dessus lui. Mais je ne peux pas le laisser tout seul dans le noir. Je dois lui laisser son téléphone.

Si je parvenais à retourner dans la fosse et à sortir je ne sais comment de la maison en flammes, aurais-je le temps de prévenir quelqu'un de l'endroit où il se trouve avant qu'oncle Ty ou Carolyn m'attrape ? Ou bien serait-ce l'abandonner à une mort certaine ? Est-ce que ses parents, ses amis, en seraient réduits à se demander où il a disparu ?

Je repense à Sadie, probablement morte dans cette affreuse obscurité. Je ne peux honnêtement pas lui en vouloir d'avoir jeté un sort à ma famille. Mais ça ne veut pas dire que je vais attendre ici d'en être la prochaine victime.

Tu es prisonnière dans un puits, sans doute avec un cadavre de sorcière, et la seule issue mène à un brasier. Tu es déjà sa victime, idiote.

Comme pour souligner cette pensée, j'entends un souffle grondant parcourir la canalisation dans notre direction. Et je n'ai pas besoin de voir les flammes pour comprendre ce que ça signifie : l'alcool de la cave vient de prendre feu.

Retour au plan A : percer les planches qui recouvrent le puits. Mais le sol du pavillon est couvert de gravier, comment savoir s'il n'y a pas une couche de ciment ou autre par-dessus ? Sans compter que je peux à peine atteindre les planches.

Je sors de la canalisation et tends de nouveau les bras en l'air, au cas où j'aurais grandi au cours des cinq dernières minutes. Ce n'est pas le cas.

Le puits fait environ un mètre cinquante de diamètre, il est donc trop large pour que je l'escalade comme une cheminée, un pied de chaque côté de la paroi. Dominic y parviendrait peut-être, lui. Enfin, s'il n'était pas inconscient. Et de toute manière, ce ne serait pas nécessaire, puisqu'il pourrait facilement atteindre le plafond.

– PUUUUUTAIIIIN ! je hurle vers le haut.

Et c'est seulement quand ma voix s'éteint que je me rends compte qu'elle n'a plus la même qualité, qu'elle n'est plus étouffée comme tout à l'heure. Comme si… comme si elle s'échappait.

Je récupère le téléphone de Dominic – qui semble avoir une batterie à toute épreuve, Satan soit loué – et je rapproche la lumière des planches en bois pour mieux les examiner. Elles semblent assez solides, mais il y a…

Je manque lâcher le portable quand il se met à vibrer dans ma main. L'écran s'allume, et je vois apparaître une tonne de messages et d'appels manqués.

Il y a du *réseau* !

Celui-ci disparaît lorsque je redescends l'appareil au niveau de ma tête mais, là-haut, sous ces maudites planches de bois, une barre s'affiche. C'est le moment de passer un appel d'urgence.

Je suis en train d'essayer de faire ça avec une seule main, me retenant toujours au mur de l'autre, quand le téléphone se remet à vibrer. La photo de Mateo emplit l'écran. Je passe le pouce sur l'écran pour répondre et mets le haut-parleur pour pouvoir garder le téléphone en l'air.

« Nic ? Nic ! Putain, t'es où, mec ? »

Sa voix est un peu entrecoupée, mais je n'ai aucun mal à remplir les trous.

« La maison est en feu et je n'arrête pas d'essayer de t'appeler, mais je tombe tout le temps sur ton répondeur et je pensais que tu étais mort, putain... »

– Mateo ! je hurle aussi fort que possible, espérant qu'il va m'entendre et la fermer.

Ça semble fonctionner.

« C'est qui ? »

– Ava ! Je suis avec Dominic, mais il est blessé et on est coincés dans le vieux puits !

« Quoi ?? », demande-t-il après une seconde de silence.

– Il y a un puits condamné à l'intérieur du pavillon... là où Freya a été retrouvée, dis-je, cherchant le meilleur moyen de le guider rapidement jusqu'ici.

Des images de l'extérieur du pavillon ont été diffusées aux infos régionales, quand l'endroit grouillait encore de policiers, et je suppose qu'il les a vues.

– On est à l'intérieur et on ne peut pas sortir ! Mon oncle et sa femme essaient de nous tuer – ce sont eux qui ont assassiné Freya et Ford et... Tu peux venir nous chercher ?

Seul le silence me répond.

– Mateo ?

Et puis j'entends le *bip* de fin d'appel.

Merde. Est-ce qu'il a compris ?

Je déplace le téléphone, espérant que le réseau va revenir, qu'il va rappeler, mais rien ne se passe. Peut-être que je peux appeler directement les secours ?

Mais alors, j'entends un grognement derrière moi.

– Nic ?

J'essaie de me retourner. Mon pied glisse. Je tombe dans l'eau noire d'encre.

CHAPITRE 38

L'eau est glacée. Elle me coupe le souffle alors que je m'agite en tous sens, essayant d'en sortir à la force de mes mains. Mes paumes irradient de douleur à cause du froid sur mes cicatrices.

Non !

Le téléphone de Dominic glisse de ma main, et je regarde, horrifiée, la lumière couler en spirale, encore et encore…

Elle s'éteint. Soit le téléphone a touché le fond, lumière contre terre, soit il est trop profond pour qu'on puisse le voir.

Je ne suis dans l'eau que depuis quelques secondes, mais ma poitrine commence déjà à me brûler, réclamant de l'air. Dans ce noir total, j'ai l'impression de couler dans les profondeurs, comme le téléphone.

La panique s'empare de moi. Je tente de trouver une prise sur le mur avec mes doigts gelés. Dans un éclair de lucidité, je me dis que c'est ce que Sadie a dû ressentir. Trahie par les gens en qui elle avait confiance. Affrontant la mort dans le noir, seule.

Sauf que je ne suis pas vraiment seule, si ?

Ma main trouve le bord de la canalisation. Je m'y accroche pour me hisser hors de l'eau. Recroquevillée à l'intérieur de la canalisation, je cherche Dominic à tâtons, trouve sa main tendue. Il est froid, mais moins que moi.

– Nic ? je murmure en claquant des dents.

Il grogne faiblement, puis serre ma main. J'ai envie de pleurer de soulagement.

– S'il te plaît, dis-moi qu'il fait sombre ici, et que ce n'est pas un fantôme qui m'a volé mes yeux.

Sur ce point, au moins, je peux le rassurer.

– Oui, il fait sombre. Je crois que tu t'es évanoui. Comment tu te sens ?

Il pousse un rire ironique.

– Comme si on m'avait donné un coup de pied-de-biche sur la tête. Mais, à part ça, ça va.

J'ai du mal à trouver ça drôle.

– J'ai perdu ton téléphone, et on est toujours coincés, dis-je avant de renifler, humant une odeur qui m'emplit aussitôt d'effroi. Et je crois que la canalisation se remplit de fumée.

– Je vois.

Je n'entends pas de panique dans sa voix, et je ne sais pas si ça doit me rassurer ou si ce pied-de-biche a endommagé sa capacité à se rendre compte qu'on est foutus.

– J'en déduis que tu n'as pas réussi à soulever le couvercle du puits ?

– Il est trop haut. Je peux à peine l'atteindre du bout des doigts. Et maintenant tu ne peux même plus essayer, puisqu'on ne voit plus rien.

– Peut-être que tu peux me guider.

Je m'exécute, lui expliquant du mieux possible comment il devra se percher sur le rebord de la canalisation et s'accrocher au mur. Mais avant qu'il puisse se faufiler au-dessus de moi, un énorme *boum* retentit en haut.

– C'était quoi, ça ? siffle-t-il.

Le bruit recommence, encore plus fort.

Mon sourire est si grand que je suis surprise que Dominic ne le voie pas luire dans le noir.

– Avec un peu de chance, c'est Mateo qui vient nous sortir de là.

– Tu lui as parlé ?

– Oui, mais il n'y avait pas beaucoup de réseau, et je n'étais pas sûre qu'il m'avait assez bien entendue pour pouvoir nous trouver. Apparemment, j'avais tort.

Dominic ne répond pas.

– Quoi ?

– Sans vouloir être pessimiste, il est aussi possible que ton oncle ait compris où on était et ne veuille pas prendre le risque qu'on s'échappe.

Mon sourire disparaît. Pour autant que je sache, oncle Ty ignore l'existence de cette canalisation. Cela dit, je pensais aussi qu'il n'essaierait jamais de me tuer pour de l'argent, alors bon…

– Je suppose qu'on va vite le savoir.

Les bruits de coups continuent pendant plusieurs minutes – bien qu'il soit difficile d'évaluer le temps qui passe, blottis comme ça dans le noir. Dominic fait de son mieux pour me réchauffer, mais je crois que je ne parviens qu'à le refroidir. Et la fumée est de plus en plus épaisse. Je sens son goût à chaque inspiration, et je commence à avoir la tête qui tourne.

Des morceaux de bois et de terre pleuvent à chaque coup. Je suis *presque* sûre que c'est Mateo. Il le faut. Sinon, on va se retrouver nez à nez avec oncle Ty et ce qui, à l'oreille, ressemble à une pioche.

– Nic, quand il aura détruit ce couvercle, je veux que tu restes caché, je murmure entre deux coups.

– Pourquoi je ferais une chose pareille ? demande-t-il d'une voix un peu condescendante.

– Parce que si c'est effectivement oncle Ty, je pourrai lui dire que tu n'as pas réussi à sortir de la maison. Et sans vouloir te vexer, je crois qu'il craint plus que ce soit moi qui m'en sorte que toi.

– Ou alors, on pourrait *tous les deux* se cacher en attendant de savoir qui c'est.

– Oh. Ouais, je suppose que ça pourrait fonctionner.

Les morceaux de bois qui tombent d'en haut sont de plus en plus gros, et puis finalement, un faisceau de lumière illumine le puits. Ce n'est pas une lumière vive – juste celle des étoiles pénétrant par les fenêtres du pavillon, je suppose –, mais après la noirceur profonde de la canalisation, c'est comme si on nous éclairait au projecteur.

Une fumée épaisse et trouble tourbillonne autour de nous. Je ne sais pas grand-chose sur l'inhalation de fumée, j'ignore à partir de quel moment ça devient potentiellement mortel, mais j'espère qu'on sortira d'ici avant de le découvrir. On se serre l'un contre l'autre dans la canalisation, hors du champ de vision de quiconque pourrait regarder à l'intérieur.

Les coups s'arrêtent.

Je retiens mon souffle. Aussitôt, j'éprouve une furieuse envie de tousser. Je brûle de l'intérieur, comme si j'avais les poumons en feu. Une quinte me secoue. J'ai beau plaquer mes bras sur mon visage, il est impossible que la personne en haut ne m'ait pas entendue. Je regarde Dominic d'un air suppliant, espérant qu'il comprendra le message et s'enfoncera dans la canalisation pour se cacher, comme je le lui ai suggéré, mais il fixe l'intérieur du puits, les mâchoires crispées.

La fumée commence à s'échapper par le trou dans les planches en bois, suffisamment large pour qu'on puisse sortir. Comme l'air s'éclaircit autour de nous, ma respiration devient moins laborieuse, mais mon cœur bat toujours la chamade. Je m'attends à ce qu'un visage apparaisse à tout moment, et le fait que personne ne jette un coup d'œil en bas me rend encore plus nerveuse.

Dominic et moi nous regardons droit dans les yeux.

– Qui est là ? je lance d'une voix enrouée par la fumée.

Pas de réponse.

– Mateo ? tente Dominic, d'une voix clairement dubitative.

Comme il n'y a toujours pas de réponse, je crie :

– TYLER THORN !

Je me prépare à… eh bien, à je ne sais quoi. Mais rien ne bouge, à part la fumée qui se dégage lentement par notre cheminée de fortune.

Je jette un coup d'œil à Dominic. Il semble parfaitement calme, comme toujours, mais je le connais suffisamment bien pour remarquer la tension dans sa mâchoire et ses épaules contractées. Il est aussi flippé que moi. Néanmoins, il n'y a qu'un moyen de sortir d'ici.

– Tu me fais la courte échelle ?

CHAPITRE 39

Je me relève laborieusement, sale et tremblante. J'entends un vague grondement dehors – la cascade, oui, mais pas seulement. Il me faut un moment pour réaliser que c'est le son du manoir en train de brûler. Une odeur de fumée et de pommes empoisonne l'air, mais elle est beaucoup moins étouffante maintenant que je suis sortie de cette maudite canalisation. Derrière les fenêtres, les doigts accusateurs des pommiers sanguins tracent des lignes dans la brume.

La tête de Dominic apparaît au-dessus du trou, et je l'aide à sortir.

– Merci, dit-il, mais je suis trop occupée à regarder l'état du pavillon pour répondre.

Le banc en pierre sur lequel j'ai trouvé le corps de Freya est en morceaux, l'assise jetée d'un côté et l'un des pieds près du trou dans le couvercle. De toute évidence, quelqu'un s'en est servi pour casser les planches et le ciment (dont des morceaux de plusieurs centimètres d'épaisseur jonchent le sol) qui les recouvrait.

– Où il est allé, à ton avis ?

Je murmure car, même si le bruit des coups résonne toujours dans mes oreilles, je sens qu'il faut rester discrets.

– Je n'en ai aucune idée, mais il faut qu'on foute le camp d'ici, répond Dominic en indiquant de la tête la porte voûtée du pavillon.

Dehors, je distingue une lueur orange qui vacille à travers les arbres. Je reste interdite pendant quelques instants, car je ne devrais pas pouvoir voir le manoir dans cette direction. Alors, je me rends compte que le verger aussi est en feu. Malgré la neige, tout ce bois mort est une véritable poudrière.

J'ouvre la marche, m'éloignant du manoir et de l'endroit où la fumée est la plus concentrée. Bientôt, le rugissement de la cascade remplace celui du feu, mais cette horrible odeur aigre de pommes brûlées continue d'agresser le fond de ma gorge, me donnant envie de vomir.

Par une sorte d'accord tacite, Dominic et moi restons l'un contre l'autre – mes doigts agrippés à sa manche, sa main posée au creux de mes reins.

Soudain, il m'arrête en me touchant l'épaule, un doigt sur les lèvres, et balaie du regard les arbres qui nous entourent. J'entends quelque chose. Des brindilles qui craquent, comme si quelqu'un marchait vers nous.

Une silhouette apparaît juste en face de nous.

– Cas ! s'écrie Dominic en souriant.

Casper me regarde, écarquille les yeux, puis il fait demi-tour et repart en courant. Néanmoins, il n'a le temps de faire que quelques foulées avant que Mateo lui bloque le passage. Ce dernier jette un coup d'œil dans notre direction, sourcils froncés, puis il croise mon regard et se signe.

– Ce n'est pas Sadie, dit-il à Casper d'un ton bourru. C'est juste Ava Thorn qui a une tête de déterrée.

Je me tourne vers Dominic.

– Qu'est-ce qu'il raconte ?

Dominic hausse les épaules.

– Tu as des traînées noires et huileuses sur le visage et les cheveux. On dirait que tu viens de sortir d'un film d'horreur japonais.

Il n'a rien le temps d'ajouter avant que Mateo le prenne dans ses bras. Derrière eux, Casper m'observe toujours d'un air méfiant, mais il donne quand même à Dominic une tape très virile sur l'épaule.

J'éprouve un pincement de cœur douloureux en les voyant – en voyant comme ils veillent les uns sur les autres. Je pensais qu'on était comme ça, Ford et moi, mais était-ce vraiment le cas ? Si je l'avais appelé pour lui dire que quelqu'un essayait de me tuer, se serait-il rué ici pour essayer de me sauver ? Aurait-il défoncé un bloc de ciment pour me mettre hors de danger ? Je regarde les entailles et les éraflures sur les mains de Mateo, et je connais la réponse.

– Où est-ce que tu es passé après avoir ouvert le puits ? je lui demande lorsque Dominic et lui se détachent l'un de l'autre.

Il me regarde en grimaçant, mais j'ai l'impression que c'est à cause de mon apparence générale et non de sa crétinerie habituelle. On repart à travers le verger, les branches sèches s'accrochant à nous comme si elles voulaient à tout prix nous retenir. Le feu continue de se propager. À mon avis, d'ici une heure, il aura englouti toute la propriété.

– Je voyais que dalle avec toute cette fumée qui sortait du puits, et je toussais trop pour crier, répond-il d'une voix effectivement enrouée. Je ne savais pas quoi faire, alors je suis allé chercher Cas qui montait la garde, au cas où ton oncle et ta tante auraient entendu tout ce raffut.

– Où est-ce qu'ils sont maintenant ? demande Dominic. Et où sont les flics ?

Juste à ce moment-là, on entend des sirènes au loin.

– Ils sont presque là, apparemment, répond Casper. Et la dernière fois que je l'ai aperçue, la tante d'Ava était près du pont, à regarder brûler la maison.

– Et oncle Ty ?

Il hausse les épaules.

– Je ne l'ai pas vu, et pourtant on a fait tout le tour de la maison à votre recherche.

– Heureusement que vous n'avez pas essayé d'entrer, dit Dominic.

– En fait on a essayé, répond Mateo. Mais c'était un putain de brasier…

Je me déconnecte de ce qu'ils disent, regardant partir en flammes ce qui a été la maison de ma famille sur plusieurs générations, les larmes et la fumée me brûlant les yeux.

Je pensais que je vivrais toujours ici. C'est ici que j'ai vu rire mes parents pour la dernière fois. Que grand-père m'a appris à jouer au poker.

Que j'ai grandi en croyant qu'oncle Ty m'aimait comme une petite sœur.

Je me détourne, le regard attiré par Burden Bridge, à travers la fumée et la neige qui tombe. Je sais que Carolyn est là-bas, seule. Et je sais ce que je dois faire.

Je pars en direction du pont, mes pas crépitant sur le sol gelé comme si je marchais dans un brasier.

Des cendres et des flocons de neige tourbillonnent dans le ciel noir. Ils forment des motifs qui, par moments, semblent me rendre mon regard. Des yeux maléfiques s'ouvrent et se ferment, se transforment en orbites vides, redeviennent de la fumée. Mais, au loin, à bonne distance de la lueur orangée du manoir, je la vois debout près du pont.

Elle ne me remarque pas tout de suite. La silhouette du verger se découpe nettement dans mon dos, et je ne suis qu'une ombre marchant au milieu de nombreuses autres. Mais soudain, une partie de l'aile est du manoir s'effondre, et je me retourne juste à temps pour voir les flammes jaillir vers l'extérieur. Quand je ramène les yeux sur Carolyn, elle a plaqué une main sur sa bouche, et je comprends qu'elle m'a vue. Tant mieux.

Je n'ai aucun plan en tête. Je veux juste qu'elle sache que je suis vivante, qu'oncle Ty et elle ont fait tout ça pour rien. Une petite voix dans ma tête me souffle qu'elle est peut-être armée, qu'elle pourrait encore s'en prendre à moi, mais ça ne ralentit pas mon allure. Parce que je viens de m'échapper d'une maison en flammes en rampant dans une maudite canalisation puis dans un puits condamné. Je crois qu'à cet instant précis, je ne crains plus rien. Je suis encore à une trentaine de mètres d'elle quand j'ouvre la bouche pour l'appeler, mais elle se met à reculer.

Alors là, tu rêves.

Je me mets à courir. En tout cas, j'essaie, malgré mes jambes endolories à force de ramper. Elle recule en chancelant. On dirait qu'elle voudrait fuir, mais qu'elle ne parvient pas à me quitter des yeux.

– Arrête ! crie-t-elle. Je ne suis pas des leurs, pas vraiment ! Je ne suis pas une Thorn !

Quoi ?

La perplexité me fait ralentir, mais Carolyn ne s'arrête pas. Son élan l'entraîne vers le garde-corps. Si elle recule encore de deux pas, elle pourrait passer par-dessus bord. L'instinct me pousse à crier :

– Stop !

– Ava ?

Je vois précisément le moment de sa prise de conscience, parce qu'il reflète la mienne. Je ressemble à une créature sortie d'une fosse à bitume ; elle a dû me prendre pour Sadie. Mais elle comprend trop tard son erreur. Son dos heurte le garde-corps, et elle perd l'équilibre.

Elle vacille.

Pendant une seconde, je crois qu'elle va tomber, mais elle se rattrape.

– Les flics arrivent ! je hurle. Tu vas…

Je me tais brusquement. Une silhouette prend forme derrière elle, dans le nuage de gouttelettes d'eau. Une fille composée d'ombres, avec deux trous profonds à la place des yeux.

Carolyn écarquille les yeux. Peut-être a-t-elle entendu quelque chose par-dessus le rugissement de l'eau. Ou alors, c'est le souffle froid de Sadie dans sa nuque. Quoi qu'il en soit, elle ne se retourne pas. Elle continue de me dévisager, figée, alors que deux mains crochues se tendent derrière elle et s'enfoncent profondément dans ses orbites. Du sang coule sur son visage.

Carolyn se met à hurler. Moi aussi.

La cascade rugit.

Avec Dead-Eye-Sadie toujours accrochée à elle, Carolyn bascule par-dessus le garde-corps et disparaît dans la brume. Je me précipite vers elle, mais il n'y a plus aucun signe ni de l'une ni de l'autre.

CHAPITRE 40

Les gyrophares des voitures de police transforment la neige en kaléidoscope. À leur lueur, le spectacle du manoir en train de brûler deviendrait presque joli.

Et voilà : la dernière pièce de l'histoire de ma famille est littéralement en train de partir en fumée. Plus de manoir Thorn. Finis, ces sanguins de Thorn. Bizarrement, je crois que ça me va. Je n'avais aucune envie de perpétuer cet héritage.

Je n'arrive pas à chasser de mon esprit le hurlement de Carolyn. Elle est tombée, c'est sûr, mais ce que j'ai vu était-il réel ? Ou était-ce une hallucination ? Tout au fond de moi, une sensation glacée me dit que j'ai vu quelque chose de *surnaturel* mais, à cet instant précis, je ne peux pas me fier à mon instinct – à supposer que j'aie jamais pu le faire.

– Ava ?

Je relève les yeux, sortant de ma stupeur. Daphné m'attire contre elle et me serre dans ses bras de toutes ses forces. Puis Carla en fait de même.

– Oh mon Dieu, quand ils ont appelé papa pour lui demander de venir parce que le manoir était en feu et qu'il y avait peut-être des gens coincés à l'intérieur, j'ai eu l'horrible pressentiment que c'était toi, dit-elle, si vite que j'ai du mal à la suivre. J'aurais dû m'en douter – les cartes étaient toujours si sombres quand je les tirais pour toi. J'aurais dû savoir qu'il allait se passer un truc comme ça. Papa ne voulait pas que je vienne, mais je ne pouvais pas rester à la maison à attendre de savoir si tu allais bien, surtout que tu ne répondais pas au téléphone et j'ai cru…

Elle pose une main sur sa bouche, et je me rends compte qu'elle pleure.

– Je vais bien, dis-je, même si je me sens sur le point de m'écrouler.

Quant à mon téléphone, je suppose que ce n'est plus qu'une flaque de plastique fondu, désormais.

– Carolyn… Elle…

– On sait, dit-elle en hochant rapidement la tête. C'est horrible.

Mais elles ne savent pas tout. J'essaie encore d'analyser ce que j'ai vu : Sadie crevant les yeux de Carolyn, l'entraînant par-dessus la rambarde… Était-ce réel ? Le saurai-je seulement un jour ?

– Mais qu'est-ce qu'il s'est passé, au juste ? demande Carla, aussi terre à terre que d'habitude. Carolyn a appelé les flics pour dire que tu avais pété les plombs et raconté que Sadie t'avait ordonné de brûler le manoir pour que les Miller ne puissent pas l'avoir. Ce n'est pas… Rien de ça n'est vrai, hein ?

– Absolument pas, répond Dominic, et je sens avec soulagement la chaleur de sa main dans la mienne.

À en juger par les sourcils haussés de mes amies, son geste ne leur a pas échappé.

– J'ai déjà raconté aux flics ce qui s'est passé, dis-je. Depuis le projet de Ty et Carolyn de nous tuer, mes parents et moi, il y a un an, à leur tentative ratée pour faire chanter Madoc Miller, en passant par le meurtre de Freya et de Ford, qu'ils ont essayé de me mettre sur le dos en me droguant pour me faire passer pour folle. S'ils ne me croient pas, ils n'auront qu'à mener leur propre enquête.

– Tu sais qu'on te croit, nous, n'est-ce pas ? demande Carla en fronçant les sourcils, et avant que je puisse répondre, elle et Daphné me prennent encore dans leurs bras.

Ça apaise quelque chose en moi, de savoir qu'elles sont de mon côté. Nous n'avons pas besoin d'être du même sang pour former une famille.

– Pourquoi est-ce qu'ils ont écouté Carolyn, d'abord ? demande Dominic. J'ai appelé la police avant et leur ai *dit* que c'était Carolyn et Ty qui avaient tué ma sœur et Ford.

Daphné fait la grimace.

– Ils pensaient que tu avais passé cet appel sous la contrainte. Apparemment, tu n'avais pas l'air dans ton assiette.

– Je venais de me prendre un coup de pied-de-biche sur la tête, réplique-t-il avec un regard noir.

– D'ailleurs, il faut que quelqu'un t'examine, dis-je.

– Les ambulanciers ont déjà voulu m'emmener, mais je n'irai nulle part tant qu'on n'aura pas mis ça au clair avec les flics. La caméra sur le pont a tout enregistré, donc personne ne pourra mettre ton innocence en doute.

Une seconde… Aura-t-elle aussi filmé Sadie ? Ou bien montrera-t-elle autre chose ? Quoi qu'il en soit, il faut que je voie cette vidéo.

Je frissonne et m'appuie contre Dominic.

– Mais où est allé oncle Ty ? On ne peut pas le laisser s'en tirer comme ça.

Comme pour ponctuer cette déclaration, on entend soudain un bruit de verre brisé. Ce qui ressemble à une chaise de salle à manger vient de traverser une fenêtre du rez-de-chaussée du manoir et atterrit, fumante, sur la pelouse de devant. Une silhouette la suit.

Oncle Ty semble tout droit sorti d'un cauchemar. Son visage est couvert de cloques et de suie, et une partie de ses cheveux semble avoir brûlé jusqu'au cuir chevelu. Une traînée de fumée dans son sillage, il titube en direction de la masse de flics et de pompiers qui le regardent bouche bée pendant un moment avant de passer à l'action. Plusieurs d'entre eux l'approchent pour essayer de l'aider, mais il continue d'avancer droit devant lui en boitant. Pendant un horrible moment, je pense qu'il vient vers moi, mais il dévie en direction du pont.

– Carolyn ! beugle-t-il avant de commencer à cracher ses poumons. Tu m'as laissé brûler ! (Il tombe à genoux dans la neige.) J'ai fait tout ça, *tout ça* pour toi… et tu m'as laissé brûler ! *Carolyn !*

Holden fait signe à ses agents d'intervenir, et plusieurs d'entre eux redressent oncle Ty et l'entraînent en direction des voitures de police.

J'imagine qu'ils devront l'emmener à l'hôpital avant de le mettre en prison, mais là, tout de suite, c'est le cadet de mes soucis.

Je n'arrive pas à oublier ce que j'ai vu, et je ne parle pas seulement de la mort de Carolyn.

J'ai vu Sadie. Du moins, je crois. Et je ne peux pas m'empêcher de me demander :

En a-t-elle fini avec ma famille désormais ?

CHAPITRE 41

Oncle Ty prétend que c'est Carolyn qui a assassiné Freya et Ford. Qu'elle menaçait de me tuer s'il ne suivait pas son plan. C'est presque drôle qu'il fasse semblant de s'être préoccupé de *mon* bien-être. Ou du moins, ça le serait si ça ne me faisait pas aussi mal.

J'ai toujours su qu'oncle Ty avait des défauts, mais je pensais tout de même qu'il m'aimait. Carolyn aussi. Nous étions une famille. Mais je suppose que ça comptait plus pour moi que pour eux. Derrière tout ça, il y avait juste l'argent.

Apparemment, Carolyn pensait qu'elle allait épouser un mec friqué quand elle a rencontré oncle Ty, avec sa voiture de sport tape-à-l'œil et le manoir familial. Je suppose qu'elle est tombée de haut quand elle a compris que ce n'était que du flan. C'est peut-être pour ça qu'elle a voulu le brûler.

Mais comment oncle Ty a-t-il pu faire ça à Freya ? Et comment a-t-il pu laisser Carolyn assassiner Ford ? Comment de l'argent peut-il justifier la mort de deux personnes ? Quatre, si on compte mes parents. Et avoir ensuite essayé de nous tuer, Dominic et moi…

Oncle Ty risque de passer un bon bout de temps en prison.

Les preuves commencent à converger, maintenant que les flics savent où chercher. Les vidéos de la caméra de surveillance placée au-dessus de la porte-fenêtre ont été sauvegardées sur le cloud des Miller, et on voit très distinctement oncle Ty frapper Dominic avec le pied-de-biche, ainsi que Carolyn venant me parler. Les flics ont aussi retrouvé le téléphone dont oncle Ty se servait pour envoyer des messages à Freya, et des traces d'ADN sur le pied-de-biche les relient au meurtre de Ford *et* à celui de Freya. Si on y ajoute notre témoignage, à Dominic et moi, ça devrait suffire pour qu'il soit reconnu coupable.

Après avoir passé une longue nuit au commissariat pendant que Dominic était traité pour sa commotion cérébrale, puis avoir été interrogée pendant ce qui m'a semblé durer des années, je retrouve enfin Dominic le lendemain matin, dans le hall du commissariat. Il a l'air fatigué et sent la cendre et les pommes aigres, mais ça m'est égal. Je suis bien imprégnée d'eau infusée au cadavre, moi. Je touche son visage, trace du bout des doigts le contour de sa mâchoire. Il me laisse faire une seconde avant de me prendre dans ses bras.

– Comment tu te sens, Thorn ? demande-t-il, le visage pressé contre mes cheveux.

– Flippée, je réponds avec sincérité. Mais il faudra faire avec, en attendant de déterminer ce qui était réel et ce qui était dû au PCP, parmi tous les trucs dingues que j'ai vus.

Il garde le silence.

– Quoi ?

– Je vais peut-être pouvoir t'aider un peu, répond-il doucement. Concernant ce qui est arrivé à Carolyn, sur le pont.

Je lui ai raconté hier soir ce que j'avais vu. Il m'a écoutée sans me contredire ni mettre tout ça sur le compte de la drogue.

– Comment ? je demande, mais je trouve aussitôt la réponse. Tu as l'enregistrement de la caméra ?

Il hoche la tête et sort de sa poche un téléphone qu'on a dû lui prêter.

– Je l'ai téléchargé hier soir. Tu veux le voir ?

Je réfléchis une minute. Revoir ce qui s'est passé sera horrible, mais ça ne peut pas être pire que de l'avoir vécu. Et j'ai besoin de savoir que c'était réel.

– Montre-moi.

Je visionne la scène sur l'écran minuscule. On voit Carolyn qui attend. Elle regarde brûler le manoir. Je suis encore hors cadre quand elle m'aperçoit et commence à reculer vers le garde-fou. Au moment où je me souviens avoir vu apparaître Sadie derrière elle, on distingue une ombre étrange dans la vapeur tourbillonnant au-dessus de la cascade. Elle semble s'enrouler autour de Carolyn alors que celle-ci chancelle, portant brusquement ses mains à son visage juste avant de basculer par-dessus la rambarde et de disparaître.

Pour la police, ça ne signifie rien. Mais le frisson qui me traverse à cette vue m'empêche d'en être aussi sûre. C'est peut-être le PCP qui a provoqué une hallucination – ou alors, qui m'a permis de voir les choses plus clairement. Dans tous les cas, c'est terminé. Maintenant, je dois essayer d'aller de l'avant.

Après la fin de la vidéo, nous gardons le silence pendant un long moment.

– Tu as appris ce qui est arrivé à Hamish ? demande finalement Dominic.

Pour être franche, je l'avais complètement oublié. Je m'écarte juste assez pour voir le visage de Dominic.

– Non.

– Apparemment, ton mot lui a tellement fait peur qu'il s'est rendu au commissariat pour tout avouer. Il semblerait qu'il ait accepté un pot-de-vin de la part de ma sœur pour lui assurer une place dans le programme d'art, et qu'il ait ensuite refusé de lui rendre l'argent quand il s'est avéré qu'elle était trop jeune pour y aller. Il l'avait déjà dépensé pour acheter une bague de fiançailles à sa petite amie.

– Wouah.

Ce n'est pas du tout ce à quoi je m'attendais, mais ça confirme que Hamish est un énorme connard.

– Je suis désolé que Freya t'ait fait ça, ajoute Dominic en soupirant. Ce n'était pas bien.

– Ça n'a plus d'importance.

Je n'ai plus l'énergie d'être ne serait-ce que vaguement agacée à cause de ça. Comment le pourrais-je, après ce qu'oncle Ty et Carolyn ont fait ? Ce qu'ils ont pris à Dominic et sa famille ?

– Nic, je ne peux même pas te dire à quel point je suis désolée de...

– Non, dit-il avec douceur, mais fermeté. Tu n'es pas responsable de ce qu'ils ont fait. Ce n'est absolument pas ta faute.

Je soupire.

– Freya méritait tellement mieux que ce qui lui est arrivé.

Ford aussi.

Ni elle ni lui n'étaient parfaits, mais qui peut prétendre l'être ? Ils auraient dû avoir une chance de grandir, de devenir adultes, de bâtir un futur. *De vivre.*

– Je dois aller faire ma déposition, reprend Dominic. Où est-ce que je peux te retrouver, plus tard ? On loge dans un hôtel à Haverford, mes parents et moi. Tu vas rester avec quelqu'un ?

Daphné et Carla m'ont toutes les deux proposé de m'installer chez elles, mais j'ai besoin de passer un peu de temps toute seule pour digérer tout ça.

– Je serai au cottage quand tu auras terminé.

Quelques jours plus tard, après que les choses se sont un peu tassées, je vais parler à Madoc et Lucille Miller. De plusieurs sujets : l'accident, le manoir, l'animosité entre nos familles. Et l'argent que Madoc m'a donné.

J'essaie de leur rendre le chèque, mais ils insistent pour que je le garde.

– C'est réellement ce qui te revient après la vente du manoir, réplique Madoc d'un ton ferme. Je regrette seulement de n'avoir pas pu prédire ce que ton oncle ferait pour mettre la main dessus. Je suis vraiment, vraiment désolé, Ava.

– Ce n'est pas votre faute, dis-je et, pour la première fois, je le pense vraiment. J'ai vécu un an avec lui et Carolyn, et je n'avais pas la moindre idée de ce qu'ils manigançaient.

– Comment un couple peut-il devenir aussi tordu ? se demande Lucille à voix haute.

Ça me rappelle l'article que j'ai lu sur Sadie, et la façon dont Ephraim et Susannah Thorn l'ont assassinée.

– Je suppose que, dans n'importe quelle relation, chaque personne fait ressortir quelque chose d'unique chez l'autre, dis-je, citant la théorie de la fossette de Daphné. Parfois, c'est quelque chose de vraiment horrible.

Ça me fait drôle de me retrouver seule au cottage. Mais au moins, j'ai l'espace nécessaire pour déterminer ce que je veux faire. La semaine suivante, quand Daphné et Carla viennent regarder un film, je leur annonce ma décision.

– Nic m'a demandé de partir en road trip avec lui.

Je ne peux pas m'empêcher de sourire quand Daphné pousse un petit cri incrédule.

Même Carla met le film sur pause.

Avant l'incendie, Dominic avait déjà acheté son camping-car flambant neuf pour son « road trip légendaire », comme je l'appelle (ce qu'il n'approuve pas). Il était dans le garage, loin de la maison, si bien que c'est l'une des rares choses à avoir survécu au feu.

Ça me rend malade… Non seulement les Miller ont perdu Freya, mais ils ont perdu leur maison. Même si elle ne leur appartenait pas depuis très longtemps, elle était quand même à eux.

Le manoir que j'aimais me semble loin désormais, comme un rêve qui s'efface au réveil. C'est peut-être mieux qu'il ne soit plus là. Il ne me rattache plus aux horreurs que j'ai vécues. Je n'ai plus que mes souvenirs pour ça – et j'espère qu'un jour, eux aussi s'éloigneront.

Dominic dit que ses parents envisagent de retourner à Evansville. Je les comprends.

– Tu pars quand, alors ? demande Daphné.

Elle fait semblant d'être enthousiaste pour me faire plaisir, mais elle cache mal ses sentiments.

– Je ne pars pas. Du moins, pas avant la remise des diplômes. Parce que je *veux* avoir mon diplôme, et ne me fermer aucune porte. Nic reviendra me chercher dès la fin des cours.

– Sérieux ? demande mon amie, avec un sourire si niais que j'éclate de rire.

Ça va être dur de ne pas voir Dominic pendant trois mois, mais je suis décidée à faire bon usage de ce temps. Je vais décrocher mon diplôme. Continuer de passer des examens pour vérifier que le PCP qu'on m'a administré n'a pas laissé de séquelles. Et, plus important encore, peut-être, retourner voir un psy. Je ne veux pas que tout ce qui s'est passé pourrisse en moi et me transforme en une personne ressemblant même de loin à Carolyn ou oncle Ty.

En attendant, on pourra toujours se parler en visio, Dominic et moi. Je sais de source sûre qu'il se débrouille très bien avec une caméra.

– Qui aurait cru que Dominic Miller était un tel crétin romantique ? lance Carla, impassible, mais je vois bien qu'elle dit ça gentiment. Mais, et le programme d'art, alors ? Je pensais que c'était ton objectif numéro un. Tu ne vas pas te démener pour obtenir une place ?

– En fait, ce dont j'ai vraiment envie, c'est de continuer à travailler sur *Plus ou moins mort* avec Nic. J'ai l'impression qu'on pourrait en faire un truc super.

– Mouais… fait Daphné d'un air taquin.

– La ferme.

– Alors tu vas tout miser sur la bande dessinée ? demande Carla d'un air sceptique. Pas de plan B ?

– Il faut que je me donne à fond si je veux que ça marche, non ?

Je vais faire de mon mieux pour ne pas toucher à l'argent de la vente du manoir. Je n'ai plus l'impression qu'il s'agit de l'argent d'un criminel – ce que j'aurais clairement pensé il y a quelques mois. Pour autant, il est important que j'essaie de tracer ma propre route. Je ne veux pas seulement compter sur l'argent que ma famille a tenu pour acquis pendant si longtemps. Peut-être qu'un jour, je trouverai quelque chose d'utile à en faire – quelque chose de positif qui pourrait rééquilibrer un peu les choses.

J'ai déjà mes économies du boulot à la station-service, alors je verrai bien ce qui m'attend quand je quitterai Burden Falls.

Daphné et Carla se préparent pour partir à la fac. Elles ont toutes les deux été acceptées à NYU, la fac à New York, et elles vivront ensemble. Je suis contente pour elles. Et pour la première fois depuis *trèèès* longtemps, je suis contente pour moi aussi.

On va partir à la chasse aux monstres, Dominic et moi, et on écrira des bandes dessinées géniales sur eux. J'ai carrément hâte.

ÉPILOGUE

Trois mois plus tard

J'agite la main pour dire au revoir à Daphné et Carla en m'efforçant de ne pas me remettre à pleurer comme une Madeleine. J'ai déjà dû réappliquer deux fois de l'eye-liner, si bien que je vais finir par ressembler à un panda. Dominic doit arriver d'une minute à l'autre, et je n'ai pas envie d'avoir une sale gueule quand il me reverra pour la première fois après plusieurs mois d'absence.

J'ai tout rangé dans le cottage, vendu les meubles, et les quelques sacs que je veux emporter sont posés à côté de moi sur le perron. Cela dit, la seule chose qui compte vraiment, c'est le pendentif autour de mon cou. Ce souvenir de mes parents est tout ce dont j'ai besoin pour me rappeler ce qu'une Thorn *devrait* être.

La semaine dernière, Daphné, Carla et moi avons fêté l'obtention de notre diplôme comme il se doit. Mateo et Casper ont organisé une énorme soirée, et j'ai même été invitée. On a plus ou moins fini par se tolérer, tous les trois. Je n'irais pas jusqu'à dire qu'on sera un jour les meilleurs amis du monde, mais je n'ai plus envie de leur sauter à la gorge. C'est déjà un progrès.

Mon cœur s'emballe quand j'entends un véhicule s'engager dans l'allée. Quelques secondes plus tard, je vois Dominic. Ou plutôt, son camping-car, une bête énorme que j'ai déjà hâte de conduire.

Il saute de la cabine et je cours à sa rencontre. Il est tellement bronzé et séduisant que ça en frise le ridicule et, quand il me fait tournoyer dans ses bras, je hume son odeur et remercie le seigneur des ténèbres qu'il ne sente pas la sueur aromatisée au déo et les cornflakes.

– Tu es devenu encore plus canon, dis-je d'un ton accusateur.

– Je sais, réplique-t-il, et il éclate de rire en voyant mon expression outrée. Bon sang, ça fait des semaines que j'attends de refaire ça.

Alors Dominic Miller m'embrasse. Et il ne fait pas semblant.

Et je ne me fais pas prier non plus.

On prend la route juste après avoir chargé mes sacs dans le camping-car. Au moment de démarrer, je m'aperçois que Dominic regarde le cottage avec une drôle d'expression.

– Qu'est-ce qu'il y a ?

Il se retourne vers moi, une lueur malicieuse dans le regard.

– Je vérifie qu'aucun fantôme ne nous fait coucou. Je t'ai déjà dit que mes ancêtres avaient vécu ici ?

– Sérieux ? Des ancêtres… genre Sadie ?

– Peut-être. Tu sais déjà qu'après la mort de Sadie, ma famille a abandonné le nom « Burnett » et s'est juste fait appeler « Miller ». Ils devaient déjà travailler au moulin[1] depuis longtemps pour que ce nom prenne aussi bien.

Bien sûr… Je me sens bête de ne pas y avoir pensé plus tôt.

– Il y a des symboles du mauvais œil gravés sur l'encadrement de toutes les fenêtres qui donnent sur le manoir, dis-je en jetant un coup d'œil dans cette direction.

J'imagine un ancêtre de Dominic en train de les graver soigneusement en espérant qu'ils porteraient malheur aux Thorn, restés impunis après le meurtre de Sadie.

– Tu veux les voir ? je propose.

Il secoue la tête.

– J'ai envie de passer à autre chose. Pas toi ?

Je regarde apparaître puis disparaître le panneau « BIENVENUE À BURDEN FALLS ». Sadie contemple la cascade, de dos. Immuable, coincée ici pour toujours. Contrairement à Dominic et moi. Je ne sais pas trop ce que ça m'inspire.

---

1. « Moulin » se dit *mill* en anglais ; *miller* signifie « meunier ».

Ce que je sais, en revanche, c'est que je n'arrêterai jamais de penser à Sadie, de me demander si ce que j'ai vu était réel, ou simplement un effet de la drogue. Mais, pour le moment, je me concentre sur ce qu'il y a devant moi. C'est le début de quelque chose. Je le sens.

Je regarde Dominic, ses lèvres retroussées comme chaque fois qu'il se concentre. Apparemment, il est très minutieux quand il s'agit de planifier un itinéraire. Il faut bien que l'un de nous le soit.

– Alors, quel endroit de la *liste* va-t-on visiter en premier ? je demande.

Il relève la tête, les yeux brillants.

– Qu'est-ce que tu penses des cannibales ?

– Euh, je suis plutôt contre, en règle générale.

Il éclate de rire, ce rire ouvert, retentissant, et soudain, je prends conscience de quelque chose : je ne l'ai entendu rire comme ça qu'avec moi.

– Oh mon Dieu, la théorie de la fossette !

– La théorie de quoi ? demande-t-il avec un sourire hésitant.

Je me contente de secouer la tête.

– Peu importe. Indique-moi juste le chemin.

Il retourne à sa carte routière.

– Il faut plus ou moins suivre la rivière jusqu'au bout, vers l'ouest. Enfin, elle se divise en plusieurs bras qui se reconnectent à certains endroits, mais c'est quand même étrange de voir que c'est notre rivière qui alimente le lac qu'on va voir là-bas.

– C'est peut-être là que finissent tous les sales trucs, dis-je, et il relève les yeux d'un air interrogateur. Tu sais, les *tourments.* Il faut bien qu'ils aillent quelque part, non ? Peut-être qu'ils échouent tous là-bas.

Je règle le rétroviseur et jette un dernier coup d'œil au panneau derrière nous. J'inspire brusquement.

– Quoi ? demande Dominic. Tu as oublié quelque chose ?

Une silhouette sombre se tient sur le bas-côté de la route, sous le panneau, la tête inclinée. Elle n'était pas là il y a quelques secondes, j'en suis certaine. Je déplace de nouveau le rétroviseur, et elle disparaît.

– Ava ?

Je secoue la tête et ramène mes yeux sur la route. J'ignore les remous dans mon ventre. Je me concentre sur ce qu'il y a devant moi.

– C'est rien.

Et j'espère vraiment que c'est la vérité.

REMERCIEMENTS

Ce livre a été écrit en majeure partie pendant une pandémie. J'ai donc décidé que s'il y avait des erreurs – grammaticales, factuelles ou générales –, c'était la faute de la pandémie. Désolée.

Mais même dans un monde de distanciation sociale, j'ai été entourée par de nombreuses personnes merveilleuses qui m'ont aidée à donner jour à ce livre. Voici donc mes remerciements.

À mes éditrices, Emma Jones chez Puffin, et Jessica Dandino Garrison chez Dial : c'est une joie de travailler avec vous, et je vous remercie toutes les deux de votre perspicacité et de votre expertise immenses. Un grand merci aussi aux équipes de Penguin Random House au Royaume-Uni et aux États-Unis pour leur travail sur ce livre, de la conception des superbes couvertures à la traque aux virgules superflues. Merci de m'avoir trouvé de nouveaux lecteurs et tellement plus encore : Stephanie Barrett, Jane Tait, Simon Armstrong, Jasmin Kauldhar, Adam Webling, Jan Bielecki, Beth Fennell, Sabrina Chong, Susanne Evans et Alice Grigg au Royaume-Uni, et Rosie Ahmed, Regina Castillo, Mina Chung, Elaine C. Damasco, Lizzie Goodell, Lauri Hornik et Nancy Mercado aux États-Unis.

À mon agente, Molly Ker Hawn : tu es ma supportrice la plus sage et la plus puissante, et je te suis immensément reconnaissante de tout ce que tu fais.

Merci à mes amies géniales, Jani Grey et Dawn Kurtagich, de toujours me pousser et, comme toujours, à mon mari, mes amis et ma famille, pour tous vos encouragements et votre soutien.

Et merci à mes lecteurs ; j'espère que vous aimerez ce livre. Je l'ai fait hyper flippant pour vous.

L'AUTRICE

Kat Ellis a étudié la littérature et l'écriture créative à Manchester, puis travaillé dans la communication pour des organisations locales. Lorsqu'elle n'écrit pas, elle aime explorer les ruines et autres endroits désolés du nord du pays de Galles, et regarder des films d'horreur avec son mari. *Quand tu verras Sadie* est son premier roman traduit en français.

Compostion et mise en page
Nord Compo à Villeneuve-d'Ascq

Ce livre est imprimé sur du papier
issu de forêts gérées durablement.

N° éditeur : 161704/ 10286404
Achevé d'imprimer sur Roto-Page en janvier 2023
par l'Imprimerie Floch à Mayenne
N° d'impression : 101739
Imprimé en France